PATRICK
QUENTIN

두 아내를 가진 남자

패트릭 퀜틴 / 심상곤 옮김

해문출판사

두 아내를 가진 남자

제1장

오랫동안 만나지 못했던 사람을 우연히 만날 경우에는, 그 바로 전에 문득 아무런 이유도 없이 그 사람이 머리에 떠오르기 마련이라고 믿는 사람들이 많이 있다. 그러나 내 경우에는 그렇지 않았다. 라 가디아 공항에서 택시를 타고 돌아오면서, 나는 이번 시카고 출장이 성공한 데 대해 CJ도 틀림없이 기뻐해 주리라고 생각하고 있었다. 그리고 아내를 생각하며 아내가 롱 아일랜드(미국 뉴욕 주의 남동부에 있는 섬)에서 돌아와 있었으면 좋겠다고 내심 바라고 있었다. 내 생각은 더 나아가, 행복해지고 싶으면 한번 그 요령만 터득하면 아주 간단히 행복해질 수 있다는 천진스럽고도 즐거운 기분으로 들떠 있었다.

그러므로 안젤리카에 대한 생각은 머릿속에 조금도 없었다.

안젤리카를 가까스로 잊게 된 지 벌써 만 2년이 된다. 그것은 그리 쉬운 일이 아니었다. 추억이 너무나 많았다. 쓸쓸함, 당혹감, 사랑——그런 것이 너무나도 많았다. 이혼한 뒤 몇 달 동안, 아니 베시와 결혼한 뒤에도 얼마 간은 안젤리카가 머리에서 떠나질 않았다. 특히 리키를 대할 때마다 괴로웠다. 리키가 CJ의 집 뜰에서 테라스로 기어올라오는 모습을 바라볼 때, 리키의 침실에서 잘 자라고 입맞출 때, 그 아이의 천진스럽고 진지한 눈속에 있는 무엇——그 아이의 옆얼굴, 또 비단결 같은 그 검은 머리카락에 있는 무엇인가가 내게 마치 손을 내밀면 닿을 수 있을 만큼 가까운 거리에 안젤리카가 있는 듯한 착각을 일으키게 했다. 그리고 환희라든가, 희망이라든가, 무너져 버린 첫번째 결혼에 대한 추억이 전혀 다른 세계에 대한 향수 어린 위험한 기대와 함께 내 마음속에 확 밀려오는 것이었다.

그러나 이런 기분이 들 때는 언제나 베시의 냉정한 현실성이 골치아픈 망령을 쫓아내는 데 힘이 되었다. 리키가 그녀에게로 걸어가거나 침대에서 그녀 쪽으로 팔을 뻗을 때면 적어도 리키만은 안젤리카를 잊어버린 듯했으며, 앞으로 몇 년만 지나면 베시 이외의 엄마는 기억하지 못할 거라는 안도감이 느껴지는 것이었다. 서서히 안정되었고, 안정된 현재가 복잡한 과거를 몰아냈다. 이렇게 내 일생 일대의 사랑이었던 안젤리카가 내 생활에서 사라져 갔다.

택시는 매우 오래 된 차였다. 덜컹덜컹 흔들리며 빅맨 플레이스를 향해 3번 애버뉴의 어두컴컴한 고가철도 아래를 달렸다. 40번가 부근에서 택시가 멈추더니, 운전사가 투덜대며 말했다.

"펑크가 났군요, 다른 차로 바꿔타시겠습니까?"

나는 요금을 지불한 뒤 짐을 챙겨 들고 차에서 내렸다. 11시 반이었다. 3월이라고는 해도 추위가 느껴지는 날씨였다. 어둠이 깔린 한길 저쪽에서 택시 한 대가 이쪽으로 오는 것이 보였다. 나는 손을 들어 부르려고 했다. 그 순간 바로 옆 길모퉁이에 술집이 있다는 걸 깨달았다. 3번 애버뉴에서 흔히 볼 수 있는 평범한 술집이었지만, 쓸쓸해 보이는 간판에 왠지 모르게 마음이 끌렸다. 비행기 안에서는 한잔도 마시지 않았다고 자신에게 변명하면서, 별 생각 없이 안으로 들어갔다. 소리를 죽인 텔레비전이 마치 옛 무성영화처럼 어른거리고 있었으며, 주크박스(자동전축)에서는 신음하는 듯한 노랫소리가 들려왔다. 문 근처에 자리잡은 두 남자는 서로 자기가 얼마나 중요한 일을 하고 있는지를 자랑하고 있었다. 나는 빈 자리를 찾기 위해 안쪽으로 들어갔다.

그런데 그곳에 그녀가 있었다.

카운터 뒤의 불빛은 흐릿했고, 그녀가 앉아 있는 칸막이 자리는 술집 안에서도 가장 어둡게 그늘져 있었다. 그러나 나는 금방 그녀라는 것을 알 수 있었다. 그녀를 보고 깜짝 놀라긴 했지만, 다른 어떤 감정이 생기기도 전에 나는 어느새 트렁크를 내려놓고 그녀 앞자리에 앉아 있었다.

"안젤리카!" 나는 말했다.

그녀는 절대로 흔들리지 않는 여자였다. 그것이 그녀를 그녀답게 만든 성격 중 하나였다. 그녀는 다만 그 크고 아리송한 잿빛 눈으로 나를 바라보며 말했을 뿐이다.

"아, 빌. 빌 하딩."

마음의 동요는 전혀 없었다. 3년 전 포르트피노에서 부끄러움도 소문도 없이 나를 버리고 찰스 메이틀랜드에게로 달려갔었는데, 마치 오늘 점심을 함께 먹고 헤어진 사람을 다시 만난듯한 태도였다. 그렇다고 친근감이 들게 하는 표정이나, 내가 그녀의 단 하나뿐인 아들의 아버지임을 느끼게 하는 태도도 보이지 않았다. 자신의 테이블에 온 이상 굳이 쫓아낼 필요가 없는, 부담 없는 친구를 대하고 있는 듯한 모습이었다.

지난날 나는 그녀와의 이런 해후를 몇백 번이나 상상했었다. 그렇게 되면 분노와 복수, 여러 가지 감정이 뒤섞여 어쩌면 사랑에 빠졌던 옛날의 정열이 미친 듯이 다시 불타오르지는 않을까 하고 생각했었다. 그런데 그녀의 무관심한 태도가 내게까지 옮겨져, 약간의 호기심과 경계심을 빼고는 아무런 감정도 없었다.

"당신이 뉴욕에 있는 줄은 몰랐소."

"한두 주일 전에 왔어요."

"유럽에서?"

"아니, 캘리포니아에서요."

종업원이 주문을 받으러 왔다.

"당신 혼자요?"

"네, 혼자예요."

"한잔하겠소?"

"고마워요. 하지만 먼저 시킨 것이 있어요."

나는 스카치 위스키와 물을 주문했다. 종업원은 사라졌다.

그녀는 그때까지 칸막이의 구석에 앉아 있어 완전히 어둠 속에 숨어 있었는데, 이윽고 핸드백을 잡기 위해 의자에 앉은 채 내가 있는 쪽으로 약간 몸을 움직였다. 그제야 비로소 그녀를 자세히 볼 수 있었다. 나는 항상 그녀를 내가 알고 있는 여자 중에서 가장 아름답다고 생각하고 있었는데, 이렇게 몇 년만에 다시 봐도 역시 옛날과 다름없이 아름다웠다. 그러나 단 한 가지 옛날과 다른 점이 있었다. 그것이 나에게 강한 충격을 주었다. 그것은 그녀에게서 빼놓을 수 없는 천성——정신의 순수성이라고 할까, 자신에게 무엇이 올바른 것인가를 스스로 충분히 알고 있다고 완고하게, 때로는 화가 날 만큼 굳게 믿고 있는 그런 천성——이 지금은 전혀 보이지 않는다는 사실이었다. 그녀는 낡고 평범한 코트를 입고 목에 빨간 스카프를 두르고 있었는데, 보는 사람에게 왠지 모르게 병자 같은 가련한 느낌을 주었다. 안젤리카가 가련해 보인다는 것은 생각해 본 적도 없었다. 그것은 전혀 그녀에게 어울리지 않는 느낌이었다.

"당신, 어디 아픈 게 아니오?"

그녀는 핸드백 속에서 무엇인가를 찾고 있었는데, 잠시 뒤 내가 한 말을 그제야 겨우 들은 듯 흠칫 놀랐다.

"뭐라고 했지요, 빌?"

"어디 아픈 게 아니냐고 물었소."

"기분이 조금 좋질 않아요."

"그럼, 외출을 하지 말아야지."

"누구를 만나야 해서."

"그런데 그 사람이 오지 않았단 말이오?"

그녀는 어깨를 으쓱했다.

"제이미는 시간관념이 없어요."

나는 찰스 메이틀랜드에 대해서는 말하지 않고 다만, "당신은 아직 결혼하지 않았소?" 하고 물었다.

"네, 결혼하지 않았어요."

"제이미라는 사람은 누구요?"

그녀는 조심스럽게 내 눈길을 피하며 말했다.

"작가예요. 지금은 아직 햇병아리지만, 그래도 언젠가는 좋은 작품을 쓰리라고 생각해요."

아무래도 그녀는 조금도 변한 것 같지 않았다. 여전히 옛날 그대로다. 언제쯤에야 이 여자는 성장할 것인가? 천재를 통해서 자기를 완성하려는 그녀의 고집스러운 소망. 나와의 경험만으로도 충분히 고통스러웠을 텐데.

갑자기 나는 그녀와 만나는 것을 두려워했던 자신이 아주 어리석게 느껴졌다. 지난날 나는 그녀에 대해 여러 가지 의문을 품고, 그것 때문에 고민했었다. 그녀는 왜 나를 버리고 하필이면 찰스 메이틀랜드 같은 남자에게로 갔을까? 왜 한마디 설명도 없이 도망치듯 가버렸을까? 왜 내가 가장 그녀를 필요로 할 때 도망쳐 버렸을까? 비록 이런 의문의 해답은 얻지 못했지만 나는 이제 아무렇지도 않았다. 그녀와 그녀의 아름다움, 그녀의 보헤미안적이면서도 신경증적인 세계, 그런 것들은 이미 내게 있어서 몇십 년 전의 여름방학 앨범에 붙어 있는 누렇게 바랜 사진처럼 인연이 먼 일이 되어 버렸다.

그녀는 핸드백 속에서 립스틱과 콤팩트를 꺼내어 입술을 고쳐 바르고 있었다. 나의 존재 같은 것은 까맣게 잊어버린 듯했다. 잠시 후 다시 내가 있다는 것을 알아차리고는, 지루한 사람과 말할 때 흔히 그렇듯 말끝을 얼버무리는 사교적인 목소리로 물었다.

"당신은 이제 아무것도 쓰지 않나요?"

"음, 고맙게도 소설가가 될 수 없다는 걸 이제야 겨우 깨달았소."

그때 나는 비로소 그녀의 왼손을 보았다. 왼손 가운뎃손가락에 돌고래 모양의 석류석 반지를 끼고 있었다. 그것은 내 어머니의 반지였는데, 6년 전 내가 그녀와 결혼하기 직전, 즉 그녀가 클랙스턴 대학 구내에 있는 그녀 아버지의 집에 살고 있을 때 그녀에게 준 것이었다. 그 반지를 보고, 더욱이 그녀가 아직까지 그것을 손가락에 끼고 있다는 사실을 알고 나는 어쩐지 눈앞이 아찔해지는 듯한 느낌이었다.

그러나 그녀 자신은 돌고래 모양의 반지에 대해서도, 또한 내가 그것으로 인해 머리가 혼란스러워진 것에도 전혀 관심이 없는 것 같았다. 그녀는 부자연스러운 손놀림으로 립스틱과 콤팩트를 핸드백 속에 넣고는 술잔에 손을 내밀었다. 그러나 손은 술잔 있는 곳까지 가다 말고 망설이는 듯 내민 채로 테이블 위에서 멈췄다. 그 말끝을 얼버무리는 명랑한 목소리가 다시 계속되었다.

"당신은 베시 캘링검과 결혼하셨지요? 신문에 실렸더군요."

"그렇소."

"폴 파울러 씨는 지금도 만나고 있나요?"

나는 그녀가 왜 폴의 얘기를 꺼내는지 좀 이상했다. 그러나 나의 옛친구 중에서 그녀가 알고 있는 사람은 폴밖에 없다는 것을 곧 깨달았다. 포르트피노에서 있었던 일에서는 폴의 역할도 한몫 했었던 것이다.

"자주 만나고 있소. 폴은 베시의 자선사업을 도와주고 있으니까."

"그래, 당신은 어떠세요? 베시 아버지가 하는 잡지에 관계하고 있다던데?"

"그렇소. 광고부에서 일하고 있지. 실은 부장이 2~3주일 병을 앓고 있어서 내가 광고부를 맡고 있소."

"무엇을 하고 있다고요?"

"광고부를 맡고 있다고 했소."

그녀는 다시 손으로 술잔을 만지기 시작했다. 정말 묘한 일이다. 취한 게 아닐까 하는 생각이 들 정도였다. 그러나 내가 알고 있는 한, 아무리 요란스러운 파티에 가도 그녀는 기껏해야 하이볼 한 잔밖에 마신 적이 없었다.

"어쨌든 당신은 행복하시죠?" 그녀의 말은 이상하게도 혀

짧은 소리처럼 확실치가 않았다. "결국엔 그것이 가장 좋았어요. 즉, 가장 중요한 것은──"

그녀는 갑자기 일어섰다. 무엇 때문에 일어났는지 별로 이유도 없는 것 같았다. 그녀는 선 채로 비틀거렸다. 나도 일어섰다. 그녀는 앞으로 쓰러지려고 했다. 위태롭게 보여서 나는 테이블 너머로 그녀의 어깨를 붙잡았다. 술잔 하나가 바닥에 떨어져 산산조각이 났다. 아무래도 자세가 불안정해 보였다. 나는 겨우 그녀를 붙잡고 테이블을 돌아 그녀 곁으로 가서 그녀의 몸을 팔로 떠받쳤다. 그녀는 축 늘어져 이상할 정도로 몸이 뜨거웠다.

"역시 당신은 몸이 불편했었군."

"대단한 건 아녜요. 갑자기 현기증이 났을 뿐이에요. 괜찮아요. 미안해요."

그녀는 아까보다 더 축 늘어져서 내게 기대었다. 그녀의 몸에 닿을 때마다 느꼈던 그 흥분이 이제는 조금도 일어나지 않았다. 나는 다만 걱정스럽고, 어떻게 해야 좋을지 난처했다.

종업원이 내가 주문한 스카치 위스키를 가지고 와서 우리 두 사람을 성가신 듯한 얼굴로 바라보았다.

"택시를 불러 드릴까요?"

그녀는 불빛에 눈이 부시는지 손으로 눈을 가렸다. '시간관념이 없는, 햇병아리 작가'가 오리라 믿고 그녀를 혼자 이곳에 남겨놓고 갈 수는 없었다.

나는 종업원에게 대답했다.

"그래요. 부탁하오."

그는 빠른 걸음으로 사라졌다. 나는 그녀를 일으켜 세워 칸막이 옆을 지나 둥근 의자가 있는 곳으로 데리고 갔다. 그것이 그녀를 부축하고 있기에 편했기 때문이다. 다른 손님들이 우리를 물끄러미 바라보고 있었다. 어쨌든 안젤리카는 언제나 남의 주목을 받는 여자였다. 그러나 그 사람들에게는 우리의 이 불운한 사건도 술집에서 흔히 볼 수 있는 평범한 풍경에 지나지 않을 것이다.

　나는 안젤리카에게 말했다. "당신 집까지 바래다 주겠소."

　"그렇지만 나는 여기에 있어야 해요. 약속을 했어요……"

　"바보 같은 소리 하지 말아요!"

　"하지만 당신은 제이미에 대해 몰라서 그래요. 당신은……"

　"당신 어디에 살고 있소?"

　"싫어요."

　"어디요?"

　그녀는 떨기 시작했다. 그리고 내 팔에 더욱 힘껏 매달렸다.

　그녀의 본능——반항적인 본능은 약해지며 사라져 갔다. "그래요……그럼……폐가 안된다면 좀 데려다 주시겠어요?" 거의 들리지 않는 소리로 웨스트 10번가의 주소를 중얼거렸다.

　이윽고 종업원이 돌아왔다. "택시를 불러왔습니다."

　한 손으로 지갑을 꺼내어 나와 그녀의 술값을 치렀다. 그녀는 한 잔밖에 마시지 않았다. 종업원이 자리에서 내 트렁크를 가져왔다. 나는 안젤리카를 부축하여 택시에 태웠다.

　그녀를 택시 안에 태우면서 운전사에게 주소를 알려주고는, 그녀를 혼자 돌아가게 할까 하는 생각이 문득 떠올랐다. 내 모든 본능은 이런 경우에도 과거를 현재의 생활 속에 끌어들이지 않으려고 예방선을 펴는 것이었다.

　그러나 마침 그때 종업원이 나타나 당연히 우리가 함께 가리라고 생각했는지 내 트렁크를 차 안에 실었다. 어떤 경우에도 나는 책임을 회피할 수 있는 성격은 못 된다고 생각하지만, 특히 이런 경우 종업원이 보는 앞에서 트렁크를 꺼낼 만큼 뻔뻔스럽지는 못했다.

　나는 차에 올라탔다.

제2장

그녀는 차 안에서 꼿꼿이 바른 자세로 앉아서, 말은 한마디도 하지 않았다. 가로등 옆을 지나칠 때마다 그녀의 옆얼굴이 순간적으로 드러났다. 나는 그녀를 보지 않으려 했고, 그녀에 대한 기억을 잊으려고 애썼다. 이것은 그녀에게 있어서나 나에게 있어서나 성가시고 귀찮은 일이라고 생각하려 했다. 아무튼 집까지는 데려다 주자. 아무도 돌보아주는 사람이 없으면 그녀를 침대에 눕혀 주고, 필요하다면 의사도 불러 주자. 그러고 나면 나도 무사히 현실로, 베시와의 생활로 도망칠 수 있을 것이다.

목적지에는 언제 닿을지도 모를 만큼 오랜 시간을 달렸다. 택시가 6번가에 들어섰을 때는, 이제 더 이상 침묵을 지키고 있을 수 없을 정도로 서먹서먹한 상태였다.

나는 그녀를 보고 말했다. "그래, 기분은 좀 좋아졌소?"

그녀는 기어들어가는 듯한 목소리로 대답했다. "내가 정신을 잃었었나 봐요. 미안해요. 감기가 들었는데 아직 다 낫질 않았어요. 당신이 말한 대로 외출 같은 건 하지 말았어야 했는데. 하지만 중요한 일이라서……"

"당신 몸이 불편하다는 걸 제이미는 모르고 있소?"

"아니, 알고 있어요."

"그런데 당신을 만나기로 해놓고 왜 오질 않았지?"

그녀는 잠시 아무 말 않고 있다가 조금 뒤 대답했다.

"복잡한 까닭이 있어요."

그녀가 그 복잡한 까닭을 설명하고 싶어하지 않는 것은 분명했고, 나 자신도 그녀의 새로운 남자 친구에 대한 이야기를 듣고 싶지는 않았다.

"이제 얼마 안 남았군."

"그렇군요."

택시는 그리니치 빌리지의 지저분한 어떤 지점에서 멈췄다. 그날은 쓰레기 차가 오는 날인 것 같았다. 양동이며 드럼통 같은 것들이 길가에 초라하게 줄지어 있었다. 운전사에게 요금을 치르고 있는데, 그녀는 혼자 차에서 내려서 비틀거렸다. 나는 등뒤에서 그녀를 끌어안듯 부축하여 똑바로 세웠다.

나는 그녀의 팔을 잡고 빈 종이상자가 쌓인 곳을 지나 돌계단을 올라가서 더러운 유리문 앞까지 갔다.

그녀는 핸드백에서 열쇠꾸러미를 꺼내더니, "고마워요, 빌. 이제 됐어요." 하고 말했다.

그녀는 열쇠를 열쇠구멍에 꽂으려고 했지만 생각처럼 제대로 들어가지 않았다. 나는 그녀의 손에서 열쇠를 빼앗아 문을 열고 케케묵은 복도로 들어갔다.

"당신 아파트에 다른 사람이 또 있소?"

"아뇨. 사실은 제이미 친구의 방인데 제게 빌려 주었어요."

"방까지 데려다 주지."

내 힘을 빌리지 않으면 안된다는 사실이 그녀의 자존심을 상하게 한다는 것은 나도 잘 알고 있었다. 그러나 그와 동시에 그녀에게는 거절할 만한 힘도 없었던 것이다. 나는 그녀를 안듯이 부축하여 계단을 올라갔다. 그녀의 방은 3층이었다. 문을 열자 작은 거실이 있었고, 벽은 새우 빛깔 같은 핑크색이었다. 가구다운 것은 거의 없었다. 삐걱거리는 테이블과 빅토리아풍의 이상한 의자가 있을 뿐이었다. 의자는 수사슴뿔로 장식되어 있었다. 한쪽 문이 열려 있어서 그곳으로 침실이 보였다. 일어난 그대로 정돈해 놓지도 않은 침대. 안젤리카의 구두 한 켤레가 바닥에 내동댕이쳐져 있었다. 3년 동안 캘링검식의 생활을 해온 나는 세상에 이런 방이 있다는 것을 까맣게 잊어버리고 있었다. 안젤리카처럼 아름다운 여자가 이런 비참한 곳에서 살고 있다는 사실에 대해 나는 커다란 분노를 느꼈다.

방안에 들어가자마자 안젤리카는 나에게서 팔을 빼고 하나밖에 없는 의자에 몸을 던졌다. 나는 트렁크를 문 옆에 놓았다.

"어서 눕는 게 좋겠소."

"네."

"혼자 옷을 벗을 수 있겠소?"

"그럼요, 빌. 정말 이젠 괜찮아요……"

나는 침실로 들어가 잠옷을 찾아서 거실로 가지고 왔다.

"정말 미안해요. 더구나 이 집에는 마실 것도 없고……"

"그런 것은 아무래도 좋소."

나는 침실을 지나 부엌으로 갔다. 싸구려 아파트가 흔히 그렇듯이 욕조가 딸린 목욕탕을 겸한 부엌으로, 테이블 위에는 두세 개의 지저분한 접시와 빈 깡통이 몇 개 나뒹굴고 있었다. 문득 나는 불쾌한 불안에 사로잡혔다. 그녀는 제대로 먹고나 있는 것일까? 돈은 가지고 있을까? 나는 그녀에 대한 이런 걱정을 떨쳐 버리려고 애썼다. 그녀는 이혼할 때 내게서 위자료 받는 것을 거절했지만, 나와 헤어지기 얼마 전에 할아버지가 돌아가셨기 때문에 어느 정도의 유산을 물려받았을 것이다. 그녀가 어떤 처지에 있든 내가 알 바 아니다. 개수대 가장자리에 약병이 놓여 있었다. 전화도 있었다. 나도 모르게 번호를 읽고 머릿속에 새겨 넣었다. 나는 침실로 돌아가 침대 위의 이부자리를 정돈해 놓고는 다시 거실로 돌아왔다.

그녀는 이미 잠옷으로 갈아입은 뒤였다. 잠옷 윗도리를 목 있는 부분까지 단추로 채웠다. 그리고는 여전히 그 이상한 의자에 앉아 있었다. 눈꺼풀이 반은 감겨져 있어 길고 짙은 속눈썹이 선명하게 돋보였다. 천장에 매달린 전구의 내리쏟는 불빛을 받고 있는 그녀는 애처로울 정도로 연약해 보였다. 졸려서 어쩔 줄 모르는 어린아이 같은 느낌, 리키와 똑같은 느낌이었다. 나는 그녀를 부축하여 침실로 들어가 침대에 눕혔다.

"의사를 부르는 게 어떨까?"

"괜찮아요. 어차피 내일 아침에 오기로 되어 있으니까."

"정말이오?"

"정말이에요. 게다가 기분도 훨씬 좋아졌고."

"약은 있소?"

"있어요……부엌에. 별로 독한 건 아닌 것 같아요."

나는 그 약과 물을 한 잔 가지고 왔다. 그녀는 돌고래 모양의 반지를 낀 손으로 알약을 두 개 먹었다. 나는 그녀의 머리를 들어올려서 물을 마시게 했다. 반지를 보지 못했더라면 좋았을 거라고 생각했다. 나도 모르게 그녀에 대한 걱정이 다시 솟아올랐다.

"당신을 돌봐줄 사람이 아무도 없소?"

"있어요. 옆방에 사는 여자가 와주곤 해요."

나는 무심코 말했다. "이런 쓰레기통 같은 곳에서 병자 혼자 살다니……"

그녀는 내 얼굴을 올려다보았다. 빈정대는 듯한 미소가 입가에 떠올랐다. "나보고 어디서 살라는 거죠? 플라자 호텔? 빌, 부탁이니 돌아가 줘요. 우리는 무섭게 싸웠던 사이고, 그것도 이제는 끝났어요. 아무튼 여러 가지로 돌봐 줘서 고마워요. 그런 형식적인 관계를 다시 한 번 시작할 필요는 없다고 생각해요."

그녀는 반듯하게 누워 머리를 베개에 묻었다. 잠옷 맨 윗단추가 열려 있었다. 목 언저리의 살결이 이상하게 거무스름해 보였다. 마치 얻어맞은 자국 같았다. 두 개의 베개가 비스듬하게 포개져 있었으므로, 나는 그녀의 머리를 들어올려 베개를 바로 놓아 주었다. 베개 한쪽 밑에 손을 넣는 순간 금속성의 물건이 만져졌다. 나는 그것을 끄집어냈다. 그것은 끝을 깎아낸 듯한 모양의 낡은 45구경 콜트 자동권총이었다.

나는 도저히 믿을 수가 없었다. 안젤리카는 히풍스러운 여자가 아니었다. 그러므로 그녀가 권총을 갖고 있다는 것은 마치 길들인 새끼표범을 기르고 있는 거나 다름없을 정도로 가능성이 적은 일이었다. 나는 그 권총을 열어보았다. 탄알이 들어 있었다. 나는 당황했고, 동시에 파멸의 운명을 예감했다.

"왜 이런 것을 갖고 있소?"

그녀는 내가 권총을 꺼낸 걸 몰랐는지, 내 말을 듣고 고개를 돌려 권총을 보고는 힘없이 손을 내밀며 말했다.

"이리 주세요."

"이런 것을 무엇 때문에 가지고 있는지 알고 싶소."

"당신이 상관할 일이 아니잖아요?"

"어째서 갖고 있지?"

"필요하니까요. 그밖에 다른 이유는 없어요. 어서 주세요."

나는 그녀의 목 언저리를 다시 한 번 보았다. 내 시선을 느끼자 그녀는 잠옷의 단추를 채우려고 했다. 나는 그 손을 치우고 잠옷 깃을 벌려 보았다. 불그스레한 상처가 한눈에 드러났다. 무슨 상처인지 금방 알 수 있었다. 앞쪽에 엄지손가락 자국이 뚜렷이 나 있고, 그 양쪽에는 다른 손가락으로 힘주어 누른 자국이 빨갛게 원을 그리고 있었다.

나는 깜짝 놀랐다. "누가 당신 목을 졸랐지?"

"빌, 부탁이에요."

"언제 이런 일을 당했소?"

"2~3일 전이에요. 아무것도 아네요. 술이 취해 있었어요. 그 사람은 다만……"

"제이미가 그랬소?"

"그래요."

"그런데 경찰에 가지 않았단 말이오?"

"네, 가지 않았어요."

나는 아직 권총을 손에 들고 있었다.

"경찰에는 가지 않고, 그 대신 이걸 구해 놓았군."

"그게 더 안전할 것 같았어요."

"그래서 오늘밤 술집에 갔었던 거요? 이리로 오게 하고 싶지 않아서? 그렇게 하는 편이 안전하다고 생각했을 테지?"

"그래요."

"정말 어처구니없군. 도대체……"

그때 아래층에서 누르는 초인종 소리가 부엌에서 요란하게 울리기 시작했다. 마치 아우성치듯이 오랫동안 울렸다. 누가 벨을 계속 누르고 있는 모양이었다.

안젤리카는 베개에 기대며 몸이 굳어졌다. 감정을 다 소모해 버린 듯한 표정이 얼굴에 나타났다. 초인종은 여전히 울리고 있었다.

"틀림없이 밤새도록 저러고 있을 거예요."

"제이미요?"

그녀는 끄덕였다.

"내가 쫓아내겠소."

그녀는 내 쪽으로 고개를 돌렸다. 그때까지 내 앞에서 버티고 있던 체면은 완전히 허물어져 버렸다. 그녀의 자존심, 나에 대한 혐오, 그 밖에 나라는 사람에 대하여 그녀가 품고 있던 복잡한 감정이 어떤 것이었든, 지금에는 아무 소용도 없게 되었다. 다만 초췌함과, 사태를 제대로 처리하지 못하는 무능력함뿐이었다.

"빌, 부탁이에요. 그 사람에게 설명해 주시지 않겠어요? 내가 술집에 갔었던 일, 그리고 병이 났다는 것, 그래서 오늘밤은 만날 수 없다고."

초인종 소리는 사람의 신경을 곤두서게 하고는 겨우 멎었다. 그런데 얼마 안 지나 또 울리기 시작했다. 나는 권총을 침대 위에 놓고 거실로 나갔다.

등뒤에서 그녀의 목소리가 들려왔다. 불쾌할 정도로 모성애적이고 사람을 감싸주는 듯한 말투였다.

"그래도 때리지는 말아요. 그 사람 탓은 아니니까. 그는 취하면 술기운을 이겨내지 못할 뿐이에요. 그 사람에게는 나밖에 없어요. 내가 필요해요. 그 사람은 그 사람 나름대로 나를 사랑하고 있어요."

그 녀석은 그 녀석 나름대로 그녀를 사랑하고 있다고! 나는 더 이상 듣고 싶지 않았다. 몹시 화가 났고 기분이 나빴다. 제

이미뿐만 아니라, 세상 전부에 대해서. 안젤리카——예전에 내
아내였고, 내가 사랑했었던 안젤리카를 이렇게까지 비참한 처
지에 떨어지게 한 사회 전체에 대해 화가 났다.

　계단을 내려가면서도 나는 그녀의 방에 있을 때와 마찬가지
로 시끄럽게 울려대는 초인종 소리를 들었다. 분노와 함께 나
는 오늘밤의 복잡하고 불쾌한 기분을 폭력으로 풀어버릴 것
같은 예감이 들어 흥분과 스릴마저 느꼈다.

　나는 1층 복도까지 내려갔다. 유리문 밖으로 초인종에 기대
선 남자의 모습이 보였다. 나는 문을 열고 곧장 그에게로 가서
느닷없이 그를 밀어냈다. 굉장히 세게 밀었던 모양이다. 그는
비틀비틀 뒷걸음치며 쓰러질 듯했다. 겨우 버티고 서서 머리
를 흔들더니 눈을 깜박이며 바라보았다.

　몸집이 자그마한 젊은 남자였다. 현관의 희미한 불빛 아래
에서 보니 19살 정도밖에 안돼 보였다. 상당히 취하기는 했지
만, 지금까지 내가 본 남자 중에서 이렇게 잘생긴 사람은 없었
다고 해도 좋을 만큼 이목구비가 빼어난 얼굴이었다. 머리카
락이 까맣고 눈도 까맣다. 카라바기오(1573~1610, 이탈리아의 초
기 바로크풍의 대표적 화가)의 그림에 나오는 류트(만돌린 비슷한 현
악기)를 켜는 악사와 바커스(로마 신화에서의 술의 신)의 주연(酒宴)
에서 포도주로 상기된 양치기 소년을 연상케 했다.

　그와 안젤리카가 함께 있는 광경을 상상해 보았다. '그 사람
은 그 사람 나름대로 나를 사랑하고 있어요.' 질투라고도 할
수 있는 어리석은 감정이 나를 더 화나게 했다.

　나는 소리쳤다.

　"썩 꺼지지 못해!"

　그는 다시 눈을 깜박이며 만화에 나오는 권투선수 같은 자
세를 취했다.

　"썩 꺼지라니! 다시 한 번 말해 봐! 썩 꺼지라고?"

　"그녀는 병이 났어. 귀찮게 따라다니는 너 같은 녀석은 상대
하고 싶지 않다고 했어."

"따라다닌다고? 누가 따라다닌다는 거지?"

그는 나를 뚫어지게 노려보더니 갑자기 눈을 가늘게 떴다. 그리고는 쏜살같이 내 옆을 지나쳐 다시 초인종을 누르며 고함을 질렀다.

"이봐, 문 열어! 문 열라고! 이 배신자! 떠돌이 여자인 주제에!"

나는 그의 팔을 잡아 초인종에서 떼어 놓았다. 그는 갑자기 미친 듯이 행동하기 시작했다. 자기 몸을 내던지듯이 나에게 부딪쳐, 두 팔로 나를 때리고 발로 걷어차며 무릎으로 밀어 쓰러뜨리려고 했다. 그러나 전혀 효과가 없었다. 하지만 살인이라도 저지를 것 같은 기세였기 때문에 나는 조금 주춤했다. 나는 다만 이리저리 그의 주먹을 피할 뿐이었다. 그는 무턱대고 허공을 치면서 내게로 비틀거리며 다가왔다. 나는 그대로 내버려두었다가 힘껏 관자놀이를 후려쳤다. 그는 잠꼬대 같은 작은 신음소리를 내며 비틀거리더니 현관 바닥에 쓰러졌다.

나는 그를 내려다보았다. 나의 심장은 분노와 육체적인 승리의 만족감으로 방망이질하듯 뛰었다. 물론 그를 이런 곳에 내버려둘 수는 없다. 그냥 두면 정신이 든 뒤 또 초인종을 눌러댈 게 분명하다.

나는 밖으로 나가 집 앞 돌계단 위에 섰다. 건너편의 싸구려 술집에서 재즈 음악 소리가 들렸다. 거리에는 사람 그림자 하나 없고, 쓰레기통을 뒤지는 쥐가 눈에 띌 뿐이었다. 잠시 기다리니 길모퉁이를 돌아 택시가 달려왔다. 손짓을 하자 이쪽으로 다가왔다. 나는 현관으로 되돌아갔다. 제이미는 아직도 현관바닥에 웅크린 채 쓰러져 있었다. 나는 재빨리 주머니를 뒤져 지갑을 꺼냈다. 3달러가 들어 있었다. 돈을 빼고 지갑은 주머니에 도로 넣었다.

그때 거리에서 한 여자가 걸어왔다. 키가 크고 금발머리에 낙타 코트를 입었으며, 모자는 쓰지 않았다. 어디선가 불쑥 나타난 듯한 느낌이었다. 불과 2~3초 전까지만 해도 거리에는 아무도 없었다. 이상하다. 그렇다, 그 택시를 타고 온 여자일 것이다.

그녀는 제이미를 내려다보고는 나를 올려다보았다. 눈이 크고, 보는 사람으로 하여금 아이러니컬한 느낌을 주는 여자였다. 커다란 앞니가 비버의 이빨처럼 조금 앞으로 튀어나왔다.

"어머나, 싸운 모양이군요?" 하고 그녀가 말했다.

"아무 일 아니오."

"남자들이란 어쩔 수 없군요. 싸움밖에 즐거움이 없으니."

그녀는 열쇠를 꺼내 안쪽 유리문을 열고 집안으로 들어갔다. 나는 제이미를 일으켜 세웠다. 의식은 찾았지만 아직 얼떨떨한 모양이었다. 그는 나에게 매달린 채 조용히 기다리고 있는 택시 쪽으로 걸어갔다. 운전사는 못마땅한 눈초리로 그를 바라보았다.

"술에 취했소." 하고 나는 말했다.

"그래요?"

나는 뒷문을 열고 그를 차 안으로 밀어넣었다. 그는 좌석 위에 허물어지듯 쓰러지더니 금방 코를 골기 시작했다. 나는 아무렇게나 생각나는 대로 브루클린의 주소를 운전사에게 말하고, 10달러짜리 한 장을 건네주었다.

"목적지에 닿기 전에는 내려주지 마시오. 불쌍한 어머니가 기다리고 있으니까."

"그래요?" 운전사는 그렇게 말하고 차를 몰고 갔다.

잠시 동안의 일이었지만 나는 우쭐한 기분에 취해 있었다. 그러나 그 순간도 지나가 버렸다. 그리고 그 대신 우울한 기분만이 남았다. 나는 이 골치아픈 거리에서 빨리 떠나고 싶었다. 안젤리카에 대해서는 두 번 다시 생각하고 싶지 않았다. 하지만 그녀의 열쇠를 가지고 있고, 게다가 내 짐도 아직 그녀의 거실에 있다. 나는 계단을 올라가 방으로 들어갔다. 그녀는 침대에서 몸을 반쯤 일으키고 있었다. 권총은 이미 눈에 띄지 않았다. 다시 베개 밑에 감췄을 것이다.

　나는 말했다. "적어도 오늘밤만은 그 녀석 때문에 걱정하지 않아도 될 거요."

　"때리지는 않았겠죠?"

　나는 그녀에게 소리치고 싶었다. 그는 지난 주에 당신을 죽이려고 했어. 그런데 어째서 당신은 그 녀석의 안전만 걱정하고 있는 거지?

　"음, 때리진 않았소."

　나는 한참을 그와 입씨름한 끝에 집으로 돌려보냈다고 거짓말을 했다. 그녀가 내 말을 믿었는지 아닌지는 모르지만, 나로서는 그런 건 아무래도 좋았다.

　잠시 동안 나는 침대 옆에 서서 벽을 바라보고 있었고, 그녀는 아무말 없이 옆으로 누워 있었다. 이윽고 그녀가 말했다.

　"나는 당신에게 이런 신세를 질 생각은 전혀 없었어요. 무엇보다도 이런 신세만은……"

　"그런 건 조금도 상관없소."

　"그렇지만 당신이 그 사람을 잘 알 수 있다면……그 사람 정말은 아주 상냥한 사람이에요. 사실 바보 같은 짓만 하고 있지만……그는 일부러 자기 성격과 반대되는 일만 하려고 해요. 그는……"

　갑자기 그녀는 울기 시작했다. 훌쩍거리는 소리가 들렸다. 나는 억지로 눈을 돌려 그녀를 바라보았다. 그녀는 옆으로 누워 얼굴을 베개에 파묻은 채 울고 있었다. 탐스러운 검은 머리카락이 얼굴을 가리고 있었다. 훌쩍거리는 울음은 괴로움에 몸부림치는 듯한 절망적인 것이었다. 그러나 그녀의 아름다움은 조금도 변함이 없었다. 나는 그녀가 나와 함께 몇 년을 살면서도 한 번도 운 적이 없었던 것을 기억했다. 추억이 되살아나면서 경계심이 허물어지기 시작했다. 마음속으로는 안된다고 하면서도, 내 육체는 그녀의 육체를 기억하고 그녀의 육체를 원하며 소용돌이치고 있었다. 그녀가 베시나 리키와 다름없이 아직도 내 생활의 일부를 차지하고 있는 듯한 느낌이 들었다.

"안젤리카!"

"돌아가 주세요!"

"안젤리카……"

그녀는 베개를 밀어내며 일어나더니 나를 휙 돌아보았다. 분노와 괴로움이 그녀의 얼굴을 보기 흉하게 일그러뜨렸다. 그것은 낯선 여자의 얼굴이었다.

"빨리 여기서 나가 주세요! 캘링검의 요트로, 캘링검의 캐딜락으로 돌아가세요. 그 사람들이 발을 동동 구르며 기다리고 있을 테니."

마력은 깨어졌다. 나를 매료시킨 모든 것이 사라졌다. 마녀에게 사로잡힌 여자, 주정꾼에게 얽매여 자기를 잃은 여자, 그녀는 이미 나와는 신문 3면 기사의 자살사건만큼도 관계가 없는 여자였다. 나는 종이 한 장 차이로 위기를 모면한 듯한 생각이 들었다.

"그럼, 잘 있어요, 안젤리카."

나는 뒤도 안 돌아보고 거실로 뛰어나가, 열쇠를 테이블 위에 던져 놓고는 트렁크를 손에 들고 밖으로 나왔다.

6번가의 모퉁이에서 택시를 잡았다. 차에 올라타면서 시계를 보니 아직 1시도 되지 않았다. 그 지긋지긋한 해후, 지나간 인생과의 재회는 두 시간도 채 걸리지 않은 셈이다.

"빅맨 플레이스." 나는 운전사에게 말했다.

내 마음은 이미 집에 가 있었다. 베시와의 생활로, 아무 근심도 위험도 없는 세계로……

제3장

나는 가지고 있던 열쇠로 아파트 문을 열고 안으로 들어갔다. 레코드 음악이 조용히 들리고, 거실문에서 희미한 불빛이 새어나오고 있었다. 베시는 아직 자고 있지 않은 모양이다. 그녀에 대한 강한 애정이 마음속에서 솟아올랐다. 그녀와 나의 새로운 생활 전부가 동화 속의 환상처럼 완전히 녹아 사라져 버린 듯한 느낌이 들었었기 때문에, 베시의 존재에 대해 진심으로 감사하고 싶은 기분이었다.

"베시!" 나는 그녀를 불렀다.

"빌, 이제 오세요?"

나는 트렁크를 내려놓고 코트를 벗은 다음 거실로 들어갔다. 그녀는 난로 옆에 앉아 있었다.

"피곤하시죠? 비행기가 늦게 도착했나 보군요? 비행기는 언제나 늦어요. 그러면서 왜 시간표 같은 걸 만들어 놓았는지 모르겠어요. 아마 승객의 가족들을 곯려주기 위해서인가 봐요."

그녀의 상냥하고 기분좋은 얼굴, 싱그러운 미소——그런 모습을 잠깐 보는 것만으로도 내 마음은 따뜻해졌다. 그녀는 자신이 아름답지 못하기 때문에, 돈을 목적으로 하지 않는 한 아무도 자기를 원하는 사람은 없을 거라고 오랫동안 생각해 왔다. 나와 결혼하기 전까지는 그런 생각이 그녀의 머리에서 떠나질 않았다. '저 여자가 CJ의 딸이로군. 알고 있지? 대프니 말고 또 하나 있잖은가. 자선사업에 열중하고 있는 그 못생긴 딸 말이야.' 그런 식이었다. 그러나 지금 이렇게 그녀가 아주 자연스러운 태도로, 확고한 자신의 세계를 가진 안정된 모습으로 나에게 다가오는 것을 보자, 나는 우리의 결혼이 두 사람에게 참으로 이상적인 것이었다고 생각했다. 또한, 그녀가 내게 도움이 된 것처럼 나 역시 그녀에게 도움이 되었다는 사실을 절실히 느꼈다.

나는 그녀를 끌어안으며 키스했다. 물론 그녀에게는 안젤리카에 대한 것을 얘기할 생각이었다. 지금까지 그녀에게 숨긴 일은 하나도 없었다. 하지만 언제나 안젤리카는 우리에게 있어 그렇게 간단한 문제는 아니었다. 그래서 지금 이렇게 오랜만에 돌아왔는데, 안젤리카에 대한 얘기를 꺼내 즐거운 분위기를 깨버리는 것은 좀 아쉽다는 생각이 들었다.

"리키는 어떻소?" 하고 나는 물었다.

"떼를 써서 엘렌이 당해 내지 못할 정도였어요. 당신이 돌아오실 때까지 자지 않고 기다리겠다고 하잖아요. 그런데 내가 노래를 불러주면 자겠대요. 이것은 리키에 대한 새로운 발견이에요. 그래서 나는 후두염에 걸린 까마귀처럼 몇 시간이나 노래를 불러야 했지요. 그래도 리키 생각에 내 노래가 그다지 듣기 싫지는 않았던가 봐요."

"당신과 파울러 부부는 CJ 저택에 가서 늦지 않았소?"

"우린 가지 않았어요. 아버지가 날짜를 바꾸어 내일로 정했어요." 그녀는 내 목 뒤로 손을 돌려 짧게 깎은 머리를 쓰다듬으며 말했다. "시카고에서 일은 어땠어요?"

시카고에서 있었던 일은 상당히 어려운 것이었다. 회사의 가장 중요한 광고주 한 사람이 다른 잡지로 바꾸겠다고 했던 것이다. 여느 때 같으면 이것은 나의 부장, 즉 부사장의 일이었다. 그를 대신해서 간 일이었으므로, 일의 결과에 따라서 내 장래에 커다란 영향을 미칠 것이 분명했다. 그런데 결과는 더할 나위 없이 좋았다. 베시에게 이 사실을 얘기하자 그녀는 진심으로 기뻐했다.

"멋지군요. 아버지도 내일은 몹시 기분이 좋아지시겠네요. 틀림없이 내 기금에 몇 백만 달러쯤 기부해 주실 거예요. 자랑거리인 포도주가 나오면 적당한 때에 당신이 얘기를 좀 잘 해주시지 않겠어요?" 그녀는 조금 걱정스러운 듯 나를 바라보았다. 그녀가 왜 그런 얼굴을 하는지 나는 잘 알고 있었다. 결혼한 지 3년이 되지만, 그녀는 아직도 내가 그녀를 위해 누구와 만날 약속을 하는 것에 무척 신경을 썼다. 비록 상대가 자기 가족의 경우라 해도 마찬가지였다. 그녀는 명령하는 행동을 취하는 것을 매우 싫어했다. 왜냐하면 캘링검 집안은 대단한 부자였고, 돈을 가진 아내는 자칫하면 명령하는 태도가 되기 쉽다고 들어 왔기 때문이다.

"당신은 어떠세요? 아버지를 공략하는 데 가담해 주시겠어요?"

"물론 해야지."

"어머나, 고마워라! 자기 전에 한 잔 어떠세요? 잠시 난로 옆에서 쉬는 게 어때요?"

그녀가 만들어 준 칵테일을 손에 들고 우리는 난로 앞에 앉아 조용하게 그녀의 기금에 대해 얘기했다. 그녀와 결혼할 당시에는 그녀에게 있어서 '베시 캘링검 백혈병 기금'만큼 소중한 것은 없었다. 지금도 이 기금은 리키와 나 다음으로 소중한 것이다. 그녀는 진심으로 존경하고 사랑하던 어머니가 백혈병으로 세상을 떠난 뒤 이 기금을 창립했다. 그 뒤로 이 일에 전심전력을 다해 어머니를 잃은 슬픔, 아버지에 대한 부끄러움, 자신의 용모에 대한 열등감을 잊으려고 애썼다. 이제는 이 기금이 전국적으로 유명해져서, 그녀의 이름은 어느새 '선량한 시민'의 대명사가 되어 있었다. 그녀에게 있어 기금만이 유일한 것이며 그녀 자신은 사랑의 대상이 될 수 없다고 믿고 있었을 때는, 이런 세상의 존경도 야유하는 듯한 슬픔이었다. 그러나 리키와 나를 얻은 지금은 사정이 완전히 달라졌다.

난로는 기분좋게 타오르고 있었으며, 마신 술이 몸을 편안하게 해주었다. 우리는 리키에 대한 얘기를 시작했다. 베시는 웬일인지 아기 운이 없어, 언제나 리키를 하나님의 기적적인 선물로 여기고 있었다. 나는 안젤리카에 대한 것을 말하려 했지만, 그것은 택시 안에서 생각했던 것만큼 쉬운 일이 아니라는 걸 깨달았다. 베시가 두려워하는 단 한 사람——그것은 안젤리카였다. 그녀는 안젤리카를 포르트피노에서 한두 번밖에 본 적이 없었다. 그런데도 그녀는 안젤리카의 아름다움을 두려워했고, 지난날 그녀에게 품었던 내 사랑을 염려했다. 뿐만 아니라 어쩌면 안젤리카가 찾아와 리키를 데려가 버리는 건 아닐까 하고 걱정했다. 만일 안젤리카가 뉴욕에 있다는 걸 알면 그녀는 계속 불안 속에서 살아갈 것이다.

이렇게 단둘이서 마치 사춘기 소년과 소녀처럼 손을 마주잡고 앉아 있는 동안, 나는 어떤 유혹을 느끼기 시작했다. 그리고 그것은 단순한 유혹이 아니라 확고한 이유가 있는 것으로 생각되었다. 베시는 비행기가 늦게 도착한 것으로 생각하고 있다. 따라서 내 귀가시간이 늦어진 것에 대해서는 아무 변명도 할 필요가 없는 것이다. 그런데 안젤리카의 일로 그녀에게 쓸데없는 걱정을 하게 할 필요가 있을까? 아무튼 오늘밤에 있었던 일은 아무런 의미도 없는 것이다. 안젤리카와는 아마 두번 다시 만날 기회가 없을 것이다.

술이 떨어지자 우리는 어린이 방으로 갔다. 리키는 곰처럼 둥글게 웅크리고 깊이 잠들어 있었다. 아랫입술이 파이프 담배라도 피우는 것처럼 쑥 내밀어져 있었다. 그런 모습에는 어머니와 닮은 점이 조금도 없었다. 베시는 침대 위로 몸을 굽혀 리키의 볼에 입맞추었다. 베시의 얼굴은 만족과 기쁨에 가득차 아무 근심도 없었다. 내겐 이보다 더 좋아하는 표정은 없다. 안젤리카는 소라고둥 속에서 들려오는 바닷바람 소리보다 더 먼 것처럼 느껴졌다.

나는 웨스트 10번가를 잊는 것은 상식적이며 친절한 행위의 결과라고 생각했다.

우리는 옷을 벗고 잠자리에 들었다. 시카고에서 사흘을 머무는 동안, 나는 베시가 옆에 없어 얼마나 외로웠는지 모른다. 지금 이렇게 그녀 옆에 누워 있으니, 나는 비로소 집에 돌아왔다는 사실이 행복 그 자체라는 걸 느꼈다. 우리는 꾸벅꾸벅 졸면서 얘기하다가 잠들었다.

나는 안젤리카 꿈을 꾸었다. 제이미, 안젤리카──공포가 되풀이되는 악몽이었다. 나는 놀라서 잠을 깼다. 잠이 깬 뒤에도 가슴은 몹시 뛰었고, 꿈의 두려움도 여전히 남아 있었다. 내 자신이 어디에 있는지도 확실히 알 수 없었다. 다만 안젤리카의 손가락에 끼고 있던 돌고래 모양의 반지가 어둠 속에서 내 눈 앞에 어른거리고 있었다.

잠시 뒤 잠에서 완전히 깨어났다. 옆에서 자고 있는 베시의 조용한 숨소리가 들렸다. 지금 내가 어디에 있는지는 확실해졌지만, 또한 안젤리카의 환영(幻影)도 생생하게 되살아났다. 베개 밑에 권총을 감추고 초라한 침대 위에 병든 몸으로 누워 있는 안젤리카. 부엌에서는 초인종 소리가 끊임없이 울리고 있다. 나의 행복과 안젤리카의 비참함, 그 대조가 너무나 불공평하게 느껴졌다. 왜 이렇게 되었을까? 이렇게 된 것은 내 탓일까?

전에는 한번도 이런 생각을 한 적이 없었다. 이혼한 뒤 아주 비참한 생활을 할 때도, 나는 안젤리카를 탓한 적은 있지만 내 자신을 나무란 적은 없었다. 그런데 지금 몇 년 동안 잠들어 있었던 자책감이 갑자기 눈을 떠, 마치 내가 법정에 끌려나온 죄인이라도 된 것처럼 느껴졌다. 그와 동시에 지금까지 잊으려고 애써온 안젤리카와의 몇 년이, 내 의지와는 반대로 트렁크 속에서 꺼낸 불쾌한 소설의 원고를 한장 한장 넘겨보듯 되살아났다.

처음으로 내 눈에 비친 안젤리카는 클랙스턴 대학 구내에 있는 로버츠 교수의 낡은 집에 사는 안젤리카였다. 낯설고 차분한 19살 소녀였다. 아내를 잃은 까다로운 아버지를 위해 안주인 노릇을 하고 있던 그녀는 내 눈에 상당히 세련된 여자로 보였다. 그 무렵의 나는 24살로 해병대를 갓 제대했을 때였다. 태평양 전쟁과 해군 병원에서 3년 정도 지낸 뒤, 만만찮은 야심에 불타오르던 시골 젊은이였다. 고향은 아이오와 주. 옥수수밭에서 자라 문화라는 것에 순진한 동경을 품고 있던 나는 GI 장학금을 받으며, 대학교육을 마치면 제2차 대전이 낳은 대작가가 될 수 있다고 생각했었다. 로버츠 교수는 불우한 몸을 시골에 숨기고 있는, 말하자면 패잔병이었다. 그러나 세상을 모르는 나에게는 빈 셰리주 병이나, 부서진 등의자, 유럽 예술에 대한 교수의 광상곡적인 논설 같은 것들로 가득차 있는 그 집이 마치 지식의 전당처럼 보였다. 그가 지닌 이런 영광은 안젤리카 위에서도 빛나고 있었다. 나는 그녀의 아름다움과 함께 그녀의 영특함을 찬미했다. 그래서 당연한 결과지만 그녀는 나의 미랜더(셰익스피어의 희곡 「템페스트」에 나오는 여주인공으로, '구원의 여신'이라는 뜻)가 되었고, 나는 자칭 문학적 재능을 가진 그녀에게 있어서 최초의 천재가 되었던 것이다.

나는 베시가 깨지 않도록 침대 위에서 몸을 긴장시켰다. 나의 회상은 계속되었다. 그때까지는 아직 아무 일도 일어나지 않은, 글자 그대로 천진스러운 연인이었다. 그런데 안젤리카는 열심히 나를 부추겨서 클랙스턴 대학 문학부를 졸업하지 않아도 전쟁소설을 쓸 수 있을 것이라는 생각을 심어 주었다.

나는 곧 쓰기 시작했다. 6개월이 채 못 되어 「한낮의 작열」이 완성되었다. 이 소설은 어떤 출판사에서 출판해 주기로 했으며, 동시에 터무니없는 낙천주의와 자기예찬 속에서 우리는 결혼했다. 책이 출판되자 비평가들은 입을 모아 칭찬했고, 게다가 할리우드의 영화사에서도 상당한 돈을 내고 사갈 정도였다. 그래서 우리는 로버츠 교수를 남겨두고 유럽으로 여행을 떠났다. 왜냐하면 유럽이야말로 편협한 생각에서 벗어나 영원한 행복을 발견할 수 있는 황금의 땅이라고 교수가 말했기 때문이다.

나의 자책감은 여기서 우리가 프랑스, 이탈리아, 스페인 등지로 돌아다니며 기쁨에 취해서 보는 것마다 경탄해 마지 않았던 그 몇 달 동안에 대한 무익하고 위험한 향수로 변해 갔다. 할리우드에서 준 돈을 손에 넣게 되자, 나는 대단한 부자가 되어 아주 유명한 사람이 된 듯한 기분에 사로잡혔다. 사람을 숭배하는 일에 끝없는 기쁨을 느끼던 안젤리카는 당연히 나를 숭배했으며, 처음부터 격렬하고 육체적이었던 우리의 사랑은 인생을 그칠 줄 모르는 광시곡(狂詩曲)으로 바꿔 버렸다. 그리고 완전히 일심동체가 된 기분으로 관광객들에게 그다지 시달리지 않는 프로방스(프랑스의 남서부 지방)의 한 구석에 조그마한 집을 빌렸을 때는, 새롭고 풍요로운 인생이 시작되었다고까지 생각했었다.

나는 요 몇 년 동안 그 프로방스의 집을 생각해 본 적이 없다. 그런데도 지금 그 집의 구석구석, 온갖 소리, 냄새, 색깔 등이 눈앞에 선하게 떠오른다. 안젤리카와 안젤리카를 원하는 내 육체적인 욕망이 온 집안에 가득차 있었다. 이런 것들을 생각하고 있는 사이에, 갑자기 나는 지금 누워 있는 이 침대가 그 프로방스의 집에 있던 침대로 바뀐 듯한 어처구니없는 착각에 빠졌다. 옆에서 편안히 잠들어 있는 사람은 베시가 아니라 안젤리카가 아닐까?

그 손이 살며시 내 쪽으로 뻗쳐 왔다. 순간 나는 그 손이 틀림없는 안젤리카의 손으로 느껴졌다.

베시의 목소리가 들렸다.

"일어나 있었어요?"

"응."

"가엾게도. 비행기 여행으로 너무 피곤했나 보군요."

"그런가 봐."

그녀의 손은 나의 배신행위도 모르고 오직 신뢰로서 내 손가락을 꼭 쥐더니 다리를 두드렸다.

"어떻게든 좀 자두는 게 좋아요. 내일은 중요한 날이니까."

자책감이 되살아났다. 이번에는 베시에 대한 죄책감이었다.

"베시!"

"왜 그러세요?"

"집에 돌아와서 난 기뻐."

"알고 있어요, 빌. 잘 알아요."

그녀는 살짝 만족스러운 한숨을 쉬고는 내게 등을 돌리며 옆으로 누웠다.

나는 자기혐오와 부끄러움에 괴로워하면서 가만히 누워 있었다. 그리고 내 자신에게 벌을 주고 싶은 욕망을 느끼며 다시 생각을 계속하기 시작했다. 이번에 떠오른 추억은 비참하고 현실적인 것이었다. 프로방스에서 지낸 처음 반 년 동안에 안젤리카는 리키를 낳았고, 나는 두 번째 소설을 반이나 썼다가 찢어 버렸다. 나는 어떤 때는 거만해지고, 어떤 때는 자신감에 차 있고, 어떤 때는 희망에 가슴이 부풀었으며, 또 어떤 때는 허둥댔다. 신선한 아이디어를 갖고 책을 쓰기 시작했으나 실패하고 말았다. 이윽고 새롭고 풍요로운 생활은 서서히 공포의 생활로 바뀌어 갔다.

먼저 최초의 죄를 부추긴 것은 안젤리카였다. 프로방스에 정착한 지 2년째 접어들 무렵, 안젤리카는 작가에게 하루종일 울어대는 아이가 있으면 일을 할 수 없다, 내 실패는 그녀의 죄다, 리키는 절대로 낳지 말았어야 했다고 믿기 시작했던 것이다. 그래서 아이를 다른 곳에 떼어놓기로 결정했지만, 양심과 남들에 대한 체면을 생각해서 전쟁 직후의 유럽은 미국인 어린아이에게 그다지 좋은 환경이 못 된다는 그럴듯한 구실을 만들어 냈다. 그러나 일단 리키를 미국에 데려가 아이오와에 있는 누나 로즈에게 맡긴 순간, 나는 우리가 어떤 죄를 저질렀는가를 확실히 깨달았다.

그 뒤 우리의 생활은 참으로 무미건조했다. 유럽으로 돌아가기는 했지만 전에 살던 집으로 가지는 않았다. 돈은 급속도로 줄어갔고, 우리의 정열은 결합을 위해서라기보다는 오히려 도피의 수단이 되어버렸으며, 소설을 쓰기 위한 영감(靈感)을 얻으려고 이리저리 장소를 옮겨 살았다. 나는 비참하게도 술을 마시며 밤을 지새웠고, 밤마다 안젤리카는 핀 알로 한 잔을 들고 나와 함께 밤을 새웠다. 여름 휴가철에 모인 국제적인 사교 모임의 쓰레기 같은 녀석들이 안젤리카에게 추파를 던졌으

며, 그 중에서도 찰스 메이틀랜드는 가장 열렬히 다가왔다. 찰
스는 나보다 더한 자기 기만자였으며, 더 많은 자기 연민을 품
고 있는 젊은 작가였다. 그러나 안젤리카는 그런 남자들을 전
부 무시했으며, 비록 그것으로 그녀의 허영심이 만족되었다
해도 그런 기색은 조금도 보이지 않았다. 나만이 그녀 생활의
전부인 것처럼 보였으며, 나에 대한 그녀의 신뢰를 빼고는 이
미 아무것도 남아 있지 않았다. 그러므로 그녀에 대한 내 사랑
은 공기의 존재와 같은 필요불가결한 것이 되었다.

"빌."

"왜, 베시?"

"시카고에서는 모든 일이 다 잘된 거죠?"

"물론이지. 다 잘되었소."

"그럼, 나쁜 일은 하나도 일어나지 않은 거죠?"

"으음, 아무 일 없었소."

아무 일 없었다고? 문득 나는 웨스트 10번가에서 엉망으로
취해 주먹을 휘두르던 제이미가 생각났다. 내 자신이 성인 같
은 말을 하고 있지만, 잘 생각해 보면 그 제이미와 조금도 다
를 것이 없지 않은가? 제이미는 그런 식으로 안젤리카의 신경
을 소모시키고 있는데, 나 역시 그런 짓을 전에 해본 기억이
없다는 말인가? 그 무렵 나는 감당할 수 없는 짓만 했었다. 사
실 그랬다. 그때로서는 그녀가 나에게서 도망쳤다 하더라도
그럴만한 이유는 충분히 있었던 것이다. 그러나 그녀는 떠나
지 않았다. 그리고 나는 그 사실만을 믿고 의지했다. 그뿐이었
다. 비록 내 자신을 채찍질하고 싶은 생각은 들었을망정 그녀
를 숭고한 순교자로 여길 수는 없었다. 최후의 결말을 보면 그
것을 잘 알 수 있다.

파국이 찾아온 것은 포르트피노에서였다. 해병대 시절의 친
구인 폴 파울러가 아내와 함께 호사스런 캘링검 집안의 요트
를 타고 포르트피노에 나타났을 때 나, 안젤리카, 그리고 찰스
메이틀랜드도 그 고장에 머물고 있었다. 캘링검 집안의 요트

에는 캘링검 자신과 딸 베시, 그리고 아직 어린 베시의 동생이
타고 있었다. 나는 그때까지 캘링검 같은 대단한 부자는 만난
적이 없었다. 그래서 자신이 정복한 세계를 앞에 두고 의연하
고 관대한 태도를 보이는 캘링검 일가는 나를 몹시 매혹시켰
다. 동시에 나 자신의 실패를 더욱 뼈저리게 느끼도록 했다.
그들은 포르트피노에 1주일쯤 머물렀는데, 어느 날 밤 나는 요
트 위에서 그들과 만찬을 함께 했다. 안젤리카는 그날 밤 뭍에
있었고 만찬회에는 참석하지 않았다. 우연히도 CJ는 전에 내
책을 읽은 적이 있다는 것이었다. 그러나 부자들 특유의 우둔
함으로 내가 저자인 줄 모르고 그 책을 거리낌없이 깎아내렸
다. "현대의 노출광 작가가 엉터리로 써낸 신경과민의 졸작이
야." 하고 말했던 것이다. 이것으로 내 한 가닥 희망도 완전히
허물어져 버린 것 같았다. 요트에서 돌아오는 길에 선착장 부
근의 싸구려 술집에서 술을 퍼마시고, 전에 없이 우울한 기분
으로 간신히 내 방으로 가는 계단을 올라갔던 걸 기억하고 있
다. 안젤리카마저 없었다면 그때 자살했을지도 모른다. 사실
그때 나는 그런 생각을 하고 있었다.

나는 작고 쓸쓸한 침실의 불을 켰다. 안젤리카는 방에 없었
다. 그 대신 한 장의 종이쪽지가 놓여 있었다.

'빌, 미안해요. 나는 당신과 헤어져 찰스와 함께 살겠어요.
이혼해도 상관없습니다. 리키는 당신에게 맡기겠어요. 다른 할
말은 없습니다.   안젤리카'

지금도 그때의 분노와 괴로움이 그 작고 무더운 해변가의
방에 있을 때와 마찬가지로 생생하게 되살아났다. 그녀는 그
때까지 내게 꼭 매달려 나에 대한 신뢰감으로 나를 꼼짝 못하
게 얽어맸으며, 내 육체에 대한 그녀의 힘은 내 자존심, 남자
로서의 내 영혼을 완전히 상실케 했다. 그런데 가장 비참한
때를 골라 나와 아이를 버리고, 나보다 더 몰락하고 초라하며

가치없는 남자에게로 달려간 것이다.

그러나 그런 분노와 괴로움도 역시 현실의 감정은 아니었다. 단순한 기억에 지나지 않았다. 나는 자유로운 몸으로 그날 밤의 불안에서 벗어나, 모든 것을 일종의 정리된 연민의 감정으로 바라볼 수 있게 되었다는 것을 깨달았다. 안젤리카는 처음부터 파괴자로 운명지어진 여자다. 어떤 부패적인 요소가 잠재해 있다가, 그것이 그녀를 나와 찰스 메이틀랜드, 그리고 여러 남자를 거쳐 마침내는 현재의 제이미에게로 불가피하게 끌고 간 것이 틀림없다. 그러므로 나는 별로 책임을 느낄 필요가 없다. 양심의 가책을 받을 필요가 없는 것이다. 아니, 오히려 그녀가 내 곁을 떠난 일, 그래서 내가 기적적으로 캘링검 일가의 도움을 받게 된 것에 감사해야 하지 않을까.

내가 오늘날 이런 위치에 서게 된 것은 모두 캘링검 일가가 도와준 덕분이다. 폴 파울러가 우리들 사이에 있었던 일을 얘기하자, 캘링검 집안 사람들은 모두 함께 요트 여행을 하자고 간곡히 권했다. 그리고 CJ는 그의 강력한 마법의 자팡이를 휘둘러, 지금 내가 하고 있는 일과 경제력을 부여해 주었다. 특히 베시에게는 감사해야 할 일이 많다. 그녀의 고독과 나의 고독은 완전히 일치되어 우리는 지금 이렇게 굳게 맺어져 있는 것이다. 다시 냉정한 자신으로 돌아온 나는 현재의 상태를 간단히 요약할 수 있을 것 같았다. 나의 동정, 나의 사랑을 필요로 하는 사람은 베시밖에 없다, 안젤리카는 이미 지나간 일이다——라고.

아무 위협도 없을 것이다. 두려워할 일은 아무것도 없다.

나는 베시에게로 몸을 움직였다.

"베시." 하고 나는 속삭였다.

베시는 깊이 잠들어 있었다. 나는 베시의 귀에 입을 맞추고, 팔로 그녀의 몸을 감싸안고는 아무 불안도 근심도 없이 잠에 빠져들었다.

제4장

나는 베시와, 여기저기 뛰어다녀 감당할 수 없는 리키와, 유모 엘렌과 함께 아침식사를 마친 뒤 10시쯤 사무실에 도착했다. 안젤리카는 전혀 염두에 없었다. 머릿속에는 캘링검 출판사 일과 CJ와 만날 일뿐이었다. 우선 CJ의 비서에게 전화를 걸어 내가 돌아왔다는 것을 알리고 내가 없는 동안에 온 편지를 정리한 다음, 장인에게 어떻게 얘기하면 좋을지 이것저것 생각하면서 시간을 보냈다.

캘링검 출판사 내에서의 내 지위는 그다지 쉬운 자리가 아니었다. 게다가 CJ와의 접촉은 언제나 여러 가지 문제를 일으켰다. 3년 전 CJ가 캘링검 계열의 세련된 세 가지 잡지의 광고를 도맡아 처리하고 있는 이 광고부에 나를 밀어넣었을 때, 내게는 비즈니스 경험 같은 것은 전혀 없었다. 일부 사람들이 사장의 연고자인 나에게 반감을 품는 것은 어쩔 수 없는 일이었다. 특히 데이브 매너스는 벌써 몇십 년 동안이나 이 회사에 근무하고 있으면서 선후배의 순서를 무조건적으로 중요시했기 때문에 나를 몹시 꺼려했다. 그 결과 나는 일을 배울 것, 동료와 잘 사귈 것, 몇 번에 걸쳐 급속도로 승진한 내 지위에 어울리는 일을 해볼 것——이 세 가지의 복잡한 임무를 수행해야만 했다. 다행히도 나는 광고대리업자와 판매부장들을 잘 구슬리는 요령을 알고 있었고, 더 다행스러운 것은 상당히 독재적인 CJ가 마음속으로 나를 '유망한 인재'로 생각하게 되었다는 점이다. 그러므로 내 일도 아주 편해진 셈이다.

광고부에 있는 동료들이 어떻게 생각하든, 내가 베시의 남편이라는 사실은 내 일과는 아무 상관도 없었다. 오히려 그 사실이 내게 있어서는 하나의 핸디캡이 되었다. 왜냐하면 CJ는 ——자신은 절반도 의식하지 못하고 있지만—— 베시의 독립성과 그녀의 기금의 성공에 까닭없이 분노를 느끼고 있었기 때문이다. 그는 막내딸 대프니처럼 아름답고 머리가 좀 둔하며 사치스럽고 응석받이인 여자들을 좋아했다. 나는 물론 CJ를 존경하고 있다. 그에게 호의마저 품고 있다. 권력 때문에 인간성이 비뚤어지고, 뻔뻔스럽게 굳어진 자기 중심주의가 되긴 했지만, 그 나름대로 호의를 가질 수는 있었다. 그러나 그가 사위인 내게 어떤 애정을 갖고 있는가를 나도 모르진 않는다. 내가 무슨 실수를 저지르기라도 하면 틀림없이 그는 정면에서 나에게 화를 내며, "내 사위가 내게 이런 짓을 하리라고는 생각지도 못했어." 하고 소리칠 것이다.

CJ의 비서는 11시 30분에 CJ에게 오라고 연락해 주었다. 보고는 잘 진행되어 갔다. 넓은 어깨, 너부죽한 입, 튀어나온 듯한 번뜩이는 눈——CJ를 볼 때마다 나는 개구리를 연상케 된다. 매우 영리하고 설득력 있는 멋진 개구리. 언제 혀를 날름 내밀어 상대방을 파리처럼 잡아 삼킬지 모르는 개구리. 그러나 오늘 아침의 그는 사람좋은 시골의 대지주 같았으며, 두 달 전 오네이더에서 시카고의 광고대리점 사장과 골프 쳤던 일을 이야기하기도 했다.

"음, 그 문제는 내가 직접 그와 담판 지으려고 했었네. 함께 골프라도 치면 5번 코스쯤에서 해결되었을 거야. 물론 힌트뿐이겠지만. 그들은 힌트 하나만 주면 그것으로 만사 해결되지. 그러나 자네가 해결해 줘서 어쨌든 잘됐네. 아니, 정말 잘했어. 램버트도 자네만큼 잘 해내지는 못했을 거야." 램버트는 병이 나서 요양중인 부사장이다. CJ는 잠시 동안 출판계의 대가다운 날카로운 눈초리로 나를 노려보더니, 이윽고 '당황한 상냥한 아버지'의 눈길로 바뀌며 말했다. "그건 그렇고, 베시가 오늘밤 우리 집에 온다더군. 그 자선사업에 대한 일로 나를 또 쥐어짜낼 모양이네. 자네도 와주겠지? 정신적인 응원이 필요해. 여자들이란 한 가지 일밖에는 생각질 않는다니까. 그런 것은 정말 참을 수가 없어."

"물론이지요. 가겠습니다, 사장님."

"그렇게 해주면 고맙겠네. 그리고 베시에게 말해 주게. 식사가 끝날 때까지 연설은 삼가 달라고. 위액에 좋지 않은 작용을 미치거든. 그럼, 7시 정각이네."

그날 밤 폴 파울러의 차가 수리중이어서, 가는 도중에 그들 부부를 우리 차에 태우고 갔다. 오이스터 만(灣)에 도착한 것은 정각 7시였다.

폴이 함께 가게 되어 정말 다행이라고 생각했다. 우스운 얘기지만, 베시는 아버지의 애정과 동의를 구하는 데 너무 열중한 나머지 그 앞에서는 늘 지나치게 긴장하여 실수만 저질렀다. 그리고 나는 나대로 CJ 저택의 화려함에 예전처럼 멍해지지는 않았지만, 그래도 역시 신경이 몹시 피로해지기 때문이었다. 반면에 폴은 아이러니컬한 냉소를 띠는가 하면, 아이처럼 들떠 기뻐하기도 해서——그런 점 때문에 나는 해병대 시절에 그에게 강한 친근감을 느꼈었지만——CJ의 파티 같은 자리에서는 큰 도움이 되었다. 말하자면 완벽한 촉매제로서 중요한 존재가 되는 것이다. 베시가 그를 기금의 관리자로 택한 것은 정말 현명한 처사였다. 개인적으로는 역시 CJ가 가장 중요한 기부자이지만, 그 CJ에게서 기부금을 끌어내는 것은 언제나 '노예 고용인'(폴이 붙인 베시의 별명)보다는 오히려 폴 자신이었다. 폴은 캘리포니아 태생으로, 그의 집안은 캘링검이라는 이름이 사람들의 입에 오르내리게 되기 몇 대 전부터 부유하고 이름있는 가문이었다. 그러므로 CJ에게 농담을 걸 수 있는 사람은 폴뿐이었다. CJ도 폴이 그런 식으로 대하는 것을 좋아했다. CJ는 또한 폴의 아내인 샌드라에 대해서 친근하고도 때묻지 않은 호의를 보였다. 샌드라는 매우 장식적인 여자에다 기분이 좋을 만큼 머리가 나빠서, 폴은 언제나 그녀를 프롭 (prop : 연극 용어로 property(小道具)의 준말)이라는 별명으로 불렀다.

"빌, 자네는 나의 가장 오랜 친구라네. 그래서 절대 극비사

항을 얘기해 주겠는데, 프룹은 피와 살로 된 여자가 아닐세. 그녀는 아주 고급스럽고 값비싼 플라스틱으로 만들어진 여자야. 누가 만들었느냐고? 자네 회사 엉터리 잡지의 엉터리 광고주가 만든 걸세. 무엇 때문에? 다이아몬드나 밍크 모피, 게다가 캐딜락 차를 걸칠 수 있는 멋진 장식대를 만들기 위해서지. 그런데 바로 내가 —— 단순하고 가엾은 내가 그것을 걸치는 운명을 짊어지게 된 거야. 나의 딜레마에 동정해 주게나. 내 정신적 자원, 또는 내 지갑의 막대한 손해를 생각해 보게. '베시 캘링검 백혈병 기금'이라고? 천만의 말씀! 그것은 '샌드라 파울러 모피, 보석, 고급차 기금'이라고 이름을 바꿔야 하네."

CJ의 집에서 열린 그날 밤의 파티는 언제나처럼 하인이 너무 많았고, 음식이나 마실 것도 지나치게 많았으며, 게다가 대프니는 저 혼자 잘난 체하는 그런 식의 파티였다. 올해 19살이 되는 베시의 여동생 대프니를 싫어하는 것은 아니다. 아니, 솔직히 말하면 귀엽다고 해도 좋을 정도이다. 그녀는 매력적인 아가씨다. 적어도 돈은 남아 돌아갔으며, 생기발랄하고, 머리카락은 빨간색에다 크고 파란 눈을 가지고 있었다. 말하자면 CJ를 여자로 만들어 젊고 예쁘게 다듬은 듯한 용모인데, 이 정도의 조건이 갖추어져 있다면 남의 눈을 끌기에는 충분하다.

CJ는 그녀에게 절대적인 애정을 품고 있어서, 그녀의 경박함이나 탐욕스러움, 게다가 모든 남성은 당연히 자기의 노예라고 생각하는 잘못된 확신 등을 조금도 제어하려 하지 않았다. 그날 밤도 대프니는 바로 내 옆에 앉아 나에게 최대한의 애교를 보였다. 그녀는 언제나 나에게 상식적으로는 생각할 수 없을 만큼 맹렬하게 매력을 발산했는데, 그것은 아마도 틀림없이 베시를 난처하게 만들려는 속셈일 것이다. 나는 그녀의 이런 점만은 정말 못 견딜 정도로 싫었다. 그녀는 '매력적'인 것은 자기이고, 베시는 단순히 '들러리'에 지나지 않는다는 것을 증명해 보고 싶어하는 것이다. 베시는 이 점에 대해서 지금까지도 상당히 민감했다. 그래서 나는 대프니의 이런 태도에 언제나 화가 나곤 했다.

그날 밤 대프니는 CJ가 봄이 되면 사주겠다고 약속한 경주용 보트에 대한 얘기를 정신없이 떠들어댔다. 얼마나 멋질까. 달빛 속을 마음껏 달리면 마치 천국 같을 거예요. 난 못 참겠어요. 빨리 형부와 둘이서 타보고 싶어요! CJ는 상냥한 프롭을 접대하고, 그쪽 일이 한가해지자 이번에는 대프니 쪽을 보며 빙그레 웃었다. 폴도 빈틈없는 남자였으므로 대프니의 비위를 맞추기에 바빴다. 이렇게 되면 언제나 혼자 남게 되는 것은 베시였다. 테이블에 둘러앉은 명랑한 사람들 속에서 자신만이 점잖은 체하는, 분위기도 못 맞추는 눈치없는 사람이라고 그녀는 스스로 생각해 버리는 것이다. 나는 가끔 테이블 한가운데 있는 화병 너머로 그녀에게 미소를 보내, 기운을 내게 해주려고 애썼다. 그녀 쪽에서도 미소를 보내 주었지만, 그러나 그녀의 마음속에 있는 외로움을 나는 잘 알 수 있었다.

아무도 기금에 대한 말은 입밖에 내지 않았다.

식사가 끝난 뒤 여자들이 자리를 뜨고 세 남자만이 포도주잔을 기울이고 있을 때에도 (CJ는 이런 습관이야말로 상류사회에 어울리는 것이라고 생각하고 있었다) CJ는 기금에 대한 얘기만은 하고 싶지 않은 것 같았다. 나는 베시와 약속해서 자연스럽게 기금 얘기를 꺼내는 역할을 맡았는데, 폴이 지금은 말할 시기가 아니라는 듯 눈짓을 하여 하는 수 없이 입을 다물고 있었다. 지금까지 이런 입장에 서본 적이 없는 나로서는 폴의 판단에 맡기는 수밖에 없었다. 특히 이번에는 봄의 기부금 모집에 앞서 CJ에게서 좀 넉넉한 기부금을 받아내어 기부자 명단의 첫 장을 장식할 생각이었으므로, 이 일은 어느 때보다 중요했다.

그런데 여자들이 돌아온 잠시 뒤 문제가 한꺼번에 폭발했다. 폴은 그럴듯한 구실을 붙여 대프니를 넓은 거실의 한쪽 구석으로 데리고 갔다. 나는 프롭 옆에 있는 루이 15세풍의 소파에 앉아 프롭과 CJ의 사이를 가로막았다. 이렇게 해서 CJ와 베시는 부득이 서로 얼굴을 마주보게 된 것이다. 그러나 CJ는 좀처럼 그녀에게 얘기할 기회를 주지 않았다. 잠시 뒤 베시는 있는 힘을 다해서 미리 준비해 두었던 말로 아버지를 설득하려고 했다. CJ는 그녀가 얘기를 꺼내자마자 곧 말을 가로막았다.

"베시, 부탁이니 지루한 연설은 그만해 둬. 네가 무엇 때문에 오늘밤 여기에 왔는지 나는 잘 알고 있으니까. 네가 아무리 미사여구를 써서 설득해 본들 내 결심은 끄떡도 하지 않는다는 것은 잘 알고 있을 텐데."

CJ는 신시내티의 빈민굴에서 태어나 한눈 팔지 않고 자신을 채찍질하며 재산을 모은 사람이었으므로, 필요 이상으로 어려운 말을 쓰는 버릇이 있었다. 그래서 그는 잠깐 말을 끊고 개구리 같은 억지 웃음을 지으며 큰 브랜디 잔을 덥썩 쥐어 비틀더니, 이윽고 그의 설교에서 곧잘 들을 수 있는 매끄러운 어조로 '독립독보'(獨立獨步)를 주제로 한 연설을 시작했다. 즉, 그 기금이 창설된 뒤 그것을 계속 지탱해 온 것은 바로 자신이니까, 사실 CJ 캘링검 기금이라고 부르는 게 적당하다. 만일 베시가 조금이라도 자신이 하는 일을 자랑스럽게 생각한다면, 언제까지나 관대한 아버지에게 의지하지 말아야겠다는 사실을 이제는 깨달을 때가 되지 않았느냐······

나는 그의 말을 들으면서 은근히 화가 났다. 정말로 인정없는 말이다. 뿐만 아니라 전혀 이치에 맞지 않는 불공평한 말이다. 베시는 그녀의 어머니가 남겨준 돈으로 자선사업을 시작했다. 그리고 자기가 할 수 있는 일은 모두 혼자서 해왔다. 아버지에게 부탁한 것은 매년 정기적으로 받아내는 기부금과, 그의 잡지에 광고를 싣는 정도였다. 이 사실은 CJ 자신이 더 잘 알고 있을 것이다. 그런데도 그의 설교는 참으로 길게 계속되었다.

폴과 대프니도 방 구석에서 그의 얘기에 귀를 기울이기 시작했다. 잠시 뒤 폴은 대프니 쪽으로 몸을 기대어 그녀의 귀에 뭐라고 속삭였다. 그녀는 즐거운 듯이 소리죽여 웃었다. 그리

고는 두 사람 다 일어서서 우리 쪽으로 걸어왔다. CJ는 마침
끝맺는 말로 접어들고 있었다.

"그런데 말이다, 베시, 나는 곰곰이 생각한 끝에 이렇게 결
심했다. 올해야말로 너도 아무 원조 없이 훌륭하게 해나갈 수
있다는 것을 증명해 보여야 한다고."

베시는 무표정한 얼굴로 조심스럽게 듣고 있었지만, 그의
말이 교묘한 방법으로 그녀의 마음을 아프게 하기 위해 미리
준비되어 있었다는 것을 나는 잘 알 수 있었다. 그래서 나는
화가 치밀어 계획이고 뭐고 다 잊어버린 채 얼굴이 빨개져서
베시를 변호하기 시작했다. CJ는 미간을 찌푸리며 노골적으로
불쾌감을 나타냈다. 얘기 도중에 나는 문득 폴의 절망적인 시
선을 느끼고 갑자기 내 자신이 서툰 짓만 하고 있는 듯 생각되
어, 결국 우물쭈물하다가 입을 다물어 버리고 말았다. 한참 동
안 길고 숨막히는 침묵이 계속되었다. 이윽고 대프니가 날카
로운 목소리로 외쳤다.

"그럼, 아버지, 아버지는 베시 언니에게 기부금을 주지 않을
생각이세요?"

"그래, 줄 수 없다. 베시는 자립하는 방법을 배우는 거야."

"어머나, 기가 막혀라! 정말 짓궂으시군요. 몹쓸 폭군이에
요!" 대프니는 여학생처럼 킥킥거리며 웃더니, CJ의 무릎 위
에 앉아 가느다란 팔을 그의 목에 감았다.

"난 세상에 태어나서 이런 잔인한 얘기는 처음이에요. 가엾
은 베시! 베시에게는 그 음울한 기금 말고는 아무 즐거움도
없어요. 그 기금은 아버지의 도움 없이는 금방 무너져 버린다
는 건 아버지도 잘 알고 계시잖아요. 그런데 그렇게 냉정하게
거절하실 거예요?"

그녀는 흘끔 베시 쪽을 돌아보고는 CJ의 한쪽 귀를 잡아당
기기 시작했다. 그녀의 이런 노골적인 수단은 베시를 도와주
고 싶어하는 순간적인 재치이기도 하겠지만, 동시에 CJ에 대
한 자기의 영향력을 베시에게 과시하려는 마음도 얼마쯤 있었

던 것 같다. 나는 그런 모습을 보기가 매우 거북했다. 더욱이 그런 뻔한 수단에 차츰 말려 들어가는 듯한 표정을 그에게서 발견하고서, 나는 한층 더 거북하게 느껴졌다. CJ는 볼이 불그레해지고 입을 오므리더니, 마침내는 딸의 흉내를 내며 키득키득 웃기까지 했다. 15분도 채 지나지 않아 그는 '독립독보'에 대한 설교 같은 것은 까맣게 잊어버리고, "그럼 이번만은 대프니의 체면을 보아서." 하고 말하면서 수표에 사인을 했다.

CJ가 수표를 베시에게 건네줄 때, 그의 눈에 언뜻 심술궂은 기쁨의 빛이 비쳤다. 그것을 보자 나는 그가 완전히 나를 속이고 있었다는 것을 깨닫고는 몹시 놀랐다. 그는 곧잘 이런 짓을 하며 기뻐하는 버릇이 있었다. 거만한 설교나, 어리석게 보일 정도로 지나친 대프니에 대한 애정도 모두 그의 연극이며, 돈 많은 인종의 심술궂고 비뚤어진 놀이인 것이다. 처음부터 그는 베시에게 돈을 내줄 작정이었으면서도, 우선 베시에게 창피를 주고 난 뒤 허락하고 싶은 충동을 느끼고 있었는데, 대프니가 가장 효과적인 방법을 CJ에게 제시한 것이다.

이렇게 되자 캘링검 집안 전체의 분위기가 나를 우울하게 만들었으며, 겁을 주었다. 나는 그 뒤에도 밤새도록 숨막히는 듯한 답답함으로 괴로웠다. 그러나 CJ 자신은 매우 기분이 좋았다. 모두에게 브랜디를 권하기도 하고, 신시내티에서 처음 기자생활을 할 때의 추억담을 얘기해 주기도 했다. "그때는 무슨 일이든 박력있게 밀고 나가야 했어. 정력적이고 활기있는 사람들만이……" 다행히도 그는 일찍 자는 습관이 있어서 10시 반에 헤어졌다.

대프니가 우리를 배웅하러 현관까지 나왔다. 그녀는 코트를 입고 있는 나를 한쪽으로 끌고 가서는 의기양양하게 웃으면서 25센트짜리 은화를 보여 주었다.

"아버지를 함락시킬 수 있는 힘이 내게 있느냐 없느냐 하는 문제를 놓고 폴과 25센트 내기를 했었어요. 어때요, 괜찮은 솜씨죠?" 그녀는 어린애 같은 커다란 눈을 깜박거렸다. "내일

시내에 나가요. 베시의 그 보잘것없는 기금을 도와주었으니, 내게 잠간 동안 형부를 빌려줘도 좋을 거라고 생각해요. 어때요, 점심을 함께 하면?"

나는 그녀의 얼굴을 바라보았다. 대프니와 점심을 먹는 것은 아주 따분하고 진절머리나는 일이다. 그러나 대프니의 기분을 상하게 하는 것은 베시를 점점 불리하게 만들 뿐이다. 그래서 나는 억지로 미소지으면서 "아, 좋고말고." 하고 대답했다.

나는 다른 사람들과 함께 차 있는 쪽으로 갔다. 베시의 태도는 아주 훌륭했다. 내가 그녀를 감싸주려다가 오히려 혹을 붙이는 실패를 저지른 데 대해서도 말 한마디 없었으며, CJ가 그녀의 마음을 상하게 한 일에 대해서도 전혀 눈치를 보이지 않았다. 첫째, 그녀의 자존심이 그것을 허락하지 않았던 것이다. 폴의 태도도 훌륭했다. 25센트를 걸고 내기를 했다는 말은 일체 입밖에 내지 않고 만사가 대성공이었다는 듯한 표정을 짓고 있었다.

파울러 부부는 우리집에 들러서 가볍게 한잔하기로 했었는데, 차가 빅맨 플레이스 근처까지 갔을 때 프롭이 머리가 아프다고 했다. 자신이 모든 사람들의 주목을 받지 못하고 있는 것 같으면, 그녀는 대개 머리가 아프다고 하는 버릇이 있었다. 그것은 다만 자기를 주장하기 위한 수단에 지나지 않았다. 폴은 여전히 어린 양처럼 다소곳했다.

"가엾게도. 뇌의 회백질 무게 때문이야. 지나치게 생각하니까 그렇지."

"아녜요, 폴. CJ 저택에서 마신 술 때문이에요."

그래서 나는 베시를 빅맨 플레이스에서 내려주고, 파울러 부부를 그리니치 빌리지 아파트까지 데려다 주었다. 두 사람을 내려주고 돌아오는 길에도 그 우울한 기분에서 벗어날 수 없었다. 3년 동안이나 베시와 행복한 결혼생활을 하고 있으면서도, 가끔 나는 내 자신이 함정에 빠져 있는 듯한 기분——말하자면 나와 베시는 모든 의미에서 독립해 있는 것만은 틀림없으나, 역시 CJ의 거대한 왕국에 속해 있는 조금 고급스러운 노예가 아닐까 하는 생각이 들 때가 있었다. 그날은 특별히 운이 나쁜 날이었다. 사무실에서는 CJ의 비위를 맞춰야 했으며, 그의 집에서는 그가 아내에게 창피를 주는 걸 보면서도 어떻게 할 수가 없었다. 뿐만 아니라 19살 철부지 계집애의 명령에 따라 점심을 함께 해야 할 처지에 놓이기까지 했다. 나 역시 프롭처럼 자기 자신을 주장하고 싶은 슬픈 욕망을 품고 있었던 게 분명하다. 단 한 순간만이라도 좋다, 완벽하게 내가 내 자신을 지배할 수 있다면 얼마나 좋을까 하는 생각을 했다.

나는 차창 밖으로 내다보았다. 차는 안젤리카의 아파트 앞에 와 있었다.

제5장

그때 나는 거기에서 차를 세우는 것이 경솔한 짓이라는 걸 잘 알고 있었다. 또한, 안젤리카를 찾아보아야 할 의무가 있다고 생각지도 않았다.아니, 무엇보다도 그녀를 만나고 싶은 마음조차 별로 없었다. 다만 캘링검 집안을 벗어나고 싶다는 고집스럽고 혼란된 충동——CJ가 펄쩍 뛰며 반대할 만한 일을 하고 싶다는 충동에 사로잡혔던 것이다. 왜냐하면 CJ는 '미국 도덕의 옹호자'로 자처하면서 지금도 안젤리카를 '빛좋은 개살구 같은 여자'라고 경멸하고 있으며, 그 여자로부터 구해 준 것이 자기라고 공치사를 하는데다가, 그녀와 소위 '유럽의 타락자들'에 대해 길게 비판을 늘어놓는 일이 흔히 있었기 때문이다.

쓰레기가 담긴 드럼통은 이미 길가에 없었다. 나는 집앞에 차를 세우고 초인종을 눌렀다. 자동으로 문이 열리자, 곧 어두운 계단을 올라가 그녀의 방으로 갔다.

안젤리카가 직접 문을 열고 나를 맞았다. 나는 어제의 파리했던 병자를 상상하고 있었는데, 안젤리카를 보고 달라진 모습에 눈이 휘둥그레졌다. 단정한 검은 정장을 입고, 목에는 노란 스카프를 매고 있었다. 정장은 그리 대단한 것은 아니었지만, 그 맵시와 그녀의 뛰어난 아름다움에는 정말 놀라지 않을 수 없었다. 그녀에 비하면 프롭 같은 여자는 단순한 인공미에 지나지 않으며, 대프니는 벼락부자 취미의 장난기 많고 수다스러운 철부지로밖에 보이지 않을 것이다.

"이 근처에 왔다가 당신이 어떤지 궁금해서 잠깐 들렀소. 꽤 건강해 보이는군."

"네, 의사가 내일쯤은 외출해도 좋다고 했어요." 그녀의 잿빛 눈은 내가 입고 있는 디너 재킷을 보고도 별로 놀란 기색이 없었으며, 그렇다고 이렇다 할 환영의 표시를 보이지도 않았다. 그녀는, "잠깐 안에 들어오지 않겠어요?" 하고 말했다.

나는 그녀를 따라 핑크빛 거실로 들어갔다. 거실은 말끔하게 정돈되어 있었다. 침실로 이어지는 문이 활짝 열려 있었는데, 그곳도 역시 깨끗이 치워져 있었다. 나무 의자가 기우뚱거리는 테이블 앞에 놓여 있었으며, 테이블 위에는 휴대용 타이프라이터와 타이프로 친 원고가 펼쳐져 있었다. 거기서 받은 인상은 여전히 초라한 느낌이었지만, 어제와 같은 불결함은 없었다. CJ 집안의 현란한 화려함에 반감을 품고 있었던 나는 그 방의 간소함이 왠지 신선하게 느껴졌다. '여기에서라면 숨을 쉴 수 있겠군.' 하고 나는 마음속으로 생각했다.

안젤리카는 담배를 한 개비 꺼내어 불을 붙였다. 그녀는 의식적으로 나를 헤어진 남편으로 생각지 않으려고 애썼으며, 다만 친구로서 대하고 있는 듯했다. 내가 원고를 바라보고 있는 것을 알아차리고 그녀는 말했다.

"제이미의 두 번째 소설이에요. 오늘 아침에 가져왔기에 타이프로 정서하고 있었어요."

그녀가 제이미 얘기를 꺼내리라는 것을 예상치 못했던 것은 아니지만, 제이미라는 이름을 듣는 순간 내 기분은 이상하게 침울해졌다. 그녀는 나에게 그 사슴뿔 의자에 앉으라고 손짓했는데, 그때 나는 돌고래 모양의 반지가 그녀의 손가락에 끼워져 있지 않은 것을 알아차렸다. 나는 좀 불쾌한 기분으로 의자에 앉았다.

"어제는 약간 히스테리 기미가 있어서, 틀림없이 당신에게 좋지 않은 인상을 주었을 테지만……"

"당신은 병이 났었소."

"그게 아니라 나는 지금 제이미에 대해서 말하는 거예요. 내가 조금 과장해서 멜로드라마처럼 얘기했던 것 같아요. 그런데 사실은 전혀 그렇지 않아요. 이것만은 분명히 해두고 싶어요. 나는 어느 누구의 도움도 필요없어요. 난 절대로 '탄식하는 소녀'가 아니니까요."

"아니라고?"

"물론이에요. 그는 까다로운 사람이에요. 특히 취해 있을 때는요. 어젯밤은 1주일 동안이나 계속 마시던 끝이었어요. 게다가 그가 마시고 싶어하는 기분을 나는 잘 알아요. 지금 쓰는 소설에 손대기 시작한 지 벌써 2년이나 되었거든요. 게다가 돈은 거의 바닥나고, 모든 것이 이 소설 하나에 걸려 있는 거예요. 그런데 지난 주에 출판사에서 거절당했어요. 누구든 마시고 싶어질 거예요. 무리가 아니라고 생각해요."

그녀가 의식적으로 제이미와 과거의 나를 비교하고 있는 것은 아니겠지만, 나로서는 그렇게 생각지 않을 수 없었다. 따라서 제이미의 실패를 열심히 감싸고 있는 어설픈 모성애가 담긴 노력과, 그녀의 생활을 내 앞에 드러내 보이지 않으려는 너무도 뻔한 소망은 내 마음을 초라하게 하기에 충분했다.

"가엾은 작가란 말이오? 출판사에서 거절당했다. 그래서 술을 마신다. 술을 마시고 당신을 목졸라 죽이려고 한다. 당신이 병이 났는데도 한밤중에 찾아와 당신 방으로 들어오려고 한다, 결국 당신은 호신용 권총까지 사둔다——이런 상황에서도 당신은 태연하게 무리가 아니라고 할 수 있는 거요?"

그녀는 눈을 들어 나를 보았다. 그 눈에는 불길하고 어두운 그림자가 깃들어 있었다.

"그래요, 무리가 아니라고 생각해요. 충분히 이해할 수 있어요."

"그래서 당신은 그놈을 쫓아내달라고 내게 부탁했으면서, 그 다음날에는 그를 위해 부지런히 타이프를 치고 있단 말이오?"

"그래요. 그는 오늘 찾아와서 말했어요. 당신이 그를 때려서 의식을 잃게 한 뒤, 브루클린의 알지도 못하는 곳으로 보내 버렸다고 아주 재미있어하며 웃더군요. 별로 개의치 않는 것 같았어요."

"아주 너그러운 마음을 보여주었다는 말이로군." 나는 점점 더 화가 났다. "그래서 그 남자와의 이런 이상적인 관계가 그렇게 오래 가는 건가?"

"2년쯤 되었어요."

"설마 이 관계가 그 찰스 메이틀랜드와 중복된 것은 아니겠지?"

그녀는 내가 연적(戀敵)의 이름을 꺼낸 것이 뜻밖이라는 듯 좀 놀란 눈으로 나를 바라보았다.

"찰스 메이틀랜드? 그건 오래 전 일이잖아요. 제이미와 난 포지타노에서 만났어요. 그리고 지난 겨울에 캘리포니아로 함께 갔었어요. 제이미의 친척이 죽어서 돈을 남겨 주었기 때문이죠."

"그래, 그 돈을 받아왔소?"

"그래요. 하지만 이제 다 바닥나 버렸어요."

"그런 사이면서 각자 다른 아파트에 산다니 꽤나 고상하군. 무엇보다도 돈이 더 들 텐데 말이오."

"그렇지만 그가 그렇게 하고 싶어해요. 내가 그 사람 있는 곳으로 가는 걸 몹시 싫어해요. 그래서 언제나 그가 이리로 오게 되어 있지요. 그러는 게 그에게 있어서도 자유로울 테니까요."

"아주 멋진 로맨스군. 그러나 이제 슬슬 그 자유를 그만두고 그와 결혼할 때가 되지 않았소?"

"제이미는 나와 결혼할 생각 같은 건 조금도 없어요. 백만년이 지나도 결혼할 사람이 아니에요."

"그래도 당신은 만족하오?"

"그래요. 아주 만족스러워요."

나는 아무리 화를 내도 쓸데없는 짓이라는 걸 알았다. 이미 3년쯤 늦었다는 것을 알았다. 그리고 또 이 분노가 CJ에게 영합해야 한다는 사실에 의해 한층 더 불이 붙었다는 것도 깨달았다. 나는 포르트피노에서 보기좋게 한 방 먹었던 것이다.

오랫동안 꾹 참아서 쌓인 그때의 분노가 지금 시큰해지며 되살아나고 있었다. 나는 일어나서 그녀에게 다가갔다.

"그러나 나하고 있을 때는 만족해 하지 않았지?"

그녀는 재빨리 나를 돌아다보며 말했다.

"빌……"

"왜 그랬는지 지금에서야 확실히 알았소. 내가 완전히 취하지 않았기 때문이겠지? 타락의 방법이 철저하지 못했기 때문이겠지? 그런 점에서 찰스 메이틀랜드는 나를 패배시켰고, 제이미는 나와 찰스를 패배시킨 셈이로군. 그래도 나는 당신의 목을 죄진 않았소. 그러기는커녕 당신을 부양하려고 애썼고, 당신과 결혼하는 부르주아적 취미의 죄악을 저질렀지. 그게 잘못이었단 말이오?"

그녀는 나를 쳐다보았다. 그 얼굴은 창백하고 여위어 있었다. 나는 나를 버린 죄를 나무라며 마음껏 고통을 주어 보복하고 싶은 욕망으로 가득찼다. 몇 년 만의 복수다. 사실 지금에 와서 그런 것은 아무래도 상관없는 일인데도 갑자기 그런 복수심이 불타올랐던 것이다.

"아니, 어쨌든 축하의 말을 해주는 것이 좋겠군. 나를 버린 덕분에 당신은 이런 훌륭한 생활을 찾을 수 있었으니까. 여기저기 떠돌아다니며 빈민굴에 사는 보잘것없는 주정꾼을 돌봐주고, 그런데도 그 주정꾼은 당신과 결혼할 생각조차 하지 않으니. 자기 자식까지 버리는 것도 무리가 아니로군. 당신이 아이의 이름을 입에 담지 않는 것도 이상하다고 생각지 않아. 정말 한심해……"

그녀의 손이 번개같이 내 뺨으로 날아왔다. 나는 정면으로 따귀를 맞았다. 다음 순간 나는 그녀의 팔을 잡고, 얼굴과 얼굴이 맞닿을 정도로 그녀를 끌어당겼다.

"왜 그 녀석은 당신과 결혼하지 않는 거지?"

"빌, 놔줘요!"

"어서 대답을 해! 어째서지?"

"그럼, 말하죠." 그녀의 눈이 반짝였다. "그렇게 흥미가 있다면 말해 주겠어요. 그 사람이 나와 결혼하지 않는 것은 내가 부자가 아니기 때문이에요. 그의 유일한 소망은 부잣집 딸과 결혼해서 남의 돈으로 사치스럽게 사는 거예요. 어때요, 놀랐어요? 그러나 그것이 이 세상 모든 소설가의 상투적인 수단이 아니던가요? 전에 소설가였던 사람도 포함해서."

그녀는 휙 몸을 돌려 내 손을 뿌리쳤다. 우리는 한동안 그 자리에 서서 서로 노려보았다. 이윽고 그녀의 얼굴에는 분노가 사라지고, 대신 지친 듯한 지루한 미소가 떠올랐다.

"미안해요, 빌. 난 당신에 대해서 말할 생각은 없었어요. 당신과 싸우고 싶지 않아요."

나의 분노도 바늘에 찔린 풍선처럼 오므라들었다. 웬일인지 피로가 몰려오고, 동시에 매우 거북하고 부끄러운 마음에 휩싸였다.

"내가 나빴소. 왜 이렇게 되었는지 나 자신도 모르겠소."

"이곳에 오지 않았더라면 좋았을 걸 그랬어요."

"당신 말이 맞소."

나는 쓸쓸한 방을 둘러보았다. 내가 취한 보기 흉한 행동을 어떻게든 속죄해야 한다는 것밖에는 아무것도 생각나지 않았다.

"뭐든 내가 할 수 있는 일이 없을까?"

"있어요." 그녀는 곧 대답했다. "당신에게 부탁할 일이 한 가지 있어요." 그녀는 재빨리 테이블 앞으로 다가가, 거기에 놓여 있던 원고를 집어들었다. "제이미가 쓴 이 소설 원고를 가져가 주시지 않겠어요? 당신 같은 일을 하고 있는 사람이라면 출판계에 있는 사람들을 꽤 많이 알고 있겠죠? 만일 이 소설이 마음에 들면……그럭저럭 읽을 수 있겠다는 생각이 든다면——"

이것으로 그녀는 결정적으로 나를 패배시킨 셈이다. 내가 화를 내거나 고함을 쳐도 그녀는 아무렇지도 않은 듯했다. 태연한 태도였다. 그녀에 관한 한 우리 사이는 아무런 관계도 없는 것이다. 다만 제이미를 위해 얼마쯤 도움이 될지도 모른다는 정도의 존재에 지나지 않았던 것이다. 나는 그 원고를 가져가고 싶지 않았다. 내가 가장 싫어하는 일이었기 때문이다. 그런데도 불구하고 나는 그 일을 떠맡았다.

그녀는 문 있는 곳까지 따라나왔다. "될 수 있는 대로 애써 주시겠어요?"

"해보겠소."

"원고는 돌려주지 않아도 돼요. 복사한 게 또 있으니까."

나는 문 앞에서 돌아다보며 말했다.

"그럼, 안젤리카, 잘 있어요."

"안녕히 가세요, 빌."

나는 그녀를 보았다. 그녀는 자기 일은 스스로 할 수 있으며, 자기는 운명적으로 버려진 여자가 아니라고 확신하고 있는 것 같았다. 다시 한 번 나는 그녀를 지켜주고 싶다는 욕망을 느꼈다.

"만일 내 힘이 필요하다면……만일 그가 또 난폭한 짓을 하면……"

"난 당신의 힘이든, 누구의 힘도 필요치 않아요."

"만일의 경우 말이오. 만일 그런 일이 있으면 전화를 걸어요. 번호는 전화번호부에 있소. 약속할 수 있겠지?"

"약속하겠어요."

그때 나는 충동적으로 그녀에게 다가가 입술에 키스했다. 가볍게 작별 인사를 할 생각이었다. 그러나 뜻밖에도 그녀의 입술은 내 입술에 녹아들었다. 예전에 느껴 본 적이 있는 그 감촉은 마치 전기가 통하는 것 같았다. 나는 그녀의 허리를 힘껏 끌어당기며 오랫동안 기묘한 포옹을 했다.

우리는 거의 동시에 몸을 떼었다. 물론 나는 이 포옹에 깊은 의미가 있을 거라고는 생각지 않았다. 단순한 우발적인 사건에 지나지 않으며, 시간이 잠깐 옛날로 돌아갔을 뿐인 것이다. 그러나 내 심장은 몹시 두근거렸으며, 다리는 크림을 빼낸 우유처럼 힘이 없었다. 그리고 몇 년이나 함께 지내면서도 베시에게서는 아직 한 번도 이런 감각을 느껴 본 적이 없었다는 것을 깨닫고, 몹시 놀랍고도 어쩐지 꺼림칙한 기분이 들었다.

그녀는 우뚝 서서 속마음을 알 수 없는 잿빛 눈을 크게 뜨고 물끄러미 나를 쳐다보고 있었다. 핑크빛 거실의 배경 속에 서 있어도 그녀의 아름다움에는 범할 수 없는 것이 있었다. 육체적인 기쁨이 서서히 가라앉아감에 따라, 나는 다시 그녀에게 패배했다는 사실을 깨닫고 증오심 비슷한 감정이 솟아올랐다. 아주 작은 노력으로 그녀는 과거에도 그랬던 것처럼 내 육체를 그 자리에서 불타오르게 할 수 있었다. 그것은 그녀가 의식적으로 한 행동일까? 그녀가 내 인생에서 빠져나간 것은 내 의지라기보다는 그녀에 의한 것이었다는 걸 과시하기 위해 일부러 한 행위였을까?

나는 그녀가 다음에는 어떻게 나올지 기다렸다. 나를 다시한 번만 아파트 안으로 불러들이면 좋으련만. 그러면 경멸하는 마음으로 거절할 수 있을 텐데 하고 생각하며, 나는 그렇게 해주기를 원했다. 그러나 그녀는 태연하게 문을 닫으며 말했다.

"그럼, 안녕히 가세요, 빌."

"잘 있어요, 안젤리카." 하고 나는 말했다.

집에 돌아가니 베시는 이미 잠자리에 들어 있었다. 독서용 안경을 끼고 내 취미에는 맞지 않는 밝은 옥색 잠옷을 입었다. 그녀는 내가 방으로 들어가는 걸 보고도 늦게 돌아온 데 대해 별로 나무라는 기색을 보이지 않았다. 언제나 그렇다. 그녀의 생활 전부가 우리의 결혼생활에는 따져 묻는 것이 절대로 필요치 않다는 전제 아래 세워졌던 것이다. 나는 옷을 벗고 그녀 옆에 누웠다. 그리고 내일 대프니와 함께 점심을 먹기로 했다고 말했다. 안됐군요, 하고 그녀는 동정해 주었다. 그리고는 한동안 CJ에 대해 얘기했다. 오늘 그의 태도에 대해 그녀는 한마디도 불평하지 않았다. 나는 그녀의 강한 자존심에 감탄했다. 아니, 그뿐만 아니라 모든 점에 있어서 그녀는 참으로 칭찬받을 만한 소질을 갖춘 여자였다. 만일 그녀가 완전한 아내가 되기 위해 의식적으로 노력하고 있는 것이라면, 이렇게 훌륭하게 결실을 맺은 노력은 어디에서도 찾아볼 수 없을 것이다.

나는 안젤리카에 대해서는 아무 말도 하지 않았다. 그리고 그날 밤에는 그녀의 꿈도 꾸지 않았다.

그러나 다음날 아침, 잠에서 깨자마자 제일 먼저 머리에 떠오른 것은 안젤리카와 키스한 일이었다. 그 선명한 기억은 내 머리를 혼란시키는 동시에 강한 분노를 느끼게 했다. 나는 억지로 이런 기분을 억누르려고 했다. 그러나 생각처럼 그리 쉽지가 않았다. 베시와 리키, 엘렌과 함께 아침식사를 하려고 식탁 앞에 앉았을 때도 그 기분이 머리 한쪽을 떠나지 않아 나는 죄의식과 자책감에 괴로워했다.

늘 리키에게 선물을 주는 CJ가 바로 전날 비둘기 시계를 보내 주어서, 리키는 그 시계에 열중하여 정신이 없었다. 그래서 아침식사가 끝나고 우리는 모두 리키의 방으로 가서, 나무로 만든 비둘기가 작은 오두막 속에서 머리를 내밀고 9시를 치는 것을 봐주어야 했다. 티없이 기뻐하는 리키의 모습을 지켜보는 것은 즐거운 일이긴 했지만, 그러나 이러한 순수한 아버지로서의 즐거움조차 그날은 웬지 우울하게 느껴졌다.

나는 제이미의 소설을 사무실에 가지고 갔다. 별로 읽을 생각은 없었고, 다만 안젤리카와 관계가 있는 것을 집에 남겨두고 싶지 않았기 때문이다. 오전중에 여러 가지 할 일들로 인해 눈이 핑핑 돌 정도로 바빴다. 물론 대프니와는 점심식사만으로 끝나지 않고, 어딘가 멋진 술집에서 칵테일이라도 한잔하자는 말이 나오리라고 예상하고 있었다. 언제나 그런 식이다. 12시 반에 비서인 몰리가 들어왔다.

"램이라는 분이 뵙고 싶답니다."

"램? 어디의 램이지?"

"개인적인 친구라고 하시던데요.."

"그런 이름을 가진 친구는 모르겠는데."

"만나 주세요. 저를 봐서라도."

몰리는 살짝 엉덩이를 흔들며 장난스럽게 한숨을 쉬었다. "아주 멋있게 생긴 사람이에요. 만나 보세요. 제가 그를 위해 이렇게 간청까지 해서 만나게 해준 줄 알면 저에게 윙크라도 한번 해줄지 모르잖아요."

나는 일종의 호기심으로 그 램이라는 사람을 안내하라고 말했다. 잠시 뒤 들어온 것은 제이미였다.

요전에 처음 만났을 때는 그런 소동을 벌이느라 얼굴도 제대로 보지 못했는데, 그래도 한눈에 제이미라는 것을 알았다. 제이미는 그런 사람이다. 한번 보면 잊혀지지 않는 타입의 남자였다. 오늘 그는 술기운이 없는 맨얼굴이었다. 검은 머리를 단정하게 빗고, 손질이 잘된 값비싼 갈색 양복을 입었으며, 어디로 보나 빈틈없는 젊은 신사였다. 마치 지방공연을 위해 나온 최근 인기상승의 젊은 영화배우 같았다. 다만 배우치고는 검은 눈이 지나치게 똑똑해 보였으며, 자신의 성적(性的) 매력을 지나치게 의식하고 있는 것 같았다.

그의 얼굴에는 나에게 맞은 상처 같은 건 조금도 남아 있지 않았다. 그 사실이 왠지 모르게 나에게 아쉬움을 주었다. 게다가 그는 안젤리카와 함께 온 듯한 느낌마저 주었다. 그녀의 환상이 너무도 생생하여 마치 그의 바로 옆에 서 있는 듯했다. 나로서는 그것도 말할 수 없이 불쾌했다. 그가 입고 있는 이 옷도 안젤리카가 사준 것은 아닐까? 무엇보다도 그는 이 사무실에 뭣하러 온 것일까? 나는 초조와 불안이 뒤섞인 마음으로 의아하게 생각했다.

5분이 지나도 그가 왜 왔는지 제대로 알 수가 없었다. 그는 내가 말하기도 전에 의자에 앉아 익숙하게 나를 빌이라 부르

며, 이틀 전의 결투에 대해서 유쾌하게 떠들어댔다. 그리고 안
젤리카를 '귀여운 젤'이니 '가엾은 젤'이라고 부르며 그녀 얘기
를 꺼냈다. 짙은 눈썹 아래의 눈을 몇 번이나 깜박이기도 하고,
갑자기 붙임성 있는 미소를 짓기도 했다. 그리고 담뱃불을 빌
리고 싶다며 책상 너머로 몸을 내밀어 햇볕에 그을린 손을 내
손에 포개는 등, 마치 내가 자기의 둘도 없는 친구라도 되는
것처럼, 아니 그의 연인이기라도 한 것처럼 행동했다. 나의 분
노와 초조함은 갈수록 더해 갔다.

이윽고 그는 말했다. "젤이 당신에게 내 소설을 주었다고 하
던데요, 빌."

나는 그녀와의 키스를 문득 떠올렸다. 그녀는 키스한 것까
지도 이 남자에게 말했을까? 약간 당황해 하며 나는 대답했다.
"아, 받았소."

"아직 읽을 틈이 없었겠지요?"

"아직 읽지 못했소."

"그래요? 내게는 의논도 하지 않고 당신에게 주다니 조금
지나친 일이라고는 생각했지만. 당신이라기에 —— 아니, 당신
이라면 나도 불평은 없어요."

"원고는 여기 있소. 필요하다면 가져 가도 좋소."

"가지고 가요? 아니, 천만의 말씀입니다. 그보다도 이 작품
에 대한 당신의 의견을 꼭 듣고 싶습니다."

그의 시선은 내 얼굴에서 떠나 책상 뒤 벽에 걸려 있는 더피
의 그림으로 옮겨갔다.

"아주 좋은 사무실입니다. 배를 굶주렸던 가난한 소설가와
는 천지차이군요. 그건 그렇고, 젤이 당신에 대한 것을 다 얘
기해 주었어요. 「한낮의 작열」도 읽었지요. 상당히 좋은 작품
이더군요. 소설가를 포기해 버린 게 좀 아까운 생각이 듭니다."

그의 아첨도 어처구니없는 일이었지만, 나에게 다만 우두커
니 앉아 치켜세워 주는 그의 아부나 듣고 좋아하는 재주밖에
없다고 생각하는 그의 심리상태도 어이가 없었다.

"내 소설이 마음에 들었다고? 그거 참 고맙소." 하고 나는 냉정하게 말했다.

그는 갑자기 밝은 미소를 지었다. "나는 그 소설을 읽으면서 당신과 나는 틀림없이 뜻이 맞을 거라는 생각을 했지요. 그래서 이렇게 찾아온 겁니다. 젤은 당신을 자랑스러워하며 늘 당신에 대한 얘기를 했어요. 그래서 한번 만나 친구가 되어야겠다고 생각했었지요." 하고 그는 하얀 이를 드러내며 천천히 담배 연기를 뿜어냈다. "캘링검 집안 사람들은 어떻습니까? 그 영감님은 과연 거물이겠지요? 들리는 말에 의하면 롱 아일랜드에 있는 그의 저택은 굉장히 사치스럽다던데요."

그제서야 겨우 그의 속셈이 어디에 있는지를 알 수 있었다. 사실 처음부터 뻔한 일이었지만, 나는 그가 이렇게 뻔뻔스러우리라고는 생각지 못했기 때문에 눈치채지 못했던 것이다. 제이미가 찾아와서 내게 비위를 맞추는 것은 단지 내가 캘링검의 사위이기 때문이다. 그는 윤리적으로 어떤 복잡한 문제가 있는가는 전혀 아랑곳하지 않고, 다만 그 나름대로 성공의 냄새를 맡고 벌처럼 곧장 날아온 것이다.

하필이면 마침 그때 대프니가 밍크 코트를 자랑스럽게 펄럭이면서 째지는 듯 웃으며 뛰어들어왔다.

"빌, 형부의 그 멋진 비서가……"

그녀는 말하다 말고 제이미가 있다는 것을 알아차리고는 깜짝 놀라 멈춰섰다. 그는 얼른 일어나서 자그마한 몸집을 이리저리 움직였다.

"대프니, 이쪽은 제이미 램, 소설가야. 제이미, 이쪽이 대프니 캘링검 양이오." 나는 두 사람을 소개했다.

내가 알고 있는 한 대프니라는 여자는 언제나 기회만 있으면 곧 잡았다. 그러나 이때처럼 뚜렷하게 그녀의 눈에서 탐욕스러운 표정을 본 적은 없었다. 제이미가 마치 카티어의 진열창에 놓인 귀걸이나, 소다수 판매점의 특제 아이스크림 선디(과일·과즙 등을 얹은 아이스크림)로 보이는 모양이었다. 나는 그녀에게서 제이미 쪽으로 눈길을 돌렸다. 그의 눈속에서도 탐욕의 그림자를 볼 수 있었다. 그러나 그것은 교묘하게 숨겨져 있었다. 우아한 미소 위에 번져 있는 것은 깊은 존경의 표정과 약간의 남성적 도전이 담겨 있을 뿐이었다.

대프니는 그가 앉아 있던 의자에 앉아 깔깔 웃기도 하고, 밍크 코트의 깃과 옷자락을 매만지기도 하고, 재잘재잘 떠들어 대기도 하며, 그러는 동안 한 순간도 그의 얼굴에서 눈을 떼지 않았다. 어머, 소설가라고요? 멋있어라! 난 문학이라면 밥 먹는 것보다도 더 좋아해요. 그런 모습은 할리우드 영화의 한 장면과 똑같았다. 젊은 여왕의 노예시장에 나온 수줍고 성적 매력이 넘치는 검객을 만나는 장면이다. 2~3분 동안 두 사람은 제각기 마음껏 연기 솜씨를 뽐냈다.

나는 다만 책상 뒤쪽에 앉아 있을 뿐이었다.

얼마 뒤 가까스로 대프니는 내가 있다는 것을 알아차린 듯한 표정을 지었다. 그녀는 작고 검은 모자 밑의 빨간 머리를 선정적으로 흔들어대며 나를 보고 말했다.

"빌, 형부는 정말 너무하군요. 내가 일부러 점심을 함께 하려고 시내까지 나왔는데 갑자기 회의에 참석해야 한다니." 하고 그녀는 나무라듯 입을 뾰로통하게 내밀었다. "덕분에 나는 혼자 식사하게 되었잖아요, 따분하게."

이렇게 노골적으로 미끼를 던지는 일도 없지만, 그 자리에서 덥석 미끼를 물어버린 물고기도 그야말로 탐욕스럽다고 할 수밖에 없을 것이다.

"캘링검 양, 혼자 식사하게 되었다면 내가 기꺼이 모시고 싶은데요."

"어머나, 램, 정말이에요?"

"정말이고말고요."

"램, 당신은 친절하신 분이군요. 그럼, 지금 나가기로 해요. 사업가의 큰 차를 너무 오래 세워두는 것도 좋지 않은 일이니까."

그녀는 일어나서 램의 팔을 잡았다. 그리고는 나를 무시한 것을 사과하듯 친근감이 넘치는 화려한 미소를 내게 보냈다.

"그럼, 빌, 저와의 약속을 깬 것에 그렇게 미안해 하지 않아도 돼요. 마음이 놓이시지요? 베시에게 잘 말해 주세요."

눈 깜짝할 사이에 두 사람은 사무실에서 사라졌다. 나는 이한 장면의 희극을 반은 재미로 그리고 조금은 고소한 마음으로 바라보고 있었다. 나에게 처제를 감독할 의무는 없다. 더구나 전처의 남자 친구의 품행까지 간섭할 의무 같은 건 조금도 없다. 물론 나는 제이미가 무책임한 사람이라는 것, 게다가 난폭하기까지 하다는 것은 알고 있었고, 대프니가 겉으로는 닳고 닳은 여자처럼 입에 발린 소리를 하고 있지만 실은 단순한 어리광쟁이에 지나지 않는다는 것도 잘 알고 있었다.

그러나 그녀가 그와 함께 점심을 먹으러 가는 것을 보고 걱정했는가 하면 절대로 그렇지 않았다. 나에게는 그 둘이야말로 참으로 어울리는 사람들처럼 보였다. 게다가 어젯밤에 있었던 일에 대해 안젤리카에게 뜻하지 않은 멋진 복수를 할 수 있었다는 생각까지 들었다.

나는 동료 한 사람과 식사를 같이 했는데, 아무 걱정없이 잡지의 발행부수에 대한 얘기를 나누며 시간을 보냈다.

제6장

이렇게 해서 나는 안젤리카를 잊을 수 있다고 생각했지만, 그리 뜻대로 되어가질 않았다. 그 뒤 2주일 동안, 틈만 나면 아파트 입구에 서 있는 그녀의 모습이 내 마음속으로 슬며시 파고들곤 했다. 대부분의 경우 나는 그것을 억누를 수 있었다. 그러나 때로는 육체가 마음을 배반하여, 무의식중에 맥박이 심하게 뛰고 가슴이 답답하며 현기증이 나는 듯한 증세를 느꼈다. 그럴 때에는 그녀를 만나러 갈 구실을 열심히 이것저것 생각해 보는 것이었다. 그러나 그것을 실행에 옮길 만한 진지함은 없었다. 이윽고 그런 발작적 순간이 지나가면, 그녀가 아직도 나에게 그만한 힘을 지니고 있다는 사실을 깨닫고 그녀를 몹시 미워하게 되었다.

이상하게도 그러한 심리적 배신은 나로 하여금 점점 더 베시 곁으로 돌아가도록 밀어붙였다. 왜냐하면 그런 심리상태를 통해 나는 우리의 결혼생활에 얼마나 많은 배신행위가 있는가를 생각하며, 나와 안젤리카 사이에 있었던 두 번의 일을 베시에게 말하지 않은 양심의 가책으로 몹시 괴로웠기 때문이다. 나의 행복, 내 가정, 리키의 가정——이것은 모두 베시 덕분에 존재하는 것이다. 게다가 나는 나에 대한 베시의 신뢰에도 충분히 보답하지 못하고 있다. 그리고 나는 그녀를 사랑하고 있다. 이것이야말로 사랑 본연의 자세인 것이다.

우리는 둘 다 바빴다. 베시는 폴과 함께 봄철 기부금 모집으로 눈코뜰새없었으며, 나는 회사일이 갈수록 바빠졌다. 플로리다에서 온 소식에 의하면 램버트의 심장상태가 생각보다 악화되어, 의사들은 그의 은퇴가 불가피할 것으로 보았다. 두 번쯤 CJ는 나와 데이브 매너스를 따로따로 불렀다. 그때마다 나는 그가 나를 부사장 자리에 앉힐 작정이 아닐까 하고 생각했다. 그러나 막상 면담할 때면 그는 다만 막연한 힌트와 아무것도 아닌 호언장담만 하여 나를 애타게 했다. 더구나 그런 상황에서 나는 숫자상의 문제로 그와 정면충돌했다. 내 주장이 옳고 그가 그른 데 대해 충분한 확신이 있었으므로, 나는 어리석게도 그것을 끝까지 고집했다. 그는 우레와 같이 내게 고함을 지르고는, 곧 이어 데이브 매너스를 점심식사에 불렀던 것이다.

물론 CJ는 자기가 우리를 상대로 무엇을 하고 있는지 충분히 알고 있었을 것이다. 그는 우리를 안타깝게 함으로써 일종의 쾌감을 느끼고 있는 모양이었지만, 우리로서는 단지 신경이 초조해질 뿐이었다.

옛날에 안젤리카와 함께 살 때는 야심 같은 것은 천한 것으로 여기고 초월했던 나였으나, 그런 환각은 소설가가 되려던 환각과 함께 이미 먼 과거의 일이 되고 말았다. 나는 데이브 매너스와의 경쟁에서뿐만 아니라, 베시가 아직도 나보다 많은 재산을 가지고 있다는 사실 때문에도 승진을 내심 바라고 있었다. 그녀는 아버지가 보내주는 생활비를 거절하고 있었는데, 그것은 어머니가 대프니만이 아버지의 마음에 드는 딸이라는 것을 알고 자기의 재산을 전부 베시에게 남겨 주었기 때문이다. 그 돈으로 베시는 자신의 경비를 쓰고, 아파트 관리비의 반을 내고, 리키 유모의 봉급을 지불했다. 그녀는 자기 돈과 내 돈을 공유로 여기는 참으로 갸륵한 태도를 보였다. 그러나 그것은 내 자존심이 허락지 않았다. 내게 있어서는 이것만이 우리 결혼생활의 유일한 암적 존재였다.

제이미와 대프니에 대한 일은 거의 생각한 적이 없었다. 대프니의 변덕스러운 성격을 잘 알고 있는 나는, 제이미 역시 그 예를 벗어나지 못하고 금방 버림받을 것이라 예상하고 있었던 것이다. 한번은 약간의 호기심에서 그의 원고를 꺼내 대충 훑어보았다. 과장이 많고 지루하며 거의 희망이 없는 작품이었다. 나는 문학에 대한 안젤리카의 판단이 그녀의 인간에 대한 판단과 마찬가지로 타당성이 결여된 것이라는 걸 알고 조금 만족감을 느꼈다.

따라서 어느 날 밤 리키를 재운 뒤 베시가 다음과 같은 말을 했을 때, 나는 정말 뜻밖이라고 생각했다.

"제이미 램이라는 사람이 도대체 누구예요? 대프니가 오늘 기금 사무실에 와서 상당히 열을 올리던데. 당신 친구라면서 요?"

나는 지금이야말로 안젤리카에 대한 것을 베시에게 말할 좋은 기회라고 생각했다. 그러나 얘기가 너무도 뜻밖이었으므로, 몹시 당황한 나는 그저 막연한 대답밖에 할 수 없었다.

"아, 저, 작가야. 햇병아리 작가지."

베시는 의아스러운 듯 눈살을 찌푸리며 나를 바라보았다. 그녀는 언니로서 대프니에게 질투심을 품는다는 것을 수치로 알고 있었으므로, 대프니에 관한 문제에 대해 필요 이상으로 걱정했다.

"그런데 그 사람 좋은 사람이에요?"

"좋은 사람이냐고? 글쎄, 뭐랄까. 그러나……" 나는 잠시 있다가 말했다. "실은 난 그에 대해서 잘 몰라. 그가 사무실에 와 있을 때 마침 대프니가 와서 만나게 되었던 거지. 대프니가 나와의 점심약속을 어긴 것은 그 사람 때문이었소. 기억하고 있소?"

"아아, 그때 그 사람이 그랬어요? 하지만 그 사람 상당히 멋진 모양이던데요. 대프니는 그를 지난 주말에 오이스터 만에 데리고 갔었대요. 그런데 아버지와 꽤 뜻이 맞았던가 봐요. 그러니 나보고도 꼭 만나달라는 거에요. 두 사람을 우리 집에 식사초대해 주었으면 하잖아요. 그래서 할 수 없이 목요일에 오라고 했어요. 파울러 부부에게도 오라고 했어요. 그 사람들이 있으면 자리가 즐거우니까요. 나 혼자 마음대로 정해서 괜찮은지 모르겠네요."

"아, 물론 괜찮고말고."

"빌, 당신은 그 젊은 사람이 좀 탐탁치 않은 게 아녜요?"

순간 나는 입술 위에서 안젤리카의 입술을 느꼈다. 그녀에 대한 이런 욕망은 나에게 진심으로 부끄러움을 느끼게 했다. 그녀가 하고많은 사람 가운데 대프니 같은 여자에게 애인을 빼앗긴다고 생각하니 그에 못지않은 비열한 기쁨이 느껴지는 거였다. 이 기쁨은 내 마음속에 살짝 그림자를 감추었다.

"아니, 별로 탐탁치 않다고 할 것까지는……"

"아무튼 그런 걱정은 필요없을지도 몰라요. 1주일만 지나면 틀림없이 그 사람을 잊어버릴 테니까. 늘 그랬거든요."

그런 뒤 베시가 다른 얘기를 꺼냈으므로, 이것으로 나는 세 번째 기회를 놓치고 말았다. 나의 이 비겁한 잘못은 언젠가는 내게 되돌아와서, 결국 베시의 감정을 지금보다 더 상처입게 하리라는 걸 잘 알고 있었다. 나는 눈앞에 있을 여러 가지 함정을 예상하며 목요일이 다가오는 것이 두려웠다.

그러나 그날 밤이 되어 모두 모이자, 제이미는 자기를 잘 보이려는 데만 급급하여 나를 난처하게 하는 일은 생각할 여유조차 없는 듯했다. 사실 나로서는 울화가 치미는 일이었지만, 그의 테크닉은 훌륭한 것이었다. 자신의 매력적인 용모 같은 것은 조금도 아랑곳하지 않는 듯한, 참으로 교묘한 연기였다. 게다가 그는 현명하게도 자기에 대한 선전을 되도록 삼가면서도, 자신이 이미 문단에서 상당히 이름이 알려져 있는 듯한 착각을 모두에게 주는 것이었다. 우연히도 그는 폴의 아내와 아는 사이였다. 두 사람은 캘리포니아의 한 작은 마을에서 같이 자란 것이다. 그 당시의 추억을 프롭과 둘이서 농담을 섞어가며 친밀하게 얘기했는데, 그 덕분에 프롭은 그 자리의 중심인물이 되었으며 결국 폴도 완전히 제이미의 포로가 되고 말았다. 베시는 내가 제이미에게 호의를 갖고 있지 않다는 것을 알고 있었고, 평소에는 내 편견에 맹목적으로 따르곤 했었는데, 그 베시마저도 그의 수법에 점점 빠져들어갔다. 그것이 눈에 띄게 두드러져 보였다. 대프니는 눈을 반짝이며 마치 자기의 소유물이기라도 한 것처럼, 자기 손으로 만든 작품이라도 되는 것처럼 어린애 같은 만족감을 가지고 그를 모두에게 자랑했다. 그리고 눈은 한 순간도 그의 얼굴에서 떼려 하지 않았다.

베시의 주인 역할은 언제나 수준급이었는데, 그날 밤의 파티는 완전히 제이미에게 주권을 빼앗긴 상태였다. 왜 그가 CJ의 마음에 들었는지 그제서야 나도 겨우 알 수 있을 것 같았다. 또한, 안젤리카가 어째서 그의 포로가 되었는지도 알 수 있었다. 나는 그가 변질적인 사람이라는 것을 알고 있었으며, 위험한 사람이라는 것도 알고 있었다. 그러나 그는 그것을 다른 사람에게 증명할 수 있는 증거가 될 만한 이상한 행동은 손톱만큼도 하지 않았다.

식사가 끝난 뒤 대프니는 나와 둘이 있게 될 기회를 잡았다. 그녀는 검은 드레스를 입고 있었는데, 그것은 그녀 나이 또래의 여자들이 입는 드레스가 아니었다. 그 드레스와 그녀의 들뜬 행동 때문에 그녀의 결점은 한층 두드러져 보였다. 몹시 여위고 가엾은 여자 같았다.

"저 사람 정말 멋진 것 같지 않아요?"

"아주 성공한 느낌이군."

"난 그와 결혼할 생각이에요."

그때까지 열심히 평정을 유지하려고 애쓰고 있던 나는 이 말을 듣고 깜짝 놀라 펄쩍 뛰었다.

"그가 구혼을 했단 말이야?"

"아뇨, 아직은." CJ의 눈에서 본 것과 같은 반짝임이 대프니의 눈에 나타났다. "하지만 그런 것은 문제없어요." 그리고는 어리광부리듯 내 팔에 손을 올려놓으며 말했다. "빌, 형부가 도와주시겠지요? 형부는 언제나 내 편이었잖아요. 저 사람은 1센트도 없어요. 모든 걸 내가 부담해야 해요. 꽤 재미있죠? 그런데 베시가 분명히 거북한 말을 할 거예요. 아버지도 그래요. 그러니까 좀 도와주세요. 도와주시겠지요?"

마침 그때 누가 왔으므로 얘기는 중단되고 말았다. 그러나

나는 대프니가 농담으로 그런 말을 하는 게 아니라는 걸 잘 알
수 있었다. 또한, 제이미가 어떤 의도를 가지고 있는지도 생각
할 여지없이 명백했다. '그 사람 인생의 단 한 가지 목적은 부
잣집 딸을 찾는 일이에요.' 나는 불길한 예감과 함께 뭔가 억
누를 수 없는 것이 꿈틀거리기 시작했으나, 동시에 그것을 그
대로 내버려두고 싶다는 생각도 하게 되었다.

　파티가 거의 끝나 베시가 여자들과 함께 코트를 가지러 가
고 폴이 세면실에 들어갔을 때, 나는 제이미와 단둘이 있게 되
었다.

　그는 곧장 내게로 다가왔다. 그리고 '옛친구'인 듯한 친근한
미소를 지으며 말했다.

　"아주 유쾌한 밤이었습니다, 빌. 당신 부인은 정말 훌륭한
분이시더군요. 참으로 존경할 만한 부인입니다."

　"다행이군."

　그는 내 바로 옆에 서 있었다. 그의 입에서 풍겨나오는 브랜
디 냄새까지 맡을 수 있을 정도였다. "빌, 부탁이 좀 있는데요."

　"뭐요?"

　"아마, 아니 사실 나도 모르는 일은 아니지만, 젤이 이곳에
올 리는 없겠죠? 즉, 전부인과 지금의 부인이 친구로 사귀지
는 않겠죠?"

　"그런 일은 없소."

　"사실 당신은 베시 앞에서 젤에 대한 얘기는 별로 하지 않
는 것 같더군요." 보조개가 그의 볼 한쪽에 나타났다.

　"그렇소."

　"그럼, 빌. 내가 부탁하고 싶은 것은 만일 젤을 만나게 되더
라도 대프니에 대한 것은 말하지 말아 주시겠어요? 대프니는
멋진 여자고, 무엇보다도 나이가 나와 비슷해요. 대프니 같은
여자는 지금까지 만난 적이 없었습니다. 아시겠어요 ? 그러니
까 젤에게 쓸데없는 생각을 하게 하고 싶지 않습니다. 때가 되
면 조금씩 젤 쪽을 정리할 생각이에요. 이해해 주시겠지요?"

그의 말투는 너무도 기분좋게 들렸다. 무심코 들으면 그 말 속에 숨어 있는 협박을 알아차리지 못할 정도였다. 그는 부탁이라고 하면서도, 실은 불가침 조약을 선언하는 것 같았다.

"젤을 위해섭니다, 빌. 그녀는 무슨 일이든 너무 심각하게 생각해서……"

마침 그때 여자들이 웃으면서 방으로 돌아왔다. 손님이 모두 돌아간 뒤 베시가 말했다.

"나는 육감이 좀 둔한 편이지만, 그 사람 아주 매력적인 것 같았어요. 사실 대프니에게는 좀 과할 정도예요. 그 사람 돈은 있나요?"

"음, 글쎄, 없는 것 같던데."

"하지만 아직 젊고, 게다가 재능도 있는 것 같고, 정말 오늘 파티는 기분 좋았어요. 그 두 사람에게 언제든지 오고 싶을 때 놀러 오라고 했어요."

정말 두 사람은 바로 다음 주에 찾아왔다. 두 번이나 왔다. 한번은 칵테일 파티에, 한번은 밤 9시쯤에. 그날 밤에는 유명한 연극배우 헬렌 리드를 주인공으로 하여 연극이 끝난 뒤 파티를 열기로 되어 있었다. 그녀는 그 다음 주에 필라델피아에서 있을 베시의 기금운동을 도와주기로 했기 때문이다. 처음 방문했을 때 대프니는 전보다 더 제이미에게 열중해 있는 것 같았다. 그녀는 대단히 들떠 있어서 '사랑'이 어떤 것인지 확실히 이해하는지 어떤지는 모르겠지만, 그러나 적어도 사랑에 빠져 있음은 분명했다. 신문의 사교란에도 '열애중인 두 사람'이니 뭐니 하며 떠들어댔으므로, 그녀는 너무 기뻐서 어쩔 줄 몰랐다. 이런 식으로 이름이 알려져도 기뻐할 만큼 그녀는 아직 어렸던 것이다. 두 번째 왔을 때는 두 사람 다 약간 취해 있었다. 대프니는 집에서 술을 마시는 일이 거의 없었다. CJ는 대체로 관대한 편이었지만, 젊은 여자가 술을 마시는 것만큼은 완강히 반대했다. 대프니에게 그가 정색하고 화내는 일이 있다면 그것은 술을 마실 때뿐이었다. 베시도 그날 밤 두 사람이 취해 있다는 걸 알아차렸는지, 그녀 역시 캘링검 집안 사람답게 조금 언짢은 표정을 지었다.

두 사람이 공공연히 약혼을 발표한 것은 그날 밤이었다. CJ에게는 아직 얘기하지 않았지만, 다음 주말에 오이스터 만에서 말할 예정이라고 했다. 그래서 우리에게 정신적인 응원을 구하려고 왔다는 것이다.

물론 나는 이미 이렇게 될 줄 알고 있었다. 그러나 나는 이 두 사람에 대해 운이 나쁜데다가, 원망하는 마음까지 더하여 침묵하는 것으로 지지하고 있었다. 따라서 아무래도 내 입장에서 앞장서서 반대하기는 힘들었다. 그래서 은근히 베시가 그 냉정한 두뇌로 이 궤도를 벗어난 연애에 제동을 걸어주기를 바라고 있었다. 그러나 나는 여자들을 매혹시키는 제이미의 힘을 무시하고 있었고, 베시가 '동생을 시샘하는 언니'라고 인식되는 걸 아주 싫어하고 있다는 것도 계산에 넣지 않았다. 그래서 내 기대는 보기좋게 배반당한 셈이다. 약혼이라는 말을 듣고, 베시는 그 자리에서 곧 두 사람에게 따뜻한 축하의 말을 했던 것이다.

두 사람은 파티에 참석할 마음이 없다면서 일어났다. 그때 흘끔 제이미의 얼굴을 보니 그의 눈에는 승리의 빛이 반짝였다. 그것은 흔히 있는 흥분의 빛이 아니라 열광의 빛이었다. 나폴레옹이 왕관을 쓰게 된 날에도 틀림없이 저런 눈빛이었을 것이다. 숨겨진 제이미의 성격을 조금이나마 겉으로 드러낸 것은 이것이 처음이었다. 그러나 베시는 전혀 그것을 알아차리지 못한 것 같았다.

두 사람을 배웅하느라 문 앞까지 갔을 때, 대프니는 나에게 키스를 하고 제이미는 내 손을 힘껏 잡았다. 그 순간 문득 안젤리카가 떠올랐다. 지금쯤 무엇을 하고 있을까? 그 비참한 아파트에 지금도 있을까? 혼자서 그 사슴뿔 의자에 앉아 그녀에게 주어질 빵부스러기를 얌전하고 참을성있게 기다리고 있는 것일까? "그 사람은 그 사람 나름대로 나를 사랑하고 있어요!" 만일 이론만으로라면 나는 심술궂은 만족감을 느꼈을 것이다. 그런데 반대로 나는 안절부절못할 정도의 양심의 가책으로 괴로웠다.

베시와 함께 난로 옆에 앉았지만, 안젤리카의 환영은 계속해서 내 머리에 달라붙어 떨어지지 않았다.

"아버지는 틀림없이 반대하실 거예요. 아버지는 대프니가 결혼하는 것을 바라지 않으실 테니까. 적어도 지금으로서는 말예요. 되도록이면 오랫동안 곁에 잡아두고 싶겠지요. 누군가와 결혼시킬 거라면 적어도 공작 정도는 되어야 한다고 생각하고 계세요."

"하지만 나는 공작이 아니었잖소?"

"그것이 나와 대프니의 큰 차이예요. 아버지는 내가 곁에 있는 것을 아주 싫어했거든요. 나는 꽤 노력했지만 잘되질 않았어요. 빨리 쫓아내고 싶어서 안달하고……"

그녀의 목소리가 떨렸다. 요 몇 달 동안 나는 그녀에게서 이렇게 자기를 비하하는 쓸쓸한 말투를 듣지 못했었다. 불안한 생각에 빠져 있던 나는 갑자기 가슴이 철렁 내려앉아 그녀에게 말했다.

"베시, 그것이 기껏해야 절반 정도밖에는 진심이 아니라는 것을 당신도 잘 알고 있잖소?"

"아녜요. 거짓말이 아니에요. 나라는 사람은 아버지에게 돌아가신 어머니를 생각나게 하나 봐요. 어머니는 아버지에게 견딜 수 없는 존재였지요. 아버지가 어머니와 결혼한 것은 부자가 되기 전이었어요. 그래서 어머니를 거추장스럽고 보잘것없는 여자라고 생각한 거예요. 그래도 어머니는 아버지를 무척 사랑했어요. 어머니는 사랑이라는 것을 믿고 있었지요." 그녀는 흥분한 얼굴로 나를 돌아보았다. "빌, 우리가 결혼한 것은 서로 사랑했기 때문이죠? 그렇죠?"

갑자기 아내에 대한 사랑과 동정이 강하게 솟아올랐다. 그리고 안젤리카의 모습은 낮잠을 자다가 꾼 꿈속의 여자처럼 비현실적이고 허무한 것으로 바뀌어갔다. 나는 그녀를 끌어안고 입술 위에 힘있게 키스했다.

"우리 아기, 그런 쓸데없는 질문은 하지 말아요."

그녀가 잠시 동안 내게 기대어 있다가 이윽고 몸을 일으켰을 때는 본래의 굳센그녀로 되돌아가서 미소짓고 있었다.

"어쨌든 대프니가 그 사람을 사랑하고 있는 것은 확실해요. 요즈음 사람이 완전히 달라졌어요. 누가 봐도 알 수 있어요. 게다가 대프니가 더 이상 아버지 곁에 있으면 엉망이 되고 말 거예요. 그러니까 우리는 대프니 편을 들어줘야 한다고 생각해요." 그녀는 잠깐 숨을 돌렸다. "그리고 아버지와 담판지을 때 가장 힘을 써야 할 사람은 솔직히 말해서 당신이라고 생각해요. 그 두 사람이 알게 된 것은 당신을 통해서였잖아요? 그러니까 아버지는 틀림없이 당신 책임이라고 생각할 거예요."

공포와 당황이 다시 내 온몸으로 되돌아왔다. 이번에는 내 자신을 위한 공포였다. 물론 CJ가 내게 책임을 추궁하리라는 것은 불을 보듯 환했다. 어째서 나는 이 사실을 깨닫지 못했을까? 나는 CJ와 입씨름하는 장면을 생생하게 머릿속에 그릴 수 있었다. "내 사위라는 사람이 나에게……" 나는 내 자신을 구해 내기 위해서는 베시에게 모든 것을 털어놓아, 두 사람이 약혼하지 못하게 하는 수밖에 없다는 것을 깨달았다. 이렇게 될 때까지 내버려두었으니 내 죄는 전보다 훨씬 더 용서받기 힘든 것이 되고 말았다. 물론 지금도 내 고백이 그녀의 마음을 괴롭히리라는 것은 알고 있었지만, 순간적이나마 그녀의 자기 비하감이 돌아온 지금으로서는 우리 두 사람의 관계도 전보다 더 위태로운 처지에 놓이게 되었다. 그러나 길은 하나밖에 없다. 그녀에게 모든 것을 털어놓는 것이다.

나는 겁쟁이 신에게 붙들리기 전에 충분히 용기를 북돋우려고 잔에 술을 따랐다. 그런데 마침 그때 헬렌 리드와 그녀의 일행이 우르르 몰려 들어왔다. 그들은 새벽 4시쯤까지 마시고 떠들어댔다. 다음날 나는 회사에서 조금 늦게 돌아와 곧바로 또 디너 파티에 참석해야만 했다. 이렇게 해서 베시에게 해야 할 고백이 늦어지면 늦어질수록 점점 더 어려워졌다. 그렇지만 오늘밤에는 꼭 베시에게 모든 것을 고백해야겠다고 굳은 결심을 하고 있었다. 그런데 아주 마침맞게 사건이 일어났다. (적어도 그때는 아주 적절한 사건이라고 생각했다.) 그래서 나는 어쨌든 이젠 되었다고 생각했었다.

새벽 2시쯤 파티에서 돌아왔을 때, 정확히 말하면 돌아와서 옷을 벗고 있을 때 현관문에서 초인종 소리가 요란스럽게 울렸다. 나는 실내 가운을 걸치고 나갔다. 들어온 것은 대프니였다.

그녀를 본 순간 나는 잠시 동안 누군지 알아보지 못했다. 오른쪽 눈이 부어오르고 얼굴은 흑빛이었다. 짧은 밍크 코트 안에 입고 있는 이브닝 드레스의 앞부분이 온통 찢겨져 있었다. 그녀는 나를 보자마자 와락 울음을 터뜨리며 내 품안으로 뛰어들었다. 숨을 쉴 때마다 술냄새가 풍겼다.

나는 그녀를 거실로 데리고 갔다. 웅성거리는 소리를 듣고 베시가 달려나왔다. 우리는 대프니를 침대 의자에 눕히고 그날 밤의 경위를 물었다. 제이미는 그녀를 싸구려 술집으로 데리고 가서 그녀를 몹시 취하게 한 다음 그의 아파트로 데리고 갔다는 것이다. 그런데 아파트에 도착하자마자 갑자기 미친듯이 그녀에게 달려들어 그녀를 때리기 시작했다. 대프니는 제이미만큼 취하지는 않았으므로 간신히 그의 손을 피해 밖으로 뛰어나왔다. 계단 있는 데서 누군가를 만났는데, 그 사람이 택시를 불러주었다. 시내에 CJ의 아파트가 있었지만 하인의 눈이 무서워서 곧장 이리로 왔다는 것이다.

그녀는 도대체 뭐가 뭔지 잘 모르겠다는 태도였다. 가엾을 정도로 겁을 먹고 부들부들 떨고 있었다. 그 중에서도 그녀가 가장 무서워한 것은 CJ였다. 어찌되었건 이제 오이스터 만까지 돌아갈 수 없다는 것은 알고 있었지만, 그래도 그녀는 계속 CJ를 걱정했다.

"아버지가 이것을 아시게 되면 틀림없이 나를 죽이고 말 거예요. 게다가 12시까지는 돌아가겠다고 약속했거든요. 베시, 제발 부탁이니 아버지한테 잘 말해 줘요?"

베시는 잔뜩 화가 나 있었다. 나는 그녀가 이렇게 화내는 모습을 지금까지 본 적이 없었다. 대프니가 베시에게 몹시 심하게 대하긴 했지만 그래도 캘링검 집안의 청렴결백함이랄까, 가풍을 중히 여기는 습관은 베시에게 있어서는 신성한 것이었다. 그래서 일단 집안에 무슨 일이 일어나면 금방 사자처럼 강한 여자로 바뀌어 버린다. 대프니를 거실 침대에 눕혀 놓고, 베시가 CJ에게 전화를 걸었다. CJ는 아직 자지 않고 있었는데 몹시 화가 나 있었다. 베시는 이러니저러니 변명을 둘러댔다. 대프니는 우리와 함께 어떤 파티에 갔었는데, 거기에서 약간의 착오가 생기고 말았다. 즉, 베시는 대프니가 CJ에게 얘기한 줄 알았고, 대프니는 베시가 CJ에게 전화해 놓은 줄 알고 있었다. 이제야 겨우 그것이 서로가 잘못 생각한 데서 온 착오였음을 깨닫고 이렇게 허둥지둥 전화를 걸게 된 것이다……CJ는 마치 생선장수처럼 베시에게 고함을 쳐댔다. 그러나 대프니를 위해서 책임지는 일에는 익숙해져 있었으므로 그녀는 고분고분 사과했다. 베시는 지금까지 살아온 반생을 언제나 이런 식으로 빌어 왔다.

가까스로 우리가 잠자리에 들게 된 것은 3시가 좀 지나서였다.

"이렇게 돼서 오히려 다행이에요." 하고 베시가 말했다. "이것으로 우리도 확실히 알게 된 셈이니까요."

"그렇군." 하고 나는 맞장구를 쳤다.

"빌, 당신이 그 사람에게 호의를 갖지 않았던 것은 이 때문이었군요? 이런 일이 일어날지 모른다고 의심하고 있었던 거지요?"

"아니." 나는 거짓말을 했다. "다만 그에게 신뢰감이 가지 않았을 뿐이오."

"그런데 나는 약혼한다는 말을 듣고 기쁨의 눈물까지 흘렸으니 원. 그래도 어쨌든 이것으로 모든 게 끝나게 되었으니 마음이 놓이는군요."

"그렇군." 나는 그렇게 말하면서도 이제는 고백할 필요가 없다는, 아마 영원히 말하지 않아도 괜찮으리라는 안도감에 어쩐지 홀가분한 느낌이 들었다.

다음날 아침이 되자 대프니의 눈은 몹시 부어올랐으며, 게다가 아직도 술이 덜 깨서 여전히 히스테리 증세를 보였다. 베시는 다시 한 번 CJ에게 전화를 걸어서 기금모집운동에 대프니의 도움이 필요하니 2~3일 여기서 묵으면 어떻겠느냐고 간신히 그를 설득했다. 대프니는 사흘 동안 묵었다. 돌아갈 무렵에는 아직도 눈은 조금 부어 있었지만, 전처럼 명랑한 기분으로 돌아가 있었다. 이제 그녀도 안전하고 CJ도 그럭저럭 잘 넘길 것 같아, 사건은 '미치광이의 탈선행위'로 처리되었다.

그런대로 잘되었다고 나는 생각했다. 그런데 그로부터 사흘쯤 지나 광고주 중 한 사람인 어떤 부인과 함께 '21번' 클럽에 식사하러 갔다가 대프니와 제이미가 사이좋게 앉아 있는 걸 발견했다. 나는 내 눈을 의심할 정도로 깜짝 놀랐다. 그들의 테이블 옆을 지나가자 대프니는 뻔뻔스럽게도 손을 흔들었으며, 제이미는 간사스러운 미소를 지으며 일어나 공손하게 인사했다. 식사하는 동안 내내 나는 그들이 떠드는 소리와 웃음소리에 견딜 수가 없었다.

사무실에 돌아와 나는 베시에게 전화를 걸었다. 베시도 도저히 믿어지지 않는다는 말투였다. 그러나 자기가 어떻게 해보겠다고 했다. 그날 밤 그녀의 말에 의하면, 베시와 대프니는 크게 싸웠다고 한다. 대프니는 안하무인격으로 여전히 제이미와의 사랑에 들떠 이러쿵저러쿵 그를 위해 어리석은 변명만 늘어놓았고, 베시가 CJ에게 얘기하겠다고 위협하자 가까스로 제이미와 손을 끊겠다고 약속했다는 것이다.

베시는 그 일로 몹시 상심해 있었다. 나 역시 우울했다. 그러나 지금 우리가 할 수 있는 일은 아무것도 없었다. 4~5일이 지나자 베시는 걱정스러워하면서도, 기금모집을 위해 3일간 머물 예정으로 헬렌 리드와 함께 필라델피아로 떠났다. 나는 리키와 유모와 셋이서 아파트에 남았다.

유모 엘렌은 언제나 내게는 손톱 밑에 박혀 빠지지 않는 '가시' 같은 존재였다. 영국에서 온 무뚝뚝하고 자존심이 센 금발의 여자로, 그녀의 급료를 지불하는 사람은 내가 아니라 베시라는 점을 필요 이상으로 의식하고 있었다. 그녀에게 베시의 말은, 아니 캘링검 집안 사람들의 말은 법이나 다름없었지만 내 말 같은 건 그냥 진흙 같은 것이었다. 베시도 엘렌을 그다지 마음에 들어하지는 않았지만, 그래도 매우 능률적이고 믿을 만한 사람이긴 했다. 게다가 베시는 계모라는 미묘한 입장이었으므로 리키의 애정을 얻는 데 우리와 경쟁심을 갖게 하지 않는 유모를 원하고 있었다. 그 점에서 엘렌은 이상적이었다.

엘렌에게 주도권을 빼앗긴 아파트 생활은 참으로 무미건조했다. 매일 단 한 순간도 베시를 생각지 않을 때가 없었다. 그러나 슬프게도 안젤리카에 대한 생각 역시 날마다 나를 괴롭혔다.

베시가 여행을 떠난 지 이틀째 되는 날 밤 나는 집에 혼자 있었다. 리키는 그날 치과에서 이를 하나 뽑고 온 게 무슨 큰 사건이기라도 한 것처럼 아주 조심하고 있었기 때문에, 나는 리키가 잠자리에 들 때 책을 읽어 주어야만 했다. 그날 밤은 요리사의 휴일이어서 엘렌이 저녁식사를 준비했다. 저녁때 폴에게서 전화가 걸려왔는데, 지금 막 필라델피아에서 돌아왔다면서 '노예 고용인'도 헬렌 리드도 건강하게 일하고 있다는 소식을 전해 주었다. 괜찮다면 자기네 집에 와서 프롭과 셋이서 하룻밤 지내는 게 어떠냐고 권했으나, 나는 외출할 생각이 별로 없었으므로 호의에 감사한다며 사양했다. 식사가 끝난 뒤 난로 옆에 앉아서 안젤리카에 대한 건 전혀 생각지 않고 책을 읽고 있었는데, 자신도 모르는 사이에 문득 그녀의 환영이 내 마음속으로 스며들었다. 그것이 읽고 있는 책의 내용과 겹쳐지더니 마침내는 무엇을 읽고 있는지 분간할 수도 없게 되었다.

갑자기 나는 나 자신이 두 사람으로 분열되는 듯한 느낌이 들었다. 나는 베시와 둘이 있는 것만으로 완전히 행복하다. 그리고 내가 그녀의 사랑을 필요로 하는 이상으로 베시가 내 사랑을 필요로 하고 있다는 것도 알고 있었다. 또 나는 안젤리카가 내 인생을 거의 망쳐 버린, 위험하고 복잡한 여자라는 것도 잘 알고 있다. 그런데도 나는 어리석고 못나게 내 결혼생활을 위태로운 상태가 되게 한 것이다. 그런데 또 하나의 나는, 마치 쌍둥이의 한쪽처럼 안젤리카를 다시 한 번 품에 안아보고 싶은 충동에 사로잡혀 있는 생각을 하고 있었다. 본능적이면서도 빈틈없는 교활함으로 이 욕망은 끓어올랐다. 베시는 집에 없다. 잠깐 안젤리카를 불렀다고 해서 그게 뭐 대수로운 일이겠는가? 단 한 번뿐이다. 말만 하지 않으면 된다. 누구에게 들킬 염려도 없다.

한밤중이 되자 이 어리석은 쪽의 내가 완전히 다른 한쪽을 눌러 버렸다. 안젤리카의 아파트 부엌에서 보았던 전화번호가 머릿속에 뚜렷이 떠올라 나를 유혹했다. 나는 일어나서 전화 쪽으로 걸어갔다. 수화기를 들었다. 순간 이런 행위가 얼마나 어리석은 짓인가를 깨달았다. 나는 또 하나의 나로 돌아왔다. 수화기를 놓고 불을 끈 다음 침대로 갔다.

옷을 벗으려고 하는데 침대 옆에 있는 전화벨이 울렸다. 수화기를 드는 순간 상대방의 목소리가 안젤리카라는 것을 알았다. 바로 조금 전에 안젤리카의 유혹을 이겨냈던 참이라 아직 마음의 준비가 없었으므로 나는 매우 당황했다. 가슴이 몹시 뛰기 시작했다.

"빌." 그녀의 목소리가 조그맣게 들렸다. 그리고 그 목소리 뒤에서 알 수 없는 여러 가지 소리가 들려왔다.

"미안해요, 이렇게 늦게 전화해서."

"괜찮소, 아직 자지 않고 있었으니까."

"당신 혼자 계시죠? 신문에 베시가 필라델피아에 갔다고 써 있던데……"

또 하나의 내가 흥분으로 떨렸다. 뻔뻔스럽게도 이런 억지 구실을 만들어 내고 있었다. '네 책임이 아니야. 전화는 저쪽에서 걸려왔으니까.'

"그렇소. 혼자요.."

"2~3분이면 되니까 좀 만나주시지 않겠어요?"

"지금 어디에 있지?"

"우리가 지난번 만났던 술집이에요. 당신 집에서 그다지 멀지 않아요."

"그럼, 당신이 이쪽으로 오는 게 어떻겠소?"

이렇게 말한 순간, 나는 내 본성을 드러냈음을 스스로 깨달았다. 그러나 이미 나는 어떻게 되겠지 하는 분별없는 생각을 하고 있었다. 그리고 또 조금 전에 유혹을 이겨냈다는 사실 때문에, 마치 내게는 아무 책임도 없는 것처럼 느끼고 있었다. 더구나 나는 이 결심을 정당화하기 위해서 상식을 벗어난 일도 망설이지 않았다. 절대로 걱정할 필요가 없다. 엘렌은 아파트 뒤쪽에 있는 방에서 자고 있고, 엘리베이터 야근 담당 밥은 남의 사생활에 간섭할 사람이 아니다. 그리고 안젤리카가 개인적인 일을 의논하고 싶어한다면, 공개된 장소에서 얘기하기보다는 여기가 남의 눈에 띄지 않으니 더 낫지 않을까——하고 생각했던 것이다.

그녀는 좀 반신반의하는 말투로 물었다. "그렇게 해도 괜찮겠어요?"

"괜찮고말고. 4층이오. 곧장 올라오면 돼."

"그럼……좋아요, 2~3분 뒤에 가겠어요."

나는 수화기를 놓았다. 흥분으로 취한 듯한 기분이 되었다. 나는 잠옷 위에 실내 가운을 걸치고 거실로 가서 불을 켠 다음

잔에 술을 따랐다. 그리고 난로불을 헤치면서 문득 소파 옆 테이블 위에 베시의 독서용 안경이 놓인 것을 알아차렸다. 깜박 잊어버리고 간 모양이다. 그녀가 안경을 쓰기 시작한 것은 불과 두세 달 전부터인데, 처음 한두 주일 동안은 내 앞에서 안경쓰는 것을 무척 부끄러워했다. 안경을 쓰면 더 미워진다고 생각했던 것이다.

안경을 보는 순간 모든 흥분이 금방 사라지고, 내가 얼마나 어리석고 불성실한 남편인가를 깨달았다. 자기가 사랑하는 여자를 배반하고, 죽든 살든 상관없는 여자를 원하다니!

초인종이 울렸다. 나는 문을 열고 안젤리카를 방으로 들어오게 했다.

제7장

그녀는 허름한 검은 코트를 입고, 슈트케이스를 들고 있었다. 모자는 쓰지 않았다. 얼굴은 창백하고 여위었으며 몹시 지친 것같이 보였다. 내가 마음속에 그리고 있던 매혹적인 마녀와는 전혀 다른 모습이었다. 따라서 베시의 안경을 본 뒤 느꼈던 정상적인 마음이 점점 강해져, 나는 완전히 현실적인 사람으로 돌아와 있었다. 뭔가 좋지 않은 일이 일어난 게 분명했다. 그녀에 대한 순수한 걱정이 울컥 치밀어 올라 다른 감정 —— 차라리 없는 편이 나은 다른 감정은 모두 마음에서 밀려나갔다.

그녀는 미소지었다. 아무렇지도 않은 듯 상냥한 미소를 지으려 했으나 어딘지 모르게 어색해 보였다.

"계단을 걸어서 올라왔어요. 엘리베이터 보이에게 보이지 않는 편이 나을 것 같아서."

나는 그녀의 슈트케이스와 코트를 받아들고 거실 쪽으로 안내했다. 술을 권했으나 그녀는 싫다고 했다. 그리고는 난로 앞에 앉아 핸드백을 열고 뭔가를 한참 찾다가 말했다.

"미안해요. 담배가 떨어진 모양이에요."

나는 담배를 가지고 왔다. 라이터로 불을 붙여 줄 때 손과 손이 닿았다. 차갑고 침착하지 못하게 느껴지는 손이었다. 그녀는 마치 몇 주 동안이나 담배를 피우지 못한 듯 정신없이 연기를 뿜어댔다. 그리고 쉰 듯한 목소리로 재빨리 말하기 시작했다.

"나 여기에 있으면 안될 것 같아요."

"그렇지 않소."

"사실은 오고 싶지 않았어요. 하지만 아는 사람이 아무도 없어서."

"다른 사람에게 기댈 필요는 없지 않소?"

그녀는 내 말이 진심에서 우러나온 것임을 알고 조금 당황한 얼굴로 나를 바라보았다.

"어쨌든 시간을 많이 빼앗지는 않겠어요. 정말이지 하찮은 부탁이에요, 빌. 돈을 조금 빌려줬으면 해요. 그 술집의 바텐더를 한 사람 알고 있어서 그 사람한테 빌리려고 갔더니 오늘밤에는 쉰다지 뭐예요. 많이 필요하지는 않아요. 20달러만 있으면 돼요. 가능하면 지금 조금이라도 줬으면 좋겠는데. 오늘밤 숙박비로……"

"숙박비?"

그녀는 아주 재미있다는 듯이 밝게 웃었다. "제이미가 오늘밤에 찾아와서 나를 아파트에서 쫓아냈어요. 그 아파트는 제이미 친구의 것이거든요. 그런데 그 친구가 갑자기 돌아와서 오늘밤에 꼭 방을 비워달란다고 하잖아요."

"이런 한밤중에 말이오?"

"그런가 봐요. 어차피 그 사람의 아파트고, 그러니 언제나 필요할 때 비워달라고 할 권리는 있는 거지요."

이젠 제이미가 어떤 짓을 하건 그 무분별함에 놀랄 내가 아니었다. 그러나 그녀가 굴욕을 이처럼 순순히 참고 있는 데는 나도 놀랐다. 그리고 분노를 느꼈다. 돈을 빌려달라는 것도 뜻밖의 일이었다.

"당신은 돈이 하나도 없단 말이오?"

"당신에게 전화할 때까지 10센트 있었어요. 그 10센트를 쓰지 않으려고 술집에서 걸어왔어요. 만일 필요하게 되면 난처할 것 같아서. 자금유지를 하는 셈이지요."

"그런 처지가 된 것이 언제부터였소?"

"2~3일 전이에요. 지금 월말이잖아요. 내게 오는 수표는 수요일까지 오지 않아요." 그녀는 다시 나를 보며 말했다. "할아버지의 유산도 한없이 있는 건 아니잖아요. 제이미와 함께 있는 한은 더욱더 그래요. 자꾸자꾸 줄어들어서 정말 곤란했어요. 지금 남아 있는 것은 매달 보내오는 수표밖에 없어요. 그것은 신탁으로 되어 있기 때문에 한 달에 100달러가 한도예요."

이 말을 듣자 제이미에 대한 분노가 다시 무섭게 타올랐다. "그래 제이미는 당신이 그 정도의 돈밖에 갖고 있지 않다는 것을 알고 있소?"

"제이미는 누가 얼마나 가지고 있는지 속속들이 알고 있어요. 마지막 한 자리수까지도. 그가 가진 재능의 하나지요."

"그런데 한밤중에 당신을 내쫓고도 태연하단 말이오?"

"그래요. 하지만 그게 당연한 일 아니에요?" 그녀는 살짝 어깨를 으쓱했다. "우리 사이는 이제 아무런 관계도 없어요. 깨끗한 관계건 더러운 관계건 모두. 사흘 전에 화려한 최후의 막을 내려 버렸거든요. 모든 게 다 끝났어요."

양심의 가책이 분노와 호기심을 넘어서 다시 마음속으로 파고들었다. "끝났다고?"

"그렇게 놀란 척하지 않아도 돼요. 얼마 전에 당신과 베시가 제이미를 위해 디너 파티를 열었다면서요?"

"그럼, 역시 대프니가 원인이었소?"

"네, 물론 대프니 때문이에요. 아마 그녀에 대해서 가장 늦게 안 것은 나일 거예요. 왜, 모르는 게 약이라는 말도 있잖아요."

그녀의 목소리에는 별로 나무라는 기색도 없었다. 괴로운 농담 뒤에 일종의 떨떠름한 절망감만이 느껴졌다. 그러나 나는 그녀가 이렇게 된 데에는 어떤 의미에서 내게도 책임이 있다는 사실을 강하게 의식하고 있었다. 헛수고인 줄은 알면서도 나는 위로하려는 듯한 얼굴로 말했다.

"하지만 그 두 사람은 절대로 결혼하지 못할 거요. 베시가 어떻게든 결혼하지 못하게 할 테니까. 제이미가 그녀에게 어떤 짓을 했는지 당신도 알고 있겠지?"

"베시에게?"

"아니, 대프니에게."

"몰라요, 빌. 그가 대프니에게 무슨 짓을 했는지, 또는 다른 사람에게 어떻게 했는지 그런 것은 아무것도 몰라요. 그러나 단 한 가지 아는 게 있어요. 그것은 그가 틀림없이 결혼하고 말 거라는 사실이에요. 제이미가 한번 하려고 마음먹으면 전지전능한 베시라도 말릴 수가 없어요. 그 사람은 돈많은 여자를 원했어요. 이제야 겨우 찾아낸 거죠. 이것으로 내 일은 끝났어요. 나는 이 놀라운 소식을 들었을 때 곧 뉴욕을 떠났어야 했어요. 다만 수표가 오면 차표를 사서 고향에 돌아갈 수 있으리라고 생각하고 아파트에 남아 있었던 거예요……"

그녀는 담뱃불을 껐다. "어쩌면 친구가 왔다는 건 그가 꾸며낸 말일지도 몰라요. 단지 나를 쫓아내려는 구실인지도 모르죠. 제이미는 그런 짓을 하고도 남을 사람이니까. 하지만 그런 것은 아무래도 좋아요. 이런 쓸데없는 수다를 떨어봐야 아무 도움도 되지 않겠죠." 그녀는 갑자기 일어섰다. "빌, 부탁이니 돈을 빌려줘요. 이젠 가봐야겠어요."

고향으로 돌아간다고? 나로부터 시작된 하나의 원은 지금 완전히 패배로 완성되어 가고 있다. 그러나 그런 데까지 신경 쓴다는 것은 어리석은 짓이다. 우리는 아무 관계도 없지 않은가? 지금까지도 확실한 관계는 없지 않았던가? 솔직히 말해서 그녀가 뉴욕에 없는 편이 나로서는 훨씬 홀가분하다. 그러나……맨틀피스(벽난로의 장식 선반) 옆에 서서 잿빛 눈으로 물끄러미 나를 쳐다보고 있는 안젤리카를 보았다. 그 잿빛 눈은 명랑한 척하고 있었지만 내게는 견딜 수 없을 정도로 비참하게만 보였다——나는 강한 연민과 함께 참을 수 없는 이별의 슬픔을 느꼈다. 이 여자는 내 곁을 떠나려는 것이다. 이제 두 번 다시 만날 수 없을 것이다.

"그럼 클랙스턴으로 돌아가겠군."

클랙스턴이라는 이름을 입에 담는 순간, 과거의 갖가지 추억이 흐르듯이 내 기억 속에 떠올랐다.

"지난 주에 아버지한테서 편지가 왔어요. 가정부가 죽었다 는군요. 그래서 아주 엉망인가 봐요. 나도 마루닦는 일 정도는 할 수 있어요."

"클랙스턴에는 얼마나 있을 작정이오?"

"죽을 때까지 있을 생각이에요. 이의는 없으시겠지요?" 그 녀의 입술 한쪽이 실룩실룩 움직였다.

"나는 무슨 일을 해도 안되는 사람이에요, 안 그래요?"

나는 그녀에게로 한 걸음 다가섰다. "안젤리카……"

"그렇잖아요? 내가 무슨 일을 할 수 있겠어요? 내 인생을 엉망으로 만들고 당신의 인생까지도 엉망으로 만들 뻔했어요. 그리고 지금은 뉴욕에서 가장 못된 사기꾼조차도 나를 별볼일 없는 존재로 여기고 있죠." 그녀는 소리내어 웃었다. "클랙스 턴에도 돌아가지 않는 게 나을지 몰라요. 모교의 영문과까지 엉망으로 만들어 버릴지도 모르니까요. 그래도 그곳에 풋내기 작가라도 있을지 누가 알아요? 가엾은 코흘리개 고교생이 연 상의 여자에 대한 애정으로 자기의 재능을 닦아보려 할지도 모르지요."

그녀는 계속 웃어대더니 갑자기 조용해졌다. 그리고는 다시 의자에 앉아 피곤에 지친 듯 얼굴에 흘러내린 머리카락을 쓸 어올렸다. 그녀의 옆모습은 죽은 사람 같았다. 그녀의 비참함 과 자기 경멸로 마치 방에 몇 개의 시체가 누워 있는 것처럼 느껴졌다. 나는 그녀를 이렇게 바라보고 있다는 사실에 몹시 혐오감을 느꼈으며, 동시에 그녀가 그런 시선을 참아내는 데 대해서도 혐오감을 느꼈다. 말없이 있는 것이 견딜 수 없어 나 는 불쑥 엉뚱한 말을 물어보았다.

"식사는 언제 했소?"

"뭐라고요, 빌?"

"마지막으로 식사한 게 언제였느냐고 물었소."

"글쎄요, 모르겠어요. 언젠가 하긴 했어요."

"무엇이든 가져오겠소."

"괜찮아요."

"거기 앉아 있어요. 부엌에서 뭘 좀 가져올 테니까."

냉장고 안에는 닭고기가 들어 있었다. 나는 그것으로 샌드위치를 만들고 우유를 한 잔 따랐다. 그러는 동안에도 그녀의 모습, 그녀의 얼굴이 눈앞에 어른거렸다. 굶주리고 지친 몸으로 한 손에 슈트케이스를 들고 10센트짜리 동전을 소중히 간직한 채 한 시간 이상이나 걸어온 안젤리카. 제이미가 아파트에서 나가달라고 말하는 것을 말없이 미소를 띤 얼굴로 듣고 있는 그녀. 다시 과거로 거슬러 올라가 앨리전트의 수선화 핀들판, 하얗게 빛나는 그리스의 사원을 배경으로 산책하는 그녀. 프로방스의 집 침실에서 유리창을 두드리는 미모사 나무가 공기를 달콤하게 하고, 그 공기 속에서 내 옆에 누워 있는 그녀. 거실로 돌아가는 것이 왠지 두려워 샌드위치와 우유를 쟁반에 담아든 채 나는 잠시 부엌에 서 있었다.

누가 먼저 말을 꺼냈는지는 모르지만 우리는 아주 자연스럽게 클랙스턴의 추억을 얘기했다. 그런 일이 있었나 할 정도로 사소한 일과 생각지도 않았던 사람들의 얘기가 나왔다. 그녀는 아무 거리낌없이 웃었다. 나도 웃었다. 그녀는 샌드위치를 다 먹고 나서 마음이 달라졌는지 술을 마시고 싶다고 했다. 양쪽 볼이 발그레해졌다. 나는 서서히 그녀가 얼마나 아름답고 이 방이 얼마나 편안한가를 의식하게 되었다. 게다가 우리가 지금 단둘이 있다는 생각이 점점 강해졌다. 마음 한구석에서는 이것이야말로 정말 위험한 생각이라는 것을 충분히 알고 있었으나, 그것은 아주 구석진 곳의 한 부분이라서 쉽게 무시할 수 있었다. 마술에 걸린 것 같았다. 우리는 옛날로 돌아갔다. 마치 아무 일도 없었던 것처럼 아직 불행이 찾아오기 전의 시절로 돌아갔다.

안젤리카는 연거푸 담배를 피웠다. 우연하게도 담뱃갑은 언제나 그녀의 손 가까이에 없었다. 그래서 그녀에게 담배를 집어줄 때마다, 그리고 불을 붙여줄 때마다 그녀의 손——따뜻하고 생기있는 그녀의 손이 내 손에 닿아, 나는 짜릿한 흥분을 느꼈다. 마지막으로 담배를 꺼내주었을 때는 둘 다 소리내어 웃고 있었다. 그녀는 얼굴을 들고 담배를 라이터에 가까이 댔다. 내 손과 그녀의 손이 닿았다. 갑자기 나는 그녀의 손을 잡았다. 얼른 손을 빼내며 그녀는 말했다.

"아주 좋은 곳이군요, 여기는."

"글쎄." 나는 선 채로 대답했다. 손에서는 라이터의 불이 타오르고 있었다.

"그리고 좋은 방이에요."

"마음에 드오?"

"베시의 취미겠지요? 당신은 언제나 엉망이었으니까……"

"그렇소, 베시의 취미지."

"다행이에요."

나는 라이터의 불을 끄면서 조금 앞으로 다가섰다. 실내 가운의 끈이 그녀의 무릎 위에서 흔들거렸다.

"다행이라니?"

"당신이 결혼한 상대가 베시라서 다행이라는 뜻이에요." 그녀는 빠른 어조로 어색하게 말했다. "그녀는 이상적인 부인이겠지요?"

안젤리카가 나를 견제하고 있다는 것을 잘 알 수 있었다. 그러나 일종의 정신감응에 의해 그녀의 이러한 견제가 그녀의 의도와는 반대된다는 것도 알 수 있었다. 나는 잠깐 현기증을 느꼈다.

"그렇소. 아내로서는 정말 이상적인 여자지."

"그래, 리키는 어떤가요?"

"건강해."

"그래요? 저……" 그녀는 갑자기 일어나서 내 몸에서 멀리 떨어졌다. "리키를 잠깐 봐도 될까요?"

그녀의 시선은 물끄러미 내 눈을 보고 있었다. 그 눈은 내게 베시 남편의 자리로 돌아가라고 도전——또는 명령하고 있는 것 같았다. 그래서 그녀는 리키를 만나고 싶다고 말한 것이다.
나도 잘 알았다. 그것은 다만 자리에서 일어나 내게서 떨어지
기 위한 구실에 지나지 않는다. 그래서 제대로 생각지도 않고
나오는 대로 말해 버린 것이다. 만일 그녀가 정상적으로 생각
하고 있었다면, 리키를 만나는 일이 상처를 칼로 찌르는 것과
같다는 걸 깨달았을 것이다. 또한 내가 정상적인 생각을 하고
있었다면, 그녀를 리키에게로 데리고 가는 일이 베시에 대한
최대의 배신행위임을 알아차렸을 것이다. 그러나 나는 이미
사물을 정상적으로 생각할 수 없는 상태였다. 다만 그 순간순
간에 따라 행동할 뿐이었다.

"좋소. 같이 보러 가지."

우리는 복도를 지나 리키의 방으로 갔다. 나는 조용히 문을
열었다. 리키는 손가락을 입에 물고 반듯이 누워 있었다. 검은
머리카락이 눈 위에 흐트러져 있었다. 우리는 선 채로 가만히
아이를 보았다. 갑자기 그 커다란 검은 눈이 반짝 뜨였다. 리
키는 손가락을 입에서 빼며 나를 물끄러미 쳐다보았다. 그리
고는 약간 호기심을 가지고 안젤리카를 보았다.

그때 그 스위스제 비둘기 시계에서 비둘기가 나와 두 번 울
었다. 리키의 눈이 재빨리 시계 쪽으로 옮겨갔다.

"2시야. 많이 늦었지, 아빠? 2시면 아주 아주 많이 늦은 거
지? 그렇지요?"

"그래." 나는 대답했다.

리키는 안젤리카 쪽으로 눈을 돌렸다.

"이 사람은 누구야?" 하고 물었다.

"음, 친구야."

"나는 오늘 말예요, 이를 뽑았어요."

갑자기 안젤리카가 말했다. "저쪽으로 가요."

그녀는 문 쪽으로 갔다. 나는 리키에게 키스하고 잘 자라고
말한 다음 그녀의 뒤를 따랐다. 그녀는 아파트 현관 앞에 서
있었다.

"돈 좀 주세요, 빌. 난 이제 가야 해요."

그녀가 가버린다고 생각하니 견딜 수 없을 것 같았다.

"한 잔만 더, 어떻소?"

"싫어요, 빌."

"한 잔만, 괜찮겠지? 헤어지는 기념으로."

나는 거실로 돌아가 마실 것을 가지고 현관 있는 데까지 갔다. 그녀는 잠깐 동안 나를 바라보더니 내 손에서 잔을 받아들었다. 나는 큰 승리를 얻은 것 같은 기분이 들었다. 승리감, 흥분, 그녀가 영원히 내 앞에서 모습을 감춘다는 희망, 술──그런 것들이 하나의 부정한 결합체로 굳어졌다.

"지금 몇 시인지 알고 있소?"

"몰라요."

"벌써 2시가 넘었소. 지금 호텔 방을 찾는다는 건 보통 일이 아닐 텐데."

"몇 시건 마찬가지예요."

"게다가 당신은 지쳐 있소."

"지치지 않았어요."

"손님용 침실이 있는데."

"안돼요, 빌."

"어째서 안된다는 거요? 당신에게나 나에게나 그렇게 대단한 일은 아니잖소."

그녀의 잔 속에 든 얼음덩어리가 달그락거렸다. 나는 그녀를 내려다보았다. 그녀의 손이 떨리고 있었다. 나는 그 손에서 잔을 빼앗아 옆 테이블 위에 놓았다. 내 잔도 거기에 놓았다.

나는 그녀를 끌어안았다. 그것은 그녀가 전화를 걸기 전부터 이미 그렇게 정해져 있었던 것처럼 피할 수 없는 행동으로 생각되었다. 조금의 불안이나 양심의 가책도 느끼지 않았다. 다만 불가피한 감각, 완전수행의 감각밖에 없었다. 그녀의 몸을 팔로 끌어안고 두 입술을 마주댄 채, 현관 옆 침대 의자가 있는 곳까지 데리고 갔다. 그녀는 저항하는 척하지도 않았다.

처음에 그녀는 완전히 받아들이는 자세로 서 있었는데, 이윽고 침대 의자에 앉자 흐느껴 울면서 마치 공포의 세계에서 나 혼자만이 안전지대라도 되는 것처럼 나에게 매달렸다. 그녀의 울음소리를 들으며 내 육체는 마침내 이성을 이겨냈다는 것을 인정했다. 그녀에게 키스하고 있는 동안에는 베시도, 회사도, 안젤리카가 없어진 뒤 쌓아올린 새로운 인생도 모두 고독의 공허를 채우기 위해 볼지(紙)로 만들어진 껍데기뿐인 전당(殿堂)처럼 느껴졌다.

그때 작은 기침소리가 들렸다. 작지만 뚜렷하고 차가운, 마치 거기에 있어서는 안될 소리인 것처럼 느껴졌다. 다시 한 번, 이번에는 전보다도 더 크고 분명히 억제를 하는 듯한 분노 섞인 기침소리가 들렸다. 나는 뛰어오르듯 안젤리카에게서 몸을 떼고 올려다보았다.

우리 바로 앞에 리키의 유모가 서 있었다. 그녀는 흰 타월지로 된 가운을 입고 있었다. 세 가닥으로 땋아 한쪽으로 늘어뜨린 금발이 어깨 부근에서 흔들리고 있었다. 얼굴은 보랏빛이 감도는 핑크빛이었으며, 눈은 파랗고 송곳처럼 날카로웠다.

"어머나, 죄송합니다. 손님이 계신 줄도 모르고……"

안젤리카는 고쳐 앉았다. 나는 얼빠진 목소리로 말했다.

"엘렌이었군."

"저, 리키가 잠이 깨서 저를 부르기에 잠깐 부엌에 가서 따뜻한 우유라도 갖다줄까 해서……하지만 손님이 계신 줄은 전혀 몰라서요……"

말하다 말고 그녀는 갑자기 몸을 홱 돌리더니 뛰듯이 복도를 지나 모습을 감췄다. 등뒤로 땋아내린 머리가 흔들리고 있었다.

오랫동안 안젤리카와 나는 말없이 앉아 있었다. 이윽고 그녀는 일어나서 내 밑에 깔린 코트를 끌어내 소매에 손을 꿰기 시작했다.

그리고 잘 알아들을 수 없는 작은 목소리로, "돈을 갖다주시지 않겠어요, 빌 ?" 하고 중얼거렸다.

나는 복도를 지나 침실로 갔다. 지갑은 책상 위에 있었다. 지갑을 열어보니 30달러쯤 들어 있었다. 마취가 점점 깨어나듯이 나는 내 자신이 어리석어 보였고, 이상하게도 두려웠으며, 얻어맞은 듯한 느낌이 들었다. 2~3달러만 남겨두고 있는 돈을 다 꺼내어 현관 앞으로 가서 안젤리카에게 주었다. 그녀를 나무라는 것이 불공평하다는 것은 잘 알고 있었다. 모든 게 다 내 잘못이다. 손해를 보는 것은 내 쪽인 줄 알면서도 무모하게 위험을 저지른 것은 나다. 그런데도 나는 그런 식으로 생각하기를 주저했다. 왜냐하면 이 어쩔 수 없는 입장을 어떻게든 이겨내기 위해서는 내가 희생자라는 생각을 억지로 끌어다 붙이지 않을 수 없었기 때문이다. 안젤리카는 '적'이다. 침입자다, 또한 내 생활을 파괴하려는 협박자다. 나는 그렇게 생각했다.

그녀는 돈을 핸드백에 넣었다. 나는 그녀의 얼굴을 보는 것이 몹시 괴로웠다.

"그 여자, 베시에게 일러바칠까요?" 하고 그녀가 말했다.

"글쎄, 아마 말하겠지."

"하지만 상관없잖아요? 아무 짓도 하지 않았으니까. 아마 변명할 수 있을 거예요."

"그럴 수 있을까?"

"우리는 이별의 이야기를 하고 있었다고 말하면 되잖아요. 내가 아주 비참한 기분에 빠져 있어서 당신이 열심히 위로하고 있었다고 하면 될 거예요."

"당신을 위로하고 있었다고?"

"사실 그랬잖아요? 거짓말이 아니잖아요? 그것뿐이에요."

나는 정말 그것뿐이었는지 생각해 보았다. 그러나 생각할 힘도 없었다. 모든 것이 이론적으로는 따질 수 없는 어리석은 짓으로 생각되었다.

"그럼, 빌, 헤어져야겠군요."

그녀는 슈트케이스를 들고 문을 열었다. 나는 이기주의적인 양심의 가책 때문에 앞으로의 일에 대해서만 걱정하고 있었으므로, 그녀의 모습이 초라하고 생기가 없으며 아무 인상도 남기지 못하는 것처럼 보였다. 그녀를 욕망의 대상으로 여긴 것이 이상할 정도였다. 나는 그녀에게 거실에서 자고 가도록 권하는 것이 당연하다, 새벽 2시가 지났는데 호텔까지 슈트케이스를 끌고 가게 할 수는 없다고 마음 한구석에서 중얼거리는 소리를 들었다. 그 찌푸린 얼굴의 심술궂은 유모 때문에 놀라서 예의상 당연히 해야 할 일조차 하지 못하다니, 참으로 겁쟁이의 본보기가 아니냐 하고 힐책하는 소리를 들었다. 그런데도 나는 지금 곧 안젤리카와의 관계에 종지부를 찍고 싶었다. 빨리 그녀가 나가 주기를 바랐다. 두 번 다시 그녀의 얼굴을 보고 싶지 않았다.

"그럼, 안젤리카, 잘 가요."

그녀는 아직도 현관에 서서 망설이고 있었다.

"어디 좋은 호텔 모르세요? 난 뉴욕은 잘 몰라요."

"월튼으로 가봐요. 매디슨에서 2~3블록만 더 가면 되지."

"월튼?"

"그렇소."

"그럼, 그곳으로 가보겠어요. 여러 가지로 고마워요."

"고맙다니, 뭐가?"

"무엇이든, 그냥……고마워요."

그녀는 밖으로 나가 문을 닫았다.

테이블 위에는 잔이 두 개 놓여 있었다. 나는 하나를 들어 꿀꺽 마셨다. 안젤리카가 떠났는데도 내 기분은 아직 홀가분해지지 않았다. 나는 정신이 돌 것 같은 느낌에 사로잡혔다. 지금까지 본 적이 없는 다른 모습의 베시를 상상하며 애를 태웠다. 나에게 비난의 말을 퍼붓는 냉정한 베시. 곧 CJ에게 전화를 걸 것이다. CJ는 CJ대로 바람둥이 사위에게 청교도적인 분노를 터뜨릴 것이다. 나의 불안은 더 나아가 멜로드라마적으로 장래에까지 비약되었다. 아내에게 버림받고 직업까지 잃은 무능하고 보잘것없는 존재가 되는 것은 아닐까? 나는 지금 곧 엘렌의 침실로 달려가 내 인생을 파괴하지 말아 달라고 무릎을 꿇고 애원하면 어떨까 하고까지 생각했다.

그러나 한편으로 나는 남은 자존심을 건지기 위해 사태를 너무 과장하여 생각하고 있을 뿐이라는 것을 깨달았다. 내가 한 일은 그렇게 비극적인 것은 아니잖가? 그것은 뻔한 일에 지나지 않는다. 이미 없어졌다고 생각했던, 타다 남은 약간의 육체적 충동이 되살아나 그로 인해 어리석은 잘못을 저질렀고, 그 광경을 들키고 말았을 뿐이다. 그 때문에 나는 베시의 눈에 담긴 존경을 영원히 잃어버리는 대가를 치러야만 할 운명에 빠졌다. 그러나 그뿐이겠지? 그렇지 않으면? 내 변명이 끝나면 그 뒤 나는 어리석은 바람둥이로 낙인찍히고 말 것이다. 그렇게 되면 베시가 전처럼 불안한 상태로 되돌아가지 않도록 하기 위해 나는 얼마나 신경을 써야만 할까? 아니, 무엇보다도 그녀는 내 말을 이해해 줄까?

이러한 질문에 나 스스로도 대답할 수 없게 되자, 나는 단념하고 잠자리에 들었다. 아침이 되면 엘렌과 타협해 보자. 안되면 뇌물을 좀 줘도 된다. 그래도 안되면 베시가 필라델피아에서 돌아왔을 때 모든 것을 털어놓고 말하는 수밖에 없다. 수치와 굴욕과 안젤리카에 대한 괴로운 분노로 완전히 기진맥진하여 그대로 잠들었다.

다음날 아침 잠에서 깨어났을 때, 나는 전날의 일을 뚜렷이 기억하고 있었다. 8시 30분. 엘렌은 어린이방에서 리키에게 아침을 먹이고 있을 것이다. 나는 꽤 뻔뻔스러운 기분이 들었다. 이 뻔뻔스러움이 사라지기 전에 엘렌과 타협해 보는 것이 상책이다.

실내 가운을 걸치고 어린이방으로 갔다. 리키는 아침을 먹고 있었다. 엘렌은 희고 빳빳하게 풀먹인 제복을 입고 리키 옆에 앉아, 영국에 있는 많은 조카들 중 하나를 위해서인 듯 뭔

가 알 수 없는 것을 짜고 있었다. 베시는 이 하얀 제복을 싫어
했지만 엘렌은 절대로 다른 옷을 입으려 하지 않았다. 방에 들
어가자 리키가 소리를 지르며 나를 맞았다. 엘렌은 나를 올려
다보며 억눌린 듯한 작은 소리로 외쳤다. 마치 내가 아침식사
전에 급히 여자를 강간하려고 찾아온 프랑켄슈타인이라도 되
는 것처럼.

나는 잠시 당황했다.

"실은 어젯밤에 있었던 일 말인데, 엘렌. 당신에게 설명해
둘까 해서……"

"어머나!" 하고 그녀는 적의를 품고 재빨리 말했다. "저 같
은 사람에게 설명해 주시지 않아도……"

나는 더듬거리며 말을 계속했다.

"그 사람은 내 옛친구인데 좀 불행한 일이 있어서……"

"제발 부탁이니." 하며 그녀는 벌떡 일어나 거칠게 리키를
끌어안으며 꾸민 듯한 태도로 말했다. "어린애 앞에서 그런 얘
기는……"

나는 계속 말했다. "물론 나는 아내에게도 다 말할 생각이오.
그러니까 당신이 만일……"

마침 그때 전화벨이 울렸다. 난 다행이라 생각하며 어린이
방을 나와 침실로 갔다. CJ에게서 온 전화였다. CJ는 전날 밤
편집자 회의에 참석하기 위해 보스턴으로 갔다는 것을 나는
알고 있었다. 그러니까 보스턴에서 이제 막 돌아온 게 분명하
다.

"빌인가?"

"네, 그렇습니다."

"자네 어젯밤에 무엇을 하고 있었나?"

그의 목소리는 격렬한 감정을 억누르는 듯했다. 그의 이런
목소리를 듣는 것은 처음이었다. 너무 당황해서 어떻게 대답
할까 생각하고 있는데, 그는 큰소리로 고함을 쳤다.

"집에 혼자 있었나?"

나는 생각할 수도 없었다. 다만 안젤리카와의 일을 그가 알면 얼마나 치명적인 결과를 가져올까 하는 생각뿐이었다.

"네, 혼자 있었습니다." 하고 나는 거짓말을 했다.

"그럼, 곧 이리로 오게. 아파트에 있네. 택시라도 타고 지금 곧!"

"알겠습니다. 그러나……"

"무슨 일이 일어났는지 알고 있겠지? 신문 읽었나?"

"아뇨, 아직."

나는 머릿속이 혼란했고, 큰 불행이 다가올 것 같은 예감이 들어 허둥거렸다.

"자네 친구인 그 램이라는 남자 말일세. 자네와 베시가 대단하게 여기던 소설가. 그 사람이 살해당했어. 그의 아파트에서 총에 맞아 죽었단 말이야!"

제8장

나는 수화기를 놓고 그것을 물끄러미 쳐다보았다. 그러나 수화기는 조금도 내 눈에 들어오지 않았다. 이 커다란 충격을 받는 순간 나는 마치 나의 세계가 저 밑바닥부터 와르르 무너져 내리는 듯 느껴졌고, 공포심이 살갗 위를 기어다니는 벌레처럼 마음속으로 스며들었다. 제이미가 살해되었다고? 왜 살해되었으며 누구에게 살해되었는가는 그때 나에게는 아무래도 상관없었다. 내가 생각할 수 있었던 것은 단 한 가지, 경찰은 우선 안젤리카를 심문할 거라는 사실이었다. 그렇게 되면 안젤리카는 자기의 행동을 설명해야만 하고, 따라서 나도 심문을 당할 것이다. 그리고 엘렌도 심문받게 될 것이다. 엘렌은 틀림없이 목격한 사실을 얘기할 것이다. 어젯밤에 있었던 일은 이미 베시와 나 둘만으로 해결할 수 있는 굴욕적인 사건은 아닌 것이다. 신문사가 냄새를 맡을 것이다. 선정적으로 과장된 표제는 읽는 이의 눈길을 끌 것이다. CJ는 자기 집안의 명예를 지키기 위해, 신문을 읽고 5분도 지나지 않아 사위인 나를 내쫓고 내 일을 빼앗아 버릴 것이다.

그러나 내 자신의 파멸보다도 베시는 어떻게 될까? 그녀 역시 완벽한 파멸이다. 내가 아무리 변명해도 세상 사람들의 생각으로부터 그녀를 감싸 줄 수는 없을 것이다. 일단 이것이 공공연한 추문이 되면 그녀의 입장은 결혼 전보다도 더 나빠질 것이다. 다시 그녀는 '미운 오리새끼'로 돌아가서 동생에게 창피를 당하고 아버지에게 미움을 받으며, 세상에서는 '자선사업을 하는 못생긴 여자'라는 말을 듣게 될 것이다. 아니, 그뿐만이 아니다. 자기 남편도 제대로 간수하지 못하는 여자, 전형적인 돈많은 노처녀가 지참금을 노린 바람둥이와 결혼하여 그 남자는 그녀를 발판으로 일단 사회적 지위를 얻었으나, 결국은 아무 값어치도 없는 첫아내와 정사를 벌였다고 세상의 웃음거리가 될 것이다.

신문을 읽고 소식을 알았을 때의 그녀 모습이 생생하게 눈앞에 떠올랐다. 어쩌면 지금 읽고 있을지도 모른다. 더구나 필라델피아에서. 헬렌 리드가 그녀 옆에 있겠지. '어머나, 베시, 너무하군요.' 베시는 몸을 움츠린다. 그리고 앞으로 몇 달 동안 친구나 친지나 낯모르는 사람이나, 누구를 만나든 늘 몸을 움츠려야 할 것이다.

그녀에 대한 애정——어젯밤에는 제멋대로 옆에 밀쳐 놓았던 그녀에 대한 애정이 왈칵 솟아올라 후회가 바늘처럼 나를 찔렀다. 도대체 어떻게 그런 짓을 할 수 있었을까? 베시를 이런 입장에 빠뜨리는 짓을 내가 어떻게 할 수 있었을까? 나는 내 자신에게 화가 났다. 그와 동시에 안젤리카——10센트를 쥔 안젤리카, 그녀의 '용기', 향수와 연민에 호소하는 그녀, 안젤리카는 도대체 왜 내 생활로 되돌아왔단 말인가?

나는 옷을 입기 시작했다. 그리고 마음을 굳게 가지려고 노력했다. 문제는 엘렌이다. 만일 엘렌만 우리의 추태를 목격하지 않았다면 안젤리카와 내가 어째서 함께 있었는가에 대해 그럴듯한 구실을 꾸며댈 수 있을 것이다. 엘렌에게 의논해 보면 어떨까? 나를 위해서가 아니라 베시를 위해서라고 하면 들어 줄지도 모른다. 그녀는 베시를 진심으로 존경하고 있으니까. 그러나 나는 2~3분 전 어린이방에서 본 그녀의 적의에 찬, 돌처럼 차갑고 도도한 태도가 생각나 기분이 우울해졌다. 그리고 CJ의 말이 생각났다. '지금 곧 와 주게.' 나는 엘렌에게 갈 것인지, CJ에게 갈 것인지 망설였다. 둘 다 화급을 다투는 일이다. 그리고 양쪽 다 중요하다. 나는 CJ 쪽으로 정했다. 그가 훨씬 중요하다. '어젯밤에 무엇을 하고 있었나?' 그 일에 대해서 그가 어느 정도 알고 있는지, 그걸 살피는 것이 훨씬 현명하다. 옷을 다 입고 서둘러 아파트를 나왔다. 그리고 택시를 찾았다. 문득 신문을 사야겠다고 생각했다. 그래서 1번 애버뉴에서 하나 사들고 택시를 잡았다.

차 안에서 신문을 펼쳤다. 우선 편집자 회의에서 CJ가 한 연설 기사를 읽었다. 그리고 3면에 작게 나와 있는 사건 기사를 보았다. 드러난 사실만을 간단하게 적은 보도였다. 제임스 램, 25세, 소설가, 이스트 20번가 아파트에서 총에 맞은 시체로 발견되었다──이렇게만 나와 있을 뿐, 자세한 것은 아무것도 쓰여 있지 않았다. 살해된 시간조차 없었다. 나는 이 기사를 읽으면서 제이미를──어딘가에 시체로 누워 있을 제이미를 현실적인 문제로 생각하기 시작했다. 동시에 다른 생각이, 아주 새로운 생각이 갑자기 떠올라 나의 불안을 더욱 부채질했다. 만일 안젤리카가 그를 죽인 것이라면? 그렇다면 그들의 추한 관계, 폭력이라는 반주가 딸린 그 혐오스러운 관계에 종지부를 찍는 데 아주 안성맞춤의 결과가 아닌가? 만일 그녀가 죽인 것이라면, 그리고는 그럴듯하게 거짓말을 꾸며서 나를 찾아와 나까지 사건에 끌어들여 철저히 파멸시키려고 한 거라면? 어쩌면 경찰에서는 이미 알고 있을지도 모른다. CJ도 아마 알고 있을 것이다. CJ처럼 높은 지위에 있는 사람은 알고 싶은 것은 무엇이든 알 수 있다.

택시는 파크 애버뉴에 있는 CJ의 아파트 입구에 닿았다. 나는 운명의 신에게 버림받은 것 같은 기분으로 차에서 내렸다.

호화스러운 입구의 홀을 지나 엘리베이터를 탔다. CJ의 아파트에서 일하고 있는 하인 헨리가 문을 열고 류머티즘 증세가 있는 노인 특유의 비틀거리는 걸음으로 나를 맞았다.

"하딩 씨, 어서 오십시오."

안쪽 서재에서 CJ의 목소리가 들렸다.

"빌, 빌인가?"

대개의 경우 CJ는 내게 고함치듯 말하는 게 보통이다. 그러나 오늘은 전혀 달랐다. 빨간 가죽을 씌운 가구와 한 번도 읽은 적이 없는 책들에 둘러싸여 서 있는 어깨가 넓고 땅딸막한

CJ의 모습을 보고, 나는 그가 걱정과 자책감으로 마치 인과응보의 덩어리로 변해 버린 듯 생각되었다. 그가 무엇을 계획하고 있고, 무엇을 걱정하고 있는지 전혀 짐작이 안 갔지만, 어쨌든 매우 나쁜 일이 일어난 것만은 분명하다는 느낌이 들었다. 급히 그에게로 다가서면서 나는 결국 종국에 직면하지 않으면 안되게 되었다고 마음을 강철처럼 굳게 먹었다.

"빌, 잘 와주었네. 시간 안에 와서 다행이군. 한시도 헛되이 할 수 없어. 경찰에서 전화가 걸려왔으니까 지금 곧 이리로 올지도 모르네."

그는 내 팔에 손을 얹었다. CJ는 좀처럼 남의 몸에 손을 대는 일이 없는 사람이다. 이것은 그에게 있어서 일종의 미신처럼 되어 있었다. 그래서 이 뜻하지 않은 육체적인 접촉과 '빌, 잘 와주었네' 하고 아첨하는 듯한 말투로 보아, 내가 CJ의 심판을 받을 사람이 아니라는 것을 어렴풋이 깨달았다. 그 결과 나는 그의 얼굴을 똑바로 볼 수 있을 정도의 침착성을 되찾을 수 있었다. 그는 기진맥진하여 무엇에 놀란 듯한 모습으로 지금까지보다 훨씬 더 늙어 보였다. 그러나 그 개구리 같은 눈만은 다이아몬드처럼 빛나고 있어서, 어떤 일이 있어도 자기의 목적은 완수하겠다는 굽힐 줄 모르는 힘을 보이고 있었다. 그의 성격을 잘 알고 있는 나는, 무슨 일로 인해 상당히 치명적인 충격을 받은 게 틀림없다고 판단했다. 그는 '궁지에 빠지기는 했지만, 여전히 불굴의 정신을 지닌 대장군'인 것이다. 형세를 유리하게 하기 위해 나에 대한 개인적인 감정은 일단 보류해 둔 듯했다. 즉, 나는 단순히 그가 필요로 하는 그 무엇, 반격 작전에 어떤 형태로든지 도움이 될 만한 도구에 지나지 않는 것이다.

"저, 잠자코 들어주게, 빌." 하고 그는 말했다. "나는 자네에게 사실만을 얘기하겠네. 자세한 것을 말할 시간이 없어. 어제 나는 보스턴에 있었네. 돌아온 것은 아침 7시 반이었지. 램에 대한 것은 신문에서 읽었어. 그리고는 여기에 와 보니 대프니가 아파트에 없는 거야. 침대에는 잔 흔적이 없었네. 그런데 30분쯤 뒤에 대프니가 돌아왔네. 죄다 털어놓게 했지. 그 애 얘기로는 어젯밤 한동안은 램과 함께 있었다는 거야. 그런 뒤로는 줄곧 혼자였다더군. 그 아이는 사건과 전혀 관계가 없다고 하네. 이것은 나를 믿어줄 도리밖에 없네. 사건과는 전혀 관계가 없는 거야."

그에게 이 정도의 영향을 미칠 수 있는 것이 대프니 말고는 없다는 것쯤은 조금만 더 생각했다면 나도 충분히 알았을 것이다. 그러나 나는 대프니에 대해서는 전혀 생각지 않았었다. 다만 나와 안젤리카의 일밖에 생각지 않았다.

"그 녀석도 참 가엾어! 어리석게도 길을 잘못 든 걸세. 그 녀석이 내게 지금까지 있었던 일을 얘기했을 때는 사실……자네와 베시가 무책임한 일을 해서 그만 대프니를……"

그는 갑자기 분노에 불타올랐으나, 다음 순간 곧 그 감정을 눌러 버렸다. 그것으로 보아 나중에 우리 부부는 상당한 힐책을 받을 것 같았다. CJ는 자기 기분을 기계처럼 간단히 바꿀 수 있는 사람이다. 지금은 도덕적인 불만을 터뜨릴 때가 아니라고 생각했던 모양이다.

그는 다시 한 번 나를 애원하듯 바라보며 말했다.

"빌, 대프니가 어젯밤 무엇을 했었는지 경찰에 알릴 수는 없네. 절대로 알려서는 안돼. 문제 밖의 일이야. 어떻게든 방법을 찾아보아야겠네."

그는 나를 보고 웃었다. '우리가 얼마나 친한가'를 보여주기 위한 억지 웃음이었다. 그는 자기 손아랫사람의 비위를 맞출 필요가 있을 때는, 그 겉치레의 웃음이 겉치레에 지나지 않는다는 것을 감추려고도 하지 않았다.

"방법은 아주 간단하네. 모두 함께 머리를 쓰면 되는 일이지. 경찰에서는 대프니와 램이 가까이 지냈다는 것을 알고 있네. 주위 사람들과 안면이 있었던 모양이야. 그들이 경찰에게 그것을 알린 거지. 그러나 경찰은 어젯밤의 일은 모르네. 이것은

확실해. 전화로 알아보았네. 오늘의 면회는 형식적인 사실조사
야."

내 얼굴에서 눈을 떼지 않은 채 그는 테이블에서 잡지를 집
어들어 그것을 둥글게 말아 곤봉처럼 휘둘렀다. "그래서 난 그
자리에서 해결방법을 찾았네. 자네가 어젯밤 혼자서 지냈다는
말을 듣고, 그것이라면 괜찮을 거라고 생각했기 때문이지. 대
프니에게는 벌써 알아듣도록 말해 두었네. 신문사측에도 알려
놓았어. 자네와 전화로 얘기한 지 2~3분쯤 지나자 뉴스사에
서 전화가 걸려온 거야. 마침 잘된 것 같아서 말해 두었지. 그
러나 자네와는 다시 한 번 타협을 해둘 필요가 있네."

그는 잡지로 만든 곤봉으로 내 팔을 가볍게 두드렸다. 무엇
인가를 계획할 때는 언제나 그렇지만, 그는 패배라는 것을 모
르는 사람이다. 이렇게 자기의 생각에 몰두하게 되면 지금까
지와는 전혀 딴판으로 갑자기 돌변하여 원기왕성해지는 것이
다.

"이것이 자네가 할 얘기네. 빌, 잘 기억해 두게. 자세한 것은
나중에 다시 의논하세. 어젯밤 대프니는 여기에 혼자 있었어.
그런데 하인밖에 없는 큰 아파트에서 혼자 밤을 지내기가 싫
었어. 베시의 아파트는 대프니에게는 자기 집이나 다름없었지.
그래서 대프니는 달리 약속도 없고 베시는 여행중이라 자네가
혼자 있을 거라는 생각이 들어서 자네에게 전화를 걸어 함께
하룻밤 지내고 싶은데 어떻겠느냐고 물었지. 그리고는 7시쯤
자네를 찾아가 둘이서 식사를 하고 레코드를 듣고 '글짓기 놀
이'를 했네. 이 점이 중요한 거야. 그 남자가 몇 시에 살해되었
는지 아직 모르니까 되도록 늦게까지 무엇인가를 한 것으로
해야만 하네. 자네가 잠든 뒤 대프니가 몰래 빠져나간 것은 아
닌가 하는 의심을 받지 않기 위해서지. 따라서 자네들 두 사람
은 새벽 2시 반이나 3시 무렵까지 자지 않은 것으로 해야 하네.
잘 기억해 두게. 그리고 오늘은 쓸데없는 말은 떠들지 말고 되
도록 간단히 말하게. 처음에는 경찰도 그다지 캐묻지 않을 테

고, 또 그 점에 대해서는 내가 잘 조치해 둘 테니까."

그는 곤봉으로 다시 한 번 내 팔을 두드렸다. "어떤가, 빌? 이렇게 하면 탄로날 염려가 없겠지? 자네 집 요리사는 어젯밤 휴가였다고? 우리 집 요리사가 그러더군. 그러면 문제는 엘렌인데, 자네의 식사를 준비한 것은 엘렌이지? 내 입장에서 보면 그게 오히려 더 낫네. 엘렌은 분별있는 여자니까 그녀를 설득하는 일은 문제없을 걸세. 뭐를 좀 해주면 되거든. 아무거라도 주면 되는 거야. 천 달러쯤 말이야. 필요하다면 그녀가 늘 얘기하는 영국의 조카를 위해 무언가 해줘도 되겠지. 어쨌든 엘렌에게 대프니가 자네 집에 있었다는 것을 증언하도록 해야 하네. 엘렌은 소중한 증인이야. 자네 이외의 증인으로서 아주 소중해. 모든 것이 그……"

헨리가 들어왔으므로 그는 갑자기 입을 다물었다. 헨리는 문 앞에서 주춤거리며 볼멘소리로 말했다.

"주인님, 경찰 살인과의……트랜트 경감님이 오셨습니다."

서류가 잔뜩 든 커다란 봉투를 안고 한 남자가 들어왔다. 키가 크고 아직 젊은 남자인데, 경찰답지 않게 조심성 있는 품위를 갖추고 있었다. 태도와 동작도 아주 조용했다. 그가 지닌 모든 것이 침착하고 조용했다. 그리고 가는 곳마다 그의 분위기가 따라다녔다. 그러나 그는 어딘가 모르게 내게 불길한 예감을 주었다.

지금의 나에게는 모든 것이 불길한 느낌을 주는 것뿐이었다. CJ는 물론이고 빨간 가죽으로 둘러싸인 무게 있는 커다란 방과 산더미처럼 쌓인 수많은 책도 음울해 보였고, 묵직한 커튼이며 모든 것이 마치 악몽처럼 불길하고 비현실적인 모습을 띠고 있었다. 동시에 내 괴로운 처지도 깊은 밤 꿈속에서 본 환상의 일부라도 되는 것처럼 생각되었다. 그러나 이 모든 것이 현실이라는 것은 나도 잘 알고 있었다. 모든 것이 아까 전화로 말한 내 거짓말로부터 무서우리만큼 논리적으로 발전했다는 것을 잘 알고 있었다. 대프니가 무슨 짓을 했는지는 모르겠지만, 아무튼 대프니다운 엉뚱한 짓을 한 게 틀림없다. 그녀를 구하기 위해, CJ는 내 거짓말을 잔꾀를 부리기에는 참으로 이상적인 기회라고 생각했던 것이다. 즉, 나는 하나의 알리바이가 된 셈이다. 나를 이용함으로써 그의 사랑하는 딸은 안전하게 보호받고, 그녀를 구하는 도구로서 나는 없어서는 안될 존재가 된 것이다.

만일 내가 경찰에 사실 그대로를 얘기한다면 대프니에게 상처를 줄 뿐만 아니라 CJ는 CJ대로 나를 불륜을 저지른 사위로 볼 것이고, 또 거짓말을 했기 때문에 딸을 구하는 기회까지 잃게 한 사람으로 생각할 것이다.

그러나 그의 말을 받아들여 그대로 한다면……

'엘렌은 분별있는 여자야. 엘렌에게 잘 알아듣도록 말하는 것은 문제없을 걸세. 엘렌은 소중한 증인이야.'

엘렌의 얼굴이 머리에 떠올랐다. 그리고 안젤리카의 얼굴과 베시의 얼굴──그들의 얼굴이 모두 몰려와 내게 덤벼들었다. 그 중에서도 가장 뚜렷하게 보이는 것은 피할 수 없는 내 파멸의 모습이었다. 어젯밤부터의 내 행동은 그때마다 가장 분별 있는 행동──나와 베시를 난처한 상황에서 구해 줄 가장 확실한 행동으로 생각됐는데, 그러나 결국은 이런 모든 행동이 나를 미로의 깊숙한 곳으로 끌고 들어가 버린 것이다.

시간만 있다면, 만일 이 조용한 젊은 남자가 5분이나 4분, 아니 3분이라도 좋다──조금만 늦게 와주었다면 CJ에게 한 마디해서 어떤 일에 도움이 되었을지도 모른다. 그러나 그렇게 뜻대로 되지 않았다. 완전히 반대방향으로 가버린 것이다.

'신문사측에도 알려놓았어.' 하고 CJ는 조금 전에 말했다. 이제는 어쩔 수가 없다.

CJ는 얼른 경감을 맞으러 갔다. 그의 태도와 행동은 완벽하게 위장되어 있었다. 얼굴 가득 미소를 띤 채 민첩하고, 은혜를 베푸는 듯하면서도 겸손한 태도, 법률의 수행자인 경찰에게는 언제나 협조를 아끼지 않는, 선량한 시민이라는 듯한 태도였다.

나는 도망치고 싶었다. 이 커다란 방에서 복도로, 아파트 밖으로 놀란 어린애처럼 뛰쳐 나가고 싶었다.

정말 나는 그랬다. 마음속으로는 무슨 구실이든 만들어 도망치고 싶었다. 그러나 그때 CJ가 한쪽 손으로 경감의 팔을 잡은 채 내쪽으로 돌아섰다

"빌, 이분이 트랜트 경감일세. 트랜트 씨, 이쪽은 사위인 빌 하딩이오."

경감은 잠시 동안 내 얼굴을 쳐다보았다. 그 눈은 평온하고 영리하며 정중했다. 그러나 자기의 마음속을 상대방에게 드러내는 눈은 아니었다. 그는 손을 내밀었다. 나는 그 손을 잡았다.

CJ는 트랜트 경감에게 말했다.

"내 딸을 만나 얘기하고 싶으시겠지요?"

"예, 가능하다면 그렇게 해주셨으면 합니다. 아주 잠깐이면 됩니다."

"우리는 모두 경찰분들에게는 아주 잠깐밖에 용무가 없지요." CJ는 그런 농담을 하며 기분좋게 웃었다. 그러는 동안에도 기죽는 일이 없는 그의 번쩍이는 개구리 눈은 내 얼굴에 못박혀 있었다. "빌, 대프니를 불러다 주겠나? 근처 어딘가에 있을 걸세. 자기 방이나 어디에 ──"

나는 그의 눈이 무슨 말을 하고 있는지 잘 알고 있었다. 그 눈은 이렇게 말하고 있었다. 자, 이 기회를 잡아야 해. 대프니가 자기 대사를 잘 연습했는지 확인하고 오게. 자네도 대프니도 맞춰놓은 말 말고는 함부로 떠들지 않도록 잘 짜놓게. 지금 하지 않으면 나중에는 시간이 없어. 지금이야말로 마지막 행동을 할 기회야. 트랜트 경감은 내게서 눈을 떼고, CJ의 미술품을 대수롭지 않은 듯 감상하고 있었다. 한편, CJ는 최면술을 거는 것 같은 검은 눈으로 나를 노려보았다.

만일 안젤리카가 죽인 것이라면 내게는 이제 전혀 가망이

없다. 그녀의 행동은 일거일동이 전부 밝혀지게 될 것이다. 내 아파트에서 일어난 일이 세상에 알려지고, 어떤 힘으로도 그 것을 제지하는 것은 불가능하다. 그러나 만일 그녀가 살인범 이 아니라면, 그녀가 단순히 혐의자 중 한 사람으로 경찰에게 불려갈 뿐이라면, 또는 단지 피해자를 아는 사람으로서 불려 갈 뿐이라면……

"빌." CJ가 나를 재촉했다. "빌, 모두 바쁘네. 빨리 불러오게."

"네, 곧 갔다오겠습니다."

나는 급히 서재를 나왔다. 마침내 주사위는 던져졌다. 좋든 싫든 결국 주사위는 던져진 것이다.

제9장

서둘러 복도를 걸어갔다. 지나칠 정도로 넓은 거실에서는 하인 헨리가 블랭크시의 추상화에 앉은 먼지를 털고 있었다. 매일 먼지를 털고 있는 그의 생활과 내 생활 사이에 아무 관계가 없다는 것이 이상하게 느껴졌다. 지금 나는 이 문제를 해결하기 위해 뭔가 구체적인 계획을 세워야 하는데도, 실제로는 살인이라는 무서운 힘——모든 것을 미치게 만들어 버리는 힘 때문에 다만 멍하니 있을 뿐이었다. 돈에 눈이 어두운 변질적이고 이름도 없는 하찮은 인간이 살해되었다. 그리고 나는 이 사건과 아무 관계도 없다. 나는 대수롭지 않은 성적인 실수를 저지른 어리석은 남자에 지나지 않는다. 그런데 제이미가 살해됨으로써 나의 이 사사로운 행위가 무섭게 확대되어 버린 것이다. 제이미 살인사건이 크고 더러운 문어처럼 웅크리고 앉아 그 촉수를 꿈틀꿈틀 뻗쳐서 나를 잡고 내게 독을 뿜어대고 있는 것이다.

대프니는 자기 방 침대에 걸터앉아 있었다. 그녀가 무슨 짓을 했는지는 아직 모르지만, 나는 그녀가 의기소침해서 몸도 제대로 가누지 못하고 있을 거라고 예상했었다. 그런데 그녀는 아주 태연하게 손톱을 손질하고 있었다. 그 손톱은 화려하고 짙은 붉은색으로 칠해져 있었으며, 그녀는 손을 펴서 이리저리 바라보고 있었다. 내가 들어가자 그녀는 빨강머리를 흔들며 돌아다보았다.

"어서 오세요, 빌. 어때요, 이거, 마음에 드세요? 새로운 색이에요."

그녀의 경솔한 태도에 나는 화가 났다. 나는 느닷없이 물었다.

"그 녀석을 죽인 사람이 처제인가?"

"어머나, 기가 막혀라. 형부한테서 그런 심한 말을 들으리라고는 생각도 못했어요. 난 벌레도 못 죽여요."

"경찰이 와 있어."

"그래요?"

"어젯밤 처제는 무얼 하고 있었지?"

"얘기하면 길어져요. 내가 조금 무분별했던 것은 부인하지 않겠지만, 어쨌든 나중에 천천히 얘기할게요. 지금은 서둘러야 하잖아요? 나가서 법의 심판을 받아야 하니까요."

그녀는 일어나서 손톱에 칠한 것을 말리기 위해 양손을 흔들었다.

"형부가 말할 대사를 아빠가 가르쳐 주셨겠지요?"

"으음."

그녀는 한숨을 쉬었다.

"아버지는 굉장히 화가 나 있었어요. 아버지가 그 신문기사를 보셨을 때는 나도 몹시 당황했어요. 그래서 여러 가지 일들을 아버지에게 말해 버렸죠. 물론 전부는 아니었지만. 그 점은 내가 그럴듯하게 검열해 두었죠. 그래도 아버지는 얼굴을 붉히며 화냈어요. 베시와 형부가 순진한 나를 이런 곤경에 빠뜨렸다며 화를 냈지요. 하지만 제이미도 불쌍해요. 하필이면 살해되다니. 무섭지 않아요? 생각해 보세요. 그 사람이 살해되었다는데 나는……그 얘기는 나중에 해요. 베시는 그 사건에 대해서 알고 있나요?"

"글쎄, 잘 모르겠는데……"

"알면 보나마나 암탉처럼 야단법석이겠죠? 아무튼 이런 일이 하필 내게 일어나다니!"

그녀는 내 팔에 손을 두르며 가엾은 눈길로 올려다보았다. "나는 7시쯤 형부한테 전화한 거예요. 그런 다음 형부네 집에 가서 엘렌이 준비한 식사를 하고, 또 레코드를 듣고, '글짓기 놀이'를 하고, 3시쯤 갔다고 하는 거예요. 무슨 음악을 들은 것으로 하면 좋을까, 바하가 좋겠어요. 되도록이면 부드럽고 고전적인 것이 좋을 것 같아요. 그렇지 않으면 이상하게 생각할 테니까요. 그리고 무엇을 먹은 것으로 할까요? 그런데 이것은 꾸며대지 않는 게 좋겠어요. 경찰이 냉장고 안을 뒤져 남은 것을 조사할지도 모르니까요. 빌, 어제 저녁에는 무엇을 먹었지요?"

"로스트 치킨."

"그리고 브레드 소스겠고. 엘렌은 속속들이 영국인이니까."

"음, 그래."

"그럼 별로 맛있는 건 아니었군요?"

그녀는 나를 문 쪽으로 끌고 갔다. 나는 그녀가 마치 별나라에서 온 사람처럼 이해할 수 없었다. 그러나 그녀에게 불안이 조금도 보이지 않는다는 사실이 웬지 모르게 내 마음을 안정시켜 주었다. 사실 이러한 어려움을 누군가와 함께 뚫고 나가야 한다면 CJ의 10대판, 더구나 무쇠라고 할 수 있는 이 대프니야말로 아주 안성맞춤의 반려자였다.

서재에는 CJ와 트랜트 경감이 빨간 가죽 소파에 나란히 앉아 있었다. CJ는 되도록 상냥한 표정을 짓고 있었지만, 그래도 나란히 앉은 두 사람은 전혀 어울리지 않았다. 마치 유명인사와 누군가의 젊은 사촌이 칵테일 파티에서 우연하게도 나란히 앉게 된 듯한 모습이었다. 우리를 보자 트랜트 경감은 곧 일어섰다. CJ는 경감을 대프니에게 소개했다. 그때 트랜트 경감의 표정은 정말 예의바르고 정중하여, 그 얼굴 표정으로 봐서는 그가 대프니를 파멸시키고 또 안젤리카와 나를 파멸시키리라고는 조금도 생각할 수 없었다. 비로소 내 마음속에 막연한 희망이 솟아올랐다.

대프니 역시 침실에 있을 때와는 전혀 다른 여자로 바뀌어 있었다. 게다가 그녀에게서는 조금도 꾸미거나 부자연스러운 점을 찾아볼 수 없었다. 적당히 평정을 유지하고 적당히 명랑한 표정을 보이고 적당히 주저하며, 겁을 먹은 듯한 애교를 떨었다. 그녀는 태어난 뒤 지금까지 줄곧 CJ를 상대로 연극을 해 왔다. 그래서 지금은 연극을 하는 것이 그녀의 제2의 천성이 되어버린 것이다.

그녀는 방을 가로질러 가서 의자에 앉더니, 조심스럽게 스 커트를 무릎 쪽으로 잡아 폈다. 그리고 CJ를 향해 웃었다. CJ 도 미소를 보냈다. 두 사람이 함께 일을 꾸미고 있는 기색은 조금도 보이지 않았다. 다만 캘링검 집안의 사이좋은 아버지 와 딸이 가정생활의 품위있고 정다운 일면을 잠깐 드러낸 정 도에 지나지 않았다. 이 두 사람의 태도는 나를 놀라게 했다. 아니 그뿐만이 아니다. 나는 무서움마저 느꼈다.

트랜트 경감은 아주 수줍은 듯한 모습으로 의자의 팔걸이에 다리를 꼬고 앉았다. 그때까지 나는 경찰은 언제나 수첩과 연 필을 가지고 무엇을 적는 것으로 상상하고 있었는데, 트랜트 는 아무것도 가지고 있지 않았다. 그는 다만 앉아서 보고 있을 뿐이었다. 대프니를 보고 있는 것은 아니었다. 자기의 무릎을 보고 있었다.

"캘링검 양, 오늘 찾아온 것은 아주 형식적인 일입니다. 물 론 귀찮은 일이라는 건 잘 알고 있지만, 남을 귀찮게 하는 것 이 우리들 일이라……" 그는 별로 우습지도 않은 농담을 슬쩍 던지고 조금 웃었다. "당신은 제임스 램을 아시지요?"

"네, 물론 알고 있어요. 최근에 늘 만났으니까요. 아주 재미 있는 사람으로……" 대프니는 잠깐 내 쪽을 보고 말을 계속했 다. "그 사람은 빌과 매우 친한 친구예요."

"대프니는 그 남자를 2주일 전쯤 주말에 오이스터 만에도 데리고 온 적이 있지요." CJ는 대프니와 제이미의 관계가 수 상쩍지 않다는 것을 강조하기 위해 대수롭지 않은 듯이 말했 다. "보기에는 꽤 훌륭한 남자 같았는데. 교양도 있고 말이오. 남에게 좋은 인상을 주는 사람이었지."

"그래요, 누구나 다 매우 호감을 가지고 있었어요. 베시와 빌은 그 사람을 위해서 디너 파티까지 열어줄 정도였어요. 베

시는 완전히 그 사람에게 열중했었지요. 그리고 파울러 부부
도, 누구든 모두 다."

트랜트 경감은 마치 그곳에 알 수 없는 흥미진진한 것이 있
는 것처럼 자기 무릎을 열심히 바라보고 있었다.

그리고 어조도 바꾸지 않고 여전히 겸손한 태도로 말했다.

"소문에 의하면 1~2주일 전 그의 아파트에서 약간의 말다
툼이 있었다더군요. 정확히는 모르겠지만 당신과 램 사이에
무슨 일이 있었던 것은 아닙니까? 옆방에 살고 있는 브라운
부부에게 들은 얘기입니다. 무슨 일이었나요? 당신은 램의 방
에서 도망쳐 나왔다고 하더군요. 몹시 걱정스러운 얼굴을 하
고 말입니다. 마침 브라운 부부가 계단을 올라갈 때 당신을 만
났는데, 당신은 이름을 말하고, 브라운 부부는 택시를 불러왔
다고 하던데……"

물론 나는 그 사건을 잘 알고 있었다. 그러나 트랜트 경감의
차분한 말투로 보아, 사건은 대프니가 눈이 붓고 히스테리를
일으킨 여자처럼 취해서 내 아파트에 찾아왔었던 그 야만스러
운 폭행사건과는 거의 인연이 먼 것처럼 느껴졌다. 나는 대프
니 쪽을 흘끔 보았다.

"아아, 그거 말씀이세요?" 그녀는 입속으로 소리죽여 웃었
다. "사실 어리석은 짓이었어요. 제이미가 샴페인을 너무 마셔
서 내게 좀 지나친 행동을 했기 때문에……" 그녀는 CJ를 보
고 미소지었다. "그래서 이상하게 되기 전에 집으로 돌아오는
게 나을 것 같아서 급히 아파트를 뛰쳐 나왔던 거예요."

"그랬군요." 트랜트 경감은 잠깐 입을 다물었다가 말했다.
"어젯밤 그의 시체를 발견한 것은 지금 말한 브라운 부부입니
다. 아래쪽은 전부 사무실이기 때문에 그 건물 안에 살고 있는
사람은 그 부부뿐이지요. 어젯밤 그 부부는 파티에 갔다가 꽤
늦게 돌아왔어요. 새벽 4시쯤이었으니까. 그런데 램의 방 앞을
지나가다가 문 밑으로 피가 흘러나와 있는 것을 발견하고는
문을 부수고 안으로 들어가 보니, 램이 문 가까이에 있는 스팀

난방기 옆에 쓰러져 있었다는 겁니다. 총알을 세 방이나 맞고 시체가 되어……"

"아아!" 대프니가 중얼거렸다.

트랜트 경감은 자기 무릎의 수수께끼를 모두 푼 듯 얼굴을 들고 우리를 바라보았다. 우리를 한 사람씩 둘러보는 그의 얼굴은 이 극적인 얘기를 조심스럽고도 효과적으로 말했다는 사실을 순진하게 의식하고 있는 듯한 표정이었다. 순진함과 겸손해 하는 듯한 수줍음이 보였다. 그때 나는 느끼고는 있었지만 확신을 가질 수 없었던 한 가지 사실이 갑자기 명백해진 것 같았다. 그것은 그가 이 아파트에 왔을 때 왠지 모르게 불길한 그림자를 느꼈던 것은, 그가 경찰관으로서 수완이 좋아서가 아니라 다만 상황이 그렇게 느껴지도록 만들었을 거라는 사실이었다. 이 사람은 풋내기에 지나지 않는다. 행동이 조금 다를 뿐이다. 경찰에서는 급한 경우를 메꾸기 위해 이 사람을 이곳에 보냈을 것이다. 그는 부호인 명사 캘링검과 그 가족에게 강한 인상을 주어 경찰서에 돌아가 동료들에게 자랑하고 싶어하는 능력밖에 없는 사람이라고 나는 생각했다.

물론 나는 내 괴로운 입장, 그리고 CJ에 대해서는 지금도 두려움을 느끼고 있지만, 트랜트 경감은 이미 조금도 두려워하지 않았다. 이 사실이 나에게 미친 영향은 참으로 놀랄 만한 것이었다. 언젠가는 알게 되겠지만, 나는 대담하게 물어보았다.

"그가 살해된 것은 몇 시쯤이었습니까?"

"1시 반에서 2시 반 사이라고 합니다. 검시에 입회한 의사가 그렇게 말했습니다."

그렇다면 안젤리카가 제이미를 죽였다고 생각할 수는 없다. 2시까지 한 시간쯤 내 아파트에 있었다. 따라서 경찰에게 안젤리카는 단순한 참고인이 될 것이다. 안도감이 내 마음을 가득 채웠다. 그때까지 불안과 자책감으로 혼란했던 마음이 다시 안정되면서, 하나의 계획이 불쑥 떠올랐다. CJ의 머리에는 언제나 이런 식으로 여러 가지 계획이 떠오르는 게 분명할 것이라는 생각이 들었다.

안젤리카도 알리바이를 만들어야 한다. 그러나 그 알리바이는 내가 아니더라도 괜찮을 것이다. 폴과 프롭은 포르트피노 시절부터 친구가 아니던가. 그 부부는 어젯밤 둘이서 지냈다. 폴이 나를 오라고 했을 때 그렇게 말했다. 그러니까 안젤리카는 그 두 사람과 함께 있었다고 하면 된다. 사정을 얘기하면 그녀도 이 계획을 싫다고 하지는 않을 것이다. 그 정도의 일은 나를 위해 해줄 수 있을 것이다. 물론 폴은 나를 위해서라면 분명 기꺼이 응해 줄 것이다. 그 점에 대해서는 전혀 의심할 여지가 없다. 폴은 애정 어린 명랑함으로 내 괴로운 처지를 쓸데없는 걱정이라며 오히려 재미있어할지도 모른다. 게다가 폴은 베시를 누구보다도 잘 안다. 그러므로 그는 사실을 숨기는 것이 그녀에게 얼마나 중요한 문제인가를 나와 마찬가지로 잘 알게 될 것이다.

물론 아직 엘렌의 문제가 남아 있다. 그러나 새롭게 생겨난 나의 낙천주의로, 엘렌은 이미 내게 아무 위협도 주지 않았다. 그것은 지금 CJ라는 존재가 내 등뒤에 버티고 있기 때문이다. 전에는 그 사실을 깨닫지 못했으나 지금은 분명히 알게 되었다. 엘렌의 거만함도 일단 CJ 앞에 나서면 흔적도 없이 사라져 버린다. 따라서 내가 직접 엘렌을 상대하지 않고 CJ에게 얘기하도록 하면, 즉 CJ가 그녀를 부추겨 매수하면 그녀는 기꺼이 대프니의 알리바이를 지지해 줄 것이고, 따라서 안젤리카에 대해서는 틀림없이 입을 다물 것이다.

트랜트 경감은——그는 내게 있어서 이미 회사의 사환처럼 온순한 존재가 되어 있었다——대프니를 바라보며 말했다.

"캘링검 양, 다시 한 번 말씀드립니다만, 이것은 단순히 형식적인 심문에 지나지 않습니다. 그러나 잘 아시겠지만, 사실은 램을 아는 사람 모두에게 물어봐야 할 것이 한 가지 있습니다……"

대프니는 재빨리 그의 말을 가로막았다.

"당신이 말씀하시는 뜻은 내가 어젯밤 무엇을 했느냐는 것인가요? 그건 간단해요. 전 어젯밤 내내 빌의 집에 있었어요. 아버지는 보스턴에 가셨고, 난 혼자 이 아파트에서 자는 게 너무 싫었어요. 아버지가 안 계실 때는 언제나 빌의 집에 가거든요. 어젯밤에는 베시가——내 언니이며 빌의 부인이죠——필라델피아에 갔기 때문에, 나는 빌과 둘이서 저녁식사를 하고 잠시 앉아서 레코드 음악을 들은 뒤 '글짓기 놀이'를 하다가 잠자리에 든 게, 그래요, 3시쯤이었던가?"

"그랬군요." 트랜트 경감은 그렇게 말하며 나를 돌아보았다. 그의 개성은 겸손과 정중함 때문에 완전히 사라졌으므로, 나는 언젠가 다시 만나게 되더라도 그를 기억할 수 있을지 적이 의심스러웠다. "하딩 씨, 그럼 댁에는 두 분밖에 안 계셨겠군요? 즉, 누가 찾아왔다든가, 또는……?"

"엘렌이 있었잖나, 빌?" CJ가 아주 '빈틈 없는 연장자'답게 몸을 앞으로 내밀며 말했다. "자네 집 요리사는 목요일이 휴가일 텐데? 그래서 목요일은 언제나 엘렌이 식사 준비를 하지 않는가?"

2~3분 전까지만 해도 나는 이 순간을 진심으로 두려워했었다. 나로서는 도저히 똑바로 쳐다볼 수 없을 것 같았다. 그러나 지금은 아무렇지도 않았다.

"그렇습니다. 엘렌이 있었습니다. 트랜트 씨, 엘렌은 내 아이의 유모인데, 어젯밤 우리의 식사 준비를 해주었습니다."

"그래요?" 트랜트 경감은 다시 한 번 그렇게 중얼거리고는 입을 다물고 눈을 내리깔더니, 이번에는 무릎이 아니라 카펫을 내려다보았다. 마치 카펫의 유행색이 어떤 것인가를 머릿속에 넣어두고 있는 듯한 모습이었다.

"캘링검 양은 당신과 램이 친한 친구라고 했는데, 정말 그렇습니까?"

"아니오, 사실은 잘 모릅니다. 다만 대프니와 그가 알게 된 동기가 나를 통해서였기 때문에……"

"그럼, 누가 그를 살해했는지 짐작가는 사람 없습니까?"

"천만에요. 짐작도 가지 않습니다."

"당신은 어떻습니까, 캘링검 양?"

"나도 전혀 짐작이 안 가요. 정말 꿈만 같아요. 난 이런 사건은 처음이에요. 그런데 그 사람은 솔직히 말해서 우리와 같은 계층의 사람이 아니고, 어딘지 보헤미안풍의 좀 색다른 사람이었기 때문에……"

"물론 그러시겠지요." 트랜트 경감은 그렇게 말하며 일어섰다. 우리도 모두 일어섰다. 조금 빨리 일어선 듯한 느낌이 들었다.

"여러 가지로 실례했습니다. 오늘은 이 정도로 충분하다고 생각합니다. 정말 감사합니다." 그는 그 커다란 봉투를 의자에서 집어들고 문 쪽으로 향했다. 그러더니 갑자기 홱 돌아서며 말했다. "그건 그렇고, 하딩 씨, 당신의 주소를 가르쳐 주시겠습니까?"

나는 그에게 주소를 알려 주었다.

"그리고 그……댁의 유모 이름도."

그는 선 채로 물끄러미 나를 보고 있었는데, 그 공허한 눈에 언뜻 조소의 빛이 떠오른 것 같았다. 그러나 그것도 1초도 계속되지 않았다.

"엘렌입니다. 엘렌 호지킨스라고 합니다."

"엘렌 호지킨스? 물론 그녀와도 만나서 얘기해 봐야 할 것 같습니다. 그때 또 당신을 만날 수 있겠지요."

그는 다시 문으로 향했다. 그의 행동은 마치 고양이처럼 조용하고 유연했다.

"그럼, 실례합니다."

"안녕히 가십시오." 우리는 동시에 목소리를 맞춰서 말했다.

그가 문을 닫고 나가자 우리는 잠깐 동안 멍하니 서서 꼼짝도 하지 않았다. 그리고 거의 동시에, 마치 공모자들처럼 한 곳으로 모였다.

대프니가 소리죽여 웃었다.

"아아, 정말 잘되었어요. 의외로 쉬웠어요."

CJ는 고함치듯 말했다.

"빌, 지금 곧 집에 가서 경감이 가기 전에 엘렌을 만나야만
하네."

내 자신감은 아직 사라지지 않았다.

"먼저 전화를 걸어두는 것이 안전하지 않을까요?"

"그럼, 곧 전화를 걸게."

나는 정말 그렇게 할 것처럼 전화기 쪽으로 걸어갔다. 전화
기 앞에까지 가서 CJ를 돌아다보며 말했다.

"아버님이 직접 엘렌과 말씀하시는 것이 낫지 않을까요?"

그는 화를 냈다. 그는 손아랫사람이 자기의 계획에 반대하
는 말을 꺼내면 언제나 불쾌해 했다. 그러나 몇 년 동안 CJ의
회사에 있으면서, 나는 내 나름대로 거기에 대항하는 교활함
을 배운 터였다. 나는 진지한 젊은 지배인 같은 표정으로 말했
다.

"왜냐하면 말이죠, 엘렌과는 좀 거북한 점이 있기 때문입니
다. 그녀의 봉급을 베시가 주기 때문에 저는 그……아시겠지
요? 엘렌에게 무리한 말을 할 수 없습니다. 그러나 그녀는 아
버님을 진심으로 존경하고 있으니까, 아버님 말씀이라면 두
말 없이……"

CJ가 이런 아첨에 속아넘어갈 사람인지, 또는 그가 이런 아
첨을 자신이 요구할 뿐만 아니라 그것을 당연한 것으로 받아
들일지 제삼자로서는 알 수 없다. 그러나 어쨌든 이마의 주름
이 싹 없어지면서, 그는 깊은 생각에 잠긴 듯 입을 뾰죽이 내
밀었다. 그러더니 턱 밑의 피부가 개구리처럼 부풀어 오르기
시작했다.

"으음……그렇군……자네 말에도 일리는 있네……으음."

그는 전화기 쪽을 가리켰다. 이것은 나에게 전화 다이얼을
돌리라는 뜻이다. 그는 방에 누가 있으면 절대로 자기가 다이

얼을 돌리지 않는다. 나는 집 전화번호를 돌리면서 문득 경솔한 행동을 저지르고 있다는 것을 깨달았다. 어쩌면 나에 대한 엘렌의 경멸이 CJ에 대한 노예적인 존경보다도 더 강할지 모른다. 그녀는 분노 때문에 CJ에게 안젤리카에 대한 얘기를 죄다 털어놓을지도 모른다. 그러나 그런 일은 없을 거라고 생각을 달리했다.

그녀의 거만하고 사무적인 목소리가 들려왔다.

"하딩 씨 댁인데요……" 나는 아무 말 않고 수화기를 CJ에게 건네주었다. 그는 이미 얼굴 표정이 달라져 있었다. 그것은 기분좋고 민주적이며 개방적인, 공식만찬회 같은 곳에서 흔히 짓는 표정이었다.

"엘렌인가? 캘링검인데, 잘 있었나, 엘렌? 사실은 좀 복잡한 일이 있어서 그러는데, 당신의 도움을 받고 싶어. 하딩이 나중에 당신에게 설명하겠지만, 나도 직접 한마디 해두고 싶어서 전화한 거야. 별 얘기는 아니고. 대프니가 아는 사람이 살해된 사건이 있었어. 그래서 경찰에서 형식적으로 사람을 조사하고 있는데, 대프니가 어젯밤 하딩과 함께 식사를 하고, 하룻밤 거기서 지낸 것으로 하면 문제는 아주 간단히 끝날 것으로 보고 그렇게 하기로 한 거야. 그러니까 트랜트라는 경찰이 가면 당신이 하딩과 대프니를 위해서 식사준비를 했고, 대프니는 손님용 침실에서 잤다고 하면 돼. 알겠지?"

그는 처음부터 끝까지 가볍게 이어서 얘기했다. 그래서 마치 밀가루 한 공기만 꾸어달라는 부탁처럼 대수롭지 않게 들렸다. 그는 비위를 맞추는 간사한 목소리로 계속 말했다.

"그건 그렇고, 엘렌. 당신 조카 말인데, 병에 걸렸다는 아이 말이야. 그 아이는 좀 어때? 아직도 상태가 나쁜가? 그것 참 야단났군. 마침 좋은 기회이니, 당신과 좀더 얘기하겠지만 그 아이 일로 요즈음 여러 가지를 생각하고 있었어. 그 아이를 비행기에 태워 이쪽으로 데리고 왔으면 하는데, 어떨까? 물론 영국에도 좋은 의사는 있겠지. 그것은 알고 있어. 그러나 여기에 데리고 와서 여러 사람의 눈이 미치는 곳에 두는 것이 당신 언니로서도 마음이 놓이지 않을까 하는데. 게다가……"

그는 거기서 잠깐 말을 끊고 귀를 기울였다. 그리고는 하하 하 하고 산타 클로스 같은 웃음소리를 냈다.

"아니, 그런 것은 아무래도 좋아. 당신의 걱정거리를 우리가 걱정해 주는 것이 당연하지. 우리는 당신을 한가족처럼 생각하고 있으니까. 당신도 그 정도는 알고 있을 텐데. 그리고 비행기표 한 장 정도로 내가 파산하리라고 생각하고 있는 건 아니겠지? 고마워할 필요는 없어……아아, 그건 그렇고, 엘렌, 트랜트 경감을 만나면 어떻게 대답해야 하는지를 잊지 말도록 해."

그는 수화기를 내려놓았다. 순간 그의 얼굴에서는 만찬회용 미소가 사라져 버렸다.

"빌, 집에 돌아가거든 상세히 얘기를 해주게. 나는 다음 주에 엘렌을 만나 수표를 써주겠네."

그는 그렇게 말하고 잠시 혼자 투덜거렸다. 이것으로 비상사태는 해결되었다. 이제는 누구의 방해도 받고 싶지 않다는 것을 상대방에게 알리고 있는 것이다. 나는 싫어도 CJ에게 감탄하지 않을 수 없었다. 트랜트 경감이건 엘렌이건 그는 마음대로 쉽게 조종하고, 더구나 아무런 양심의 가책도 느끼지 않는다. 그에게 있어 두 사람은 자기가 원하는 대로 일을 진행시키는 데 일단 처리해 두어야 할 작은 장애물에 지나지 않는다. 이것은 몇십 년 동안 공공연히 부정행위를 해온 지위에 있음으로써 배운 CJ의 특수한 기술이라고도 할 수 있을 것이다.

그러나 그의 수완에 감탄한 것과 동시에 내 자신의 수완에도 감탄했다. 이도 저도 아닌 갖가지 술책을 써서 나는 적어도 자기 구제의 가능성을 발견해 낸 것이다.

대프니는 담배에 불을 붙여 물고 침대의자에 길게 엎드려 누웠다.

"어때요? 나도 상당한 배우죠? 대단한 솜씨예요. 아버지,

내가 자랑스럽지 않으세요?"

그녀는 몸을 비비꼬면서 도발적으로 CJ를 올려다보았다. CJ는 침대의자 옆을 서성거리고 있었는데, 우뚝 멈춰서더니 느닷없이 그녀의 뺨을 철썩 때렸다.

"자랑이라고? 어젯밤에는 체신머리없이 그 꼴이 뭐냐!" 그는 분노에 못 이겨 온몸을 떨었다. "냉큼 이 방에서 나가! 내 눈앞에서 썩 없어져!"

"하지만, 아버지……" 대프니는 훌쩍거리며 울기 시작했다.

"네 방에 가 있어!"

순간 대프니는 아버지에게 대들까 말까 망설이는 듯했다. 그러나 곧 창백한 얼굴로 뾰로통해서 서재를 뛰어나갔다. CJ는 돌아서서 그녀가 나가는 모습을 바라보았다. 나는 그의 분노의 표정 뒤에 지금까지 본 적이 없는 감정이 숨어 있다는 것을 알았다. 그것은 절망이었다. CJ는 이 정도로까지 대프니를 사랑하고 있는 것일까? 그가 여느 사람과 같은 감정에 몸을 내맡기는 것을 본 것은 이번이 처음이었다. 그것은 나를 감동시켰다. 동시에 불쾌한 생각도 들었다.

그는 내가 있다는 사실을 완전히 잊어버린 듯했다. 넓은 어깨를 움츠리고 개구리 같은 얼굴은 축 늘어져, 사랑과 절망의 기묘한 엇갈림에 몸을 맡긴 채 우두커니 서 있었다.

나는 말했다. "그럼, 저는 이만 가보겠습니다."

내 목소리를 듣자 그는 나를 홱 돌아보았다. 그의 얼굴에는 분노만이 남아 있었다. 폭탄이 터지는 듯한 CJ 특유의 분노였다. 예전부터 나에게는 익숙해져 있는 분노다.

"자네도 그렇지! 자네와 베시 둘이서 저 애를 부추겨 내게 거짓말을 하고, 숨기고, 미리 짜고……정말 미치기라도 한 겐가?……"

그는 이런 말을 거의 5분 동안이나 내게 퍼부었다. 나는 사실을 속이고 나와 베시에게 책임을 떠맡긴 대프니의 그 교묘한 솜씨에 혀를 내두르며, 잠자코 그의 설교를 들었다.

"……그 남자가 위험한 사기꾼이라는 것을 자네들은 알고 있었잖나! 그건 누가 봐도 금방 알 수 있네. 그런데 자네와 베시는 대프니를 그 남자의 품에 내던져 놓고 여러 가지 어리석은 짓을 시켰어. 그가 대프니에게 폭력을 휘두를 때——마치 야생동물처럼 대프니에게 덤벼들었을 때 자네들은 무엇을 했나? 아무것도 하지 않았어. 베시는 거짓말을 했어. 전화로 내게 거짓말을 했지. 자네들이 내게 무슨 일이 있었는지 한마디라도 말해 주기만 했더라면……"

그의 입에서 계속 욕설이 튀어나오는 동안 나는 변명 한마디 하지 않았다. 왜냐하면 그것으로 아직 그가 모르는 사실을 숨겨야 했기 때문이다. 그리고 또 하나는 그가 가엾게 생각되어, 그 울분을 내게 터뜨리면 조금이나마 속이 후련해지리라고 생각한 것이다. 그의 분노는 조금씩 누그러졌다. 그러나 장광설만은 여전히 계속되었다. CJ는 언제나 그랬다. 한번 누군가에게 퍼붓기 시작하면 오로지 그 극적인 분위기에 빠져 버린다. 그러나 최악의 사태는 이미 끝났다. 머지않아 그는 또 하나의 역할——자비롭고 너그러운 한 나라의 군주 같은 역할로 바뀔 것이다.

"어쨌든, 빌, 자네와 베시는 머리가 나쁜 사람은 아니야. 일어난 일은 어쩔 수 없지만, 자신들이 얼마나 어리석었는가는 잘 알았으리라 생각하네. 이제와서 이러쿵저러쿵 하는 것은 쓸데없는 짓이야. 아무튼 피해가 그 정도로 끝난 것은 불행 중 다행이라고 해야겠지."

"그렇습니다."

그의 입가에 희미한 미소가 살짝 떠올랐다.

"사실 내가 보기에는 일이 잘되었다고 생각하네. 자네는 그렇게 생각지 않나? 그 경감은 엘렌에게서 어떤 사실도 캐어낼 수 없을 테고."

"그렇습니다."

"이렇게 말하고 있지만, 나도 자네에게 고맙게 생각지 않는 건 아니네. 자네가 없었다면 큰일날 뻔했으니 말일세."

"그랬을지도 모르지요."

그는 내 얼굴을 똑바로 쳐다보았다. "자네가 베시와 결혼한 것을 나는 기쁘게 생각하고 있네. 난 베시가 노처녀로 늙어버리는 게 아닌가 걱정했어. 누군가 재산을 노리는 자의 꾐에 빠져 버리는 건 아닌가 하고 말이야. 한편으로는 베시를 잘 길들이고, 또 한편으로는 여러 여자를 잔뜩 거느리는 그런 녀석에게 말일세. 그런 녀석이라면 나는 당장에 내쫓을 작정이었지. 그러나 그렇지 않아서 정말 다행일세. 자네는 착실한 사람이야. 자네를 사위로 두어 난 자랑스럽네."

순간 나는 또 깊은 낭떠러지에서 비틀거리고 있는 것 같았다. CJ는 갑자기 고용인에게 모범을 보이는 고용주 같은 시원스러운 태도로 바뀌었다.

"이렇게 멍하니 서 있을 때가 아니야. 난 회사에 가야 해. 볼든이 로스앤젤레스에서 비행기로 오기로 했네. 자네도 볼든을 타진해 줬으면 하네. 함께 점심을 들기로 하세. 그러나 그전에 자네는 엘렌에게 사정을 잘 설명해 두게."

"알겠습니다."

그는 문 쪽으로 가다가 그제야 생각난 듯 꾸민 듯한 태도로 휙 돌아서더니 아주 진지한 표정으로 말했다.

"그건 그렇고, 빌, 자네에게 벌써부터 얘기해 두려고 했었는데 말이야. 어제 램버트한테서 마지막 보고가 왔었네. 은퇴한다고 하더군."

그는 앞으로 말할 사항에 무게를 더하기 위해 잠깐 헛기침을 했다. 그때 전화벨이 울렸다. 그는 손짓으로 내게 전화를 받도록 했다. 나는 그가 하다 만 이야기가 마음에 걸려 흥분과 부끄러움에 혼란된 채 전화를 받았다. 전화는 필라델피아의 벨뷰 스트라트퍼드 호텔에서 온 것이었다. 베시였다.

"빌."

이상하게 그녀의 목소리를 듣고도 나는 전혀 양심의 가책을 느끼지 않았다. 다만 따뜻하고 반가웠다.

"집으로 전화를 걸었더니 엘렌이 아버지께 가 계실 거라고 해서……빌, 신문 읽어 보셨어요?"

"음, 우리는 이미 다 알고 있소."

"난 지금 막 읽었어요. 몹시 놀랐어요. 그쪽은 괜찮아요? 대프니는 별일 없어요?"

"괜찮아. 별일 없소."

"정말이에요?"

"절대로 아무 문제 없소. 걱정하지 않아도 돼. 상세한 얘기는 만나서 해요. 예정대로 오늘밤에는 돌아오겠지?"

"네, 모든 일이 잘 돼가고 있어요. 헬렌 리드가 애를 많이 썼어요. 빌, 당신 얘기를 들으니 마음이 좀 놓이네요. 곧 돌아가야 하나 싶었어요. 내 정신이 아니었다니까요, 난……"

CJ가 내 팔을 두드렸다. 나는 돌아서서 그를 올려다보았다. 그는 손을 내밀어 수화기를 달라고 했다. 나는 잠자코 수화기를 건네주었다.

"베시냐! 잘 잤니? 네게 들려주고 싶은 뉴스가 있다. 지금 빌에게 말하던 중인데, 네게도 꼭 들려주고 싶구나. 램버트가 마침내 은퇴하기로 했다. 어제 보고를 받았어. 그래서 램버트의 뒤를 이어 일을 할 수 있는 사람은 한 사람밖에 없다고 난 생각했지. 네 남편이 부사장이 되는 거야!"

그는 과장되게 말을 늘어놓은 뒤 수화기를 내려놓았다. 그리고 환하게 웃으면서 말했다.

"아직 다른 사람에겐 말하지 말게, 빌. 정식으로 발표할 때까지 남들이 알면 좋지 않으니까. 그러나 이제 결정된 거나 다름없네. 내가 장담하지. 나만 믿게나."

나는 그렇게 쉽게 속아넘어가지 않았다. 그의 웃는 얼굴은 만찬회용 얼굴이었다. 엘렌과 말할 때의 얼굴과 같았다. 그는 비행기표로 그녀를 매수했다. 이번에는 나를 매수하려는 것이다. 내가 한 거짓말 때문에 얽매어 있기는 하지만, 그래도 아직 자존심은 남아 있었다. 그 자존심이 분노가 되어 폭발했다.

"언제 그렇게 결정하셨나요? 10분 전에 한 겁니까? 그렇다면 전 거절하겠습니다. 제 실력으로 부사장이 되는 거라면 모르겠지만, 그렇지 않다면 전 그런 자리에 앉혀 주셔도 조금도 고맙게 생각지 않습니다."

결과야 어찌되었든 그렇게 말해 버리고 나니 만족스러웠다. 그의 만찬회용 미소가 씻은 듯 사라졌다. 금방이라도 고함을 지를 것 같은 표정으로 바뀌었다. 그러나 다음 순간, 그의 복잡한 눈에 유쾌한 빛이 살짝 떠올랐다.

"자네는 아주 약삭빠른 사람이로군. 나를 어떻게 다뤄야 하는지를 잘 알고 있으니 말야. 물론 자네가 부사장이 되는 것은 자네의 실력일세. 자네가 지금 그것을 증명하지 않았나? 만일 데이브 매너스였다면 나에게 그런 말을 하지는 못했을 테니까."

그는 선 채로 나를 물끄러미 바라보았다. 이윽고 그 눈은 차츰 막연했고, 더 이상 지루해서 못 견딜 것 같은 느낌을 주었다. 그리고는 나를 완전히 무시하고 방을 나갔다.

제10장

CJ의 아파트를 나와 택시를 타고 집으로 돌아왔다. 나는 절박한 마음에 쫓겨 초조했다. 벌써 10시가 지났다. CJ와 로스앤젤레스의 손님과 함께하기로 한 점심 약속은 1시다. 그 전에 엘렌과 얘기를 해야만 한다. CJ는 틀림없이 그 결과를 기다리고 있을 것이다. 그리고 폴과 안젤리카를 만나기 전까지는 안젤리카의 알리바이도 단순히 내 머릿속의 계획일 뿐 아직은 확정적인 것이 못 된다.

열쇠로 아파트 문을 열고 들어가자, 거실 쪽에서 엘렌의 목소리가 들려왔다. 처음에 나는 엘렌이 리키와 얘기하고 있는 줄 알았다. 그러나 곧 리키는 적어도 한 시간 전에 유치원에 갔을 거라는 생각이 들었다. 거실로 들어가 보니 트랜트 경감이 의자의 팔걸이에 걸터앉아서 엘렌과 얘기하고 있었다.

그를 본 순간 나는 가슴이 철렁 내려앉았다. 그가 이렇게 빨리 와 있으리라고는 생각지 못했기 때문이다. 엘렌은 나를 보자 신경에 거슬리는 듯한 태도로 자리에서 일어났다. 엘렌은 어린이방 이외의 장소에서 고용주 앞에 앉아 있는 것은 신분에 맞지 않는 무례한 행동이라고 생각하고 있었다. 거실에 있는 것 자체가 자기의 지위를 깨닫지 못하는 분별없는 행위라고까지 여겼다. 이런 예의바른 태도는 나에게 좀더 자신을 가질 수 있는 힘이 되어주어야 하는데, 이상하게도 나는 불안을 떨쳐버릴 수가 없었다. 이 방에 가득찬 분위기는 엘렌의 분위기가 아니라 트랜트 경감의 분위기였기 때문이다. 그는 내가 들어가자 곧 일어나 나를 맞이했다. 그리고는 선 채로 CJ의 집에 있을 때와 마찬가지로 정중하고 조심스러운 태도로 미소짓고 있었다. 그러나 CJ의 집에서 보았던 젊음과 단순함은 조금도 찾아볼 수 없었다.

"하딩 씨, 지금 호지킨스 양과 얘기하고 있는 중이었습니다. 되도록이면 일을 빨리 끝내 버리고 싶어서요." 그는 엘렌 쪽으로 얼굴을 돌렸다. 엘렌은 '나는 다만 어린애를 돌보는 사람에 지나지 않습니다' 라는 듯한 표정으로 마룻바닥을 보고 있었다. 트랜트 경감은 그녀에게 말했다.

"호지킨스 양, 정말 여러 가지로 고마웠습니다. 더 이상 물을 게 없는 것 같군요."

엘렌은 방을 나갔다. 그녀가 CJ의 지시대로 대답했으리라고 충분히 확신하고 있었으나, 그런데도 트랜트 경감은 나를 불안하게 했다. 나는 빨리 나가줬으면 했다. 그러면 엘렌과의 얘기도 끝낼 수 있을 텐데 하고 애를 태웠다. 그러나 트랜트 경감은 별로 서두르는 기색이 없었다. 서두르기는커녕 다시 의자 팔걸이에 걸터앉았다.

"물론 아직 사건이 일어난 지 얼마 지나지 않아서 뭐라고 할 수는 없지만, 좀처럼 생각대로 진전되지 않는군요."

"그거 안됐군요."

"가장 큰 문제는 그를 정말로 잘 알고 있는 사람이 아직 나타나지 않는다는 점입니다. 알고 있는 사람이라고는 옆방에 살고 있는 브라운 부부뿐인데, 그들도 이웃으로서의 가벼운 교제밖에 하지 않았습니다. 브라운 부인의 어머니가 그에게 방을 빌려준 것이랍니다. 그가 뉴욕에 온 것은 아주 최근인 것 같은데, 아마 캘리포니아에서 왔다던가요?"

"저도 그렇게 들었습니다."

나는 틀림없이 경찰이 제이미와 안젤리카의 관계를 알아낼 것이라고 믿고 있었다. 그러나 다음 순간 나는 안젤리카와 두 번째 만났을 때 그녀가 한 말——그녀는 한 번도 제이미의 아파트에 간 적이 없고, 언제나 그가 그녀에게로 온다던 말을 생각했다. 따라서 트랜트 경감이 브라운 부부 쪽만을 조사하고 있는 한 안젤리카의 존재는 절대로 알 리가 없을 것이라고 확신했다.

트랜트 경감은 맨틀피스 위의 그림을 보고 있었다.

"물론 어쩌면 흔히 있는 강도살인사건일지도 모릅니다. 그러나 무리하게 문을 부수고 들어간 흔적은 없었습니다. 당신에게서 참고가 될 만한 것을 알아내지 못해 유감이군요. 당신은 그에 대해서 거의 모른다고 하셨지요?"

"그렇습니다."

"뉴욕에서 만나셨습니까?"

이 질문은 다른 질문과 마찬가지로 아주 대수롭지 않았으며, 그는 질문하고 있는 동안 나를 쳐다보려고도 하지 않았다. 이 질문에 별로 깊은 뜻이 담겨 있지 않다는 것은 확실하다. 다만 틀에 박힌 심문일 뿐이다. 그런데도 안젤리카에 대해 마음을 놓고 있던 나는 다시 불안해졌다. 그의 태도에 맞추어 나도 되도록이면 자연스럽게 대수롭지 않은 듯이 대답했다.

"그렇습니다. 뉴욕에서 만났습니다. 유럽에서 알았던 친구의 친구지요. 한번 우리 회사로 원고를 가지고 와서 내 주선으로 출판할 수 없겠느냐고 부탁하러 온 적이 있었는데, 마침 그때 대프니가 그 자리에 있어서 알게 된 겁니다……"

"그 유럽에서 알았던 친구란 누구지요? 이름을 알 수 있겠습니까?"

"찰스 메이틀랜드라는 사람입니다." 나는 서슴없이 대답했다. "그러나 유감스럽게도 그가 지금 어디에 있는지는 모르겠군요."

"그래요?" 또 비웃는 듯한 미소가 떠올랐다. 그는 의자에서 일어나더니 맨틀피스 위의 그림 앞으로 다가서며 말했다. "이것은 뷔페(1928~ 프랑스의 화가)지요?"

"그렇습니다."

나는 조금 놀라며 대답했다. 이 경찰은 좀 색다르다.

계속 그림을 관찰하면서 그는 말을 이었다.

"적어도 한 가지 사실만은 확실합니다. 대단한 것은 아니지만요. 어제 저녁 6시쯤 브라운 부부가 램의 방을 노크하고 함께 파티에 가지 않겠느냐고 물었답니다. 램은 어떤 사람과 만날 약속이 있어서 안된다고 대답했다더군요. 그러니까 램은 어젯밤 누군가를 기다리고 있었던 겁니다. 물론 파티에 가고 싶지 않아서 그런 구실을 둘러댔다고 생각할 수도 있겠지만 말이지요."

트랜트 경감은 뷔페의 그림을 다 관찰했는지 내 쪽으로 걸어왔다. 손을 윗도리 주머니에 넣으며 말했다.

"독신자 아파트에는 어울리지 않는 물건이 하나 발견되었는데, 하딩 씨, 설마 당신은 본 기억이 없으시겠지요?"

그는 손을 주머니에서 꺼냈다. 손바닥 위에 내 어머니의 유품인 반지——안젤리카에게 주었던 그 돌고래 모양의 반지가 놓여 있었다.

나는 그가 두려웠다. 그러나 왜 그런지 확실한 이유는 알 수 없었다. 그의 얼굴에서는 나에 대한 의심은 조금도 찾아볼 수 없었다. 친구를 대하는 듯한 태도였으며, 직업의식은 전혀 보이지 않았다. 그러나 그가 처음부터 다른 사람의 말을 전혀 믿지 않는다는 사실을 알게 됨과 동시에 반지를 본 순간의 놀라움과 불안이 더하여 두려움은 점점 커졌다.

"여자 반지군요." 하고 나는 입을 열었다.

"그렇습니다." 트랜트 경감은 대답했다. "아마 누군가의 유품인 것 같습니다. 그 정도로 옛날 것이지요."

그는 반지를 주머니 속에 넣었다. 그리고 기묘하게도 마치 흐르는 물처럼 우아하게 의자 쪽으로 걸어가서, CJ의 집에서 본 기억이 있는 두툼한 봉투를 집어들더니 그것을 조심스럽게 벌려 손수건으로 싼 물건을 꺼냈다.

"하딩 씨, 이것이 우리 손에 있다는 것은 무엇보다도 다행한 일입니다."

그는 매우 섬세한 손놀림으로 손수건 끝을 집어올렸다.

"내 자신도 왜 이렇게 신경을 쓰고 있는지 모르겠습니다. 지

문도 묻어 있지 않고, 벌써 조사를 다 해보았는데 말이지요. 그러나 이것이 남아 있어서 정말 다행입니다. 시체 옆 마룻바닥 위에 떨어져 있었지요. 주인을 찾는 것은 그다지 어려운 일이 아닐 겁니다. 주인을 찾기만 하면 틀림없이 범인을 찾을 수 있는 실마리도 잡힐 겁니다."

손수건의 네 귀퉁이가 활짝 펼쳐지면서 속에 있던 물건이 모습을 드러냈다. 그것은 콜트 45, 낡고 흠집투성이의 자동권총이었다. 지난 3주일 동안 나는 까맣게 잊고 있었으나, 이 권총은 분명히 본 기억이 있다.

말할 것도 없이 안젤리카의 권총이다.

순간 트랜트 경감의 목소리가 고장난 녹음기를 거꾸로 돌리고 있는 듯 기묘하고 비현실적으로 울렸다.

"낡은 권총입니다. 아마 전당포 같은 데서 산 것이겠지요. 시간은 좀 걸리겠지만 언젠가는 알게 될 겁니다." 그는 살짝 웃었다. "물론 이것만 믿을 수는 없지요. 램이 직접 산 것일지도 모르니까."

그는 다시 권총을 조심스럽게 손수건에 싸서 봉투 속에 넣고, 그 봉투를 옆구리에 꼈다.

"아 참, 한 가지 더 당신에게 묻고 싶은 게 있는데······"

나는 그의 얼굴을 바라보았다. 그리고 과연 나는 내 감정이 얼굴에 나타나지 않도록 잘 감추고 있을까 의심스러웠다. 그는 다시 미소를 지었다. 그 미소는 수줍어하는 듯한 미소였다.

"혹시 당신은「한낮의 작열」을 쓴 윌리엄 하딩 씨가 아닙니까?"

너무 뜻밖의 질문을 받아 나는 몹시 당황했다.

"그렇습니다. 사실은······그렇습니다."

"쓸데없는 말을 해서 죄송합니다. 팬이란 정말 성가신 존재지요. 나는 그 책을 세 번이나 읽었습니다. 이번 대전(大戰)이 낳은 소설 중에서 가장 우수한 작품의 하나라고 생각합니다." 그는 봉투를 두드리며 계속 말했다. "그럼, 나도 바쁜 사람이고 당신도 바쁘실 테니, 이제 그만 가보겠습니다."

그는 현관 쪽으로 걸어갔다.

"그럼, 하딩 씨, 실례하겠습니다."

"그럼, 안녕히 가십시오."

그가 나간 뒤 문이 닫혔다. 문은 닫혔지만, 아직도 그가 그 자리에 남아 있는 것 같았다. 그의 친근한 눈길은 아직도 내게 집중되어 있는 것 같고, 조금도 남을 책망하는 기색이 없는 그의 조용한 목소리는 아직도 귀에 쟁쟁했다. 안젤리카의 반지가 제이미의 아파트에서 발견되고, 안젤리카의 권총이 제이미를 살해했다는 사실이 내 마음을 흔들어 놓았다. 물론 이 두 가지 사실에는 무슨 사연이 있을지도 모른다. 그것으로 반드시 안젤리카가 범인이라고 단정지을 수는 없다. 우선 범행시간을 보더라도 안젤리카가 이 살인사건과 관계가 없다는 것은 분명하지 않은가? 그렇게 생각하고 나는 마음의 동요를 가까스로 가라앉혔다. 그러나 트랜트 경감은 언젠가는 권총의 주인을 밝혀낼 것이다. 그렇게 되면 한바탕 골치아픈 일이 일어날 게 틀림없다. 그것은 먼 장래의 일이 아니다.

그러나 그 일만 걱정하고 있을 시간이 없다. 나는 트랜트 경감의 분위기를 떨쳐버리고 엘렌을 찾았다. 엘렌은 어린이방에 있었다. 계급의식이 강한 그녀가 어린이방 이외의 다른 곳에 있을 리가 없다. 그녀에게는 요리사와 부엌은 자기보다 아랫자리에 있고, 베시와 나와 거실은 윗자리에 있는 것으로 정해져 있었다.

엘렌은 전처럼 뜨개질을 하고 있었다. 둥근 뜨개질 바늘로 핑크색의 알 수 없는 원통 같은 것을 짜고 있었다. 아무래도 여자 아이의 치마 같았다. 나는 오늘 아침 같은 차갑고 나무라는 듯한 눈길을 기대하고 있었다. 그러나 놀랍게도 그녀의 얼굴은 확실히 속을 터놓은 듯 비굴한 표정이었다. 생각해 보면 그녀로서는 당연한 현상이다. 그것을 깨닫지 못했던 내가 어리석었다. 이것이야말로 CJ의 화려한 매수의 성과인 것이다.

나는 그녀에게 이미 '한낱 보잘것없는 하딩'이 아니라, '훌륭한 인물이며 마음씨 좋은 캘링검 씨의 사위'인 것이다. 나는 어쩐지 기운이 났다.

"모든 게 잘된 것 같군, 엘렌."

"네, 그것은……저는 캘링검 씨가 말씀하신 대로 했습니다."

"그래, 트랜트가 납득한 것 같소?"

"네, 충분히 납득하셨을 것으로 생각됩니다."

그녀가 이렇게 기분좋게 나와서 나도 아주 가벼운 마음으로 얘기할 수 있었다. "장인어른은 당신에게 매우 고마워하고 계셨소. 아무튼 대프니는 어젯밤 혼자였잖소. 게다가 요즈음 그 젊은이와 꽤 자주 만났기 때문에 장인어른께서는 그렇게 해두면 모든 사람에게 폐를 끼치는 일이 없이 잘되리라고 생각하셨던 거요."

엘렌은 힘차게 고개를 끄덕였다.

"정말 그래요. 저도 잘 알고 있습니다. 그 젊은이란 잘생긴 램 씨를 말씀하시는 거지요?"

"그렇소. 그리고 좀 다른 얘긴데, 장인어른께서 전하라는 말씀이오. 다음 주 초에 당신을 만나 당신 조카의 비행기표에 대해 의논하겠다고 하셨소."

이 매수문제를 거론하는 순간, 나는 입에 담아서는 안될 말을 한 게 아닌가 하는 생각이 들었다. 그러나 나는 엘렌의 황금주의를 실제보다 더 낮게 평가하고 있었던 모양이다. 그녀는 뜨개질감을 내려놓고 두 손을 마주잡았다. 얼굴은 감동의 눈물로 젖어 있었다.

"하딩 씨, 언니와 가엾은 글래디스가 얼마나 기뻐할까요? 캘링검 씨는 정말 성인 같은 분이세요. 아니, 정말 성인이십니다."

이렇게 탐욕스러운 엘렌을 보자 지금까지의 내 두려움은 완전히 사라졌다. 더 위험한 다리도 주저않고 대담하게 건널 수 있다고 생각되었다.

"그런데, 엘렌, 또 한 가지 일인데 말이오. 대프니와 내가 여기에서 둘이 있었던 것으로 하는 것이 장인어른께 아주 중요한 일이 된 이상, 당신이나 나나 또 한 가지 일은 잊어버리는 것이 좋지 않을까 생각하오."

"네, 저도 그렇게 생각해요."

엘렌은 입을 크게 벌리고 웃었다. 핑크빛 잇몸이 살짝 드러났다. 나는 이렇게 장난기 있는 그녀를 지금까지 본 적이 없었다. 그것은 분명히 볼 만한 구경거리였다. 나는 경계심을 느꼈다.

"아주 하찮은 일인데요, 뭐. 흔히 있는 일이지요."

"그렇소, 특별한 일은 아니지."

"그리고 부인께 쓸데없는 걱정을 끼쳐 드린다는 것도 생각해 볼 문제예요. 그렇게 친절하고 인정있는 부인의 마음을 괴롭히는 것은 죄악입니다."

순간 나는 베시가 집에 돌아올 것을 생각하고 순수한 기쁨과 거의 맹목적인 고마움을 느꼈다.

"사실 그렇게 친절하시고 인정있는 분은 없어요."

핑크빛 잇몸은 더욱 많이 드러났고, 그 위에서 빛나고 있는 유리구슬 같은 눈은 마치 나를 정복한 듯했다.

"주인님께서도 틀림없이 글래디스가 마음에 드시리라 생각합니다. 아주 귀엽고 얌전한 아이거든요. 완전히 나아서 병원에서 나온 다음 여기서 저와 함께 잠시 요양할 수 있다면 얼마나 기쁠까요? 얌전해서 있는지 없는지조차 모를 정도랍니다. 게다가 저도 외롭지 않을 테고, 리키의 놀이상대로도 안성맞춤이고……"

나도 정말 어리석었다. 일단 뇌물의 맛을 안 엘렌이 더 큰 것을 요구하는 것은 당연하다. 그러나 어쨌든 그녀가 잇몸뿐 아니라 완전히 본색을 드러낸 지금에 와서는, 손해가 이 정도로 끝난 것을 행운이라고 생각하고 단념하는 수밖에 없었다. 글래디스가 완쾌하여 요양한다는 것은 아직 먼 장래의 일이며,

내 일생에 있어서 그처럼 중대한 엘렌의 침묵에 비교하면 내 부담은 오히려 너무 가벼울지도 모른다. 나는 이 교환조건을 승낙한다는 표시로 마음에도 없는 미소를 지었다.

"물론이오. 글래디스는 있고 싶을 때까지 여기에 있어도 좋소."

엘렌은 다시 뜨개질감을 집어들어 뜨개질 바늘 끝을 튀기며 말했다.

"그럼, 부인께서 돌아오시면 주인어른께서 말씀해 주시겠어요?"

"좋소. 내가 말해 두지."

"글래디스는 정말 귀여운 아이인데, 늘 다른 사람들에 대해서만 생각하고 있답니다. 그래서 우리는 모두 글래디스를 작은 천사라고 불렀어요. 그리고……"

나는 협박당해도 할 수 없다고 생각했다. 그러나 귀여운 글래디스에 대한 얘기를 더 이상 듣고 있을 시간이 없었다. 시간 낭비다. 나는 얼굴 가득히 미소를 띤 채 구실을 만들어 어린이 방을 나왔다. 거실에 들어가 기금 사무실의 폴 파울러에게 전화를 걸어 지금 곧 가도 좋으냐고 물었다.

"아아, 좋고말고. 곧 오게. 앞으로는 숫자가 많이 붙은 수표를 가지고 오길 바라네. '샌드라 파울러 모피·보석·고급차 기금'에서 원하고 있는 것은 돈, 돈, 돈이니까……"

제11장

벌써 11시 15분이다. 기금 사무실은 30번가와 렉싱턴 애버
뉴의 모퉁이에 있었다. 정오가 가까워 내가 탄 택시는 교
통이 혼잡한 거리를 기듯이 나아갔다. 이 달팽이처럼 느린 속
도로 몹시 초조했으나, 한편으로는 안젤리카를 위한 내 계획
을 다시 한 번 생각해 볼 수가 있었다. 트랜트 경감은 만만치
않은 적수다. 하지만 아무리 그가 수완이 좋더라도 이 계획은
틀림없이 성공할 거라고 나는 확신했다. 폴과 프롭은 제이미
와 아무 관계도 없는 사람들이다. 안젤리카의 알리바이 때문
에 불려 나갈 때까지는, 트랜트 경감은 이 두 사람이 존재하고
있다는 사실조차 알아차리지 못할 것이다. 그러니까 그날 밤
의 가공적인 사건을 자세히 의논할 시간은 충분히 있는 셈이
다.

나는 속임수와 속임수의 속임수로 가득찬 이 새로운 세계가
그렇게 두려운 것만은 아니라고 생각하기 시작했다. 이런 세
계에 대처하려면 캘링검 출판사 특유의 전략을 개인적인 생활
에 적용시키면 된다. 걱정할 일은 아무것도 없다. 내 승진에
대해서도 빈정거리는 마음이 사라지고, 오히려 만족감을 느꼈
다. 내가 부사장이다. 데이브 매너스는 부사장이 아니다. 어떻
게 해서 그렇게 되었는지는 아무래도 좋다. 중요한 것은 그렇
게 되었다는 사실이다.

폴은 사무실에서 책상 위에 발을 올려놓고, 수화기에 대고
열심히 애교를 떨고 있었다. 내가 들어가자 살짝 손을 흔들어
댔다.

"네, 물론이지요, 말레트 부인. 세금이 전액 면제됩니다. 조
금이라도 의심나는 점이 있으시면 세무서 직원에게 물어보십

시오."

그는 나를 보고 싱글싱글 웃고 있었지만, 추잉 검을 씹고 있는 그의 입술은 그다지 탐탁지 않은 모양을 하고 있었다. 폴의 눈은, 내가 느끼기에 누구의 눈보다도 파랗고 총명한 눈이다. 모든 것을 똑바로 보고, 그것을 진심으로 즐길 줄 아는 눈이다. 값비싼 양복을 구겨서 입고, 10달러나 하는 넥타이를 삐딱하게 매고, 순모 양말은 구두 위로 늘어져 있으나, 그를 한 번 본 것만으로도 내 기분은 느긋해졌다. 내 마음속의 자책과 곤혹스러움은 그의 눈앞에 나타난 순간부터 조용히 기분좋게 사라지는 것이었다.

"……1천 달러라고요? 말레트 부인, 정말 대단하시군요! 이건 하늘의 은혜입니다, 말레트 부인……베시 캘링검 백혈병 구제기금은 당신의 기부금을 확인하고 적색공로장(赤色功勞章) 배지를 보내 드리겠습니다. 그러면……그렇습니다. 말레트 부인, 예, 아주 좋습니다. 마치 공중을 훨훨 나는 듯한 기분입니다. 다른 사람들을 위해 일하고 있으면 언제나 이런 기분이 들지요……그럼, 실례하겠습니다, 말레트 부인."

그는 수화기를 내동댕이치듯 내려놓고는, 수화기를 향해 다시 한 번 무서운 표정을 지었다. 그리고는 아주 엄숙한 얼굴로 바뀌더니 CJ식으로 나를 노려 보았다.

"하딩, 물론 자네도 들었을 테지만 미국의 의사협회는 백혈병뿐만 아니라 모든 병원체를 마침내 알아냈다네. 이 세상에 있는 모든 질병은 캘링검이라는 무서운 병원균에 의해서 발병한다는 것을 알아낸 거지. 그 전염 경로는 캘링검 출판사의 출판물을 한 권이라도 들추면, 그 손가락 끝의 작은 구멍을 통해 체내로 침투한다는 것일세. 과학의 명예를 위해서나 아직 이 세상에 태어나지 않은 아이들을 위해서도, 우리의 의무는 밤낮 쉬지 않고서 인류의 이 무서운 위협을 없애는 일에 매진하고……여어, 잘 왔네!"

그는 아직 제이미가 살해된 사실을 모르고 있었다. 내가 얘기를 시작하자, 그는 다리를 책상 위에서 내리고 똑바로 앉아 심각한 얼굴로 나를 쳐다보았다. 대충 사건을 설명한 다음, 안젤리카에 대해서 얘기했다. 말은 술술 나왔다. 예상한 대로 양심의 가책 같은 건 전혀 느끼지 않았다. 사건을 내 눈으로 보고 있는 게 아니라 마치 폴의 눈으로 보고 있는 것 같았으며, 얘기를 해나감에 따라 초라함이라든가 어리석은 감정은 완전히 모습을 감추었다. 칵테일 파티 같은 데서 들을 수 있는, 남을 즐겁게 하는 세련된 자기비판의 농담 같은 여운을 담고 있었다. 그는 싱긋이 웃기 시작했다. 엘렌이 우리의 포옹을 방해한 얘기를 할 때는 큰소리로 웃었다. 그리고 대프니의 알리바이를 위한 CJ의 계획으로 내가 난처한 입장에 빠지게 된 얘기를 하자, 그는 배를 잡고 웃어댔다. 그러나 그의 웃음은 결코 몰인정한 웃음이 아니었다. 민첩한 두뇌의 움직임과 동정심으로 그는 사태의 진상과 그것이 의미하는 것을 재빨리 알아차린 것이다. 그는 우선 베시를 생각했다. 무엇보다도 그녀의 마음을 아프지 않게 해야 한다고 말했다. 다음으로 그는 안젤리카도 생각했다. 그는 나 이상으로 생각이 깊었다.

"가엾게도 아름다운 여자였는데. 내가 아는 한 세상에서 가장 아름다운 여자야. 빌, 자네가 부럽군. 자네는 아주 어려운 일을 해냈네. 그녀는 어떻게 처리할 작정인가?"

나는 그와 프롭 둘이서 안젤리카의 알리바이를 만들어 주었으면 좋겠다는 계획을 제시했다. 그는 마음이 내키는 듯 곧 승낙해 주었다. 그리고는 한순간 의혹의 눈빛을 띠며 말했다.

"프롭이라? 그녀가 잘 해낼 수 있을 거라고 생각하나?"

"잘 할 수 있을 거야."

"글쎄, 어떻게 되겠지. 경감이 우리를 찾아올 때쯤이면 그녀는 어젯밤에 무엇을 했었는지 까맣게 잊고 있을 걸세. 그녀가 조금이라도 뭔가 기억하고 있는 듯한 기미가 보이면 반창고를 입에 붙이고 경감에게는 만성 세균성 정신이상자라고 해두면 되겠지." 그는 책상 위로 몸을 내밀어 내 팔을 두드렸다. "아무 염려할 것 없네. 자네의 전부인은 우리와 함께 하룻밤 지낸 것으로 해두겠네. 간단한 일이야. 아무도 찾아온 사람이 없었고, 우리 둘뿐이었으니까 우리만 말을 맞추면 그것으로 끝나는 일일세. 그리스도교단(敎團) 전체를 뒤져도 우리만큼 이상적인 알리바이 공급자는 없을 거야." 그는 잠시 입을 다물었다. "그런데 안젤리카는 어디에 있지?"

거짓말 같지만 그때까지 나는 안젤리카가 어디에 있는지 전혀 생각해 보지 않았었다. 월튼 호텔로 가보는 게 어떻겠느냐고 말했으니까, 아마 거기에 있을 거라는 정도로만 생각하고 있었다. 그러나……나는 갑자기 불안해졌다.

"아마 월튼 호텔에 있을 거라고 생각하네만……"

"아마라니? 곤란한데. 지금 곧 전화해서 확인해 보는 게 어떻겠나?" 그는 전화를 가리켰다. "곧 이리로 오라고 하게. 프롭은 오늘 오후 쇼핑하러 간다고 했네. 이제 슬슬 올 시간이야. 어디 가서 비싼 점심이라도 사 달라고 하겠지. 그리고는 하늘거리는 검은 속옷 같은 걸 사고, 그래서 내 호랑이 새끼는 모습을 감춘다 이걸세! 그러니까 넷이서 함께 식사하면서 안젤리카에게 사정을 설명하면 돼. 그렇게 하면 모든 것이 해결될 걸세."

"나는 자네들과 함께 식사할 수가 없네. CJ와 함께 어떤 높은 분을 모시고 점심식사하기로 약속이 되어 있어서 말이야." 시계를 보니 벌써 12시 30분이었다. 불안이 다시 온몸에 퍼졌다. "자네가 안젤리카와 함께 점심식사를 하며 잘 얘기해 주지 않겠나? 나중에 CJ 쪽 일이 끝나면 나도……"

나는 전화 쪽으로 손을 내밀었다.

그 순간 전화벨이 울렸다. 폴이 수화기를 들었다. 그는 입을 열기 전에 마치 '우주인' 같은 험상궂은 표정을 지었다.

"네, 폴 파울러입니다. 여보세요……아아, 당신이야?……어디에 있는 거요?……으음?……아니, 당신……뭐라고?"

그는 잠자코 듣고 있었다. 그 동안에 화성인 같은 표정이 얼굴에서 사라지고, 무서울 정도의 심각한 표정으로 바뀌었다.

"뭐라고?……그래……응……뭐? 큰 실수를 했군……아니 아니, 상관없소. 아무것도 아니야……지금 곧 이리로 와 주겠소?……응, 내가 당신을 사랑하고 있다는 것은 당신도 알고 있겠지? 그렇지 않다고? 그렇게 보일지도 모르겠지만, 실은 당신을 굉장히 사랑하고 있다니까. 그럼, 이따가."

그는 수화기를 내려놓았다. 그리고 내 얼굴을 쳐다보았다. 열심히 명랑한 척 웃고 있었지만, 어쩐지 실망한 듯한 모습이었다.

"아까의 계획은 안되겠네. 다른 방법을 생각해야겠어."

"안되겠다고?"

"그렇게 됐네. 그 경감이 좀 손이 빠르군. 대프니가 우리 얘기를 한 모양이야. 벌써 프롭에게 갔다는군. 조금 전에 돌아 갔대. 그래서 프롭이 전화한 걸세. 여러 가지를 묻다가 어젯밤 무엇을 했느냐고 해서, 프롭이 나와 둘이서 집에 있었다고 대답했다는군."

갑자기 나는 트랜트 경감이 바로 내 옆에 있는 것 같은 느낌이 들었다. 무엇을 보는 것도 아닌 멍한 태도로 주춤거리며 서 있는 그의 모습. 그러고 보니 대프니가 언뜻 파울러의 이름을 입에 담았던 것이 생각났다. 나와 베시가 제이미를 위해 파티를 열었고, 베시와 파울러 부부가 제이미에게 열중했었다는 얘기를 틀림없이 했던 것 같다. 그러나 그 한마디뿐이었다. 그런데도 트랜트 경감은 그것을 빠뜨리지 않고 기억해 두었던 것이다. 그리고 몇 시간도 안돼 재빨리 파울러가 어떤 사람인가를 조사해서, 신출귀몰하듯 내 아파트에서 나가자마자 곧 프롭을 찾아갔다.

이제 그는 파울러 부부를 완전히 중립화시켰고, 안젤리카는 우리의 보호 밖으로 고립되어 적의 주목을 정면으로 받게 됨으로써, 우리 전부를 위험에 처하게 만들어 놓은 셈이다.

트랜트 경감에게 두려움을 느끼는 순간 안젤리카에 대한 분노가 다시 치밀어 올랐다. 모든 것이 그녀 때문이다. 나에게 그녀는 위협이고, 탐탁지 않은 사람이며, 이 세상에 존재하지 말았어야 할 여자다.

폴은 물끄러미 나를 바라보고 있었다. 그의 파란 눈동자를 둘러싼 흰 부분이 생기있게 빛났다.

"빌, 어떻게 하면 좋겠나?"

"모르겠어."

"어쨌든 그녀에게 전화를 해보는 게 어떻겠나?" 그는 전화 번호부를 책상 위에 꺼내 놓고 전화번호를 찾기 시작했다. 이윽고 전화번호를 찾아내어 다이얼을 돌렸다.

"여보세요? 월튼 호텔입니까? 안젤리카 하딩 부인을 부탁합니다."

나는 그를 바라보았다. 만일 그녀가 없다면, 그리고 도저히 연락할 방법이 없다면 어떻게 하면 좋을까 하는 생각과 함께 어쩐지 석연치 않은 기분이 들었다.

"뭐요? 안젤리카 하딩 부인이라는 사람이 없다고요?"

나는 그의 말을 듣자 갑자기 심장이 무거워졌다.

"전화를 끊지 말고 잠깐만 기다려 주십시오." 폴은 그렇게 말하고는 나를 돌아다보며 물었다. "그녀의 결혼 전 이름이 뭐지?"

그것을 깨닫지 못했다니 얼마나 멍청한 일인가!

"로버츠라고 하네."

그는 수화기에 대고 말했다. "그럼, 안젤리카 로버츠라는 사람은 없습니까?" 그의 얼굴에 안도의 표정이 떠올랐다. "있다고요? 그것 참 다행이군. 그럼, 그 부인이 있는 곳으로 연결해 주십시오." 그는 싱긋이 웃었다. "안젤리카입니까? 잠깐만 기다려 주십시오."

그는 전화를 나에게 건네주었다. 그렇지 않아도 걱정만 가져다 준 그녀가 이름까지 바꿔 나를 조마조마하게 만든 데 대해 심하게 욕을 해주고 싶은 강한 욕망을 느끼면서 나는 수화기를 받아들었다.

"안젤리카요?"

"빌." 그녀의 목소리를 듣는 순간 갑자기 그녀가 추상적인 파괴자로서가 아니라 한 인간으로 느껴졌다. 나는 주춤거렸다.

"제이미에 대한 일을 알고 있겠지?"

"제이미에 대한 일이라뇨?"

"신문을 읽지 않았소?"

"신문? 아뇨. 전 오늘 아침에 방에서 전혀 나가질 않았어요. 무슨 일이 있어요?"

"제이미가 죽었소. 어젯밤 권총으로 살해당했단 말이오. 아파트에서."

그녀는 놀라 숨을 삼켰다. 그리고 한동안 아무 소리도 들리지 않았다. 이윽고 거의 알아들을 수 없는 작은 목소리로 속삭였다.

"그……그런 말 믿을 수 없어요."

"거짓말이 아니오."

"누가 그랬어요? 누가 죽인 거지요?"

"우리가 걱정하는 건 그런 것이 아니오."

"빌, 지금 어디에 있어요? 내가 그리로 가도 되겠어요?"

"안돼요. 조금 있다가 장인어른과 점심 약속이 있소. 그대로 호텔에 있어요."

"알겠어요."

"그리고 경찰이 찾아오면——트랜트라는 경감이 찾아오면 어떻게든 만나지 않도록 해야 하오."

"경찰요? 네, 알았어요."

"호텔에 있어야 하오. 내가 갈 때까지 아무도 만나서는 안되오." 나는 수화기를 내려놓으며 폴에게 말했다.

"난 이제 CJ한테 가봐야겠네."

"아, 좋아. 그런데, 빌, 내가 할 수 있는 일이 있다면……"

"이렇게 된 이상 자네가 할 수 있는 일이 뭐 있겠나?"

"자네라면 또 무슨 좋은 방법이 떠오를 게 아닌가?"

"응, 어떻게 되겠지."

"물론 그렇겠지." 그의 따뜻하고 친근감 있는 얼굴, 지금 이 넓은 세상에서 믿을 수 있는 단 하나의 얼굴이다. 폴은 근심 어린 얼굴로 가만히 나를 쳐다보았다. "그러나, 빌, 단 한 가지, 베시에 대한 것만은 잊지 말게. 자네와 안젤리카의 일은 물론 대단한 것은 아닐세. 맨해튼에 있는 남자로서 이따금 곁눈질 한두 번 하지 않는 사람은 거의 없으니까. 그러나 베시에 관한 한은 조심하는 게 좋아. 여자의 생각은 우리들과는 다르니까. 특히 베시 같은 여자는 더욱 그렇네. 만일 그녀가 어젯밤의 일을 알게 되면, 만일 엘렌이 모든 것을 다 일러바친다면 그녀는 틀림없이 심한 충격을 받을 걸세. 게다가……" 그는 갑자기 말을 끊었다가 다시 계속했다. "내가 대체 무슨 얘기를 하고 있는 거지? 자네에게 자네 부인 성격을 설명하고 있다니……"

그는 손을 내 팔에 얹었다. "어쨌든 염려할 것 없네. 자네 일인데 잘되겠지. 자, 어서 장인어른한테 가서 마음껏 부사장 티를 내보게나!"

그는 엘리베이터가 있는 곳까지 쫓아나와 다시 한 번 내 팔을 잡으며 말했다. "나중에 또 연락해 주게. 이 파울러께서는 언제든지 두 팔을 벌리고 기다리고 있을 테니까."

CJ의 사무실에 도착한 것은 1시가 되기 전, 볼든 씨가 나타나기 조금 전이었다. 나는 CJ에게 엘렌에 대한 것을 보고했다. 그는 만족스러운 듯 고개를 끄덕였다. 볼든 씨는 재계의 거물로서, 여느 때 같으면 나 같은 사람은 자리를 같이 할 수도 없었다. 따라서 CJ가 나를 그와 함께 하는 점심식사에 불렀다는 것은, 곧 나를 램버트의 후계자로 밀고 나가는 첫걸음이라 보아도 괜찮을 것이다. 그래서 나는 온 힘을 다해서 그를 환대했다. 언제 끝날지도 모르는 식사시간 내내 넘치는 듯한 미소를 지으며 애교를 떨었다. 그리고 내가 수완이 좋고 선량한 사람일 뿐만 아니라 세련된 행동도 충분히 할 수 있다는 것을 보여

주기 위해 최대한의 기지와 배려로 접대했다. CJ의 기분이 좋은 것으로 보아 내 접대가 그의 마음에 들었다는 것은 잘 알수 있었지만, 아무튼 이 식사는 내게는 괴로움 그 자체였다.

볼든 씨는 상당한 애주가였다. 식사 전에 진을 네 잔, 식사중에 포도주와 브랜디를 마실 정도의 실력이었다. 사교적인긴장과 술의 힘을 빌려 계속 해대는 말에 기진맥진하면서도,나는 안젤리카의 문제를 생각했다. 그녀가 우리 집에 오기 전에 그 술집에 들렀던 일을 생각하고, 문득 희망의 빛을 보았다. 아는 바텐더에게 돈을 꾸려고 했는데 그가 쉬는 날이어서 나오지 않았다고 말했었다. 어쩌면 술집에 있는 사람이 그녀가왔던 것을 기억하고 있을지도 모른다. 그것만으로도 그녀가제이미의 아파트에서 상당히 떨어진 곳에 있었다는 사실이 증명되는 셈이다. 게다가 그 바텐더는 어젯밤 쉬지 않았는가!바텐더에게 얘기해서 안젤리카가 그날 밤 그와 함께 있었던것으로 하면 어떨까? 잠깐 동안 나는 이것이야말로 좋은 해결방법이라고 생각했다. 그러나 다음 순간 그렇게 뜻대로 되지는 않을 거라고 스스로에게 대답했다. 볼든 씨는 두 잔째의 브랜디를 마신 뒤 상당히 기분이 좋아져서, 재미있는 일이 없을까 하는 눈치를 보이기 시작했다. CJ는 곧 나를 안내자로 삼는게 어떻겠느냐고 제안했다. 나는 몹시 당황했다. 오늘 하루종일 칵테일 바에서 나이트 클럽으로 그를 안내하고 다니는 나를 상상하니 갑자기 맥이 쑥 빠졌다. 그런데 다행히도 그는 여행의 피로를 풀기 위해 호텔로 돌아가 쉬고 싶다고 말했다.

가까스로 그들로부터 빠져 나온 것은 3시 반이었다.

나는 곧 택시를 잡아타고 월튼 호텔로 갔다. 나는 아직 아무계획도 세우지 않았다. 계획 같은 것이 있을 리 없었다. 내 머리는 술과 초조함으로 완전히 움직임이 둔해져 있었다.

월튼 호텔은 그다지 고급은 아니고, 아담하며 음울한 호텔이었다. 그 음울한 기분을 밝게 해주기 위해 로비만은 아주 현대적으로 개조했으나, 오히려 더 빈약하고 초라한 느낌을 줄

뿐이었다. 나는 프런트에서 안젤리카를 만나고 싶다고 했다.

"당신의 이름을 말씀해 주시겠습니까?"

"하딩이오."

"아, 하딩 씨입니까? 기다리고 계십니다."

나는 엘리베이터를 타고 올라갔다. 그 엘리베이터는 노부인과 그다지 신통치 않은 개, 이를테면 스카치 테리어 종의 개를 연상시켰다. 갑자기 나는 긴장이 탁 풀렸고, 안젤리카의 방 앞에 꼭 트랜트 경감이 서 있을 것 같은 예감이 들었다.

물론 경감은 없었다. 나는 초인종을 눌렀다. 안젤리카가 문을 열었다. "경찰에서는 아직 안 왔어요." 하고 그녀가 말했다.

제12장

나는 그녀를 따라 쓸쓸한 침실로 들어갔다. 옷장 위에 라디오가 한 대 있었다. 듣고 싶을 때는 25센트짜리 은화를 넣도록 케이스에 작은 구멍이 뚫려 있었다. 낡은 슈트케이스가 접었다 폈다 할 수 있는 의자 위에 놓여 있었다. 모든 가구들이 보는 사람에게 허망한 느낌을 주었다. 안젤리카는 탐스러운 검은 머리와 비할 데 없는 아름다움으로 지금까지 나를 매혹시켰다. 하지만 지금은 그녀의 존재 자체가 성가셨다. 그 아름다움까지 나에게는 압박으로 바뀌어, 이 방에 있는 어느 가구보다도 더 허무하게 보였다. 나는 그녀가 가엾다는 생각도 별로 들지 않았다. 인간적인 감정은 전혀 없었다. 방해가 되는 물체, 모든 것을 엉망으로 만들어 버리는 물체, 반드시 없애야 할 장애물에 지나지 않았다.

그녀는 지난밤 한잠도 못 잔 것처럼 피곤해 보였다. 여느 때처럼 담배를 꺼내 불을 붙였는데, 그 성냥 켜는 소리조차 내 신경을 곤두서게 했다. 그녀는 조심스럽게 나를 쳐다보며, 내가 말하기만을 기다리고 있었다. 그녀에게 무턱대고 사랑을 요구했던 것이 바로 어젯밤이 아닌가? 그때는 마치 미친 사람처럼 그녀야말로 나의 참된 행복이며, 베시와 리키는 거짓된 존재이기라도 한 것처럼 생각했었다. 생각만 해도 소름이 끼치고, 그녀에 대한 분노가 솟아올랐다. 제기랄! 제이미를 우리의 생활 속에 끌어들인 건 바로 당신이야! 지겨울 정도로 집착했던 2년, 숨막힐 것 같은 여자로서의 굴종, 그런 굴욕에도 불구하고 여전히 그에게 매달리고, 더구나 그에게 버림받았을 때 맥없이 물러서 버리다니. 그를 택한 것이 당신이라면 어째서 그를 제대로 잡아두지 못했소? 왜 뻔히 알면서 그를 대프

니의 생활에 뛰어들게 한 거요? 그리고 나가라는 한마디에 왜
순순히 짐을 싸들고 내게로 왔소?

나는 거칠게 퍼부었다.

"이런 소동을 일으켰으니 당신도 이젠 만족하겠지?"

이것은 그녀에게 할말이 아니다. 나도 잘 알고 있었다. 그리
고 그녀로서도 분명히 항변할 권리가 있다는 것도 알고 있었
다. 그러나 그녀는 잠자코 있으며 대답하지 않았다. 머리카락
을 어깨 위까지 늘어뜨리고 우두커니 창가에 서서 조용히 슬
픈 표정을 짓고 있었다.

이윽고 그녀가 말했다.

"제이미에 대해서 말해 주세요."

"말해 줄 건 아무것도 없소. 누가 쏘아 죽인 거요. 어젯밤 그
의 아파트에서——"

"하지만, 누가?"

"모르겠소. 첫째, 나는 제이미에 대해서 아무것도 모르니까.
그 녀석에 대해 알고 있는 사람은 당신뿐이잖소?"

그녀는 아주 작은 목소리로 말했다.

"당신은 내가 그랬다고 생각하시는 거예요?"

나는 이렇게 더 퍼부어주고 싶었다——그렇게 생각해도 어
쩔 수 없잖아? 당신은 그 녀석에게 빠져 있었으니까. 그는 당
신을 시궁창의 흙만도 못하게 취급했어. 그가 살해되기 불과
두세 시간 전에 그는 당신을 아파트에서 내쫓았어. 그러니까
당신이 그를 살해했다는 말을 들어도 전혀 이상할 것은 없잖
아——그러나 범인은 그녀가 아니다. 경찰 의사의 증언이 있
다. 게다가 지금은 서로를 나무라며 결말도 나지 않는 입씨름
만 하고 있을 시간이 없다. 그녀가 살인을 할 여자가 아니라는
것은 확실하다. 다만 성가신 인간에 지나지 않는다. 그러므로
그녀를 직접적인 관련자로 보지 않도록 해야 한다. 베시를 위
해서나 대프니를 위해서, CJ를 위해서, 그리고 다른 누구보다
도 내 자신을 위해서.

"당신이 그를 죽이지 않았다는 것은 잘 알고 있소. 경찰 얘기로는 그가 살해된 시간이 1시 반에서 2시 반 사이라더군. 2시 반까지 당신은 한 시간이 넘도록 우리 집에 있었으니까."

"그럼, 당신은 벌써 경찰과 만나서 얘기를 하셨어요?"

"물론 했소."

"그래, 그 여자는? 유모라는……"

"그 여자도 만났소."

"그럼, 당신은 나에 대한 일을 어쩔 수 없이 말해야 했겠군요? 그렇다면 틀림없이 신문에 날 텐데. 그리고 베시에게도 알려질 거고. 내가 당신의 생활을 엉망으로 만들어 버렸군요. 빌, 정말 미안해요."

그녀의 얼굴에는 자신의 일이야 아무래도 상관없고, 다만 내 일만이 걱정이라는 듯한 표정이 역력했다. 이 여자는 이런 일에까지 희생정신을 발휘하여 묘하게 앙갚음을 하는군. 이렇게 생각한 순간, 그녀에게 말해야 할 해결책——폴에게 얘기했을 때는 참으로 완벽하고 교묘하게 여겨졌던 그 해결책이 갑자기 내 마음속에서 사라져 가는 것을 느꼈다.

"사실은 경찰에게 당신 얘기는 하지 않았소. 유모 엘렌도 얘기하지 않았고."

나는 지금까지 있었던 일을 그녀에게 모두 얘기했다. 말하고 있는 동안에 나는 내 자신이 부사장 자리를 얻은 빈틈없는 수완가가 아니라, 여기저기서 주춤하고 있는 비참한 하급사원——자기 체면을 건지고 주인의 비위를 맞추기 위해서는 모든 주의(主義)와 신념(信念)을 거침없이 던져 버리는 사람으로 느껴졌다. 만일 그녀가 나를 쳐다보고 있지 않았더라면 더 마음 놓고 얘기했을 것이다. 그러나 그녀의 큰 잿빛 눈은 한 순간도 내 얼굴에서 떠나지 않았다. 그 눈속에는 나를 비난하는 기색은 조금도 없었다. 그러나 그녀가 마음속으로, '옛날에 사랑했던 이 남자의 정체가 이런 것이었던가?' 하고 생각하고 있는 것처럼 느껴졌다.

물론 그녀가 이런 생각을 품는 것이 당연하다는 것은 잘 알고 있었다. 그런데도 그녀가 내 신상에 대해 상담해 주는 사람처럼 보였다. 그녀에 대한 증오심이 다시 솟아올랐다. 이 여자가 과연 나를 비판할 자격이 있단 말인가!

얘기가 다 끝났는데도 그녀는 물끄러미 나를 쳐다보았다. 그러더니 다시 한 번 담배에 불을 붙여 물고 사무적인 어조로 말했다.

"그러니까……그것이 현재 모두의 입장이로군요?"

"그렇소."

"당신은 대프니와 그런 약속을 해버렸단 말이죠? 그렇다면 내가 경찰에 불려 나가 내 알리바이를 사실대로 말하면 당신과 캘링검 집안의 관계는 엉망이 되고 말겠군요. 반대로 내가 아무 말도 하지 않는다면 경찰에서는 나를 범인이라고 생각하고 체포하겠죠?"

이렇게 사실을 똑바로 말하자 나에게는 비난처럼 들렸다. 그러나 그녀의 목소리는 조금도 다름없었으며, 사과하는 듯한 눈길로 나를 바라보았다. 내가 대답도 하지 않고 가만히 있자 그녀가 말했다.

"내가 어떻게 하면 되겠어요?"

'죽어 버리면 돼.' 하고 나는 생각했다. 사라져 없어지면 돼. 나는 그밖에는 아무 생각도 떠오르지 않았다.

"술집이 있잖소. 당신은 12시쯤에 그곳에 있었으니까. 술집에 있었던 사람이 당신을 기억하고 있을 거요."

그녀는 고개를 저었다.

"나는 그곳에 들어가지 않았어요."

"하지만 당신 입으로 그렇게 말했잖소……"

"아는 바텐더에게 돈을 꾸려고 그곳에 갔었어요. 그러나 창문으로 들여다보았더니 다른 바텐더가 있기에, 맥이 그날 밤 쉬는 날이라는 것이 생각나서 안으로 들어가지는 않았어요. 그래서 곧 근처의 약국에 가서 당신에게 전화를 건 거예요."

이 여자는 도대체 어디까지 망쳐놓을 셈인가!

"그래, 그 바텐더는 어떻소? 당신은 그 사람을 잘 알고 있겠지? 그는 그날 휴일이었고, 그러니까 만일 당신이……"

"내가 그와 하룻밤 지낸 것으로 하면 어떻겠느냐는 말씀이세요?" 일그러진 미소가 그녀의 입가에 떠올랐다. "유감스럽게도 그 사람은 그런 친구가 아니에요. 술집에서 그냥 얘기를 나누는 정도의 친구지요. 아마 그 사람한테는 아내와 아이들이 다섯 명쯤은 있을 거예요."

설마 이런 말을 들으리라고는 생각지도 못했었다. 그러나 사정이 그렇다면 어쩔 수 없다. 하지만 내 실망은 컸다. 마음이 납덩이처럼 무거워졌다. 내 절망을 앞에 두고 안젤리카는 아직도 그곳에 있었다. 나를 파멸시키기 위해서 살아 있는 듯한 불행한 여자, 안젤리카.

그녀는 눈길을 돌려 창밖의 경치——지붕과 굴뚝뿐인 그을린 경치를 바라보았다. 잠시 뒤 다시 나를 돌아보며 말했다.

"난 제이미의 아파트에는 한 번도 가본 적이 없어요. 오지 못하게 했거든요. 우리는 뉴욕에 온 지 아직 2~3주 정도밖에 안되었고, 공통된 친구는 한 사람도 없어요. 그러니까 경찰이 나한테는 안 올지도 몰라요."

"아니, 언젠가는 오게 되어 있소. 제이미는 당신 권총으로 살해되었으니까."

"내 권총으로?"

"그렇소. 요전날 밤 당신이 베개 밑에 숨겨 두었던 그 권총이오. 트랜트 경감이 시체 옆에 있는 것을 발견해 내게 보여 주었으니까. 나는 그 권총이 누구의 것인지 금방 알 수 있었지. 제이미가 당신 권총을 가지고 있었다는 사실을 당신은 알고 있었소?"

그녀는 고개를 끄덕였다.

"네, 사흘쯤 전에 그 사람이 가지고 갔어요."

"무엇 때문에?"

"대프니와 결혼한다는 말을 하러 왔을 때였어요. 내가 크게 소동이라도 벌일 거라고 생각했었던 모양인데, 조용히 듣고만 있으니까 오히려 화가 났던가 봐요. 그리고는……그는 무섭게 화를 냈어요. 마침 침실에 있을 때여서 권총을 꺼내 위협했더니 겨우 조용해지더군요. 돌아갈 무렵 권총을 가지고 가도 되느냐고 묻더군요. 돈이 없어서 전당포에 잡히겠다는 거예요. 그래서 난 가져가라고 했어요."

그녀는 아주 조용하게 얘기했다. 마치 그것이 인간 관계에서 흔히 있는 아주 평범한 일이기라도 한 듯한 말투였다. 나는 두 사람이 멜로드라마처럼 권총을 휘두르며 싸움을 하고, 서로 위협을 하다가 화해하고, 더구나 권총을 전당포에 맡기기로 결정한 그 무책임한 광경을 머릿속에 그려 보았다. 아마 제이미는 권총을 저당잡힌 돈으로 대프니를 일류 술집에 데리고 가서 술을 사줄 생각이었을 것이다. 안젤리카의 불결하고 복잡한 생활이 다시 뚜렷이 떠올라, 그녀에 대한 자책감은 완전히 사라졌다. 과거에 그녀가 얼마나 아름다운 여자였는가 하는 문제는 어찌되었든, 지금의 그녀는 한낱 부랑자, 변질적인 부랑자, 나로서는 도저히 이해할 수 없지만 그러나 안이한 기분으로 혐오할 수 있는 부랑자에 지나지 않는다. 그녀에 대한 이런 경멸감과 함께 그녀의 마음을 아프게 하고 싶다는 욕망이 다시 불타 올랐다.

"그럼, 내 반지도 그 녀석에게 저당잡히라고 준 것이군? 경찰이 그 반지를 아파트에서 발견한 모양이던데."

그녀는 분노로 얼굴을 붉혔다. 목 언저리가 빨개지더니 차츰 얼굴로 퍼져 갔다.

"네, 줬어요?"

"저당잡히라고?"

"잡히면 안되나요?"

그녀의 얼굴은 젊고 나약한 느낌을 주었다. 그러나 눈은 반짝반짝 빛나고 있었다.

"설마 당신은 내가 그리운 추억을 못 잊어 그 반지를 소중히 간직한 것으로 생각하고 있는 건 아니겠죠?"

"하지만 요전에 술집에서 만났을 때는 손가락에 끼고 있었 잖소!"

"그게 어떻다는 거죠?"

"당신은……"

나는 문득 말을 끊었다. 얘기를 그쪽으로 끌고 가는 것은 어리석다고 생각했기 때문이다. 나는 머리에 떠오르는 대로 물었다.

"그 권총은 어디에서 산 거요?"

"3번 애버뉴 전당포에서요."

"당신 이름으로 등록했소?"

"물론이에요."

"안젤리카 하딩이라는 이름으로?"

"안젤리카 로버츠예요."

그것을 생각지 못하다니, 나도 참 멍청했다.

폴이 호텔에 전화를 걸었을 때 이름 때문에 조금 애를 태우기는 했지만, 나는 그녀가 언제나 내 성을 쓰고 있다고 생각되어 그 습관이 지금까지도 내 몸에 배어 있었다. 거기서 갑자기 내 머리는 다시 움직이기 시작했다. 어쩌면 이 대수롭잖은 사실 때문에 우리는 구제될지도 모른다는 생각이 들었던 것이다.

"등록은 어느 주소로 했소?"

"웨스트 10번가 주소로 했어요. 내가 살고 있던 곳."

나는 다시 트랜트 경감이 방안에 있는 듯한 느낌에 사로잡혔다. 내 시야에서 조금 벗어난 곳에 서 있는 것 같았다. 그러나 이번에는 그에게서 아무런 위협도 느끼지 못했다. 안젤리카에 대해서도 이제 두려워할 것은 없다. 둘 다 잘 다룰 수 있을 것 같았기 때문이다. 우선 트랜트 경감, 그도 언젠가는 3번 애버뉴의 전당포를 찾아낼 것이다. 거기서 권총을 사간 사람의 이름을 알아내리라. 그러나 그 이름은 안젤리카 하딩이 아니라 안젤리카 로버츠다. 하딩이라면 곧 나와 연관지어 생각하겠지만 로버츠라면 그럴 염려가 없다. 그런 뒤 그는 웨스트 10번가로 찾아갈 것이다. 그런데 문제의 여자는 아무도 모르며, 아파트에 두세 주일 동안 있다가 모습을 감춰버렸다는 것이외에는 전혀 알 수 없다. 그는 그 여자에게 혐의를 둘지도 모른다. 그녀가 권총의 주인이라는 사실, 살인사건이 있었던 날 밤 행방을 감췄다는 사실——이 두 가지 사실만으로도 그녀를 의심하기에는 충분하다. 그러나 아무리 의심해 본들, 그곳에 살고 있지 않는 그녀를 어떻게 찾아낼 수 있겠는가?

그녀는 그곳에 살고 있지 않다. 뉴욕에 없다. 그는 로버츠라는 이름을 가진 여자를 찾아 미국 전체를 돌아다녀야 할 것이다. 게다가 로버츠라는 이름은 이 나라에서 가장 흔한 이름 가운데 하나다. 그가 아무리 수완이 좋은 경감이라 하더라도, 아이오와 주 작은 도시의 대학 교정에까지 손을 뻗칠 수는 없을 것이다.

안도와 흥분으로 나는 지나친 낙관을 품기 시작했다. 이렇게 생각하자 이처럼 완벽한 계획은 없다는 생각까지 들었다. 첫째, 이 계획을 수행하려면 안젤리카가 하려는 대로 그냥 내버려두기만 하면 된다. 게다가 안젤리카 역시 일생 동안 그 문제로 위협받지 않아도 될 것이다. 언젠가는 트랜트 경감이 제이미를 죽인 범인으로 부랑자나 술집 강도 같은 범인을 체포할 것이고, 그러면 안젤리카 로버츠라는 이름은 완전히 잊혀질 것이다.

나는 다시 CJ를 닮은 자신만만한 모습으로 돌아갔다. 안젤리카는 침대 위에 앉아 있었는데, 얼굴에 떠올랐던 홍조도 일시적인 분노와 함께 완전히 사라지고 그전의 안젤리카, 운명에 몸을 맡긴 약한 그녀——나는 대체 무엇 때문에 이 세상에 태어난 것일까? 하는 표정의 그녀——로 돌아가 있었다.

"웨스트 10번가에서 당신을 알고 있는 사람이 있소?"

"맞은편 방에 있는 여자 정도예요."

"하지만 그 여자도 당신이 클랙스턴에서 왔다는 것은 모르고 있겠지?"

"물론 그런 것까지 알 리는 없지요."

"그럼, 이렇게 하면 되겠군……"

나는 내 생각에 열중하여 반드시 그녀가 이 제안을 승낙하리라고 생각했다. 내 생각이 틀리지는 않았다. 그녀는 내가 얘기하는 동안 처음부터 끝까지 말없이 듣고 있었는데, 얘기가 다 끝나자 작은 목소리로 간단히 말했다.

"5시 35분 기차가 있어요. 오늘 아침 펜 역(驛)에 전화했었어요."

시계를 보니 막 4시 5분을 지나고 있었다. "아파트에 뭐 남겨둔 게 있소?"

"내 물건이 거의 다 남아 있어요."

"슈트케이스도?"

"네."

"그럼, 열쇠를 줘요. 내가 가져다 줄 테니. 아니, 내가 가면 위험하겠군. 트랜트 그 사람, 방심해서는 안될 사람이니까. 폴에게 가도록 해야겠소. 당신은 여기에 있는 짐을 정리하지. 기차 시간은 충분하니까."

그녀는 말없이 옷장 쪽으로 가서 핸드백을 집더니 열쇠를 꺼내어 나에게 건네주었다. 그때 나는 돈이 없다는 것을 깨달았다. 어젯밤에 가진 돈 전부를 그녀에게 준데다가 이제 은행 시간도 지났다.

"호텔 숙박비를 치를 돈은 있소?"

"당신에게서 받은 돈을 다 가지고 있어요. 방값과 점심 때 먹은 샌드위치 값만 지불하면 돼요."

"그럼, 충분하군. 좋소! 폴에게 기차표 값을 꾸기로 하지."

나는 폴이 점심을 먹고 돌아왔는지 알기 위해 전화를 걸었다. 그는 사무실에 있었다. 나는 전화를 끊었다. 안젤리카는 슈트케이스에 옷을 개어 넣고 있었다.

"당신은 준비가 끝나면 택시를 타고 펜 역으로 가도록 해요. 그리고 안내소 앞에서 우리를 기다리고 있어요."

그녀는 대답도 하지 않고 말없이 계속 짐을 꾸렸다. 나는 방을 나와 택시를 타고 기금 사무실로 갔다. 폴에게는 간단하게 사정을 설명할 시간밖에 없었고, 프롭이 트랜트 경감과 무슨 얘기를 했는가도 물어볼 시간이 없었다. 그는 기금 금고에서 200달러 정도 꺼내어 내게 빌려주었다. 그리고 그는 열쇠를 가지고 웨스트 10번가로 서둘러 갔다.

펜 역으로 택시를 타고 달려간 것은 5시 조금 전이었다. 안젤리카는 낡은 검은색 코트에 목에 스카프를 두르고 안내소 앞에 서 있었다. 나는 개찰구에서 클랙스턴행 차표를 사고 잡지를 두세 권 샀다. 안젤리카가 서 있는 곳으로 가서 차표와 남은 돈을 모두 건네주었다. 안젤리카는 잠자코 받더니 그것을 핸드백 속에 넣었다. 우리는 그곳에 서서 폴이 오기를 기다렸다.

폴은 슈트케이스 두 개를 들고 5시 10분이 지나서 나타났다. 그는 좀 불쾌한 표정으로 안젤리카에게 싱긋 웃었다.

"여어, 안젤리카!"

"안녕하세요, 폴?"

그는 슈트케이스를 내려놓았다.

"여자 물건이라고 생각되는 것은 모두 넣어 갖고 왔네. 해포석(海泡石 ; 구멍이 많은 회백색의 돌) 파이프까지. 여자도 파이프를 쓰지 않는다고는 할 수 없으니까." 그는 우리를 보고 미소지었다. "그럼, 난 실례하겠네. 잘 해보게. 난 얼른 사무실로 돌아가야 하네. 굉장한 부잣집 부인이 기다리고 있거든. 그 부인한테서 조금이라도 긁어내야 한단 말이야. 빌, 되도록이면 빨리 전화해 주게. 프롭의 얘기를 들려줄 테니까."

그는 손을 흔들며 급히 사라졌다. 고맙다는 말을 할 새도 없었다. 기차는 이미 플랫폼에 들어왔고 승객들은 계속 그쪽으로 흘러갔다. 우리도 그 뒤를 따랐다. 나는 안젤리카의 자리를

잡아 슈트케이스를 선반에 얹고 잡지를 좌석에 놓았다. 기차
가 출발하기까지는 10분이 남았다. 우리는 둘 다 차 밖으로 나
와 플랫폼에 섰다.

왜 그녀가 내 뒤를 따라나왔는지, 내가 왜 그녀를 그곳에 두
고 사라지지 않았는지 알 수 없었다. 마음 한구석에서는 1분이
라도 빨리 그녀에게서 도망치고 싶어하면서도, 향수(鄕愁) 같은
것이 나를 붙잡았다. 그녀는 지금 혼자뿐이지 않은가. 모든 사
람에게 버림받은 패잔한 몸으로 단 하나 남은 시골로 힘없이
돌아가고 있지 않은가. 그녀와의 문제도 마침내 해결되었고,
그녀가 이제 더 이상 내게 해를 끼치는 일이 없게 되었다. 나
는 그녀에게 애정과 연민의 정을 느꼈다.

그녀가 입을 열었다.

"이제 더 할말은 없어요?"

"별로 없소. 사정이 어떻게 되어가는지는 편지로 알려 주겠
소."

"돈은 나중에 보내 드리겠어요."

"그런 건 아무래도 상관없소. 잊어버려요."

"아니에요, 안돼요. 이 돈은 내가 빌린 것으로 하겠어요."

나는 탐욕스러운 눈초리로 뇌물을 받은 엘렌, 그리고 특별
한 사정으로 부사장 자리에 뛰어오른 나 자신을 떠올렸다. 안
젤리카와 비교해 보니 어쩐지 꺼림칙한 기분이 들었다. 그러
나 나는 곧 이런 생각을 마음속에서 몰아냈다. 플랫폼에 서 있
는 사람들의 수가 점점 줄어들었다. 잡지를 파는 남자가 수레
를 밀며 우리 옆을 지나갔다.

"아버님께 안부 전해 주시오."

"네."

그녀는 여전히 아름다웠다. 그리고 쓸쓸해 보였다. 그녀는
지금 무슨 생각을 하고 있을까? 아니, 지나친 억측은 하지 말
자.

나는 어색하게 말했다.

"그곳에 가면 행복해야 하오."

"행복이라고요?" 그녀는 커다란 잿빛 눈으로 나를 보았다. "내가 행복해질 거라고 생각해요?"

"지금 당신은 잘 모르겠지만, 제이미와 함께 있지 않는 것이 당신에게는 훨씬 행복할 거요."

"내가?"

그녀의 절망적인 표정은 나를 초조하게 했다. "무슨 말을 하고 있는 거요? 모든 게 다 끝난 것은 아니잖소!"

"적어도 당신에게는 그렇겠죠." 그녀의 눈은 갑자기 그녀의 속마음을 드러냈다. "당신에게 파멸 같은 것은 절대로 없을 거예요. 왜냐고요? 당신은 언제 어떤 방법으로든 손을 쓸 수 있는 사람이니까요. 누군가가 살해당했어! 손을 잘 써둬! 누군가가 지나치게 알고 있다. 손을 잘 써! 누군가가 방해가 된다. 손을 써서 기차에 태워 보내라! 당신은 아주 좋은 수단을 배웠어요." 그녀는 말을 계속했다. "그래요, 분명히 여러 가지를 배웠어요. 당신과 캘링검 집안 사람들. 그것이야말로 성공적인 결혼이에요. 정말 그런 것이 있다면 말이지요……"

그녀는 몸을 홱 돌려 차를 향해 걸어갔다. 나는 그녀에게로 한 걸음 다가섰다. "안젤리카……" 그러나 그녀는 돌아보지 않았다. 기차의 발판을 밟고 차 안으로 사라졌다.

나는 플랫폼을 나왔다. 분노로 심장이 몹시 뛰고 있었다. 제기랄! 저 여자는 부랑자일 뿐만 아니라 굉장히 잘난 체하는 여자야. 도대체 저 여자는 나보고 어떻게 하라는 거지? 터무니없는 추상적인 진실을 위해 일과 아내를 잃고 모든 것을 다 버리라는 얘긴가? 그러나 나의 분노는 오래 가지 않았다. 역 중앙 출구의 군중 속에 섞여서 나는 생각했다. 집에 돌아가면 6시가 넘는다. 아마 베시는 돌아와 있을 것이다. 베시를 생각하는 순간 나는 깊은 안도감을 느꼈다.

안젤리카는 과거의 존재다. 불행의 여신은 이것으로 영원히 내 앞에서 모습을 감추었다.

제13장

역에 있는 공중전화로 폴에게 전화를 걸었다. 그는 사무실에 막 돌아온 참이었다.

"프롭에게는 아무 말도 하지 않았네. 그녀의 뇌세포를 너무 피곤하게 하면 안될 것 같아서."

"그래?"

"그리고 경찰과도 별로 대수로운 일은 없었던 것 같네. 불과 2~3분밖에 있지 않았었다는군. 프롭은 캘리포니아에서 제이미와 소꿉친구였다는 것조차 경찰에게 얘기하지 않았대. 그래서 내가 그녀의 예리한 통찰력을 칭찬해 줬더니, 통찰력이 뭐냐고 묻는 거야. 그리고 말하지 않은 게 아니라 잊었었다더군. 통찰력을 모피의 일종쯤으로 생각했겠지. 그런데 그쪽은 모든 일이 다 잘됐나?"

"응, 문제없을 것 같네."

"그거 다행이군. 일이 생기면 곧 전화를 걸어 주게. 백혈병 마마님은 24시간 근무로 일하고 있으니까."

"고맙네, 폴."

"아, 그리고 베시가 돌아왔네. 사무실에 돌아와 보니 그녀에게 전화가 걸려왔었다는 메모가 적혀 있더군. 빌, 그녀에게도 잘해야 하네."

"응, 알고 있어."

"빌, 난 자네에게 홀딱 반했네. 자네에게는 뭔가가 있어. 성적 매력이랄까?"

"그럼, 잘 있게, 폴. 내일 아침에 수표를 보내 주겠네."

"보내 주지 않으면 이쪽이 곤란하지. 200달러네. 200달러면 프롭의 주말을 위한 향수 소비액에 상당하는 거금이니까."

나는 아주 홀가분한 마음으로 택시를 타고 집으로 돌아왔다. 아파트 문을 여는 순간, 거실 쪽에서 말소리가 들려왔다. 안으로 들어가니 베시와 헬렌 리드가 있었다. 두 사람 말고도 트랜트 경감이 여느 때처럼 의자 팔걸이에 걸터앉아 손에 칵테일 잔을 들고 있었다. 지금까지 그는 내 마음속에 너무 자주 나타났기 때문에 한 순간 환각이 아닐까 하고 생각했다. 그러나 환각은 아니었다.

베시가 입을 열었다. "빌, 트랜트 경감, 알고 계시죠? 제이미에 대한 일 때문에 내 얘기를 듣고 싶어 잠깐 들르셨다는군요."

트랜트 경감은 고개를 끄덕였다.

"아, 안녕하십니까, 하딩 씨? 지금 이 두 분이 칵테일을 권하셔서……그러나 이제 그만 가봐야겠습니다."

"굉장한 일이에요." 헬렌 리드가 한숨을 쉬었다. "캘링검 집안 주위에서 살인사건이 일어나다니. 정말 멋있어요."

나는 트랜트 경감이 다시 이 집에 온 것이 별다른 의미가 있어서가 아니라, 다만 제이미를 아는 사람들 중 하나로서 베시를 만나러 왔을 뿐이라고 스스로에게 타일렀다. 그는 항상 그렇듯이 나보다 한 걸음 앞서 찾아왔다. 그러나 이번에는 내가 먼저 왔건 나중에 왔건 상관없다. 베시가 한 말 중에서 이쪽에 불리한 얘기는 하나도 없을 것이기 때문이다.

베시는 완전히 기진맥진한 모습이었다. 그러나 그녀의 행복해 보이는 싱그러운 미소는 나를 기쁘게 했고, 트랜트 경감에 대한 내 두려움을 마비시켰다. 나는 그녀에게 다가가 키스했다.

헬렌이 입을 열었다. "빌, 부탁이니 당신 부인을 푹 쉬게 해줘요. 나는 1년쯤 내내 잘 생각이에요. 우리가 분투하는 모습을 정말 보여 드리고 싶었어요. 쉴새없이 떠들어대고, 생글생글 웃으며——그게 어젯밤까지 계속되었어요. 덕분에 어젯밤에는 녹초가 되어 10시에 쓰러지듯 잠자리에 들었지요. 소다

수만 수십 잔 마셨을 거예요. 가슴이 큰 구식 할머니들을 몇천 명이나 이 웃음으로 낚은 거지요. 그러나 검은 옷을 입고 진주 목걸이를 한 할머니를 한 사람만 더 상대했더라면, 나는 그 순간 비명을 질렀을 거예요."

베시가 말했다. "헬렌은 아주 열심히 일해 주었어요. 정말 훌륭했어요."

"훌륭했다고요? 농담이시겠지. 차라리 성스러울 정도였어요. 내가 말이에요. 그건 그렇고, 우리들의 성공담만 떠들어대고 있으니 난 정말 바보 같군요. 빌, 베시가 지금 얘기해 줬지만, 당신에 대한 얘기도 멋진 뉴스지 뭐예요? 축하해요. 광고부 부사장이 어떤 건지는 모르겠지만 훌륭한 지위라는 것만은 알고 있어요. 그러니까 어서 승진을 축하하며 한잔해요."

베시도 자랑스러운 듯이 나를 바라보며 말했다. "그래요, 빌, 우리 건배해요."

나를 위해 모두 잔을 비웠다. 트랜트 경감까지도 이 건배에 끼어들었다.

이윽고 트랜트 경감은 돌아갔다. 헬렌도 잠시 뒤 돌아갔다. 그녀를 보내자 나는 곧 베시에게 말했다.

"트랜트 경감이 당신에게 뭘 물었소?"

"별로 묻지 않았어요. 다만 제이미에 대해서만 물었어요. 그러니까 난 얘기한 것이 거의 없었어요."

"제이미가 대프니를 때린 일은 말하지 않았겠지?"

"물론 하지 않았어요. 그 사람은 대프니에 대해서 조금도 개의치 않았거든요. 대프니는 어젯밤 여기서 당신과 함께 있었다면서요?"

나는 대프니에 대한 우리의 해결책을 베시에게 분명히 얘기할 생각이었다. 그래서 곧 대답했다.

"대프니는 나와 함께 있지 않았소."

"대프니와 함께 있지 않았다고요? 하지만 트랜트 경감의 얘기로는……"

"아버지와 내가 짜고 한 일이오."

"하지만, 빌, 도대체 무엇 때문에⋯⋯?"

요리사가 식사 준비가 다 되었다는 것을 알리러 들어왔다. 요리사가 나가자마자 나는 말을 계속했다.

"오래간만이니까 오붓하게 조용히 식사합시다. 그런 뒤 천천히 얘기하지. 그러나 절대로 걱정할 필요는 없어요."

그녀는 의아한 눈으로 나를 바라보았다. 나는 그녀를 끌어안고 키스했다. 그녀는 몇 달이나 못 만난 것처럼 힘껏 매달렸다.

"굉장히 외로웠어요. 언제쯤에야 나는 당신에 대한 사춘기 여학생 같은 감상을 졸업할 수 있을까요?"

"졸업하지 말았으면 좋겠는데."

나는 다시 한 번 그녀에게 키스했다. 그 키스의 평온함과 정당함에 도취되면서도, 나는 문득 베시의 어깨너머로 지난밤 안젤리카와 키스했던 침대의자를 바라보았다. 나는 아무런 동요도 느끼지 못했다. 믿을 수 없을 정도였다. 안젤리카는 이미 내게 있어 아무런 현실성도 띠고 있지 않았다.

식사를 마친 뒤 나는 대프니를 위해 CJ가 생각해 낸 알리바이에 대해서 얘기했다. 그녀가 이런 속임수를 싫어하리라는 것은 나도 잘 알고 있었다. CJ의 딸이면서도 베시는 기적적으로 불의를 싫어했으며, 정직이라는 것에 정열적인 존경을 품고 있었다. 그러나 안젤리카와는 달리, 그녀는 어쩔 도리가 없다는 것을 이해했다. 그 점은 어디까지나 캘링검식이었다. 그녀에게 숨기는 것이 있다는 사실을 의식하면서 이렇게 얘기하고 있자니, 대프니에 대한 얘기가 하찮은 일로 느껴졌다. 따라서 그녀가 걱정스러운 표정을 지었을 때는 나도 조금 뜻밖이라고 생각했다.

"그럼, 대프니는 어젯밤에 무엇을 했다는 거예요?"

"모르겠소."

"하지만 제이미와 함께 있었다고 당신이 말씀하셨잖아요?"

"그것은 아버님의 얘기요. 얼마 동안은 함께 있었던 모양인데, 나중에는 혼자 있었다고 하더군."

"그럼, 아버지는 그애가 무얼 하고 있었는지 알고 계시겠군요?"

"그것도 나는 잘 모르오. 대프니 말로는 거의 모든 사실을 다 얘기했다고 했지만……"

"그럼, 대프니는 자기가 하고 싶은 말만 아버지에게 했다는 말인가요? 당신도 그건 알 거 아니에요?" 그녀는 일어섰다. "그러면서 당신이나 아버지는 어쩌면 그렇게도 태평스러울 수 있지요? 알리바이를 만드는 일은 그렇다 치고, 만일 대프니가 제이미와 함께 있었다면, 만일 누가 둘이 함께 있는 것을 보았다면……당신도 대프니가 어떤 아이인지 아시지요? 그 아이는 미친 듯한 행동도 능히 할 수 있는 성격인데, 만일 우리가 실제로 무슨 일이 있었는지 모른다면……"

그녀의 불안이 차츰 내 마음속으로 옮겨왔다. 그렇다. 그녀의 말이 백번 옳다. 지금까지 대프니에 대한 문제 같은 건 생각할 여유도 없었는데, 갑자기 트랜트 경감이 여러 각도에서 대프니의 알리바이를 깨는 모습이 눈에 보였다.

베시가 말했다. "대프니에게 무슨 일이 있었는지 알아내야 해요."

"그렇군."

"빌, 부탁인데, 그 아이에게 전화 좀 걸어 주시겠어요? 내가 하는 말은 귀담아 들으려 하지 않으니까요. 곧 이리로 올 수 있는지, 우리가 그쪽으로 가는 게 좋은지 물어봐 주세요."

"그러지."

나는 CJ의 아파트로 전화를 걸었다. 헨리가 전화를 받았다. "네, 아가씨는 방에 계십니다. 잠깐만 기다리십시오. 아가씨 방으로 연결해 드리겠습니다."

곧 대프니의 목소리가 들려왔다.

"어머나, 빌? 전화를 걸어 주시다니, 기뻐요. 나는 지금 갓

혀 있어요. 아버지는 정말 말도 안되는 말씀을 하시지 뭐예요.
정말 심술궂은 아버지예요. 난 이렇게 따분하기는 태어나서
처음이에요."

"베시가 돌아왔어."

"어머나, 큰일났군요. 언니는 정의감이 강하니까 나 때문에
굉장히 화가 나 있겠죠?"

"베시는 어젯밤에 있었던 일에 대해 처제한테서 더 자세한
얘기를 들어야겠다는군."

"어머나!" 그녀는 잠시 뒤 다시 말했다. "어머나, 큰일났군
요." 또 잠시 있다가 다시 말했다. "그래요, 얘기해도 상관없어
요. 따분한 것보다는 훨씬 나을 테니까."

"그럼, 우리가 곧 그곳으로 가지."

"형부 혼자 오시면 안돼요?"

"그건 좀 곤란한데."

"그럼, 좋아요. 함께 오세요. 싫도록 들려줄 테니까. 그런데,
빌……"

"왜 그러지?"

"부탁이니 서재에 얼굴을 내밀지 마세요. 아버지는 혼자 서
재에서 끙끙 앓고 계시거든요. 그러니까 아버지 눈에 띄게 되
면……그야말로 일격이 날아올 거예요. 마치……마치 그 개처
럼. 그게 무슨 개지요?"

"경찰견 말이오?"

"아니에요, 빌. 머리가 나쁘시군요. 왜 그 안짱다리 개 말이
에요. 커다란 어금니가 있는 거……"

"불독?"

"그래요, 불독 맞아요. 형부는 의외로 머리가 좋으시군요."

그녀는 전화를 끊었다. 나도 수화기를 내려놓았다. 베시가
물었다.

"그리로 가는 거예요?"

"그렇소. 아버님 명령으로 방에서 한 발자국도 나갈 수 없다

는군. 게다가 아버님은 기분이 굉장히 나쁜 상태니까 만나지
않는 게 좋을 거라고 했소."

"대프니는 어때요? 목소리나 말하는 투로 보아—— "

"글쎄, 여전하오. 대프니다운 말투였소."

"달리 무슨 일을 저지른 듯한 느낌은 없었어요?" 물끄러미
내 얼굴을 보고 있는 베시의 얼굴에 나타난 불안한 표정은 공
포에 가까웠다. 나는 가슴이 덜컥 내려앉았다.

"무슨 일을 저지르다니, 무엇을?"

그녀는 망설이지 않고 대답했다. "이를테면 사람을 죽였다
거나 하는……"

이런 생각은 내 마음속에 벌써부터 있었던 것이었지만, 심
각하게 생각해 보지 않았었다. 그 밖에도 여러 가지로 마음에
걸리는 일이 많았기 때문이다. 그러나 두 사람의 입에서 나온
이상, 그것은 이미 가볍게 넘길 수는 없다.

물론 대프니가 죽였다는 것도 불가능한 일은 아니다. 캘링
검 집안 특유의 제국주의적인 변덕에 사로잡히면 무슨 짓을
저지를지 알 수 없다. 나는 오늘 아침에 본 CJ의 표정이 생각
났다. 사랑과 절망이 섞인 표정이었다. 서재에 앉아 골똘히 생
각하고 있는 그, 거기에서도 불길한 징조가 느껴졌다. 그러나
사랑하는 베시가 이렇게까지 걱정스러워하니, 나로서는 되도
록 문제를 가볍게 보도록 노력할 수밖에 없었다.

"대프니에게 물었더니 제이미를 죽인 것은 자기가 아니라고
하더군."

나 스스로도 서툰 대답이라고 생각했다. 나는 베시를 끌어
안고 키스했다. "베시, 그런 생각을 할 필요는 없소. 모든 게
잘될 테니까. 내가 장담하지. 자, 코트를 가져와요. 슬슬 가봅
시다."

그녀는 한동안 내 품속에서 가만히 있었다. 그녀의 얼굴에
서 불안이 차츰 사라지고 있었다. 나는 양심의 가책을 느꼈다.
제이미를 죽인 사람이 대프니일지도 모른다는 베시의 추측은

결코 무분별한 것이 아니다. 이치에 맞는 생각이다. 그토록 이성적인 그녀가 별로 뒷받침할 만한 것도 없는 내 말 한마디에 두려운 마음에서 해방되었다. 그만큼 그녀는 나를 믿고 있었다.

그녀는 침실로 코트를 가지러 갔다. 내 코트는 현관에 있었으므로 나는 그녀가 나오기를 기다렸다. 안젤리카를 쫓아내는 것만으로는 충분하지 않다는 것을 나는 더 일찍 깨달았어야 했다. 이런 대수롭잖은 일로 나는 앞으로도 몇 번이나 내가 가면을 쓴 사람이었던가를 생각해야 할 것이다. '당신에게 파멸 같은 건 절대로 없을 거예요. 언제나 손을 쓸 수 있는 사람이니까요.' 경멸이 담긴 냉정한 안젤리카의 목소리가 귀에 쟁쟁했다. 문득 기차 안에 있을 그녀를 생각했다. 지금쯤 무엇을 하고 있을까? 잡지를 읽고 있을까? 아니면, 앉아서──그저 잠자코 앉아서 나라는 사람을 참으로 성실치 못한 사람이라고 생각하고 있을까?

나는 억지로 생각을 다른쪽으로 돌렸다. 대프니 쪽으로. 거기에도 위험은 있었다. 그러나 그것은 내 개인적인 위험이 아니었다. 대프니에 관한 한 내 명예를 손상시킬 문제는 없었다.

복도를 걸어오는 베시의 발자국 소리가 들렸다. 그때 문득 한 가지 생각이 떠올라 마치 머리를 한 대 얻어맞은 것처럼 눈이 핑 돌았다. 만일 대프니가 안젤리카에 대한 걸 알고 있다면 어떻게 하지? 11시쯤 제이미는 안젤리카에게 가서 그녀를 아파트에서 쫓아냈다. 만일 그때까지 대프니가 제이미와 함께 있어서, 그가 대프니에게 자기가 하려는 일을 얘기했다면? '당신도 알고 있지? 왜 그 안젤리카 말이야. 빌의 첫아내. 그녀가 뉴욕에 있다는 것을 빌이 당신에게 말하지 않았나? 두 사람은 늘 만나고 있단 말이야.' 라고 말이다.

나는 베시를 돌아다보았다. 무서운 일이다! 물론 나는 베시를 사랑하고 있다. 어느 때보다도 더 그녀를 필요로 하고 있다. 그러나 베시도 이제는 내가 마음놓고 안주할 수 있는 존재가 못 된다. 그녀 역시 안젤리카와 마찬가지로 내게 위협의 존재가 되었다. 왜냐하면 나는 그녀를 속여야 하고, 대프니가 한마디라도 입밖에 내기만 하면 그 거짓말은 물거품으로 돌아가기 때문이다.

나는 아첨하는 듯한 말투를 스스로 저주하면서 말했다. "베시, 괜찮겠소? 굉장히 피곤해 보이는데. 헬렌도 그랬잖소. 좀 쉬는 게 어떻겠소? 대프니 일은 내가 해 볼 테니까."

"아니에요, 괜찮아요."

"대프니가 당신에게 어떤 태도를 취할지는 당신도 잘 알고 있잖소? 나 혼자 가서 물어보는 게 뜻밖에 잘될 것 같기도 한데."

그녀는 미소를 지었다. 베시는 자기의 의무를 잘 알고 있기 때문에, 내 말에 쉽게 물러설 여자가 아니었다.

"별로 쉬고 싶지도 않아요. 물론 대프니는 나를 몹시 거북해하고 있어요. 그건 나도 잘 알아요. 하지만 그 아이가 이러지도 저러지도 못하는 난처한 처지에 놓였을 때, 그 아이를 제대로 누를 수 있는 사람은 결국 나밖에 없어요." 그녀는 내 팔을 잡았다. "자아, 가요."

헬렌 리드를 필라델피아에서 태우고 온 베시의 차가 아직 아파트 밖에 서 있었다. 우리는 그 차를 타고 CJ의 집으로 향했다. 베시는 바른 자세로 앉아 있었다.

"그 아이가 적당히 말을 얼버무리지 않도록 조심해서 사실을 다 얘기하게 해야 해요."

"물론 그래야지."

그녀는 내 무릎에 손을 얹었다.

"빌, 당신은 정말 잘하셨어요. 아버지는 아마 악몽이라도 꾸는 듯한 기분이었을 거예요. 당신이 안 계셨더라면 아버지는 어떻게 하셨을까 생각하니……"

제14장

헨리가 문을 열고 곧장 대프니의 방으로 안내해 주었다. 대프니는 구두를 벗고 핑크색의 긴의자에 누워 있었다. 그녀는 몸을 비틀어 우리를 보더니 조급하게 눈을 깜박거렸다.

"빵 속에 줄 같은 걸 넣어 가지고 왔나요? 정말 아버지는 너무 지독해요. 래리 모튼이 리스든의 파티에 가자고 왔었어요. 아버지는 내가 가고 싶어한다는 걸 잘 알면서도, 나보고 병이 났다고 하라면서 못 가게 하는 거예요. 병이 났다고요? 난 정말 병이 날 것만 같아요. 감옥에서 잘 걸리는 그 병으로 죽어 버릴지도 몰라요. 무슨 병이더라? 괴혈병이었나?"

그녀는 누워서 일어나려고도 하지 않았다. 베시는 옆으로 가서 키스를 했다. 대프니는 베시를 눈여겨 쳐다보며 말했다.

"베시, 굉장히 여위었네. 필라델피아에서 무슨 일을 했기에 그래?"

베시는 침대의자 끝에 걸터앉았다. 입을 꽉 다물고 대프니가 적당히 얼버무리지 못하게 하려고 마음을 굳게 먹은 모양이었다. 이윽고 입을 열었다. "어젯밤에 무슨 일이 있었는지 알고 싶구나. 이유는 산더미처럼 많겠지. 그 정도는 너도 알겠지?"

대프니는 잠시 베시를 쳐다보더니, 이윽고 아름다운 눈으로 ──그 개구리 같은 눈으로 나를 보았다. 내 불안은 훨씬 줄어들었다. 이곳에 오는 도중에 차 안에서 나는 전에 파티에서 제이미와 나눈 대화가 생각났기 때문이다. 그때 제이미가 대프니에 대한 것을 안젤리카에게 말하지 말라고 다짐한 것으로 보아, 그가 두 여자를 따로따로 대하고 있었던 것이 분명하다. 그러므로 대프니가 나를 파멸시킬 만한 사실을 모른다고 생각해도 될 것 같았다. 그러나 나는 계속 조심하려고 애썼다. 그녀에게 미소지으면서도 베시 편을 들어 말했다.

"그래, 우리에게 말해 주지 않으면 곤란해. 그 알리바이를 트랜트 경감이 눈치채지 못하도록 우리의 입장을 확실히 해두어야 하니까."

"아아, 그 경감?" 대프니는 어깨를 으쓱했다. "그런 사람은 여자 친구와의 약속도 어기지 못할 거예요." 그녀는 다리를 뻗어 구두를 신으려고 했다.

"나는 상관없어요. 당신들이 그렇게 참견하기를 좋아한다면 할 수 없으니까 얘기하죠. 하지만 너무 목사님 같은 말은 하지 말아요. 아버지만으로도 이제 지긋지긋하니까."

"절대로 거북한 말은 하지 않을 테니까 얘기해 봐." 베시가 말했다.

대프니는 구두를 신으려다 말고 다시 다리를 오므렸다. "결국 죄는 두 분에게 있어요. 두 분이 말리지 않았더라면, 이런 일은 일어나지 않았을 거예요. 제이미에게 싫증이 났을 테니까. 그런데다가 두 분이 쓸데없이 참견해서 아버지에게 말하겠다고 위협했었죠. 곤봉을 가지고 나를 둘러싸고는 미친 사람처럼 고함을 쳤잖아요. 기껏해야 제이미가 취해서 나를 때리려고 했을 뿐인데. 그게 어쨌다는 거죠? 나는 그리스도인답게 그 사람을 용서해 주려고 생각했어요." 그녀는 새빨간 머리카락을 흔들었다. "세상에서 쓸데없는 참견을 하는 것만큼 내가 싫어하는 것도 없어요." 그녀는 베시 쪽으로 흘끔 눈길을 보냈다. "언니가 필라델피아에 가기 전에 얘기하러 왔었죠. 어머니를 대신한 언니의 설교는 정말로 훌륭했어요. 모든 말이 다 옳아요. 아주 지당한 말이지요. 하지만 나는 생각해 봤어요. '뭐? 제이미와 결혼하면 안된다고? 결혼하지 말라고 하면 난 어떻게든 하고 말 거야.' 라고 말이에요. 안 그래요? 이것이 이치가 아니겠어요? 조금이라도 자존심이 있는 여자라면 누구나 다 그렇게 생각할 거예요."

다른 여자는 어떻든 적어도 대프니 캘링검이라면 그렇게 생각할 것이다. 베시의 미간에 의아스러운 듯한 주름이 생겼다. "그럼, 너는 정말로 그 사람을 사랑했었니?"

"사랑했느냐고? 누가 사랑이라는 것을 알 수 있지요? 그 사람은 아주 잘생겼고, 나는 그 사람을 원했을 뿐이에요. 비록 사회적으로 훌륭한 배경을 가진 여자라도 욕망에 불타는 경우는 있어요. 사랑이 아니라면 도전이라고 해도 되겠지."

그녀는 살며시 반쯤 감은 눈으로 베시가 자신이 예상한 대로 당황하고 있는지를 가만히 바라보았다.

"지금은 모든 게 다 어리석은 짓처럼 생각되지만, 그때는 그렇지 않았어요. 어엿하게 내 주장이 있었거든요. 고맙게도 언니가 필라델피아로 떠나서 나는 매일 그를 만났어요. 난 그에게 결혼하고 싶다고 했죠. 빨리 얘기를 추진했으면 좋겠다고. 하지만 지금 생각해 보면 그 사람 굉장히 머리가 둔해요. 틀림없이 자기 일로 머릿속이 가득차 있었던 것 같았어요. 그는 아무것도 걱정할 필요가 없다고 했어요. 모든 일이 잘될 거라며. 2주일만 지나면 언니와 아버지가 다시 자기에게 빠져서, 언니는 아마 입에 오렌지꽃을 물고 네 발로 기어서 결혼식에 올 거라더군요. 말하자면 허영심이지요. 그뿐이에요. 기가 막힌 허영심. 그는 상어의 어금니라도 매료시킬 수 있다고 믿고 있었나 봐요."

그녀는 나를 돌아다보며 명령하는 듯한 태도로 손을 내밀었다. 이것은 CJ를 쏙 빼닮은 담배를 달라는 몸짓이다. 나는 한 개비를 꺼내 불을 붙여 주었다. 그녀는 연기를 뿜으며 말했다.

"물론 나는 그에게 바보라고 말해 줬어요. 베시의 성격도 아버지의 성격도 전혀 모르고 있다고 했죠. 특히 아버지에 대해서는 조금도 모른다고 말이에요. 이를테면 그가 나를 때린 것을 베시가 아버지에게 얘기하면, 아버지는 결혼을 반대할 뿐만 아니라 제이미가 미국 동해안에 있을 수 없도록 만들어 버릴 거라고 했어요. 그러나 그 사람은 싱긋이 억지 미소를 지으며 멋진 사나이라고 스스로 인정하는 표정으로, 내가 하는 말에는 귀도 기울이지 않았어요. 물어뜯어 주고 싶을 정도였어요. 어젯밤까지 그런 상태였어요." 그녀는 손에 들고 있는 담배를 쳐다보며 말을 계속했다. "이거 필터가 달린 담배군요. 싫어요. 제대로 된 담배를 줘요. 이래봬도 난 어엿한 숙녀란 말이에요."

나는 필터 달린 담배밖에 없었다. 베시가 핸드백 속을 뒤져 겨우 한 갑을 찾아냈다. 나는 또다시 대프니를 위해 불을 붙여 주어야 했다.

"어젯밤에 나는 혼자 여기 있었어요. 아버지는 고맙게도 보스턴에 가셨지요. 하지만 제이미와 따로 약속하지는 않았어요. 나는 어제가 리스든의 파티가 열리는 날인 줄 잘못 알고 있었어요. 그래서 래리가 오기를 기다렸던 거지요. 그런데 아무리 기다려도 오질 않는 거예요. 날짜를 잘못 알고 있었으니까. 하지만 난 그걸 몰랐어요. 마침내 래리가 오지 않아 화가 나서 술을 두세 잔 마셨죠. 헨리와 아버지 모르게 살짝 술병을 서재에 있는 책 뒤에 감춰 두었거든요. 진 한 병과 베르뭇 한 병……헨리에게 얼음과 코카콜라를 갖다달라고 해서 몰래……어머나, 내가 어떻게 된 모양이네요. 가장 큰 비밀을 두 분에게 털어놓다니……어쨌든 두세 잔 마시고 혼자서 화가 머리 끝까지 났던 거예요. 래리가 오지 않아서 화가 났고, 물론 언니에게도 화가 났고, 제이미의 꾸물대는 태도에도 화가 났고……화나는 일밖에 없었어요. 그런데 문득 어떤 계획이 떠오르더군요. 아버지의 성격을 이용하는 계획이었지요. 아버지가 어떤 사람인지 두 분도 알고 계시겠지요? 이제 와서 아버지의 성격이 이러니저러니 말해 본들 소용없는 일이지만, 아버지만큼 교활한 사람도 그리 흔치 않을 거예요. 아버지는 자신이 마치 빅토리아 여왕이라도 된 것 같은 기분으로 계시니까, 잘하면 계획대로 될 거라고 생각했어요. 달갑지 않은 사위는 물론 아버지에게는 참을 수 없겠지만, 그러나 그보다 더 참을 수 없는 것이 아버지에게 단 하나 있어요. 그것은……" 그녀는 일부러 몸을 앞으로 내밀고, 입을 벌려 작고 하얀 이를 보여 주며 말했다. "그것은 말이지요, 타락한 딸이에요."

그녀는 또다시 소리내어 웃었다.

"아주 좋은 계획이라고 생각했죠. 지금도 그렇게 생각하고 있어요. 이것이야말로 20세기 최고의 영광스러운 착상이 아닐까요? 우선 제이미에게로 달려가 그의 아파트에서 하룻밤 지내고, 내 명예를 엉망으로 만든 다음 정면으로 아버지와 부딪칠 생각이었어요. 아버지에게 이렇게 말해 주는 거예요. 자아, 좋으실 대로 하세요. 나와 제이미를 결혼시키든가, 아니면 경쟁 신문사에 진상을 폭로하겠다고요. 신문사에서는 CJ의 소중한 딸이 맨해튼 거리에 있는 한 칸짜리 싸구려 아파트에서 농락당했다면, 틀림없이 아주 기뻐하며 특종으로 다룰 테니까요. 멋진 계획이죠? 성공률 100퍼센트라고 생각했어요." 그녀는 아주 황홀한 표정으로 두 손을 움켜쥐었다. "물론 잘되었을 거예요. 그 순간의 아버지 얼굴을 상상만 해도 정말 유쾌하지 않아요?"

그녀의 말에도 일리는 있다. 경박스러움이 당당하게 느껴질 만큼 일리가 있다.

베시는 걱정스러운 얼굴로 동생을 바라보고 있었다. "그래서 너는 제이미의 아파트에 갔었니?"

"물론이지. 차고에서 내 차를 꺼내 곧장 달렸는걸. 그때 제이미가 무엇을 하고 있었을 것 같아요? 부엌에서——그 보잘것없는 부엌에서 저녁에 먹을 스파게티를 만들고 있었어요. 그 모습을 보여주고 싶더군요. 애처로운 광경이었어요. 그 사람 굉장히 가난해요. 자기 재산이라고는 1센트도 없어요. 게다가 그때는 윗도리를 벗고 있었어요. 하지만 그럴 수밖에 없는 것이, 그 부엌에서 오븐에 불을 붙이면 그렇게 벗고 있지 않고서는 아마 못 견딜 거예요. 가정적인 남편으로서 정말 나무랄 데 없는 모습이었지요. 마침 그는 마티니를 마시고 있었어요.

그래서 나는 그를 부엌에서 끌어내 함께 마티니를 마시면서 내 계획을 말했어요."

"그게 몇 시쯤이었지?" 하고 나는 물었다.

"글쎄요, 그의 아파트에 도착한 것은 7시쯤이었지만, 마티니를 마시고 내 계획을 말하는 데 몇 시간쯤 걸렸는지 확실히 모르겠어요." 그녀는 재떨이에 담배를 비벼껐다. "그는 눈치가 없는 사람이 아니에요. 두 분은 늘 제이미를 악과 부패의 밑바닥으로 타락한 악당인 것처럼 말하지만, 그렇지 않아요. 언니 부부 못지 않을 정도로 화를 냈어요. 아니, 두 분보다 더할지도 몰라요. 내 얘기를 듣고 처음에는 몹시 놀라더군요. 그런 짓을 해도 괜찮겠소? CJ같이 훌륭한 사람에게 그런 짓을 하다니! 당신 진심이오? 이런 식이었어요. 나는 그런 말을 하는 그를 죽여 버리고 싶었어요. 하지만 죽이지는 않았으니까 안심해요. 나는 끈질기게 거듭 말했어요. 언니도 알겠지만, 나는 하려고 마음만 먹으면 끝까지 밀고 나가는 성격이잖아요. 마침내 그 효력이 나타났어요. 10시쯤 되자 그는 완전히 녹초가 되어버렸어요. 유쾌하더군요. 정말 보여주고 싶을 정도였어요. 나는 아주 의기양양하게 수염이고 뭐고 잡아비틀 기세로 거만하게 있었고, 그는 긴 속눈썹을 깜박거리며 억지로 미소지으면서――아니, 그런 일을 나는……도저히……도저히 할 수 있을 것 같지 않아……하며 횡설수설하는 거였어요."

베시가 끼여들었다. "그래, 그는 네 계획을 받아들였니?"

"네, 결국 받아들이긴 했지만 이러고저러고 골치아픈 말만 계속하더군요. 이웃사람 때문인 것 같았는데, 그래요, 옆방에 살고 있는 사람들 얘기였어요. 그 사람들은 파티에 가고 없었는데, 돌아오면 한잔 마시러 오라고 초대했나 봐요. 제이미는 그들의 어머니에게서 공짜나 다름없는 가격으로 아파트를 빌려쓰고 있기 때문에, 약속을 취소할 수는 없다고 했어요. 그래서 그들이 왔을 때 내가 제이미의 방에 있으면 나중에 굉장히 난처하다는 거예요. 그 사람들은 여자들이 드나드는 것을 아주 싫어해서 몹시 까다롭게 군대요. 아주 대단한 사람들인가 봐요. 들키면 곧 쫓겨난다나요. 제이미는 그 말을 마치 세상에 종말이 온 듯한 말투로 구구하게 늘어놓는 거예요. 나 같으면 그런 낡아빠진 아파트에서 기꺼이 쫓겨나 줄 텐데. 그러나 그런 건 중요하지 않아요. 그러니까 다시 본론으로 돌아가서……제이미는 자기 친구가 아파트를 가지고 있는데 그걸 빌릴 수 있으니까, 자기가 부탁하러 갔다 올 때까지 나한테 잠시 기다려 달라고 하더군요. 그는 마티니를 한 잔 더 만들어 준 다음, 나를 아파트에 남겨둔 채 나가 버렸어요."

애기가 점점 내 영역으로 들어와 위험을 느꼈으므로, 나는 바짝 긴장해서 귀를 기울였다. 제이미가 만나러 간 친구는 물론 안젤리카일 것이다. 안젤리카에게 아파트 주인이 갑자기 돌아왔다고 한 제이미의 말은, 그녀도 알아차렸듯이 거짓말이었다.

대프니는 손을 뻗어 베시의 핸드백을 집더니 담배를 찾기 시작했다. 이윽고 담배를 찾아내서 한 개비 뺐냈다. 나는 또 불을 붙여 줬다.

"그때 나는 굉장히 자신만만했어요. 모든 게 너무 우습기만 했죠. 그런데 제이미는 마치 노처녀처럼 소심했기 때문에, 어쩌면 내가 겁도 없이 그런 말을 한 것이 무서워 놀란 사슴처럼 도망쳐 버린 게 아닌가 하는 생각이 들더군요. 하지만 도망친 건 아니었어요. 곧 돌아왔으니까. 애기가 잘되서 그 친구는 다른 친구 집으로 옮겼으니까 지금 곧 가도 된다더군요. 우리는 바로 차를 타고 나갔어요."

"그 아파트는 어딘데?" 베시가 물었다.

"어딘지 기억이 안 나요. 그리니치 빌리지 한가운데였던 것 같은데. 그 아파트는 굉장히 이상한 곳이었어요. 도저히 상상도 할 수 없을 거예요. 벽은 새우 빛깔 같은 핑크색이었고, 의자가 하나 있었는데 그 의자라는 것이……언니는 믿지 않을지 모르겠지만 이건 사실이에요……마티니에 취해서 착각을 일으킨 게 아니라면 말이에요……그 의자는 온통 사슴뿔로 만들어져 있었어요. 그런데 제이미는 아파트에 도착하자마자 또다시 그 옆집 사람 얘기를 하기 시작하는 거예요. 그때 나는 이미 옆집 사람에게는 신경도 쓰고 있지 않았었는데. 그런데 난처한 생각이 들기 시작했어요. 내가 왜 이런 일에 발을 들여놓았을까 하는 의문이 생겼던 거지요. 그전에는 제이미도 기분 좋을 만큼 남자답게 목덜미에 거친 숨을 내쉬고 나를 난폭하게 다루어 그런대로 할 일은 해냈었는데, 어젯밤에는 마치 보이 스카웃 지도자처럼 딱딱하고 소심하게 구는 거예요. 그래서 나는 생각했죠. 이것이 과연 내가 바라던 일일까? 결국은 제이미도 흔히 있는 평범한 미국 청년——빌 하딩 같은 이런 사람이 내 결혼 상대자가 된단 말인가 하고요."

그녀는 나를 보고 미소지었다.

"빌, 미안해요. 나는 형부한테 조금 짓궂게 말해 보고 싶었을 뿐이에요. 그런데 제이미는 그 옆집 사람에 대해서만 신경을 쓰면서 파티에서 돌아오면 방문을 열어 주고 같이 한잔해야 된다는 말만 몇 번이나 되풀이하는 거예요. 정말 지겨웠어요. 그러더니 결국 그는 얼른 다녀올게, 반 시간만 있다가 빠져 나오겠어. 그럼, 그때부터 우리의 영광된 밤이 시작되는 거야 라고 말하고는 나가 버렸어요. 11시 반쯤이었던 것 같아요. 나는 다시 혼자서 사슴뿔 의자 하나를 상대할 수밖에 없었죠. 마티니조차 없지 말예요. 그런데 그 뒤 무슨 일이 있었는지 아세요? 나는 완전히 창피를 당했어요. 나는 정신적으로 지친데다 진을 마신 게 취해서 녹초가 되었거든요. 그래서 침대에 누워 꾸벅꾸벅 졸다가 눈을 떠보니 벌써 창으로 아침 햇살이 들어오고 있지 않겠어요? 어느새 아침 6시 반이 된 거예요. 사랑의 기쁨은커녕 칫솔 하나 없었으며, 그냥 엉망으로 술이 덜 깬데다 불쾌한 기분이 들었을 뿐이에요. 그래요, 밤새 동안 나 혼자 있었던 거예요."

제15장

대프니가 안젤리카에 대해 알고 있을지도 모른다는 내 걱정은 이제 거의 사라졌지만, 그래도 나는 그녀의 얘기에 열심히 귀를 기울였다. 그녀는 사실을 말하고 있는 것 같기도 하고, 전혀 터무니없는 거짓말을 하고 있는 것 같기도 했다. 오늘 아침에 트랜트 경감을 상대로 거짓말할 때의 모습에서 잘 알 수 있듯이, 그녀는 아주 교묘하게 거짓말을 하는 사람이다. 언뜻 들어서는 거짓말인지 정말인지 전혀 분간이 되지 않는다. 그러나 적어도 일부분은 사실임이 틀림없다. 이를테면 그녀가 안젤리카의 아파트에 간 것만은 확실하다. 그 사슴뿔로 된 의자는 단순히 상상만으로 만들어낼 수 있는 물건이 아니니까. 그렇지만 그녀의 말처럼 정말 아침까지 잠들어 있었을까? 제이미가 오지 않아서 애를 태우다 그의 아파트로 달려갔고, 술김에 말다툼을 하다가 권총이 눈에 띄었다면? 그런 생각이 든 순간, 나는 당황해서 이러한 억측을 머릿속에서 쫓아냈다. 그녀의 얘기를 그대로 받아들이는 게 훨씬 낫다고 생각했기 때문이다. 그러나 여러 가지 모순이 있었다. 브라운 부부의 말에 의하면, 제이미는 파티에 가자는 브라운 부부의 초대를 거절하며 다른 사람과 약속이 있다고 했다지 않았던가? 그 약속의 상대가 대프니가 아니라는 것은 분명하다. 왜냐하면 대프니는 갑자기 그에게 달려갔기 때문이다. 또 파티가 끝난 뒤 제이미와 한잔하기로 약속했다는 얘기는 전혀 없었다. 그리고 그들이 돌아온 것은 제이미가 대프니에게 말한 시간, 즉 한밤중이 아니라 새벽 4시였다. 그리고 브라운이 아파트로 여자를 데리고 오는 것을 싫어한다는 것도 완전히 거짓말이다. 제이미가 정말 대프니에게 그렇게 말했다면, 그것은 대프니가 갑자기 엉뚱한 계획을 말했기 때문에 다른 사람과의 약속이 깨질 것 같아 그런 거짓말을 했을 것이다. 도저히 그녀를 쫓아낼 수 없었으므로 구실을 만들어 대프니를 잠깐 동안이라도 다른 곳으로 보내기 위해 안젤리카까지 쫓아낸 것이 분명하다. 만일 대프니의 얘기가 사실이라면 제이미가 아파트로 돌아온 것은 누군가와의 약속을 지키기 위해서이며, 그런 끝에 결국 살해되고 말았다는 얘기가 된다. 그러나 만일 대프니가 거짓말을 하고 있다면……

나는 여기서 상상을 다시 중단했다.

베시를 바라보니 그녀는 안도의 표정을 짓고 있었다.

"그래, 그럼, 어젯밤에 있었던 일은 그것뿐이란 말이지?"

대프니는 고개를 끄덕이며 대답했다.

"네, 그것뿐이에요. 떠들어댈 것도 없잖아요? 나는 내 차를 몰고 갔으니까 택시 운전사가 얼굴을 기억하고 있을 리도 없고, 그 사람과 같이 있는 걸 본 사람은 아무도 없어요. 나도 그 정도는 다 생각해 보았어요. 어젯밤에 있었던 일은 정말 그뿐이에요. 절대로 거짓말이 아니에요. 아침에 일어나서 제이미를 생각하니 화가 나서 견딜 수 없었지만, 아버지가 보스턴에서 돌아오셨을까 봐 걱정이 돼서 서둘러 집으로 돌아왔어요. 그러나 이미 모든 건 끝장나 있었어요. 아버지가 신문을 들고 내가 돌아오기를 기다리고 있지 뭐예요. 내가 집에 들어오자마자 버럭 화를 내시는 거였어요. 난 정말 죽어버리고 싶었어요. 아버지는 그런 방법으로 약한 사람을 못살게 굴잖아요. 그리고는 나에게 모든 걸 다 털어놓게 해버린 거예요."

"지금 네가 얘기한 전부를?" 하고 베시가 물었다.

대프니는 소리죽여 웃었다.

"아니, 전부 다는 아니고. 나도 어린애는 아니니까. 그 계획에 대해서는 말하지 않았어요. 다만 제이미와 함께 있었고, 술을 마셔서 조금 취했고, 그래서 집에 돌아오기가 무서워 제이미에게 부탁하여 친구네 아파트에서 잤다는 것, 그 정도밖에 말하지 않았어요. 하지만 그것만으로도 아버지는 화가 머리끝까지 난 거죠. 언니도 알다시피 아버지는 '성장기의 딸에게 미치는 알코올의 영향'에 대해서는 굉장히 까다로우시니까. 그리고 전에 있었던 사건까지 탄로나고 말았어요. 물론 그 책임은 되도록 언니와 형부에게 덮어씌웠지만, 그래도……"

그녀는 침대의자에서 일어나 꾸민 듯한 하품을 하더니 기지개를 켰다.

"이제 와서 이런 말을 구구하게 늘어놓아 봐야 아무 의미도 없어요. 이제 아무것도 걱정할 필요가 없거든요. 지금 아버지는 굉장히 화가 났지만 곧 가라앉을 거예요. 내일이면 내 앞에 무릎을 꿇고, '대프니, 내가 좀 지나쳤던 것 같구나.' 하며 내 비위를 맞출 거예요." 그녀는 베시 쪽으로 홱 돌아섰다. "이젠 언니도 알고 싶은 건 다 들은 셈이지요? 그리고 여학교 졸업 연설 같은 설교는 안하기로 약속했지요? 그러니까 두 분은 이제 그만 나가 주세요. 나는 아직도 기분이 좋지 않으니까 이제부터 자야겠어요."

베시는 일어섰다. 나는 그녀에게 한두 걸음 다가갔다. 그리고 두 사람 다 선 채로 대프니를 쳐다보았다. 갑자기 대프니는 우리에게 방긋 웃었다. 그것은 애정이 담긴 밝은 미소였다.

"두 분 다 가엾어요. 왜 그렇게 걱정만 하세요? 그렇게 걱정하면……병이 되어 죽고 말 거예요. 두 분은 아직 나라는 사람에게 익숙지 못해요. 내가 비스트로스의 역병신(疫病神) 대프니 캘링검이라는 것을 인정하고, 이제 그만 단념하는 게 좋을 거예요."

그녀는 그렇게 말하고 베시에게 다가가 그녀를 끌어안고 키스했다.

"베시는 침울하지만 나의 멋진 언니예요. 나는 언니를 굉장히 좋아해요."

그녀가 이번에는 내게 다가와 입술 위에 애무하듯 긴 키스를 했다.

"그리고, 빌, 형부는 마치 인형처럼 귀여워요. 아까 보이 스카웃 지도자 같다고 한 것은 진심이 아니에요. 형부에게 그런 건 어울리지 않아요. 조류학에 대한 것은 전혀 모르시죠? 하지만 형부도 역시 좋은 분이에요."

그녀는 내게서 떨어져 두 팔을 벌리더니 마치 고양이라도 내쫓듯이 흔들었다.

"자, 빨리 나가세요. 두 분에게는 두 분의 하찮은 일이 있으시겠지요? 비스트로스의 역병신은 이제부터 기도의 깔개를 깔아야겠으니까."

그녀는 분노를 가라앉히려고 마음만 먹으면 그 자리에서 가라앉힐 수 있는 여자였고, 그녀 자신도 그 점을 잘 알고 있었다.

우리는 CJ를 만나지 않고 살짝 아파트에서 나왔다. 베시는 매우 지쳐 있었고, 나 역시 완전히 녹초가 되었다. 집으로 돌아오는 도중에 차 안에서 베시가 말했다.

"당신은 대프니의 말을 믿으세요?"

"글쎄, 믿어야겠지. 당신은?"

"사실 대프니가 말한 대로일지도 몰라요. 있을 수 없는 일은 아니니까."

"글쎄······"

그녀는 어깨를 살짝 으쓱했다.

"당신과 아버지가 바로 그런 조치를 취해 주어서 정말 다행이에요. 경찰이나 신문사가 대프니에 대한 얘기를 입수했다면 지금쯤 어떻게 되었을지 모르는 일이에요."

그것은 나도 눈으로 보듯 뚜렷하게 상상할 수 있었다. 만일 내가 앞뒤 가리지 않고 흥분해서 CJ의 알리바이 작성에 협력하지 않았다면 지금쯤 어떻게 되었을까? 불을 보듯 뻔한 일이다.

베시는 나를 흘끔 바라보며 말했다. "그렇지만 대프니도 대단한 아이에요. 그렇게 생각되지 않으세요?"

"좀 무서운 아가씨요."

"아버지 잘못이에요. 하지만 아버지도 가엾어요. 아버지는 대프니가 사람을 죽인 게 아닌가 걱정하고 계실 거예요, 틀림없이. 그런 생각 안 드세요?"

"그럴지도 모르지. 그러나 아버님은 비록 마음속으로는 그렇게 생각해도 절대로 남에게는 말하지 않을 테니까. 그분의 마음을 우리는 영원히 알 수 없을 거요."

"아버지를 뵙고 잠깐 얘기하고 올 걸 그랬나 봐요. 그래봐야 결국 긁어 부스럼이 되었겠지만."

"그렇소. 긁어 부스럼이 되었을 거요."

그녀는 한동안 말없이 있더니 이윽고 말을 꺼냈다.

"당신은 실제로 어떤 일이 일어났었다고 생각하세요?"

"대프니의 말이 사실이라면 제이미는 누구와 만날 약속을 했던 것 같소. 그러니까 그는 대프니를 다른 아파트에다 데려다 놓은 다음 그 사람을 만나러 간 거요."

"그리고 살해되었다는 말이군요."

"그렇지. 그랬다가 살해된 거지."

"그렇다면 좋으련만……"

그녀는 나에게 가까이 다가와 머리를 내 어깨 위에 올려놓았다.

"어쨌든 우리와 상관없으면 좋겠는데……"

"별로 상관은 없을 것 같소."

나는 그렇게 대답했고, 또 그렇게 믿고 있었다. 파국의 날이 다가왔지만, 기적적으로 나를 파멸시키는 파국은 오지 않았다. 나를 진심으로 믿고 조용히 내 어깨에 머리를 기대고 있는 아내. 나는 절대적인 안정감을 느꼈다. 대프니는 안젤리카에 대해서 아무것도 모른다. 안젤리카는 완전히 사건의 테두리 밖으로 벗어나 버린 것이다. 잘하면 두 번 다시 트랜트 경감을 만나지 않아도 될지 모른다. 그리고 무엇보다도 베시가 돌아왔다는 사실이 나를 안심시켰다. 베시는 아무 의심도 품고 있지 않다. 그녀에게는 아무것도 알릴 필요가 없다.

'당신에게 파멸이라는 건 절대로 없을 거예요. 언제나 손을 쓸 수 있는 사람이니까.' 안젤리카가 헤어질 때 내게 던진 비난의 말이 다시 생각났다. 그러나 지금은 이 말도 가벼운 마음으로, 아니 오히려 즐거운 만족감으로 되새길 수 있었다. 나는 그녀의 생활과 언제나 손을 써서 유지되어 온 내 생활을 비교해 보면서, 안젤리카도 좀더 요령있게 살면 편해질 텐데 하는 생각을 했다.

아파트에 들어가자 엘렌이 부엌에서 복도를 지나 우리 앞에 나타났다. 우리를 보더니 놀란 듯 숨을 삼키며 멈춰섰다. 엘렌은 언제나 이런 태도를 보인다. 주인이 부르지도 않았는데 고용인이 주인과 얼굴을 마주하는 것은 실례되는 일이라고 생각하는 것이 엘렌의 조심스러운 예절 가운데 하나다. 그러나 이번에는 엘렌이 일부러 우리를 만나려고 꾸민 일일 것이라고 나는 생각했다. 그녀는 얼굴에 가득 웃음을 띠고 눈은 무엇을 목표로 하고 있는 듯 반짝였다.

"어머, 외출하셨었군요, 마님."

"잠깐 대프니를 만나러."

엘렌은 나를 보고 웃었다.

"저, 주인님, 글래디스에 대한 걸 마님께 말씀하셨는지요? 아니면 바쁘셔서 말씀 못하셨는지요?"

베시가 대답했다.

"아버지가 글래디스가 수술받을 수 있도록 비행기로 데려온다는 얘기라면 들었는데."

"아니, 그것만이 아닙니다."

엘렌은 어리광부리는 듯한 목소리로 말했다.

"주인님께서는 수술한 뒤 이 댁에 머물러 있어도 좋다고 말씀하셨거든요. 그렇게 된다면 저로서는 얼마나 기쁜 일인지. 그리고 리키에게도 좋은 친구가 생기고——"

그녀는 이윽고 복도 저쪽으로 모습을 감췄다. 한동안 베시는 우두커니 서서 그녀의 뒷모습을 바라보았다. 무슨 말을 하지 않을까 했는데, 아무 말도 하지 않았다. 그리고 우리 두 사람은 침실로 들어갔다. 베시는 욕실로 들어가고 나는 옷을 벗기 시작했다. 욕실에서 나온 베시는 욕실문 앞에 선 채 나를 바라보았다.

"빌, 당신 정말로 그 아이를 이곳에 있게 해도 좋다고 엘렌에게 말씀하셨어요?"

나는 요 몇 년동안 얼굴을 붉힌 적이 없었는데, 이때만은 피가 볼로 몰려오는 것을 느꼈다.

"아버님이 그 아이를 불러오게 했는데, 우리도 그 정도의 일은 해야 하지 않을까 생각했던 거요."

나는 이 설명이 충분치 못하다는 것을 알고 있었다. 또 그녀가 리키의 계모라는 입장에서 보더라도, 리키의 생활에 전혀 알지도 못하는 아이를 데려오는 중대한 일을 베시에게 의논 한마디 없이 나 혼자 결정해 버린 데 대해 그녀가 얼마나 의아하게 생각하고, 또 얼마나 자존심 상해 할지 잘 알고 있었다.

"하지만……하지만 글래디스가 어떤 아이인지 우리는 아무 것도 모르잖아요."

베시는 침대로 걸어가서 시트를 벗기며 말을 계속했다.

"어쩌면 당치도 않은 아이일지 몰라요. 엘렌을 닮은 아이라면 틀림없이 골치아픈 아이일 거예요. 빌, 나는 잘 이해가 안 되는데, 어째서 그런 약속을 하셨지요?"

"아마 흥분했던 모양이오. 미안하게 생각하오. 그러나 이렇게 된 이상 거절할 구실은 없을 것 같고──"

그녀는 조금 만족스러운 듯 한숨을 쉬며 침대로 올라가 나를 쳐다보며 미소지었다.

"그렇기는 해요. 나도 리키 문제에 대해서는 조금 까다롭게 구는 경향이 있는 것 같아요. 글래디스는 틀림없이 괴물 같은 아이일 거예요. 하지만 리키에겐 그런 괴물이 곁에 있는 게 좋을지도 모르지요."

그녀가 결국은 내 말에 따르리라는 것을 나도 잘 알고 있었
지만……베시는 언제나 이런 식이다. 무슨 일이든 이러니저러
니 떠들어대는 여자가 아니다. 감사하는 마음과 후회와 애정
이 내 마음속에서 함께 녹아들었다. 나는 욕실로 들어갔다. 욕
실에서 나오니 베시는 이미 불을 끄고 있었다. 침대로 들어가
그녀 옆에 누웠다. 그녀는 나에게 몸을 바싹 갖다댔다. 나는
그녀의 몸을 끌어안았다.

"빌, 나는 집에 있는 것이 가장 행복해요."

나는 그녀의 몸을 쓰다듬었다. 그녀 몸의 모든 선이 그리웠
다. 그녀가 내 옆에 누워 있다. 모든 일이 잘되었다고 생각하
면서도 이 사실이 믿어지지 않았다.

"베시!"

"필라델피아에서는 정말 힘들었어요. 헬렌이 함께 있어 주
었는데도."

"그랬을 테지. 나도 알아."

그녀는 잠시 동안 축 늘어져 있었다. 이윽고 그녀가 말했다.

"빌, 사실을 솔직히 말씀해 주셔서 정말 고맙게 생각해요."

"사실?"

"네, 대프니가 정말 이 아파트에 있었던 것으로 할 생각이었
다면 쉽게 그렇게 할 수도 있었잖아요."

"무엇 때문에 그런 거짓말을 하겠소?"

"하지만 당신은 늘 그렇잖아요. 내게 불쾌한 생각을 하게 하
지 않으려고 늘 신경쓰시잖아요. 그럴 필요 없어요. 나도 이제
는 바위산의 산양처럼 강하단 말이에요. 이번만은 당신이 솔
직히 말해 주어서 얼마나 기쁜지 몰라요. 이제 나도 당신이나
아버지처럼 사건에 관련된 셈이에요. 내가 바라던 일이거든요."

자책감이 또다시 마음속에서 꿈틀거렸다. 모든 일이 엉망이
될 것 같은 생각이 들었다.

그녀는 몸을 더 바싹 붙였다.

"빌!"

"왜 그러오, 베시?"

"어젯밤에 당신은 정말 무얼 하고 있었어요? 죽 혼자 여기 있었어요?" 그녀는 잠깐 주저하더니 좀 언짢은 듯이 속삭였다. "내가 없어서 외롭다는 생각 안 들었어요?"

자책감은 점점 더 커져 갔다. 내 가슴, 내 몸은 자신의 무가 치함과 부끄러움으로 고통스러웠다. 그러나 앞으로 이런 감정 에 사로잡히는 일은 아마 없을 것이다. 아니, 그런 일은 절대 로 있을 리가 없다. 이제 모든 일이 해결되었다. 나도 곧 잊어 버리게 될 것이다. 그리고 나는 베시에게 그 대가를 치러야 한 다. 누워 있는 베시의 몸을 끌어안으면서 나는 어떻게 해서든 지 그녀에게 지은 죄값을 치르겠다고 마음속으로 다짐했다.

"베시, 당신이 없어서 정말 외로웠소!"

그녀는 갑자기 뜨겁게 나에게 키스했다.

"내게는 당신이 있어요. 대프니처럼 되지 않아도 돼요. 나를 사랑해 주는 남편이 있으니까. 나는 문제없어요. 내게는 당신 이……"

제16장

생각했던 대로 나는 차츰 사건을 잊어가고 있었다. 2~3일 지나는 동안 마치 과거에 아무 일도 없었던 것 같은 기분이 들었다. 오히려 모든 일이 좋은 방향으로 호전되었다. 부사장 겸 광고부장으로 승진한 사실이 정식으로 캘링검 출판사에 발표되고, 부내의 모든 직원들로부터 축하 인사를 받았다. 데이브 매너스까지 나를 쾌히 부장으로 맞아 주었다. CJ의 태도는 매우 온화했다. 일은 꽤 바빴으며, 베시 역시 폴과 함께 기금 모집에 정신이 없었다. 그러나 밤에는 대부분 둘이서 지냈고, 계절에 맞지 않게 따뜻하고 좋은 날씨의 주말에는 리키를 데리고 오이스터 만에 갔다. 폴과 프룹도 와 있었다. 대프니는 부자이며 독신인 래리 모튼을 데리고 왔다. 모든 것이 화려하고 사치스런, 캘링검 집안다운 분위기였다. 때로는——아주 가끔이지만——안젤리카를 생각할 때도 있었다. 그것은 그들이 하찮은 일로 그 법석을 떠는 것을 놀라운 마음으로 볼 때뿐이었다. 사실 베시와 다시 행복한 생활을 보내게 된 지금, 그 사건이 오히려 도움이 된 게 아닌가 하는 생각이 들 정도였다. 이것으로 나는 최초의 결혼과 관련된 최후의 불행한 인연을 끊었으며, 그 동안 내게 미친 손해는 거의 없었다고 할 수 있다.

글래디스를 데려올 준비도 착착 진행되어 엘렌은 자나깨나 그 얘기로 정신이 없었다. 이것 말고는 제이미 사건을 생각나게 하는 것은 없었다.

그런데 열흘쯤 지난 어느 날 밤, 저녁식사가 끝난 뒤 전화가 걸려왔다. 베시가 수화기를 들었다.

"빌, 당신 전화예요……트랜트 경감한테서……"

　그녀는 수화기를 나에게 건네주고 그대로 내 곁을 떠나지 않았다. 그녀가 호기심을 가진 것이 확실했다. 잊고 있었던 불안이 왈칵 밀려와, 곁에 서 있는 베시의 귀에 트랜트의 말이 들리지나 않을까 하는 걱정으로 가슴이 두근거렸다. 나는 되도록 태연하게 베시에게 말했다.

　"베시, 마실 것 좀 주겠소?"

　그녀가 부엌으로 간 뒤 나는 수화기에 대고 말했다. "여보세요, 트랜트 씨입니까?"

　"안녕하십니까, 하딩 씨?"

　그의 목소리는 언제나 그렇듯 조용하고 친근감있게 울렸다.

　"램의 살인사건에 약간의 진전이 있어서요. 그래서 당신에게 참고로 알려 드리려고."

　"그래요?"

　"권총의 주인을 알아냈습니다. 사건이 발생하기 약 2주일 전에 3번 애버뉴에 있는 전당포에서 어떤 여인이 사갔답니다. 그 여인의 주소와 이름은 웨스트 10번가 안젤리카 로버츠로 되어 있었습니다."

　나는 처음부터 그 얘기일 거라고 예상했었다. 그래서 별로 걱정할 것 없다고 스스로에게 타이르고 있었다. 그러나 실제로 안젤리카의 이름을 들으니 가슴이 철렁 내려앉았다. 만일 내가 미리 베시를 내보내지 않았더라면, 틀림없이 그녀도 그 이름을 들었을 것이라는 생각이 들자 수화기가 식은땀으로 흠뻑 젖었다. 나는 그녀가 있는 쪽을 보았다. 그녀는 아직도 부엌에서 마실 것을 만들고 있었다.

　트랜트 경감은 계속 말했다.

　"그래서 곧 그 10번가로 가보았는데, 세든 사람 중에 안젤리카 로버츠라는 여자는 없었습니다. 살고 있는 사람은 거의 다 외출중이어서 물어볼 수는 없었지만, 남아 있는 사람에게 물어보니 그런 이름을 가진 여자는 전혀 모른다는 겁니다. 어쩌면 가짜 주소인지도 모르겠습니다."

"그럴지도 모르겠군요."

"내일 가서 다시 한 번 조사해 볼 생각입니다." 그는 잠깐 말을 중단했다. "당신은 안젤리카 로버츠라는 이름을 듣고 짐작가는 게 없습니까?"

베시가 마실 것을 가지고 왔다.

"아니, 들어본 적도 없습니다."

"그래요? 그럼, 대프니 양을 만나거든 이 이름을 들은 적이 있는지 물어봐 주시지 않겠습니까? 이런 일로 그분들을 성가시게 하고 싶지는 않으니까요. 그러나 만일 대프니 양이 이름을 들은 적이 있다고 하면 곧 나에게 연락해 달라고 전해 주십시오."

"알았습니다."

베시가 마실 것을 내 손에 들려주었다.

"당신과 캘링검 집안 사람들이 이 사건에 관심을 가지고 있으리라 생각하고 잠깐 전화를 드린 겁니다. 어쨌든 수사상황은 계속 알려 드리겠습니다."

"꼭 그렇게 해주십시오. 정말 여러 가지로 고맙습니다."

그는 전화를 끊었다. 나는 수화기를 내려놓고 감추듯이 막아서며 베시를 보았다. 식은땀에 젖은 자국을 베시에게 보이고 싶지 않았기 때문이다.

"무슨 일이에요?"

"제이미 살해사건에 사용된 권총의 주인을 알아냈다는 거요. 어떤 여자가 전당포에서 산 것이라는군."

"어떤 여자요? 이름이 뭔데요?"

"모르겠소. 들어본 적도 없는 이름이었소."

순간 방도 베시도 모든 게 완전히 달라진 것처럼 느껴졌다. 베시는 이제 호기심이 풀려 상냥하게 나를 쳐다보고 있었다. 그러나 주위의 분위기는 이미 안정을 잃고, 배후에 잠재해 있는 위험을 감추기 위해 조심스럽게 세워진 겉치레 건물 같은 느낌을 주었다. 물론 무슨 일이 일어난 것은 아니다. 어쩌면 아무 일도 일어나지 않을지 모른다. 그러나 트랜트 경감이 전화로 나를 찾지 않고 베시에게 직접 얘기했더라면 어떻게 되었을까? 또 나에게 전해 달라고 부탁하지 않고 직접 대프니에게 물어보았다면? 베시나 대프니가 안젤리카라는 이름을 들었다면 어떻게 되었을까? 그날 밤 나는 베시와 함께 있으면서도 만일 그랬다면, 만일 이랬다면 하는 생각으로 밤새도록 괴로웠다. 그리고 안전책이 안전 그 자체는 아니라는 사실을 다시 인식하기 시작했다. 오늘밤 같은 위험한 일이 있었던 이상, 앞으로 또다시 이런 일이 일어나지 않는다고 장담할 수는 없지 않은가?

이제는 무사태평하게 있을 수 없다. 앞으로는 정신 바짝 차리고 있어야 한다.

다음날 저녁 5시쯤 사무실에서 퇴근 준비를 하고 있는데, 비서인 몰리 매클린 토크가 들어왔다. 그녀는 일부러 겁먹은 표정을 지으며 말했다.

"부사장님, 왔어요, 경찰이 —— 살인과 트랜트 경감이."

트랜트 경감이 인간이라는 것을 나는 거의 잊고 있었다. 그러나 그가 조심스럽고 조용하게 방으로 들어오는 태도에는 확실히 그다운 모습이 뚜렷하게 나타나 있었다. 내가 가장 두려워하고 있는 것은 이 '트랜트 경감'다운 모습이며, 그가 '적(敵)'이라는 사실이다.

나는 그에게 의자를 권했으나, 그는 앉지 않고 내 책상 앞에 서서 미소짓고 있었다.

"왜 그런지 끈질기게 당신을 따라다니고 있는 것 같습니다만, 실은 지금 웨스트 10번가에 갔다오는 길입니다. 아마 당신도 기뻐하시리라 생각합니다. 상당한 수확이 있었거든요."

그의 수수께끼 같은 눈은 —— 푸른빛이랄까, 아니면 잿빛이랄까? —— 내 얼굴에서 벽 쪽으로 옮겨갔다. 그는 또 그림이라도 걸려 있지 않나 찾고 있는 모양이었지만, 나는 부사장이 되어 램버트 사무실로 옮겨온 지 얼마 안되었으므로 아직 방을 새로 꾸밀 틈도 없었다. 따라서 그림은 한 장도 걸려 있지 않았다. 다만 램버트가 캐나다에서 잡은 암사슴 머리의 박제뿐이었다. 트랜트 경감은 이 박제를 주의깊게 살피기 시작했다.

그는 내가 먼저 말을 꺼내기를 기다리고 있는 듯했다. 그래서 나는 되도록 조용한 어조로 말했다.

"그 여자의 주소를 알아냈습니까?"

그의 시선은 곧 사슴 머리에서 내게로 옮겨졌다.

"아니, 아직 찾지 못했습니다. 그러나 그녀에 관한 아주 흥미 있는 정보가 들어왔습니다."

"흥미 있는 정보라니요?"

트랜트 경감은 그제야 의자에 앉았다. 내 바로 맞은편에 있는 의자에 털썩 앉더니, 담배 케이스 안에서 담배를 한 개비 꺼내어 불을 붙였다. 그가 담배 피우는 모습을 나는 한 번도 본 적이 없었다. 어쩐지 어색했다.

"오늘 웨스트 10번가에 가보았더니 3층 앞방에 살고 있는 여인이 집에 있더군요. 슈왈츠라는 부인이었는데."

그는 담배를 입에서 빼내 담배 끝에 매달린 잿덩어리를 물끄러미 바라보다가 슬그머니 책상 위로 눈길을 돌렸다. 나는 재떨이를 그의 앞으로 밀어놓았다. 그는 담배를 재떨이 위에 놓았다.

"슈왈츠 부인은 매우 협조적이었습니다."

나는 자신에게 타일렀다. 그의 꾸민 듯한 행동, 행동과 행동 사이의 정지, 마치 중대한 의미가 숨겨져 있는 것처럼 짧은 말을 불쑥 내뱉는 방법——이러한 것들은 모두 그가 무의식적으로 사용하고 있는 경찰 특유의 책략이다. 달리 그가 내게서 무언가 끌어내려 하고 있다고 믿을 만한 근거는 없다. 그러나 그렇게 생각하면서도, 그의 태도는 내 마음을 흔들어 놓았다.

"아까도 말씀드렸듯이 슈왈츠 부인은 3층에서 살고 있는데, 그 3층에는 다른 방이 또 하나 있습니다. 그 방은 지금 멕시코에 있는 어떤 남자의 방인데, 슈왈츠 부인의 말에 의하면 약

2개월 전부터 안젤리카 로버츠라는 여자가 이사와서 살고 있었답니다. 그 여자의 방에 늘 남자 한 사람이 찾아왔다기에 그 남자 이름을 알고 있느냐고 물어봤더니, '네, 알고 있어요. 제이미 램이라는 사람이었지요.' 하고 말하더군요."

그는 재떨이에서 담배를 집어들어 그것을 흘끔 보더니 다시 재떨이에 놓았다. 나는 트랜트 경감에 대한 이유 없는 공포가 되살아나는 것을 느꼈다. 그리고 안젤리카에 대한 분노가 다시 끓어올랐다. 언제나 문제를 일으키는 것은 그녀잖아! 이웃에 살고 있는 여자는 그녀에 대해서 아무것도 모른다고 하지 않았던가! 그러나 슈왈츠라는 부인은 제이미의 이름까지 알고 있다. 그런데도 아무것도 모른다니, 어쩌면 그렇게 쉽게 말할 수 있었을까?

트랜트 경감은 다시 말을 계속했다.

"슈왈츠 부인은 미망인이죠. 별로 할 일이 없는 이 세상의 미망인이 그렇듯이 그녀 역시 이웃 사람들에게 상당한 호기심을 갖고 있더군요. 특히 안젤리카 부인에 대해서는 몹시 흥미가 있었던 모양이에요. 안젤리카라는 여자는 굉장히 매력적이었으며, 제이미 램과의 관계는 꽤나 험악했다더군요. 늘 싸우며 소란을 피웠던 모양입니다. 물론 슈왈츠 부인은 거기에 대해 그다지 불평을 늘어놓지는 않았습니다. 오히려 아파트 3층이 떠들썩해서 재미있었나 봐요. 게다가 그녀에게는 '좋은 이웃'이 될 기회도 주어진 셈이니까요. 안젤리카는 그곳으로 이사온 지 한 달쯤 지나서 병에 걸렸답니다. 그런데 간호해 줄 사람이 아무도 없어서 슈왈츠 부인이 스스로 천사의 역할을 한 겁니다. 먹을 것을 갖다 주고, 방을 청소하고——그래서 그녀가 올 때마다 안젤리카가 침대에서 일어나 문을 열어주어야 하는 번거로움을 덜기 위해서 열쇠를 슈왈츠 부인이 하나 갖고 있었지요. 어느날 밤 슈왈츠 부인이 영화를 보고 돌아와서 할 일이 없을까 잠깐 들여다보려고 열쇠로 문을 열고 들어갔더니, 제이미 램이 몹시 취해서 안젤리카의 목을 조르고 있었답니다."

지금까지 들어본 적이 없는 그의 점잖은, 전혀 경찰관답지 않은 말투는 어쩐지 낯설게 들렸으며, 그 속된 말씨도 묘하게 불길한 느낌을 주었다. 나는 그의 얘기를 들으면서 입속에 신경질적으로 침이 고이는 것을 느꼈다. 나는 안젤리카의 무책임한 어리석음을 저주했다. 이웃 사람이 그들의 사생활에 깊이 관여하고 있었다는 사실을 그녀는 왜 나에게 말하지 않았을까?

트랜트 경감은 책상 앞으로 몸을 조금 내밀고 친근하게 미소지었다. 그 미소는 별로 악의가 없었으나, 묘하게도 내게 두려움을 주었다.

"슈왈츠 부인이 갑자기 들어가는 바람에 제이미 램이 몹시 당황해서 그대로 나가 버렸답니다. 다음날 슈왈츠 부인이 안젤리카의 방에 갔을 때, 그녀의 목에 검붉은 손자국이 남아 있었지만 안젤리카는 거기에 대해서 아무 말도 하지 않았다는군요. 그런데 그날 안젤리카는 아픈 몸을 무릅쓰고 두 시간쯤 외출했답니다. 나중에 슈왈츠 부인이 침대를 정리하는데, 베개 밑에 권총이 숨겨져 있더라더군요. 그래서 그녀가, '이것을 사러 나갔었군요?' 하고 물었더니, 안젤리카는 그렇다고 대답했답니다."

트랜트 경감의 입가에 언뜻 쓸쓸한 표정이 떠올랐다.

"이런 멜로드라마 같은 얘기를 오래 떠들어서 죄송합니다. 당신이나 캘링검 씨 가족의 세계와는 전혀 동떨어진 세계의 얘기입니다. 게다가 그 뒤의 얘기는 도저히 당신들이 상상도 할 수 없는 종류의 것이지요. 그 뒤 2∼3일이 지나자 제이미 램은 마치 아무 일도 없었던 것처럼 태연한 얼굴로 아파트에 나타나, 또 싸움을 하고 화해를 하는 등 전과 같은 일을 되풀이했답니다."

그는 이제 자신의 손을 쳐다보기 시작했다. 마치 매니큐어를 칠할 필요가 있는지 생각하고 있는 듯했다.

"제이미 램이 살해된 사실을 슈왈츠 부인은 전혀 몰랐던 모양입니다. 그래서 그가 살해당한 사실, 그리고 살해된 날 등을 그녀에게 설명해 주었더니, 더 자세한 얘기를 해주더군요. 그 아파트에서 램을 마지막으로 본 것은 살해되기 3일 전이었다는데, 그녀는 그때의 일을 뚜렷하게 기억하고 있었습니다. 그 날 밤에도 램은 굉장히 소란을 피웠던가 봐요. 싸움의 원인은 램이 다른 여자와 연애에 빠져서, 그 여자와 결혼하기 위해 안젤리카와 헤어지겠다는 데 있었던 것 같습니다. 그 '다른 여자'란 내 생각으로는 대프니 캘링검 양이 아닌가 싶은데요. 램이라는 사람은 상당한 야심가였던 모양입니다."

그는 의자에 깊숙이 기대어 의자의 앞다리를 바닥에서 떼고, 마치 이 '맨해튼의 하류 사회'의 얘기가 그와 나에게 객관적으로나 직업적으로 흥미 있는 얘기라고 확신하고 있는 것처럼 느긋하게 앉아 있었다.

"살인사건이 있던 날 밤, 슈왈츠 부인은 집에 없었습니다. 자메이카의 여동생 집에 갔다가 그 다음날 돌아왔지요. 출발할 때는 안젤리카가 분명히 아파트에 있었는데, 돌아와서 보니 방은 텅 비어 있었고 그녀의 소지품도 전부 없어졌답니다. 그 뒤 나를 방으로 안내해 주었는데, 그녀의 말대로 단서가 될 만한 물건은 하나도 남아 있지 않았습니다."

그는 의자의 다리를 다시 들어올려 카펫 위에서 조금 밀어냈다.

"하딩 씨, 이것이 대강의 줄거리입니다. 안젤리카 로버츠 양은 권총을 가지고 있었습니다. 그녀는 적어도 폭력에 익숙한 여자였으며, 남자에게 버림을 받았습니다. 더구나 그녀는 살인사건이 있었던 날 밤에 자취를 감췄어요. 이만한 조건이라면 범인을 다른 곳에서 찾을 필요가 없을 것 같은데, 당신은 어떻게 생각하십니까?"

그때까지는 그런대로 억누를 수 있었던 불안이 마음속에서 마치 벌레처럼 꿈틀거렸다. 사건이 이렇게 발전하리라고는 전혀 예상치 못했다. 나는 단순히 트랜트 경감이 권총 주인의 이름과 주소를 알아내어 웨스트 10번가로 갔다가, 결국 벽에 부딪쳐 별 수확없이 돌아올 것이라고만 생각하고 있었다. 그러나 지금 그는 슈왈츠 부인이라는 미망인 덕분에 안젤리카를 살인범으로 추정하게까지 되었다. 도대체 안젤리카는 왜 슈왈츠 부인에 대한 얘기를 나에게 해주지 않았을까? 이제 안젤리카는 사건에 대한 참고인 중 한 사람이 아니라, 사건의 주체가 되어 버리지 않았는가? 트랜트 경감은 전국을 샅샅이 뒤져서라도 그녀를 찾아낼 것이다.

나는 책상 앞에 앉아서 되도록 태연한 얼굴로 질문의 화살이 날아오기를 기다렸다. 트랜트 경감이 어떤 질문을 할지 전혀 짐작도 할 수 없었지만, 내가 어떤 질문에도——실제로 일어난 일을 제외하면 어떤 것이라도——대답할 준비를 하고 있다는 것은 그도 잘 알고 있을 것이다.

그러나 트랜트 경감은 아무런 예고도 없이 갑자기 의자에서 일어나더니 손을 내밀었다.

"얘기는 대강 이렇습니다. 하딩 씨, 그럼, 서둘러야 하니까 이만 실례하겠습니다."

나는 그가 이렇게 일어서리라고는 생각지도 못했지만, 아무튼 그의 손을 잡았다.

"갑자기 찾아와서 실례가 많았습니다. 실은 캘링검 씨 댁으로 가기보다는 먼저 당신을 만나는 게 나을 것 같아서……" 그는 활짝 웃었다. "당신한테 말해 두면, 장인 되시는 분이나 대프니 양에게 얘기할 때 조금이나마 도움이 되지 않을까 하고 생각했기 때문이지요. 제이미 램은 그분들이 생각했던 것처럼 훌륭하고 교양있는 신사가 아니었으므로 그 말을 듣고 실망하실 것 같아서요. 그러나 이제는 걱정할 것 없습니다. 그분들께 그렇게 말씀해 주십시오. 이제 사건도 실마리가 잡혔으니까요. 물론 우리는 안젤리카 로버츠를 찾아야 합니다. 그 여자는 흔적도 없이 사라졌지만, 반드시 찾아내고 말 겁니다.

꼭 그렇게 말씀해 주십시오. 절대로 걱정하지 말라고요."

그는 문 쪽으로 걸어가다가 뒤로 돌아 나를 쳐다보았다. "그건 그렇고, 하딩 씨, 대프니 양에게 안젤리카 로버츠라는 이름을 들은 적이 있는지 물어보셨습니까?"

나는 그를 쳐다보았다. 그리고 마음속으로 생각했다. '이 남자는 상당한 사람이군. 제법 멋있게 행동한단 말이야.'

"물어보았는데 모른다더군요." 하고 나는 거짓말을 했다.

"그렇겠지요. 모르는 게 당연합니다. 그럼, 하딩 씨, 여러 가지로 고맙습니다." 그의 눈은 내게서 벽에 걸려 있는 사슴머리 박제로 옮겨갔다. "저건 누굽니까? 역대 부사장 중 한 사람입니까?"

그는 잠깐 손을 흔들고는 사무실에서 나갔다. 등뒤에서 문이 닫혔다. 그가 피우던 담배는 길다란 재가 달린 채 재떨이 위에서 타고 있었다.

제17장

그가 사라진 뒤, 나는 책상 앞에 앉아서 신경을 곤두세우며 생각에 잠겼다. 걱정할 건 없다. 어차피 트랜트 경감은 안젤리카를 찾아내지 못할 테니까. 아무리 그가 수완이 좋다 해도 그녀가 클랙스턴에 있는 줄은 모를 것이다. 그러나 현실적으로 생각해야 한다. 그녀의 행방에 대해서 트랜트 경감이 실마리를 찾아낼지도 모른다. 뉴욕에 있는 호텔을 조사하다 보면 언젠가는 월튼 호텔에도 가게 될 것이다. 그러나 거기서도 벽에 부딪칠 것이 분명하다. 아니, 어쩌면 호텔 프런트 직원은 하딩이라는 사람이 안젤리카를 찾아왔었다는 사실을 기억하고 있을지도 모른다. 나는 마치 이쪽 벽에도 금, 저쪽 벽에도 금이 간 건물 안에서 이르는 곳마다 금과 틈이 보여 절망에 빠진 듯한 악몽에 사로잡혔다. 도대체 어떻게 해야만 된단 말인가? 지금까지 완벽한 것이라고 생각했던 내 계획이 갑자기 새 그물처럼 생각되었다. 내가 만든 그물에 내가 걸려서 도망치지 못하는 듯한 기분이 들었다.

나를 안정시키려면 폴에게 전화를 걸 수밖에 없다. 그는 아직 기금 사무실에 있었다. 베시도 사무실에 있었다. 나는 베시를 데리러 간다는 구실로 사무실에 가서 잠시 동안 폴과 둘이 있었다. 역시 폴에게 오기를 잘했다고 생각했다. 폴에게 사건의 새로운 진전을 얘기하자, 그는 아주 냉정하게 문제를 다루었다. 트랜트 경감은 백만 년이 걸려도 안젤리카의 거처를 알아내지 못할 거라고 그는 말했다. 그리고 월튼 호텔의 프런트 직원에 대해서는, 그런 일에까지 일일이 신경을 쓰다가는 머리가 돌아버릴 거라고 놀려댔다. 그의 그런 태도는 내 마음을 안정시키기 위해 일부러 그런 것이라는 생각이 들기는 했지만,

그래도 내 마음을 가라앉히기에는 충분했다.

우리가 얘기를 하고 있는데 베시가 들어왔다.

"두 분이 무슨 일을 꾸미고 있는 거죠?"

"당신 얘기를 하고 있었습니다." 하고 폴이 대답했다. "「돈 지갑의 천사」라고 새긴 당신의 기념비를 세우기로 했지요. 그런데 세우는 장소에 대해서 의견이 엇갈리고 말았습니다. 빌은 뮤직 홀의 무대 한가운데가 좋겠다고 하고, 나는 자유의 여신상 횃불 위에 의젓하게 세우는 게 가장 좋다는 의견이지요."

그는 베시와 나를 문 앞까지 배웅하며, 우리 두 사람의 어깨 위에 손을 얹고 말했다. "그럼, 안녕히 가십시오, 원앙 부부님. 당신들처럼 확고하게 뿌리를 내려 가정을 사랑하는 부부는 요즈음 세상에는 보기 드물어요. 정말 전형적인 미국인 부부입니다."

폴 덕분에 나는 마음이 아주 편해졌다. 적어도 신경과민이 된 기분은 사라졌다. 그러나 나는 더욱 조심했다. 그리고 어떤 일이 일어나든 끄떡도 하지 않을 만한 마음의 준비를 갖추었다. 그래서 그로부터 이틀 뒤 트랜트 경감이 사무실로 전화를 걸어왔을 때는 완전히 예전처럼 돌아와 있었다. 그의 목소리는 여전해서, 나는 조용하고 변함없는 그 친근한 말투가 얄밉게 느껴질 정도였다.

"여보세요, 하딩 씨입니까? 가능하면 경찰서까지 좀 와 주시겠습니까? 지금 바쁘신가요?"

나는 바쁜 일이 있다며 거절할까도 생각했으나, 결국은 피할 수 없는 운명이라고 생각했다.

"좋습니다. 가지요. 무슨 일이 있었습니까?"

"상세한 것은 만나서 말씀드리죠. 그럼, 하딩 씨, 30분쯤 뒤에는 오실 수 있겠지요?"

"예, 가지요."

택시를 타자 나는 다시 초조함에 시달렸다. '무슨 일이 있다. 상세한 것은 나중에——' 그는 이렇게 말했다. 하지만 그것이

최악의 사태를 뜻한다고 볼 수는 없다. 그 말은 여러 가지 의미로 해석할 수 있다. 지금까지 나는 경찰서 안에 들어가 본 적이 한 번도 없었다. 그 엄격함은 사람의 마음을 오싹하게 했다. 접수대 책상에 앉아 있던 순경이 내게 2층으로 올라가라고 했다. 2층에 있는 방은 휑뎅그렁하고 커다란 방이었다. 몇 명의 형사들이 여기저기에 앉아 보고서를 쓰기도 하고, 신문을 읽기도 하고, 볼륨을 낮추어 라디오를 듣기도 했다. 그들은 모두 나를 쳐다보지도 않았다. 찾아온 용건을 말하자 그 중의 한 사람이 나를 트랜트 경감의 방으로 안내했다. 트랜트 경감은 없었고, 그 형사는 내게 기다리고 있으라고 했다.

사무실이라고도 할 수 없는 방이었다. 커다란 방을 네모반듯하게 막은 데 지나지 않는 곳으로, 수도승의 고행실 같은 검소한 느낌이 들었다. 놀랍게도 깨끗하게 정돈된 책상 위에 내가 쓴 책이 한 권 놓여 있었다. 벌써 몇 년 동안 내 자신을 소설가라고 생각해 본 적이 없었다. 내가 쓴 책을 보자 복잡한 감정이 솟아올랐다. 그리고 불안 속에서도 나는 당혹과 만족이 뒤섞인 묘한 기분으로, '트랜트 경감은 나에게 사인을 해달라고 말할 작정인가?' 하고 생각했다.

그는 곧 들어왔다. 그리고 여전히 예의바른 태도로 나에게 인사했다. 처음부터 그는 우리가 오랜 친구라도 되는 것처럼 행동했는데, 지금은 그 조용하고 친근한 태도가 내 기운을 완전히 빼앗아 버렸다.

책상 앞에 앉더니 그는 한동안 말없이 나를 쳐다보았다. 그리고는 대수롭지 않은 듯이 내가 쓴 책을 집어들더니, 뒤표지가 보이도록 뒤집어서 나에게 건네주었다. 내가 책을 받아들자 그가 말했다.

"저자는 자기 자신에 대해 쓴 선전문을 절대로 읽지 않는다는 말을 들었는데, 하딩 씨, 그게 거짓말은 아닌 것 같군요."

만일 누가 조금 전에 이 「한낮의 작열」 표지 겉장에 무엇이 쓰여 있느냐고 나에게 물었다면, 나는 대답하지 못했을 것이다. 그러나 그의 손에서 책을 받아든 순간 모든 것이 생각났다. '이젠 끝장이다.' 하고 생각했다. 충격이 너무 컸기 때문에 내 기분을 숨길 수조차 없었다.

나는 표지 겉장을 물끄러미 쳐다보았다. 이런 데 함정이 있으리라고는 전혀 예상치 못했었다. 나를 배신한 것이 바로 내가 쓴 책이라니! 겉장 뒤에는 나와 안젤리카의 사진이 있었다. 클랙스턴 교정의 느릅나무 밑에 자신만만하게 서 있는 두 젊은이의 모습. 그 사진을 찍을 때의 광경을 나는 마치 어제 일처럼 생생하게 기억할 수 있었다. 안젤리카도 같이 책에 실어야 한다고 주장한 것은 나였다. 나는 그녀를 사람들에게 자랑하고 싶었다. 그 사진이 바로 이것이다. 그녀의 손가락에 낀 그 돌고래 모양의 반지까지 뚜렷하게 찍혀 있지 않은가! 게다가 사진에 덧붙여 쓴 선전문이 있다. 전에는 티없이 만족스럽게 이것을 읽었지만, 그 뒤 몇 년 동안은 생각해 본 적도 없었던 것이다.

'윌리엄 하딩. 24세, 전 해병대원. 처녀작 「한낮의 작열」을 발표하여 문단에서 그 재능을 인정받은 그는 현재 GI 장학금으로 아이오와 주 클랙스턴 대학 2학년 재학중. 최근 클랙스턴 대학 영문학 담당 로버츠 교수의 딸 안젤리카 로버츠와 결혼. 이 부부는 이탈리아와 프랑스로 1년 동안 여행을 계획중……'

트랜트 경감의 목소리가 멍하게 들렸다. 나는 파멸하는 미래의 광경을 마음속으로 그리고 있었는데, 그러는 동안에도 트랜트 경감의 목소리는 여전히 조용하고 아무런 적의도 품고 있지 않다는 것을 알 수 있었다.

"하딩 씨, 이 책 덕분에 크게 도움이 되었습니다. 당신 사무실에 갔다 온 뒤 우연히 이 책의 사진을 보게 되었지요. 이름까지 정확히 씌어 있더군요. 내 머리가 좋았기 때문은 아닙니다. 다만 운이 좋았을 뿐이지요."

나는 억지로 그의 얼굴로 시선을 돌리며 말했다. "그래, 그녀의 거처는 알아냈습니까?"

"클랙스턴 경찰서로 전화거는 일쯤이야 간단하지요." 그는 변함없이 미소짓고 있었다. 나는 그의 본심을 추측하기가 어려웠다.

"솔직히 말해서, 하딩 씨, 나는 당신의 마음을 몰랐습니다. 건망증에 대해서 많은 경우를 듣긴 했지만, 자기 아내의 이름을 잊어버리는 건망증은 처음이었으니까요. 그래서 당신을 꽤 의심했었지요. 그 일에 온통 정신을 빼앗겼을 정도였어요. 이것은 경찰관으로서 절대 허용될 수 없는 일이며, 늘 내 자신에게 타이르고 있었던 것인데, 나도 모르게 그만 이렇게 되고 말았습니다. 당신에게는 사과드립니다."

그는 몸을 책상 위로 내밀어 내게서 책을 받아들더니, 차곡차곡 쌓아올린 서류 위에 올려놓았다.

"물론 당신은 첫아내의 이름이 안젤리카 로버츠라는 것을 잘 알고 있었을 겁니다. 그러나 그 아내와 이번 사건을 연관짓는다는 것은 당신으로서 도저히 생각할 수 없는 일이라는 것도 잘 압니다. 당신은 첫아내와 벌써 3년 이상이나 만나지 않았지요? 어딘가 유럽 먼 곳에 있으리라고 생각하고 계셨겠지요? 제이미 램 같은 사람과는 아무 인연도 없을 것으로 생각하셨겠지요?"

나는 너무도 어처구니가 없어서 그를 쳐다보았다. 그는 지금 무슨 말을 하고 있는 거지? 이 사람은 내가 처음에 생각했던 것처럼 터무니없이 머리가 나쁜 사람일까? 아니면, 사람을 함정에 빠뜨리기 위한 비뚤어진 책략일까?

나는 지푸라기라도 잡는 심정으로 이 천에 하나 있을까말까 한 기회를 이용하기 위해 가장 무난한 말을 했다.

"그래, 그녀는 찾았습니까?"

"네, 곧 찾았습니다. 클랙스턴에서 아버지와 함께 살고 있더군요. 그 지방 경찰에서는 곧 그녀를 연행하여 심문한 뒤 전화로 나에게 알려주었습니다. 그때부터죠, 하딩 씨, 당신을 의심하지 않게 된 것은. 당신에 관한 그녀의 진술은 참으로 확실했습니다. 당신이 뉴욕에 있다는 걸 그녀는 알고 있었지요. 그래서 램에게 원고를 가져가게 했습니다. 그러나 램에게는 그녀에 대해서 당신에게 한마디도 하지 않도록 약속시켰어요. 나중에 캘링검 집안에 드나들게 된 뒤에도 그 약속을 계속 지키게 했다고 진술했습니다. 그녀는 당신을 만난 적도 당신과 연락한 일도 없고, 당신과 연관되는 것은 절대로 싫으며, 과거는 과거로 완전히 묻어 버리고 싶다고 했습니다."

안젤리카! 나는 마음속으로 그녀의 이름을 불렀다. 갑자기 그녀가 가까이에 있는 것처럼 느껴졌다. 마치 감옥 같은 이 방에서 바로 내 곁에 있는 것 같았다. 물론 그녀가 어떤 생각을 하고 있는지 나도 충분히 알 수 있었다. 그러나 그 무분별함과 돈키호테식의 사고방식, 커다란 아량은 정말 뜻밖이었다. 클랙스턴에서 경찰에 체포되었을 때, 그녀는 나의 새로운 생활이 완전히 그녀의 손 안에 있다는 것을 알고 있었을 것이다. 그녀는 나를 위해서 연극을 하고 있다. 헤어질 때 그렇게 경멸스런 말을 내뱉었으면서도, 베시와 CJ에게 내가 난처하게 되지 않도록 신경을 쓰고 있다. 나는 이해할 수 없는 기분에 사로잡혔다. 그리고 그것은 서서히 경탄으로 바뀌어 갔다.

나는 위태로운 곳에서 살아났다는 안도감과 함께 그보다 더 긴박한 기분, 안젤리카의 안전을 걱정하는 마음이 솟아났다.

"그래, 그녀가——안젤리카 로버츠가 당신이 찾는 사람이었다는 겁니까?"

"그렇습니다. 그녀는 모든 것을 인정했습니다. 권총을 산 일, 램과 말다툼한 일, 그에게서 버림받은 일, 사건이 발생한 다음 날 뉴욕을 떠난 일 등을 모두 인정했습니다."

그녀를 걱정하는 마음이 나 개인의 안도를 억누를 만큼 강해졌다.

"그러나 살인은 인정하지 않았겠지요?"

"물론 그것까지는 아직. 그것까지 기대한다는 건 무리겠지요, 하딩 씨. 그녀의 얘기에 의하면, 제이미 램은 사건이 일어난 날 밤 11시쯤 그녀에게 찾아와서 아파트에서 나가달라고 했답니다. 그 아파트는 램이 그녀에게 빌려주었는데, 주인이 갑자기 돌아왔으니 비워달라는 것이었지요. 그래서 그녀는 슈트케이스에 자기 물건을 챙겨서 아파트를 나왔으나, 달리 갈 만한 곳이 없어서 혼자 영화를 보고는 호텔로 갔답니다. 다음 날 그녀는 아파트에 가서 나머지 물건을 가지고는 기차를 타고 클랙스턴으로 갔다더군요."

그는 진지한 얼굴로 나에게 깊은 동정을 나타냈다. 그것이 오히려 나를 초조하게 했다.

"이런 얘기를 해서 죄송합니다. 당신에게는 상당히 충격적인 얘기일 테니까요. 그녀의 진술을 듣고 경찰에서는 일단 구속하기로 했습니다. 그녀는 고분고분 연행되어 지금 기차를 타고 이리로 오고 있는 중입니다. 아마 오늘밤쯤 이곳에 도착하겠지요. 만일 그녀가 당신을 만나고 싶다고 하면 당신도 그녀를 만나볼 수 있을 겁니다."

"그렇다면 그녀가 체포되었단 말입니까?"

"아닙니다. 사정을 듣기 위해 잠시 유치해 두는 겁니다."

그는 갑자기 일어나서 내게 손을 내밀었다. 그는 언제나 이렇게 갑자기 뜻하지 않은 때에 얘기를 중단해 버리는 버릇이 있었다. 나는 갑자기 그의 이런 행동이 견딜 수 없이 싫었다. 그는 경찰관답지 않은 행동만 하려고 한다. 이해할 수 없는 동정의 마음을 나타내기도 하고, 경찰의 특권을 남용하기를 굉장히 싫어하며, 자신의 입장보다 상대방의 입장에서 사물을 보는 성격을 가지고 있다. 이런 것들이 모두 나를 참을 수 없게 했다. 그는 내 말이나 행동으로 내가 얼마나 사건에 깊이 발을 들여놓고 있는지 의심해 볼 이유가 얼마든지 있다. 다른 경찰관이라면 틀림없이 나를 심문했을 것이다. 그러나 트랜트 경감은 그러지 않았다. 그는 그런 단순한 행동은 절대로 하지 않았다.

"경찰이 그녀를 데리고 오면 곧 알려 드리겠습니다. 전화를 걸지요. 댁에 계실 겁니까?"

나와 베시는 오늘밤 CJ와 식사를 하기로 되어 있지만, 어떤 구실을 만들어서라도 집에 있어야겠다고 마음먹으며 대답했다. "집에 있겠습니다."

그는 다시 미소지었다.

"하딩 씨, 아직은 그다지 걱정하시지 않아도 될 겁니다. 혼자서 영화보는 일은 있을 수 있는 일이니까요. 따라서 그녀의 얘기가 거짓말이라고 단정할 수는 없습니다. 알리바이만 확실하면 곧 석방됩니다."

알리바이만 확실하면! 트랜트 경감은 일부러 내 마음을 떠보고 있는 건 아닐까? 사실은 모든 걸 다 알고 있으면서 모르는 척하고 있는 건 아닐까? 나는 점점 더 그를 알 수가 없었다. 내가 알 수 있는 것은 다만 내가 처한 곤란한 상황과, 그 상황이 완전한 패배보다 훨씬 더 괴롭다는 사실이다. 왜냐하면 안젤리카는 자기를 희생하여 나를 구하려 하고 있기 때문이다. 지금 안젤리카를 구할 수 있는 길은 알리바이를 말하는 것뿐이다. 그런데 나를 파멸시키는 것 또한 그 알리바이다.

트랜트 경감은 여전히 손을 내밀고 있었다. 나는 그 손을 보면서 생각했다. 지금 그에게 모든 사실을 얘기해야 한다. 안젤리카에게 이런 터무니없는 위험을 겪게 할 수는 없다. 지금 그에게 얘기하지 않으면 나는 평생 동안 양심의 가책으로 괴로워할 것이다.

나는 입을 열었다. 그러나 목소리가 나오기 직전에 트랜트 경감이 말을 꺼냈다. "그럼, 하딩 씨, 나중에 전화를 걸지요. 아마 10시쯤이 될 것 같습니다."

그는 문 쪽으로 손짓을 했다. 용건이 끝났다는 신호였다.

당황한 나는 순순히 그의 손을 잡았다가 놓고 사무실을 나왔다.

제18장

이렇게 해서 나는 결국 말할 기회를 잃고 말았다. 나는 말하고 싶었으나 트랜트 경감이 기회를 주지 않은 것이다. 택시를 타고 집으로 돌아오면서 나는 어쩐지 책임을 벗어난 것 같은 기분이 들었다. 그리고 내가 침묵을 지킨 사실을 정당화하기 위해서, 부끄러운 생각은 들었지만 여러 가지 이유와 구실을 만들어 냈다. 이렇게 된 것은 안젤리카의 생각이지 내 책임이 아니다. 그녀는 자기 맘대로 나와는 아무런 관계도 없는 영화관이라는 알리바이를 생각해 거기에 매달린 것이다. 나와의논도 하기 전에 그녀가 모든 걸 말해 버린 것은 어리석고 경솔한 행동이 아니었을까? 그러나 그녀에게는 죄가 없다. 짓지도 않은 죄 때문에 벌을 받는 일은 절대로 없을 것이다. 아마 2~3일 안에 트랜트 경감이 진범을 찾아낼 것이다. 그러면 그녀는 곧 풀려나겠지. 만일 그녀가 나를 감싸줄 생각이라면, 여러 가지 일이 여기에 크게 관련되어 있는 나로서는 이 행운의 탈출구를 순순히 받아들이는 것이 현명하지 않을까?

이렇게 생각하니 마음이 아주 편해졌다. 집에 돌아왔을 무렵에는 나의 양심도 일시적 마비상태에 놓여 있었다. 앞으로 ──언제가 될지는 모르겠지만 나는 마음을 굳게 먹고 일을 해나가야 할지도 모른다. 그러나 지금으로서는 그때그때 잘넘기는 것이 가장 현명한 것 같다. 어차피 신문에도 날 테니까 베시에게는 안젤리카가 붙잡혔다는 사실을 얘기해야 한다.

그러나 그 이상의 것은 말할 필요가 없다. 마음을 차분히 가져야 한다. 트랜트 경감의 사무실에서처럼 마음을 약하게 먹으면 안된다.

베시는 집에 있었다. 침실에서 옷을 갈아입고 있었다. 내가 안젤리카 얘기를 하자 그녀는 깜짝 놀라 한동안 멍하니 있었다. 내 얘기가 너무 자연스러웠는지, 안젤리카라는 이름을 듣고도 한동안 그녀는 어느 안젤리카를 말하는지 짐작이 가질 않는 모양이었다. 유럽에 있을 안젤리카라고 하자 비로소 그녀도 알아들었다.

"그렇지만 제이미가 안젤리카를 알고 있었고, 안젤리카가 뉴욕에 있었다면 제이미는 왜 그 사실을 우리에게 말하지 않았을까요?"

"얘기를 들어보니 안젤리카가 제이미에게 아무 말 하지 말라고 했다더군. 베시, 경찰에서는 오늘밤 안젤리카를 뉴욕으로 데리고 온다는구려. 트랜트 경감은 나에게 안젤리카와 만나도 좋다고 하는데, 내가 생각해도 일단 만나보는 게 좋을 것 같소. 그러니 아버지한테는 당신 혼자 다녀오지 않겠소?"

"네, 그거야 나 혼자 다녀와도 상관없어요. 아버지에게도 신문을 읽으시기 전에 내가 한마디 해두는 게 좋지 않을까요? 아버지는 틀림없이 펄쩍 뛰며 화를 내실 거예요. 당신과 안젤리카가 전에 결혼했던 사실에 대해서——" 그녀는 겁에 질린 듯 나를 쳐다보았다. "그 여자가 죽였을까요?"

"나도 모르는 일이오."

"그 여자는 왜 돌아왔을까요? 어째서 또 모든 것을 엉망으로 만들어놓는 거지요? 왜 그 여자는——빌, 미안해요, 안젤리카도 가엾은 여자예요. 당신이 최선을 다해 주는 게 당연해요."

그녀는 침대에 걸터앉아 양말을 신기 시작했다.

"당신 입장도 난처하게 되었군요."

그녀의 입술이 보기 흉할 정도로 긴장되어 있었다.

"게다가 리키에 대한 문제도 있고. 무슨 일이 있어도 리키에게만은 이 일을 알리고 싶지 않아요. 절대로 리키에게는 알리지 않도록 해야 해요……"

그녀가 옷을 다 입을 때까지 나는 비참한 기분으로 침실에서 서성거리고 있었다. 준비가 다 끝나자 그녀는 부엌으로 가서 내 저녁 준비를 하라고 요리사에게 말했다. 나는 아파트 현관문 앞에서 그녀를 배웅했다. 그녀는 나에게 키스하며 말했다.

"너무 걱정하지 마세요."

내 품안에서 가만히 몸을 움츠리고 있던 그녀는 문득 미간을 찌푸리며 의아스러운 표정을 지었다.

"권총을 산 사람이 안젤리카라고 하셨지요?"

"음."

"그럼, 지난번에 트랜트 경감이 당신에게 전화했을 때 당신은 그걸 모르셨어요?"

"가명을 쓰고 있었나 보오."

"그랬군요." 그녀는 그제서야 납득이 간다는 듯 미소지었다.

"그럼, 다녀오겠어요. 아버지가 화나시지 않도록 최선을 다할께요. 안젤리카에게 내가……일이 잘 해결될 수 있도록 기도하고 있다고……"

트랜트 경감에게서 전화가 걸려온 것은 10시 반이었다.

"그녀가 지금 이곳에 있습니다. 센터 가(街)의 경찰서입니다. 당신과 면회하고 싶답니다."

"그럼, 곧 가겠습니다."

"하딩 씨, 너무 걱정하지 않으셔도 됩니다. 변호사를 부를 준비도 하고 있습니다. 그녀를 위해 최선을 다할 생각입니다."

센터 가의 경찰서는 아까 갔던 경찰서와 다름없이 차갑고 비인간적인 느낌을 주었다. 다만 규모가 더 클 뿐이었다. 트랜트 경감이 기다리고 있을 줄 알았는데 그는 없었다. 그러나 다른 경찰관이 내 용건을 알고 있었으므로, 곧 순경 한 사람이 긴 복도를 지나 작고 쓸쓸한 방으로 안내했다. 이윽고 안젤리카가 다른 순경을 따라 들어왔다. 순경이 나가고 우리 둘만 남았다. 그러나 둘만 있다는 느낌은 들지 않았다. 순경이 밖에서 기다리고 있다는 사실, 안젤리카가 유치장에서 끌려나왔다는 사실, 우리 두 사람 사이에는 트랜트 경감 같은 '법'이 끼어 있다는 것을 나는 잊을 수가 없었다. 또 내 당황스런 마음을 싫어도 의식하지 않을 수 없었다.

그녀는 역에서 헤어질 때와 같은 낡은 검은색 정장을 입고 있었다. 나는 틀림없이 아주 달라졌을 거라고 생각했었다. 그러나 그녀는 창백하기는 했으나 조금도 달라진 데는 없었다. 물론 여전히 아름다웠다. 그것은 무엇으로도 파괴할 수 없는 아름다움으로, 보는 이의 마음을 초조하게 만들었다.

안젤리카는 고집스런 표정으로 인사도 하지 않았다. 그것은 그녀가 옛날에 곧잘 보이던 표정이었다.

"난 경찰에 사실을 말하지 않을 작정이에요. 당신도 알고 계시죠?"

"음."

"그리 오래 시간을 끌지는 않겠어요. 나는 다만 설명하고 싶었을 뿐이에요. 설명만 들으면 곧 나가세요. 나는 여러 가지로 생각해 보았어요. 이제는 확실해졌어요. 이번 문제는 당신의 문제가 아니에요. 나만의 문제예요. 내가 그날 밤 당신을 찾아가지 않았더라면 당신은 이 사건과 전혀 관련이 없었을 거예요. 그러니 이제 와서 당신을 끌고 들어갈 필요는 없다고 생각해요. 별로 걱정할 일도 없을 것 같아요. 경찰에서 유죄를 증명할 때까지 나는 무죄고, 내가 영화보러 가지 않은 것을 절대로 증명하지 못할 테니까요. 무엇보다도 나는 죄가 없고, 그것은 당신도 잘 알고 있잖아요. 그러니까 그들은 겨우 2~3일 동안 나를 가두어두는 게 고작이 아닐까요?"

그녀는 옆에 놓인 핸드백에 손을 뻗치다 말고 말했다.

"담배 가지고 있어요?"

나는 한 갑 꺼내서 한 개비 불을 붙여주고 무뚝뚝하게 말했다. "갑째 다 가져도 좋소."

그녀는 말없이 담뱃갑을 핸드백 속에 넣었다. 그 동안에도 그녀는 결심이 선 듯한 차분한 눈초리로 물끄러미 나를 쳐다보고 있었다.

"내 말의 의미를 아시겠지요? 2~3일만 지나면 틀림없이 진범을 찾을 거예요. 그러면 그것으로 모든 게 끝나겠죠. 나나 당신이 그 일을 얘기하면, 당신은 평생 나를 증오하고 후회하며 괴로워할 거예요. 그래서 나는 아무 말도 하지 않기로 마음먹었어요. 그뿐이에요, 내가 말하고 싶은 것은. 아시겠어요? 아셨으면 돌아가세요. 모든 걸 나에게 맡겨 주세요."

그녀의 말은 조금 전까지 내가 자신에게 타이르고 있던 것과 똑같았다. 이론의 진행방법까지 아주 똑같았다. 더구나 내가 어떻게든 스스로를 납득시키려고 했기 때문에, 그 이론이 그녀의 입을 통해서 나오자 한층 더 그럴듯하게 들렸다. 나는 그냥 그녀가 하라는 대로 하고 싶은 유혹을 강하게 느꼈다. 동시에 그런 유혹에 끌려가고 있는 자신에게 혐오감을 느꼈다.

마치 내 생각을 천리안으로 꿰뚫어 본 듯 그녀는 덧붙여 말했다.

"내가 이런 결심을 한 것이 당신을 위해서라고 생각지 않아도 돼요. 그런 마음은 조금도 없었으니까요. 모두 나 자신을 위해서예요."

"당신 자신을 위해서라고?"

"이상하게 들리나요? 요 몇 년 동안 내가 무엇을 했는지 아세요? 나는 사랑으로 인간을 구할 수 있다는 어리석은 생각에 사로잡혀 있었어요. 그래서 찰스 메이틀랜드나 제이미 램 같은 사람들과 사귄 거예요. 시궁창 속을 헤매고 돌아다니는 나 자신을 위한 공허한 허영심—— 허울좋은 구실에 지나지 않는다는 것을 전혀 깨닫지 못하고 말이에요. 그러나 이제는 현실과 부딪쳐도 될 만하다고 생각해요. 제이미를 택한 것은 내 자신이었어요. 그러니 제이미와 관계되는 것은 마지막까지 내가 책임을 져야 하지 않겠어요? 요 몇 년 동안 내가 필요로 한 것은 한 대 크게 얻어맞는 일이었어요. 이번 사건이 바로 그것이 아닌가 생각해요."

그녀는 갑자기 미소지으며 말을 계속했다.

"그러니까, 빌, 양심의 가책 같은 건 절대로 느낄 필요가 없어요. 아무 걱정하지않아도 돼요. 내가 좋아서 하는 일이니까. 만일 당신이 필요하다면 말하겠어요. 하지만 별로 필요치 않을 거예요. 그러니까 이제 그만 헤어지도록 해요."

내가 어떻게 해야 좋을지 마음을 정하지 못해서 망설이고 있는 사이에 그녀는 방에서 나가 버렸다. 한동안 나는 자기분열증에 걸린 사람처럼 멍하니 서 있었다. 그녀의 행동이 너무도 자연스러워서, 나는 그녀가 말한 대로 해야겠다는 생각이 들기 시작했다. 생각해 보면 그녀의 자기비판도 전혀 잘못된 것은 아니지 않는가? 그녀의 생활이 엉망이었다는 것은 누가 보나 분명한 일이다. 체포의 충격으로 그녀는 자신을 볼 수 있게 되었다. 약간의 불쾌함과 부자유를 참아냄으로써 만족할 만한 정신적인 정화가 얻어진 셈이다. 그 이상 무슨 일이 있을 수 있겠는가?

그러나 이런 이론에 속아넘어갈 내가 아니다. 그녀에 대해서 나는 그녀 이상으로 알고 있다. 그녀는 입으로는 자기탈피라는 거창한 말을 하고 있지만, 사실은 조금도 달라지지 않았다. 그녀는 찰스 메이틀랜드와 제이미 램에 대한 '불행한 사람의 어머니'로서의 애정을 내게로 돌린 데 지나지 않는다. 그녀의 소위 '고상한 희생심'을 이번에는 나에게 쏟고 있는 것이다. 다시 말하면 내가 '그녀를 필요로 하는 불행한 사람'이 된 셈이다.

게다가 이 일로 인해 나는 다시 그녀에게 신세를 졌다. 싫다. 나는 그녀를 필요로 하거나 의지하는 일은 정말 바라지 않는다. 앞으로 베시와의 생활을 계속해 나가기 위해 안젤리카의 도움을 받아야 한다는 것은 생각만 해도 오싹해지는 일이다. 나는본능적으로 일어나려고 했다. 지금 곧 일어나서 복도로 나가 안젤리카와 동행한 순경을 뒤쫓아가서 두 사람을 다시 데려다 지금까지의 일을 다 털어놓을까 생각했다. 그러나 결

국 그렇게 하지 못했다. 나는 그대로 택시를 타고 집으로 돌아
오고 말았다.

베시는 아직 돌아오지 않았다. 나는 직접 마실 것을 만들어
마시면서 아무것도 걱정할 필요가 없다, 다른 사람이 나 같은
입장이라 해도 역시 이렇게 했을 것이라고 몇 번이나 되풀이
하여 자신을 타일렀다. 그러나 그래도 어쩐지 석연치 않은 데
가 있었다.

베시는 12시쯤에 돌아왔다. 그녀는 코트도 벗지 않은 채 급
히 거실로 들어왔다.

"빌, 어떻게 되었어요?"

"별다른 일은 없었소. 그 여자를 만났지만 그냥 그뿐이었소."

그녀는 거실 입구에 서서 물끄러미 나를 쳐다보았다. "그래
도 그 여자가 무슨 말을 하지 않았나요?"

"뭐, 별로 대수로운 말은 없었소."

그녀는 코트를 벗어 의자 위에 던졌다.

"아버지에게 얘기했어요. 그랬더니 굉장히 화를 내셨어요.
하지만 조금 뒤 조용해지더니 경찰국장에게 전화를 거시더군
요. 아버지의 친구분이죠. 그리고 안젤리카가 당신과 결혼했었
다는 사실을 신문에 쓰지 못하게 하라고 부탁했어요. 경찰국
장도 아버지가 하라는 대로 할 모양이에요."

그녀는 나에게 다가와서 내가 앉아 있는 의자 팔걸이에 걸
터앉았다. 그녀의 얼굴에는 근심스러운 빛이 역력했다.

"빌, 그렇게 낙심한 얼굴을 하면 싫어요. 그 여자를 위해 할
수 있는 일은 다 하셨잖아요? 당신이 어떤 기분인지 물론 나
도 잘 알아요. 그렇지만 별로 당신은……당신은……"

그녀는 갑자기 입을 다물었다.

"별로 내가……어쨌다는 거요?"

"아니에요. 저……내가 말하고 싶은 것은 당신은 그 한 가지
일만 생각하고 있는 것 같지 않아요. 그것은……물론 생각하
고 있긴 하겠지만 다른 뜻에서요……빌."

그녀는 자기의 얼굴을 내 얼굴에 갖다댔다. 그때 비로소 나는 그녀가 밤새도록 괴로워한 까닭을 알아차렸다. 즉, 이번 일 때문에 안젤리카에 대한 내 애정이 되살아나지 않을까 두려워하는 것이다. 언제나 그녀에게 상처를 주고 있는 내가 원망스러웠다.

나는 그녀를 끌어안으며 조용히 무릎 위에 앉혔다.

"베시, 이번 일로 우리 사이가 어떻게 되는 일은 절대로 없소. 그 점은 당신도 잘 알고 있잖소?"

그녀는 파고들 듯이 내 입술에 키스했다.

"나도 물론 그 여자를 가엾게 생각해요. 정말 그렇게 생각하고 있어요. 하지만 문제는 당신과 리키예요. 내가 가장 걱정는 사람은 당신이에요."

우리는 잠자리에 들었다. 그러나 여전히 내 마음은 편치 못했다. 그녀가 잠든 뒤에도 계속 나는 눈이 말똥말똥해져 잠을 이룰 수가 없었다. 베시, 리키, 센터 가 경찰서 유치장에 있을 안젤리카를 계속 생각했다. 나는 안젤리카에게 감사하는 마음을 가지려고 애썼다. 그러나 그것은 불가능했다. 다만 그녀가 미웠다. 제기랄! 도대체 그 여자는 무엇 때문에 이 세상에 태어났담!

가까스로 잠이 들어 다음날 아침에 깨어났지만 기분은 여전히 개운치 못했다. 낮에는 사무실에 있었다. CJ와의 면담도 그럭저럭 치렀다. CJ는 경찰국장과 얘기한 것을 내게 들려주며 안젤리카와의 관계에 대해서 별로 나무랄 생각은 없다고 공치사하는 투로 말했다. 나는 몇 주일 동안이나 병에 걸려 있는 듯한 지친 기분으로 그의 얘기를 들었다. 그날 밤도 내게는 고통스러웠다. 다음날 밤도 그랬다. 그리고 그런 상태로 또 이틀이 지났다.

안젤리카의 체포는 신문에 보도되었지만 언제나 안젤리카 로버츠라는 이름이었으며, 그 기사는 세상의 주목을 끌지 못했다. 신문에 나와 있는 바에 의하면 그녀는 살인사건으로 심문을 받고 있는 애매한 한 여자에 지나지 않았다. 캘링검 집안과의 관련만 없으면 뉴스로서의 가치도 전혀 없다. 트랜트 경감한테서는 그 뒤 한 번도 연락이 없었다. 그 무렵 나는 트랜트 경감이 나를 의심하고 있고, 뭔가 불쾌한 이유 때문에 시간이 지나기를 기다리고 있는 게 분명하다고 확신하고 있었다. 따라서 그의 침묵은 오히려 내 신경을 초조하게 했다. 나는 이런 애매모호한 입장을 더 이상 견딜 수가 없어서, 차라리 그에게 전화를 걸어 모든 사실을 다 얘기해 버릴까 하는 생각을 몇 번이나 했는지 모른다. 그러나 그때마다 자기방어 본능과 베시에 대한 걱정 때문에 그러지 못했다.

사흘째 되는 날 마침 점심을 먹으러 나가려 할 때 트랜트 경감에게서 사무실로 전화가 걸려왔다. 그의 목소리를 듣고 나서 어쩐지 마음이 놓였다.

"하딩 씨, 실은 별로 좋지 않은 소식입니다. 안젤리카 로버츠 양의 변호사가 그녀의 알리바이를 위해서 전심전력을 다했는데도……물론 우리도 여러 가지로 애를 써봤지만……도저히 알리바이를 증명할 수가 없군요. 그래서 오늘 아침 지방검사는 마침내 기소하기로 결정했습니다."

"그럼, 결국 재판을 받게 되는 겁니까?"

"그렇지요. 안젤리카 로버츠 양의 태도가 그다지 협조적이질 않으며, 게다가 진술 내용이 아주 애매합니다. 지방검사는 그녀의 유죄를 거의 확신하고 있습니다. 검사의 얘기로는 유죄판결이 내려지는 것도 어려운 일이 아닐 거라고 합니다."

내가 확실하게 마음을 결정하지 못하고 있는 사이에 마침내 종국이 닥쳐온 것이다. 나는 내가 무슨 말을 하고 있는지도 모르면서 그냥 내뱉듯이 말했다.

"지금 곧 당신을 만나서 하고 싶은 얘기가 있습니다만……"

"예, 좋습니다. 난 지금 센터 가 경찰서에 있습니다. 곧 오십시오."

그는 잠시 입을 다물었다가 다시 말했다. "당신이 마침내 결심하신 듯하니 정말 다행입니다. 결국 긴 안목으로 보면 그것이 모든 사람을 위하는 일이 아닌가 생각합니다."

제19장

택시를 타고 센터 가로 갔다. 나는 베시에게 의논하지 않고, CJ에게도 아무 연락 없이 이런 일을 한다는 것을 지금까지 생각해 본 적도 없었다. 그러나 지금은 그런 말을 할 때가 아니다. 다만 나를 짓누르고 있는 압박감을 없애야겠다는 육체적인 욕구밖에 없었다. 트랜트 경감의 수수께끼 같은 말조차 잘 생각해 보려 하지 않았다. 내가 생각하는 것은 단 하나, 안젤리카에게 내가 진 빚을 갚아야 한다는 것, 그 질식할 것 같은 의리의 인연에서 영원히 벗어나는 것뿐이었다.

센터 가의 경찰서에 도착하자 순경 한 사람이 요전의 방과 똑같은 방——그 방과 조금도 틀리지 않는 방으로 나를 안내했다. 이윽고 트랜트 경감이 들어왔다. 그는 여전히 친근하면서도 상대방에게 겁을 주는 미소를 짓고 있었다.

"마음이 달라지진 않으셨겠지요, 하딩 씨?"

"달라지지 않았습니다."

방안에는 나무로 된 테이블과 의자가 하나 있었다. 그는 그 의자에 앉아서 나를 바라보았다.

"당신이 마음을 달리 먹지 않도록 먼저 내가 말해 두고 싶은 게 있습니다. 실은 나쁜 줄 알면서도 제가 당신에게 속마음을 다 털어놓지 않았습니다. 유감스럽게도 경찰관들은 다른 사람들처럼 언동을 터놓을 수가 없지요. 나는 처음부터 사실을 알고 있었지만, 당신에게는 아무 말 않고 있었습니다. 맨처음 캘링검 씨한테 전화로 당신의 이름을 듣는 순간, 나는 당신이 「한낮의 작열」의 저자 윌리엄·하딩이 아닐까 생각했습니다. 그래서 당신을 만나기 전에 책 표지에 있는 당신의 사진을 확인해 두었지요. 마침 램의 아파트에서 막 돌아온 참이어서 주머니에 그 돌고래 모양의 반지를 가지고 있었습니다. 그래서 당신의 전부인이 그 사진에서 같은 반지를 끼고 있다는 것을 곧 알아보았습니다. 따라서 벌써 그때 그녀가 이 사건과 관계가 있다는 것, 그리고 당신도 아마 관계가 있으리라는 것을 알았던 겁니다. 나중에 당신이 반지를 보고 모르는 척하셨을 때, 당신이 뭔가 숨기고 있다는 생각이 들었지요. 그리고 슈왈츠 부인에게 당신 사진을 보였더니, 안젤리카 로버츠 양의 아파트 입구에서 제이미 램과 싸움을 했던 사람이라더군요. 그래서 당신이 무엇을 숨기고 있는지 알게 되었습니다."

나는 마치 남의 일처럼 생각했다. '그럼 그날 밤 택시를 타고 온 그 뻐드렁니의 금발 여인이 바로 슈왈츠 부인이었단 말인가?'

트랜트 경감은 책상에 기댄 자세로 말을 계속했다. 그 태도는 여전히 부드럽고 끈기있었다.

"물론 처음부터 당신과 대결하려고 했다면 그것도 불가능한 일은 아니었어요. 그러나 「한낮의 작열」을 읽고 당신의 성격을 짐작할 수 있었습니다. 즉, 당신은 낭만적이고 책임감이 강한 사람이라고 생각했지요. 당신은 다른 사람에게 들볶이는 것을 좋아하지 않아요. 하지만 결국에는 자기가 옳다고 생각하는 일을 하는 사람입니다. 그래서 나는 생각했지요. 만일 내가 당신을 들볶으면 아마 아무것도 얻지 못하게 될 것이다. 그러나 당신에게 차분히 생각할 여유를 주고 당신의 마음을 부드럽게 해주면, 언젠가는 시민으로서의 의무가 낭만적인 기사도 정신보다 훨씬 소중하다는 것을 깨닫게 되리라고 생각했던 것입니다."

나는 정신적으로 피로한 상태에서도 그의 말을 나의 이성으로 이해하려고 애썼지만, 그냥 듣고 있는 것만으로도 견딜 수 없었다. 그의 맑은 눈은 계속 내 얼굴을 주시하고 있었다.

"내 생각이 제대로 들어맞은 것 같군요. 내가 기대한 것보다 시간적으로 조금 늦긴 했지만 어쨌든 잘됐습니다. 그녀가 기소되면 이제 더 이상은 그녀를 도울 방법이 없다는 것을 알고, 당신은 결국 사실을 얘기하기로 결심하셨군요. 지방검사도 틀림없이 당신의 증언에 감사할 겁니다. 그렇게 되면 모든 일이 훨씬 쉬워지겠지요."

나는 그가 무슨 말을 하는지 계속 이해하려고 애썼다. 막연한 안개 같은 분위기 속에서 그의 조용하고 경찰관답지 않은 목소리가 무심히 들려왔다.

"그녀가 뉴욕에 온 뒤 당신은 여러 번 그녀를 만났지요? 그녀의 애인——위험하며 성가시고 아무 가치도 없는——에게 도움을 주려고까지 했어요. 그래서 그가 살해되었다는 말을 듣는 순간, 당신은 범인이 그녀라는 것을 곧 직감했습니다. 그렇다고 당신이 사실상의 증거를 가지고 있다든가 법률적 배후 조종자라든가 그런 뜻은 결코 아닙니다. 다만 그녀를 범인이라고 믿을 만한 상황을 알고 있을 거라고 생각했습니다. 그 뒤 당신이 취한 태도로 보아 제이미가 살해된 것은 당연한 일이다, 그녀를 감싸줘야겠다, 경찰에게는 아무것도 말할 필요가 없다, 그녀가 모습을 감춘다면 도와줄 수도 있다——대충 이런 생각이 들었던 겁니다."

계속해서 나는 그를 말없이 쳐다보았다. 그의 침착하고도 자신있는 미소에서 도저히 시선을 뗄 수 없었다.

"사건이 발생한 다음날 당신이 월튼 호텔에 간 것도 잘 알고 있습니다. 그녀에게 돈을 준 게 아닌가 생각합니다. 아마 그녀를 배웅하러 역에도 나가셨겠지요? 당신이라는 사람은 그런 성품을 지닌 분이니까요. 만일 살인이 있었던 날 밤 당신이 대프니 양과 함께 있지 않았다면, 틀림없이 그녀를 위해 알리바이를 만들어 주었을 겁니다."

내 사고력은 너무나 둔해져 있었으므로 그제야 그가 무슨 말을 하려는지 겨우 알 수 있었다. 그가 하나하나 구체적으로 설명하자 비로소 나는 이해할 수 있었다. 그리고 한동안 나는 모든 사실을 알아낸 그의 명석한 두뇌와, 바로 그 두뇌의 명석함 때문에 어처구니없는 실수를 저지르고 있는 것에 놀라서 다만 눈을 크게 뜨고 볼 뿐이었다.

나는 입을 열었다.

"당신은 내가 안젤리카에게 불리한 증언을 하기 위해 오늘 이곳에 왔다고 생각합니까?"

"그렇지 않습니까, 하딩 씨?"

"천만에요——나는 지금까지 당신을 머리가 좋은 사람이라고 생각했어요. 나는 안젤리카가 무죄라는 걸 말하러 온 겁니다. 제이미가 살해된 시간, 즉 새벽 2시쯤 그녀는 내 아파트에서 나와 함께 있었습니다."

나는 그에게 모든 것을 털어놓았다. 난처한 장면을 엘렌에게 들킨 일, 전화로 CJ에게 거짓말한 일, 대프니를 위한 알리바이 조작에 어쩔 수 없이 말려든 일, 대프니와 제이미의 관계, 그날 밤 무슨 일이 있었는가에 대한 대프니의 얘기, 제이미는 누군가와 만날 약속을 했다가 그 사람에게 살해된 게 분명하리라는 내 생각——이 모든 것을 그에게 털어놓았다. 그에게 얘기하면서, 그의 생각이 얼마나 잘못되었는가를 지적하며 아이러니컬한 만족감까지 느꼈다. 물론 나는 내 일, 캘링검 집안과의 관계, 베시——나의 모든 것을 내던지고 있다는 사실 역시 잊고 있지는 않았다. 그러나 고백과 동시에 되찾은 자존심은 내게 있어 무엇보다도 가치있는 것이었다. 안젤리카의 희생을 거부하고, 내 자신을 희생함으로써 나는 완전히 그녀에게서 자유로워질 수 있었다.

얘기하는 동안, 나는 트랜트 경감을 보지 않았다. 그는 이미 한 인간으로서 존재하는 것이 아니라 다만 하나의 귀——참회실 안에 있는 육체에서 떨어져 나간 하나의 지성일 뿐이었다.

"사정은 이렇게 된 겁니다. 처음부터 당신에게 얘기하지 않은 것은 내 잘못이었어요. 지금 생각하면 왜 그랬는지 나 자신도 모르겠습니다."

나는 얘기를 끝냈다.

"역시 그랬었군요."

트랜트 경감은 내가 고백을 시작한 뒤 처음으로 입을 열었다. 그 목소리에 나도 모르게 그를 바라보았다. 그가 내 얘기를 듣고 자신의 어리석음을 부끄럽게 생각했는지 어떤지는 그의 표정에 조금도 나타나 있지 않았다. 또한 그가 나를 어떻게 생각하고 있는지도 짐작할 수가 없었다. 그의 얼굴은 가면을 쓴 듯 무표정했다.

"그렇다면 대프니 양은 거짓말을 한 거로군요?"

"그렇습니다."

"캘링검 씨도 거짓말을 했고요?"

"그렇습니다."

"엘렌도."

"그렇습니다."

"게다가 안젤리카 로버츠 양은 자기에게 죄가 덮어씌워질지도 모르는데 역시 거짓말을 한 거로군요?"

"물론 그녀의 얘기도 거짓말입니다. 그녀는 나를 감싸주려는 돈키호테 같은 엉뚱한 생각을 가지고 있습니다. 사실대로 얘기하면 나와 캘링검과의 관계, 나와 지금 아내와의 관계가 어떻게 될 것이라는 걸 잘 알고 있기 때문입니다."

"그랬군요." 트랜트 경감은 잠시 동안 책상에 손을 올려놓고 멍하니 있더니 이윽고 일어나며 말했다.

"잠깐 실례하겠습니다. 곧 돌아오지요." 하고는 방을 나갔다.

나는 그가 어디에 갔는지 생각해 보지도 않았다. 아무 생각 없이 혼자 우두커니 앉아 있었다. 이것으로 모든 것이 끝났다. 나중에 CJ나 베시를 만났을 때 어떤 기분일지는 잘 알고 있었지만, 이제 그런 것은 아무래도 좋았다. 나는 몸이 깨끗해진 것 같은 기분이었다. 몇 주일 만에 처음으로 마음의 평온을 되찾았다.

이윽고 트랜트 경감이 돌아왔다.

"안젤리카 로버츠 양에게 갔다 왔습니다. 당신과 얘기하고 싶다더군요. 지금 이리로 데려오라고 했습니다."

이것은 내가 전혀 예상치 못한 일이었다. 그녀에 대한 분노가 한꺼번에 울컥 치밀어 올랐다. 나는 해야 할 일을 했을 뿐이다. 그 여자를 난처한 상황에서 구해냈다. 그런데 그녀와 만나게 하다니, 너무 지나친 일이다.

"하딩 씨, 몇 시간이든 원하는 대로 함께 계셔도 좋습니다. 그리고 이상한 속임수는 쓰지 않을 테니까 마음놓고 얘기를 나누십시오. 엿듣는 사람도 없고, 완전히 두 분뿐이니까요."

문이 열리고 안젤리카가 순경과 함께 들어왔다. 트랜트 경감과 순경은 방을 나가 문을 닫았다. 안젤리카가 얼른 내 곁으로 다가왔다.

"빌, 설마 당신이 얘기해 버린 건 아니겠지요? 트랜트 경감이 나에게 속임수를 쓴 게 분명해요."

"모든 걸 얘기했소."

그녀의 눈에 믿을 수 없다는 표정이 떠올랐다.

"하지만, 왜요?"

"당신이 기소되었다잖소?"

"네, 알고 있어요. 그러나 그런 것쯤은 아무렇지도 않아요. 비록 재판을 받는다 해도 나를 유죄로 할 수는 없어요. 도대체 몇 번을 얘기해야 알겠어요?"

그녀는 잠깐 입을 다물었다. 그리고 언제나처럼 그 고집스런 표정으로 말을 계속했다.

"트랜트 경감에게 말했어요. 만일 정말로 빌이 그런 말을 했다면 그것은 모두 거짓말이며, 빌은 자책감 때문에 자기를 희생하고 싶어하는 거라고요."

나는 분노와 경악이 뒤섞인 기분으로 그녀를 바라보며 말했다. "당신 미쳤소?"

"조금도 미치지 않았어요. 이 세상에서 당신이 바라는 것은 오직 캘링검 집안에 달라붙어 있는 일뿐이잖아요. 당신은 결코 얘기하고 싶어서 한 게 아니에요. 내가 기소되었다는 말을 듣고 양심의 가책을 느꼈을 뿐이에요. 고마운 일이긴 하지만, 나는 당신에게 그런 제스처를 써달라고 하지는 않았어요.

그녀는 조금도 달라지지 않았다. 순교자는 단 한 사람, 자기뿐이라고 당나귀처럼 고집을 부리고 있다. 그녀는 요 몇 주일 동안에 내가 처음으로 느낀 이 인간다운 행동까지 엉망으로 만들어 버려야 마음이 후련하단 말인가? 갑자기 그녀를 미워하는 마음이 사라졌다. 그녀는 이미 나를 유혹할 아무런 힘도 가지고 있지 않았다. 마침내 나는 자유로워졌다. 그녀도 세상 여자처럼 어리석고 머리가 혼란스러운 마음 좋은 여자——다만 굉장히 성가실 뿐, 그밖에는 아무 쓸모도 없는 여자라는 걸 깨달았기 때문이다.

나는 계속해서 말했다.

"이제 와서 새삼스럽게 쓸데없는 변명을 늘어놔 봐야 소용없소. 말다툼만 될 뿐 헛된 짓이오. 지금 트랜트 경감을 데리고 올 테니까, 아까 자책감이니 뭐니 했던 말을 취소하고 사실 그대로를 얘기하는 거요."

그녀는 난생 처음 보는 듯한 눈초리로 나를 오랫동안 물끄러미 쳐다보았다.

"당신 진심으로 말하고 있는 거예요?"

"물론 진심이오."

"하지만……하지만 나는 아직도 왜 그러는지 모르겠군요."

당신을 내 인생에서 영원히 몰아내기 위해서야! 그러나 그렇게 말할 수는 없었다. 나는 다만, "왜 그러는지 이유를 일일이 설명할 필요가 있겠소?" 하고만 말했다.

"그럼, 당신은……"

그녀의 얼굴이 일그러졌다. 고집과 자존심이 모두 녹아서 흘러내렸다. 그녀는 작고 쉰 목소리로 말했다.

"빌."

나는 당황해서 그녀의 얼굴을 바라보았다. 그녀는 내 앞으로 한 걸음 다가섰다.

"빌, 나는 너무나 무서웠어요. 지금은 솔직하게 말할 수 있어요. 그 유치장에 혼자 앉아 있는 것이 정말 무서웠어요. 당신이 나를 구하기 위해 위험한 다리를 건너리라고는 도저히 생각할 수 없었고, 그래서 당신이 지금 이 상태를 원하고 있는 한 나는 절대로 억지로 밀고 나가지 않겠다고 맹세했었어요. 아까 트랜트 경감에게서 당신이 고백했다는 말을 들었을 때도 그렇게 생각했지요. 그러나 나는 잘못 생각했었던 거예요."

"잘못 생각했다고?" 나는 불안한 마음으로 되물었다.

밝은 미소가 그녀의 얼굴에 떠올라서 표정이 완전히 달라졌다. "3년 동안이나 나는 잘못 생각하고 있었어요. 포르트피노에서 당신 곁을 떠날 때 내가 어떤 생각을 했는지 아세요? 당신이 캘링검 집안 사람들과 함께 지내며 솟아오르는 아침해에 눈이 멀어서 멍하니 머리를 떨구고 있는 것을 보고 내가 어떤 생각을 했는지 아세요? 나는 내 자신의 통찰력에 감탄하고 있었어요. 그제야 겨우 당신의 참모습을 알았다고 생각했었어요. 당신에게는 무엇을 쓰고자 하는 마음이 전혀 없고, 다만 내가 그렇게 생각하게끔 만들었을 뿐이라고요. 당신은 나나 나 같은 식의 생활을 원하고 있지 않았어요. 당신이 원하는 것은 안전하고 든든한 보호자 밑에서 위험하지 않고 발전 없는 일에 종사하며 착실한 부인을 얻는 것이라고 나는 생각했었어요. 그때 나는 당신의 참모습을 알았다고 생각하며, 스스로에게 이렇게 타일렀지요. '여기엔 이제 내가 원하는 건 아무것도 없어. 찰스 메이틀랜드 쪽이 훨씬 낫다.' 하고 말이에요."

그녀는 바로 내 옆에 다가와 두 손을 내 팔에 얹었다.

"그러나 나는 잘못 생각했어요. 그렇지요? 내가 사랑하는 사람은 역시 당신이었어요. 캘링검식의 생활을 원하고 있다고 생각한 건 내 착각이었어요. 다만 당신은 길을 잘못 들었고, 나 또한 길을 잘못 들었을 뿐이에요. 그리고 이제서야 둘 다 서로의 잘못을 깨닫게 된 거예요. 그날 밤 내 아파트에서 당신이 키스했을 때, 나는 내 기분에 속지 않으려고 무척 노력했어요. 그런 것은 아무 의미도 없으며, 지나간 정열의 여운에 지나지 않는다고 스스로 타일렀지요. 그리고 제이미가 살해되던 날 밤……나는 그렇게 되기를 결코 바라진 않았어요. 당신이 베시와의 관계를 계속하고 싶어하는 한 절대로 방해하지 않겠다고 스스로 맹세했었지요. 그러나 그것이 잘못된 행복이라는 것을 당신 스스로 깨달은 지금——모든 것을 다 포기하겠다고 당신 스스로 결심한 지금……"

나는 그녀 손의 감촉을 팔에 느꼈다. 그 감촉은 나에게 큰 힘을 지니고 있었으며, 지금도 내 몸에 어리석은 흥분을 불러일으켰다. 그러나 동시에 나는 마음속으로 일종의 전율을 느꼈다.

"농담은 그만둬! 당신은 내가 당신을 사랑해서 그런 행동을 취했다고 생각하는 거요?"

그녀는 마치 따귀라도 맞은 듯 한 걸음 뒤로 물러났다. 미소가 사라지고 당황한 표정이 나타났다.

"그래도……난……당신이 그렇게 말했을 때……그럼……그럼……왜 당신은 트랜트 경감에게 사실을 말했나요?"

"내 생활을 되찾기 위해서요. 베시를 대할 때 내가 가장 비열한 배신자라는 걸 느끼지 않아도 되도록."

이런 말이 얼마나 잔인한지 나도 잘 알고 있었다. 또한 그녀의 불쾌한 오해에 내가 질식당하지 않기 위해서는 그럴 수밖에 없다는 것도 알고 있었다. 그러나 이렇게 말하는 순간, 내가 거짓에서 벗어난 뒤 느끼던 만족감이 흔적도 없이 사라져 버렸다. 남은 것은 트랜트 경감을 상대해야 하는 재미없고 싫은 일뿐이었다.

안젤리카는 어깨를 웅크리고 우두커니 서 있었다. 여위고 몹시 나이들어 보였다. 이윽고 그녀는 속삭이는 듯한 작은 목소리로 말했다.

"유치장에 혼자 앉아서 나는 마침내 밑바닥까지 오고 말았

다고 생각했어요. 정말 밑바닥까지. 그러나 지금 생각하니 그
건 겨우 언덕을 내려가기 시작한 데 지나지 않았군요."

내 얼굴을 올려다보며 계속해서 말했다.

"그럼, 좋아요. 트랜트 경감을 불러 주세요. 당신이 원하는
대로 얘기해 드리지요. 나는 지금까지 사람이 추상적인 주의
(主義) 때문에 이런 짓을 하리라고는 생각해 보지도 않았어요.
어쨌든 당신에게는 두 손 들었어요. 당신은 순교자 중에서도
가장 거룩한 순교자인 셈이군요!"

제20장

나는 방을 나갔다. 순경이 복도에 있었다. 트랜트 경감을 만나고 싶다고 하자 그는 곧 일어났다. 나는 밖에서 기다렸다. 안에서 안젤리카와 함께 있는 것은 생각만 해도 참을 수 없었기 때문이다. 곧 트랜트 경감이 왔다. 나는 그와 함께 방에 들어가서 안젤리카가 내가 한 얘기를 확인해 줄 거라고 말했다. 그는 여전히 무표정한 얼굴로 진술서를 작성해야겠다고 말했을 뿐이다. 형사 한 사람이 속기 타이프라이터를 가지고 들어왔다. 트랜트 경감은 안젤리카의 진술을 받을 동안 나에게 밖에서 기다리라고 했다. 이윽고 그는 방에서 나와 순경을 불러들였다. 순경은 안젤리카를 데리고 나와서 복도를 걸어갔다. 그녀는 내 얼굴을 보지 않았다. 나도 그녀를 보지 않았다. 그리고 나는 방에 들어가 진술을 되풀이했고, 형사가 내 진술을 타이프라이터로 속기했다. 시간은 별로 걸리지 않았지만 나는 언제 끝날지 아득하게 느껴졌다.

형사가 나간 뒤 나는 트랜트 경감에게 말했다. "이젠 그녀를 풀어 주실 수 있겠지요?"

"그렇게 간단히는 안됩니다, 하딩 씨. 우선 처리해야 할 일이 있습니다. 유모 호지킨스 양에게도 당신의 진술을 확인해야 합니다. 엘렌 호지킨스 양을 만나보기로 하겠습니다."

물론 이것은 당연한 일이다. 나는 엘렌이 어떤 얼굴을 할지 상상해 보았다. 인간 쓰레기 하딩의 엉터리 수작을 '마지못해' 폭로할 수밖에 없을 테지만, 그래도 심술궂은 만족감으로 얼굴을 빛낼 엘렌. 이 엘렌으로부터 드디어 나의 시련이 시작되는 것이다. "전화를 걸까요?"

"아니, 괜찮습니다. 그러나 원하신다면 같이 가도 상관없습니다."

우리는 경찰차를 타고 나의 아파트로 갔다. 트렌트 경감은 여전히 자기 껍질 속에 틀어박혀 침묵을 지키고 있었다. 그러나 나는 아무래도 상관없었다. 아파트에 도착해 보니 다행스럽게도 베시는 사무실에 가고 없었다. 엘렌은 어린이방에 혼자 앉아 있었다. 그녀는 곧 일어나서 '법률'의 대행자를 상대하는 데 어울리는 겸손한 태도로 눈을 내리깔았다.

트렌트 경감이 입을 열었다. "호지킨스 양, 당신도 잘 알겠지만 안젤리카 로버츠라는 여자가 램 씨의 살인용의자로 붙잡혀 있소. 안젤리카 로버츠 양은 하딩 씨의 전부인이지요. 그런데 지금 센터 가의 경찰서에서 받아낸 하딩 씨의 진술서에 의하면, 하딩 씨와 캘링검 씨가 당신에게 살인이 일어난 날 밤의 일을 그대로 말하지 말라고 했다던데……"

엘렌은 얼굴을 들었다. 송곳처럼 날카로운 파란 눈이 흘끔 내 얼굴을 보더니 트렌트 경감 쪽으로 옮겨갔다.

"사실 그대로를 얘기하지 말라고요?"

"하딩 씨에 의하면 대프니 양이 이 아파트에서 하룻밤 지냈다는 것은 거짓말이며, 사건이 일어난 시간에 안젤리카 로버츠 양이 이곳에 있었다는 겁니다. 자세히 말해서 하딩 씨는 안젤리카 로버츠와 포옹을 하고 있었는데 당신이 불쑥 나타났다더군요. 당신도 알다시피 이것은 안젤리카 로버츠 양에게 있어 상당히 중요한 일입니다. 물론 당신이 전에 한 말을 번복해도 결코 골치아픈 일은 일어나지 않도록 할 테니, 그 점에 대해서는 걱정하지 말고 사실 그대로를 말해 주시오."

언제나 그렇듯이 지금도 엘렌은 얼굴을 빨갛게 붉히고 있었다. 나는 엘렌의 눈에 악의의 빛이 나타나기를 막연히 기다리고 있었다. 그러나 그런 빛은 전혀 찾아볼 수 없었다. 그 대신 그녀는 당혹과 부끄러움을 살짝 띠며 말했다.

"죄송합니다만, 저는 무슨 얘기인지 잘 모르겠는데요. 하딩 씨가 말씀하셨다는 것은……"

그녀는 머뭇머뭇 두 손을 비비며 우물거렸다.

트랜트 경감은 끈기있게 같은 말을 되풀이했다. 그가 말을 마치자 엘렌은 영문을 모르겠다는 듯 놀라운 눈으로 나를 쳐다보았다. 그 눈에는 일부러 꾸민 점은 조금도 없었다.

"구구하게 말씀드리는 것 같지만, 저는 하딩 씨가 무슨 말씀을 하는지 전혀 모르겠습니다. 대프니 양은 분명 이곳에 계셨어요. 제가 직접 저녁 시중을 들어 드렸으니까 그것은 확실한 일이에요. 그러나 또 한 분은……그……만일 이곳에 와 계셨다고 해도 전혀 뵙지 못했습니다."

순간적으로 나는 엘렌의 말을 믿을 수가 없었다. 그러나 곧 다음 순간에는 엘렌이 이런 태도를 취하리라는 것은 처음부터 각오해 두어야 했음을 깨달았다. 나는 화를 내며 트랜트 경감에게 말했다.

"엘렌은 거짓말을 하고 있는 겁니다. 켈링검 씨는 엘렌의 조카를 영국에서 비행기로 데려온다는 약속으로 이 여자를 매수했으니, 거짓말을 하는 것은 당연하지요. 만일 사실을 말하면 캘링검 씨가 그 약속을 취소하지 않을까 걱정하고 있는 겁니다."

엘렌은 얼굴을 더욱 붉혔다. 트랜트 경감은 얼굴 근육 하나 움직이지 않았다.

"그렇습니까, 호지킨스 양?"

그녀는 갑자기 떠들어댔다. "캘링검 씨가 제 조카를 수술시키기 위해 미국으로 데려와 주신다는 것은 거짓이 아니에요. 그것은 사실입니다. 캘링검 씨는 아주 친절하고 인정이 많은 분이에요. 저를 마치 가족처럼 대해 주시지요. 다른 분들도 정말 친절합니다. 마님께서도 그렇고, 대프니 양도—— 저에게는 정말 하나님 같은 분들이지요. 저를 매수하여 거짓말을 하게 하다니, 그건 당치도 않은 애기입니다. 캘링검 씨가 그런 일을 하시다니! 캘링검 씨는 결코 그런 분이 아니에요!" 그녀는 나를 향해 분노에 찬 눈을 번뜩였다. "하딩 씨, 제가 지금까지 얼

마나 열심히 노력해 왔는지 아세요? 이 집에서 여러분을 만족
하게 해드리려고 얼마나 애써왔는지 모르실 거예요. 그런데
이제 와서 새삼스럽게……"

그녀의 말은 울음섞인 목소리로 가라앉았다.

트랜트 경감이 끼여들었다. "그렇다면 당신 생각으로는 하
딩 씨의 진술이 전혀 근거없는 말이라는 뜻이군요?"

"네, 터무니없는 거짓말이에요. 저는 태어나서 이렇게 모욕
당해 본 적은 없습니다. 마님과 리키만 없다면 저는 지금 당장
이라도……"

그녀는 한 손으로 얼굴을 가렸다.

그러자 트랜트 경감이 말했다. "이제 됐습니다, 호지킨스 양.
오늘은 이 정도로……"

"하지만, 트랜트 경감님……" 나는 항의했다.

"아니, 됐습니다." 그는 어린이방을 나갔다. 나는 그를 따라
거실로 들어갔다. 분노와 실망으로 가슴이 터질 것만 같았다.

"물론 당신은 저 여자의 얘기를 믿지 않으시겠지요? 당신이
그렇게 어리석은 사람이라고는 생각지 않습니다만……"

그는 의자 팔걸이에 걸터앉아 아주 열의 없는 어조로 말했
다. "하딩 씨, 그녀의 얘기를 믿고 안 믿고는 문제가 아닙니다.
문제는 그녀가 당신의 얘기를 뒷받침해 주지 않았다는 점입니
다. 그러니 당신의 진술에 따라 내가 행동을 밀고 나가려면 그
것을 뒷받침해 줄 다른 사람을 찾는 수밖에 없습니다."

"안젤리카의 뒷받침이 있지 않습니까?"

"그것만으로는 충분치 않습니다. 안젤리카 로버츠 양은 처
음엔 모든 것을 부정했습니다. 그리고 당신과 단둘이 만난 뒤
겨우 인정했기 때문에, 두 사람 사이에 의논할 시간이 충분히
있었던 셈이지요. 게다가 이것은 그녀에게 분명히 유리한 일
이니까요."

정말 어리석은 얘기다. 이렇게 되리라고는 전혀 상상도 하
지 못했다. 또다시 악몽으로 되돌아가는 것이 아닌가 나는 조

바심이 났다.

"부인에게는 아직 아무 말도 하지 않으신 모양이지요?"

"물론 아무 얘기도 하지 않았습니다."

"그럼, 다른 사람을 찾아야겠군요." 그는 앉은 채로 물끄러미 나를 지켜보고 있었는데, 그 얼굴에는 호기심이 조금 엿보일 뿐 아무 표정도 나타나 있지 않았다. "엘리베이터 담당 보이는 어떻습니까? 안젤리카 로버츠 양은 슈트케이스를 들었고, 이 아파트는 4층이니까 틀림없이 엘리베이터를 탔겠지요."

나는 그날 밤 안젤리카가 한 말이 생각났다. "걸어서 올라왔어요. 엘리베이터 보이 눈에 띄지 않는 게 좋을 것 같아서요."

"아니, 그녀는 걸어서 올라왔습니다."

"4층까지? 어째서지요?"

"너무 늦은 시간이었기 때문에 되도록 남의 눈에 띄지 않게 하려고——"

"그랬군요."

점점 악몽이 깊어간다고 생각될 때, 문득 폴이 머리에 떠올랐다. 이제는 모든 일이 잘되리라고 생각했다. 폴이라면 처음부터 끝까지 다 알고 있다.

"사건 다음날 나는 모든 것을 폴에게 얘기했습니다."

"그렇습니까?"

"그러니 폴을 불러서 내가 아무 말도 하지 않았는데 폴이 나와 똑같은 얘기를 하면 그것으로 확증을 얻을 수 있지 않겠습니까?"

트랜트 경감은 눈을 깜박거리며 말했다. "그럼, 폴 씨를 불러주시지요."

나는 폴에게 전화를 걸어 곧 와달라고 했다. 폴은 역시 기분 좋게 승낙했다.

"좋아, 곧 가겠네. 무슨 나쁜 일이 일어난 건 아니겠지?"

"아무 일도 아니니까 그냥 이리로 와주게."

20분쯤 지나자 그가 왔다. 여전히 명랑하고 싱글벙글 웃는 밝은 인상이었다. 그를 보자 나는 마음이 들떴지만, 한편 내 입장이 지금까지와는 정반대가 되었다는 것을 깨닫고 쓴웃음을 짓지 않을 수 없었다. 지금은 내 생활을 구하기 위해서가 아니라 오히려 나를 파멸시키기 위해 온 힘을 기울이고 있지 않은가!

"폴, 이분은 트랜트 경감일세. 경찰에서는 안젤리카를 기소하기로 했네. 그래서 가까운 시일 안에 재판을……"

트랜트 경감이 재빨리 내 말을 막았다.

"이리로 앉으십시오, 파울러 씨."

"예."

"파울러 씨, 실은 하딩 씨가 램이 살해된 날 밤에 있었던 일을 진술하셨습니다. 하딩 씨 얘기로는 사건이 있던 다음날 당신에게 모든 걸 얘기했다고 하는데, 그 얘기를 다시 한 번 저에게 되풀이해 주실 수 있겠습니까?"

폴은 나를 흘끔 쳐다보았다.

"괜찮네. 모든 것을 다 얘기하게."

"다 얘기하라고?" 그는 트랜트 경감 쪽으로 돌아앉으며 우울한 듯한 표정을 지었다. "모든 것을 다 털어놓는 것만큼 기쁜 일은 없습니다, 경감님. 그것은 내가 가장 좋아하는 일 가운데 하나니까요. 그러나 무엇을 털어놓아야 하는 거지요?"

"사건 다음날 하딩 씨가 당신에게 가지 않았습니까?"

"아마 왔을 겁니다. 그는 심심하면 사무실에 얼굴을 내미니까요."

"그때 하딩 씨가 안젤리카 로버츠에 대해 무슨 말을 하지 않았습니까?"

"이거 참, 어이가 없군!"

폴은 원숭이 흉내를 내는 희극배우처럼 입을 뾰족이 내밀고 머리를 긁었다. "나는 스스로도 정신나간 사람이라고 생각하고 있지만 역시 상당한 멍청이인 모양이군. 빌과 안젤리카라고요? 그럼, 안젤리카가 뉴욕에 온 뒤 빌이 그녀를 만나고 있었단 말입니까?"

엘렌의 배신은 나도 당연한 일로 받아들일 수 있었다. 그녀가 내 말을 부정한 순간, 나는 그녀가 자신의 이익과 CJ를 향한 비굴한 존경 때문에 그런 태도를 취하는 것은 당연하다고 인정했다. 그러나 폴은 도저히 이해할 수가 없었다. 나는 그의 솔직하고 난처해 하는 얼굴을 물끄러미 쳐다보았다. 머릿속이 말할 수 없이 혼란스러웠다.

"폴, 농담이 아닐세. 부탁이니 사실대로 얘기해 주게. 안젤리카를 구하는 길이 그것밖에 없다는 것은 자네도 잘 알고 있잖나!"

이지적이면서도 애정이 담긴 파란 눈이 나를 쳐다보았다. "빌, 왜 미리 말해 주지 않았나! 나는 자네를 위해서라면 무슨 일이든지 다 했을 텐데. 자네도 그 정도는 알 게 아닌가! 그러나 갑자기 얘기하라니, 그것은 무리일세. 나는 남의 마음을 꿰뚫어볼 수도 없고, 수정구슬(집시가 점을 칠 때 쓰는 것)은 집에 두고 왔으니까."

트랜트 경감이 중간에 끼여들었다. "하딩 씨가 무슨 말을 하고 있는지 당신은 전혀 모르시겠단 말씀입니까?"

"아니, 경감님, 그는 나에게 예비지식을 주었어야 했습니다. 무슨 말인지 전혀 모르겠군요. 나는 많은 사람에게서 여러 가지 일을 듣습니다만, 대개 한쪽 귀로 듣고 한쪽 귀로 흘려 버리지요." 그는 몸을 앞으로 내밀며 계속해서 말했다. "그러나 안젤리카가 무죄라는 것은 빌의 말이 맞습니다. 분명히 그녀는 무죄입니다. 절대로 그런 짓을 할 여자가 아니에요. 당신들 경찰은 화가 날 정도로 잘못된 일만 하고 있습니다. 램이라는 사람은 인간 쓰레기였어요. 그렇지요? 진드기입니다. 안젤리카에게 달라붙어 목숨을 이어갔으니까요. 그리고 캘링검 집안을 알게 되자 이번에는 거기 붙어서 살려고 했던 겁니다. 그런 녀석은 죽여도 시원치 않다고 생각하는 사람이 얼마든지 있지요. 게다가 그 녀석은 누구를 협박하고 있었을지도 모릅니다.

아마 수십 명은 협박했을 겁니다. 그러니 당신네들 경찰이 해야 할 일은……"

"폴!" 나는 중간에 끼여들었다. "부탁이니 얘기해 주게."

그는 갑자기 입을 다물었다. 그리고 겁에 질린 듯 나를 슬쩍 바라보더니, 눈길을 다른 곳으로 돌렸다. 한동안 어색한 침묵이 계속되었다. 트랜트 경감이 의자에서 일어났다.

"파울러 씨, 일부러 와주셔서 고맙습니다. 오늘은 이 정도로 됐습니다."

폴은 지친 듯 나른한 모습으로 자리에서 일어났다. 이렇게 순수하게 당혹스러운 표정을 짓고 있는 사람을 나는 본 적이 없었다. 물론 엘렌은 제외하고. 이것으로 나는 악몽 속으로 아주 깊숙이 빠져 버렸다.

나는 폴에게 말했다. "폴, 가지 말고 기다려 주겠나? 자네의 설명을 듣고 싶네."

그러자 트랜트 경감이 폴에게 말했다. "하딩 씨가 당신이 남아주기를 바란다면 그렇게 하셔도 좋습니다만, 그전에 하딩 씨와 둘이서 얘기하고 싶군요. 잠깐 기다려 주시지 않겠습니까?"

"좋습니다." 폴은 나를 보며 말했다. "자네가 있어 달라면 언제까지라도 있겠네." 그는 입구 쪽으로 가다가 갑자기 나를 돌아다보며 말했다. "정말 미안하네. 물론 나도 안젤리카를 가엾게 생각해. 그러나 내가 무엇을 해줄 수 있겠나?"

그는 방을 나갔다.

나는 트랜트 경감에게 말했다. "폴과 잠깐 얘기하게 해주십시오. 그러면 모든 것을 다 말하도록 설득시키겠습니다."

"저 사람은 틀림없이 말하겠지요. 당신과 친한 친구라는 건 단번에 알 수 있으니까요. 당신이 바라는 대로 무엇이든 증언해 주겠지요. 사정을 얘기하기만 하면."

"그러나 그가 아까 한 얘기는 거짓말입니다."

"아까도 당신은 그렇게 말했어요. 호지킨스 양은 캘링검 씨에게 매수되어 거짓말한 것이라고. 그렇다면 파울러 씨의 경우는 왜 거짓말을 했을까요?"

"그는……나를 감싸려는 어리석은 마음에서 그러지 않았나 싶습니다. 사실대로 얘기하면 나와 아내, 나와 장인 사이가 어떻게 될지 그는 잘 알고 있으니까요. 그래서 그는 오히려 안젤리카에게 모든 걸 씌워버리는 편이 현명하다고 생각했겠지요. 다시 한 번 그와 천천히 얘기해 보면……"

"당신 친구는 당신을 감싸주기를 좋아하는 모양이군요, 하딩 씨."

그의 말 속에는 비꼬거나 비웃는 기색은 전혀 없었다. 다만 사실을 솔직하게 말할 뿐이다. 그러나 이 무감각함, 사실 이외의 것에는 전혀 흥미를 가지려고도 하지 않는 완고함에는 정말 답답했다. 나는 일단 사태를 내 나름대로 인식해 보기로 마음먹었다.

"당신은 나를 믿지 않는군요?"

"그렇게 말하지는 않았습니다, 하딩 씨. 솔직히 말해서 대프니 양과 제이미 램의 관계에 대해서는 사실을 말했다고 믿고 있습니다. 그리고 사건이 일어난 날 밤 대프니 양이 이 아파트에 없었다는 사실도 못 믿을 것이 없습니다. 왜냐하면 만일 그녀의 알리바이가 사실이라면 당신이 일부러 그것을 부술 까닭이 없기 때문이지요. 호지킨스 양이 당신 말대로 매수되었다는 것도 있을 수 있는 일입니다. 그러나 안젤리카 로버츠 양에 대해서는……"

나는 중간에 끼여들었다. "그럼, 한 가지 묻고 싶은 게 있습니다. 만일 내가 안젤리카에 대해 거짓말을 하고 있다고 한다면, 도대체 내가 왜 그런 거짓말을 해야 합니까? 내가 거짓말을 해도 모두가 그것을 부정하리라는 것을 미리 알고 있었다면, 내가 무엇 때문에 일부러 이 증인들을 당신과 만나게 했을까요? 왜 내가 대프니의 알리바이를 깨고, 내 아내를 속여 가며 다른 여자와 놀아났다는 좋지 않은 일을 스스로 인정했겠습니까?"

"하딩 씨, 아실지 모르겠습니다만, 맨해튼에서 살인사건이 일어나면 한 사건에 보통 네댓 명의 전혀 죄없는 사람들이 찾아와서 고백을 합니다. 바로 지난 주일 브롱크스 빌에서 한 젊은 여자가 살해되었습니다. 그러자 매디슨 애버뉴의 어떤 은행 지배인이 그녀를 죽였다고 자수했습니다. 그런데 그 남자는 살해된 여자를 지금까지 한 번도 만나본 적이 없는 사람이었습니다."

나에게 시선을 주고 있는 그의 눈길은 참을성있고, 조용하며, 전혀 적의가 없었다.

나는 입을 열었다. "그런 사람들은 모두 머리가 이상한 게 아닙니까?"

"그 사람들 모두가 머리가 이상하다고 할 수는 없지요, 하딩 씨. 게다가 당신은 죄를 고백한 것은 아니고……"

"그럼, 왜……?"

"왜 당신이 거짓말을 하겠느냐는 말씀이십니까?" 그는 나의 말을 가로챘다. "이유는 아주 간단합니다."

"그게 뭐지요?"

"당신이 그녀를 사랑하고 있기 때문입니다."

이 말은 내게 아주 큰 충격이었다. 그때까지는 사태가 어떻게 움직이고 있는지 잘 알고 있었다. 비록 엘렌과 폴이 뭐라고 했든, 그런 어리석은 오해는 시간이 지나면 풀리게 될 것이라고 믿었다. 나는 사실을 알고 있다. 그러므로 일단 내가 그것을 얘기하기만 하면, 그 사실은 다른 사람에게도 명백한 것이 되리라 생각했던 것이다. 그러나, '나는 모든 걸 다 알고 있소.' 하고 말하는 듯 다소 독선적인 눈초리로 지금 내 앞에 서 있는 트랜트 경감을 보자, 그의 관점을 차츰 이해할 수 있었다. 처음에 나는 그가 시시한 순진함을 지니고 있다고 생각했다. 그런데 이제 와서 보니 그게 아니다. 세상일에 아주 익숙한 사람이다. 그리고 그것이 그의 결점이기도 하다. 그가 내 말을 믿으려 하지 않는 것은, 그가 추측한 사실 쪽이 훨씬 교묘하기 때문이다. 사실 그가 그렇게 생각하는 것도 무리는 아니다. 모든 상황은 안젤리카의 유죄를 암시하고 있으며, 나는 나대로 좀더 빨리 얘기를 꺼냈어야 했는데 이렇게 늦게까지 꾸물거리고 말았다. 게다가 그는 안젤리카와 다름없이, 내 말을 '내가 그녀를 사랑하고 있기 때문'이라는 이유로 처리해 버리고 있지 않은가? 이것은 모든 이유 중에서 가장 잘못된 것인데도 가장 그럴듯하게 들린다.

일이 터진 것은 확실하다. 나는 이 일에 맞부딪쳐야만 한다. 내가 쌓아올린 거짓 전당은 너무 튼튼하기 때문에, 이제는 헐어버릴 수도 없는 처지다. 게다가 내가 단단히 마음먹고 한 이번 행동으로 얻어진 성과는, 대프니를 위해 만든 CJ의 알리바이에 의혹을 던진 것밖에 없다. 안젤리카의 입장은 전과 조금도 달라지지 않았다.

나는 자신의 무력함에 새삼 화가 치밀어 올라서 트랜트 경감을 노려보았다.

"당신은 안젤리카를 유죄라고 생각하고 있군요."

"지방검사는 그녀의 유죄를 믿고 있습니다. 경찰국장도 마찬가지이지요. 당신은 대프니 캘링검 양의 알리바이에 대해서 얘기했지만, 상황 증거는 모두 안젤리카 로버츠 양의 유죄를 확실히 하는 것들뿐입니다. 물론 아까 당신이 절박한 고비에서 말한 증언은 다르지만——"

견딜 수 없는 초조함에 쫓겨 나는 거친 목소리로 말했다. "당신네 경찰들은 전혀 융통성이 없군요. 절박한 고비의 증언이라면 아주 훌륭한 증언이 아닙니까? 당신은 내가 안젤리카를 사랑하느니 뭐니 하는 어리석은 생각으로 사건을 처리해 버리려고 하는데, 왜 그런 생각을 합니까? 내가 사랑하고 있는 것은 아내입니다. 안젤리카 같은 여자는 성가시기 짝이 없는 존재일 뿐입니다. 내가 사실을 얘기한 것은 그렇게 하고 싶어서가 아니라 그것이 사실이기 때문입니다. 이렇게 늦게서야 고백하게 된 것은 나에게 용기가 없었기 때문입니다. 어째서 당신은 나를 믿지 않습니까? 내 얘기는 타당성이 없다는 말입니까? 왜 대프니를 조사해 보지 않지요? 대프니가 했다고는 생각지 않지만, 그녀에게서 새로운 사실을 알아낼 수 있을지도 모르잖습니까? 안젤리카는 죄가 없습니다. 죄없는 사람을 기소해 봐야 무슨 만족감을 얻을 수 있겠습니까?"

그는 참을성있게 잠자코 나를 쳐다보았다. 한 번만이라도 좋으니 그가 화를 내면 내 마음이 얼마나 편해질까. "당신은 내게 조금 무리한 걸 기대하고 있는 것 같군요, 하딩 씨. 대프니 캘링검 양을 조사하라고 하지만, 달리 그녀에게 혐의를 둘 만한 증거가 없는데다 다른 사람을 의심할 만한 증거도 없지 않습니까? 게다가 당신 자신도 그녀가 범인이라고는 생각지 않는다고 말씀하셨고요. 하여튼 동기가 될 만한 일이 하나도 없습니다. 그녀는 결국 자신과 아버지에게 수치스러운 일을 저질렀고, 되도록 그 일이 밖으로 새어나가지 않기를 바라고 있습니다. 그건 있을 수 있는 일입니다. 나는 별로 유명한 민완형사도 아니고, 당신과 마찬가지로 상사에게 억눌려 지내는 한낱 월급쟁이에 지나지 않습니다. 내 상사는 경찰국장이고, 그 경찰국장은 캘링검 씨의 친구입니다. 이미 국장에게 전화가 걸려와, 안젤리카 로버츠 양과 캘링검 집안과의 관계는 되도록이면 비밀로 하라는 명령이 내려졌습니다. 이것만으로도 캘링검 씨가 얼마나 추문을 두려워하고 있는지, 또 얼마나 그의 권력이 큰지를 알 수 있습니다. 그런데 내가 아무 증거도 없이, 다만 당신의 진술만을 내세워 캘링검 씨가 증인을 매수했다는 말을 하여 신문에서 크게 떠들게 된다면 내 입장은 어떻게 될 것 같습니까? 더구나 내가 내세운 당신의 진술 그 자체가 아무런 뒷받침도 없는 애매한 것입니다. 캘링검 양이나 호지킨스 양도 그것을 부인할 텐데, 그렇게 되면 내가 설 자리는 전혀 없질 않습니까? 어떤 여자가 무죄라는 사실을 믿게 하기 위해, 증거들이 모두 그녀의 유죄를 증명하고 있는 상황에서 나에게 그런 위험한 재주를 부리라는 말씀입니까?"

그는 살짝 어깨를 으쓱했다.

"하딩 씨, 나로서는 매우 유감스럽게 생각하고 있습니다. 나는 살인사건에 관련된 사람들을 되도록이면 인간적으로 대하려고 애쓰고 있습니다. 그래서 곧잘 동료들에게 놀림을 받곤하지요. 그러나 나의 무기는 이런 인간적인 친절밖에 없습니다. 물론 대프니 양의 심문은 무난한 방법으로 해볼 생각입니다. 조사할 수 있는 한 조사해 볼 겁니다. 이래봬도 나는 융통성이 있는 사람입니다. 그러나 내 충고를 받아들여 주셨으면합니다. 만일 당신이 사실대로 얘기하고 있는 거라면 괜찮습니다. 당신이 생각하신 대로 밀고 나가는 게 좋겠지요. 그러나만일 당신이 '백마를 탄 기사' 역할을 하고 있다면, 모든 사람들에게 미움을 받고 심각한 문제를 일으키기 전에 그 역할을 그만두는 게 나을 것 같습니다. 나는 언제나 호인으로 통하고있지만, 지방검사나 경찰국장을 상대하게 되면 당신도 나에게하듯 할 수는 없을 테니까요. 만일 당신의 진술을 기초로 이대로 밀고 나간다면 당신이 반지를 모른 체한 일, 혐의자를 숨긴일, 그녀가 이곳을 떠날 때 도와준 일까지 드러나게 되어, 당신 장인의 도움이 없는 한 (아마 그것은 기대할 수 없겠지만)당신도 종범(從犯)으로서의 처벌을 면치 못할 겁니다. 그러니까더 이상 진행하기 전에 다시 한 번 생각해 주십시오. 당신의아이와 훌륭한 부인 생각도 하시고요."

그는 아주 진지한 백발 노인처럼 나에게 설교했다. 할 수만있다면 그 자리에서 죽여 버리고 싶을 정도였다.

"그리고 또 한 가지, 하딩 씨, 내가 무엇을 할 수 있고, 할 수없는가는 당신도 이제 아시리라 생각합니다. 만일 당신이 안젤리카 로버츠 양의 일에 대해 진실을 말하고 있다 해도, 그것을 증명할 수 없으면 내게 오셔도 아무 소용없다는 점을 염두에 두시기 바랍니다. 증거만 있으면 나도 기꺼이 일을 추진할겁니다. 나는 올바른 길만은 가려낼 생각이니까요."

그는 손을 내밀어 악수를 청했다. 그의 친근감 어린 미소가 조금 흐려진 듯한 느낌이 들었다.

"그럼, 오늘은 이만……"

나는 그의 손을 잡았다. 이젠 될 대로 되라는 심정이었다. 그는 아주 조용하게 모든 것이 여느 때나 흔히 볼 수 있는, 싫지만 어쩔 수 없이 해야 할 일인 것 같은 표정으로 방을 나갔다.

제21장

트랜트 경감에게는 아무리 화를 내도 헛일이다. 아무런 소용이 없다. 그러나 폴이 있다. 실망과 분노의 화풀이를 하기에는 딱 알맞은 상대다. 나는 구두소리를 크게 내며 거실을 뛰어나가 침실로 들어갔다. 폴은 침대에 걸터앉아 기다리고 있었다. 나를 보고 벌떡 일어서는 그의 모습은 크게 후회하고 있는 듯했다. 내가 불평을 늘어놓기도 전에 미리 사과의 말을 열심히 중얼거리고 있었다. 그는 오직 나만 생각했다는 것이다. 나는 몹시 흥분해 있었다. 나를 구하는 것은 그가 어떻게 나오느냐에 달려 있다는 것을 깨달았다. 지금 상태에서 CJ의 화를 돋구고 베시에게 창피를 주는 것은 제정신을 가진 사람이 할 짓이 아니다. 물론 안젤리카는 죄가 없다. 게다가 재판은 먼 장래의 일이다. 어쨌든 그녀는 스스로 이런 처지에 빠져들었다. 그러니까 조금쯤 불쾌하더라도 그녀는 그다지 가슴아프게 생각지 않을 것이다. 나중 일은 또 그때 가서 무슨 대책이 있을 것이다……라고 폴은 말하는 것이었다.

또다시 지금까지 밟아온 그 이론이었다. 내가 생각했었던 이론이자 안젤리카가 생각한 이론이며, 전에는 아주 그럴듯하게 들렸지만 지금은 이치에 맞지 않는 이론의 되풀이였다.

나는 말했다. "자네에게 내 생활을 규제할 권리가 있다고 생각하나?"

그는 언제나의 그 솔직하고 근심없는 미소를 지었다. "물론 권리가 있다고 생각하네. 왜냐하면 나는 자네를 좋아하니까. 자네는 내게 자네 목을 자르는 것을 옆에서 가만히 보고 있다가 뛰어나가서 칼을 경동맥에 들이대는 걸 도우란 말인가?" 그는 말을 끊고 슬픈 듯 나를 바라보더니 다시 말을 계속했다.

"내 입장도 조금은 생각해 주게. 나도 자네처럼 베시와 CJ에게 크게 의지하고 있네. 캘링검 집안 사람들이 언제나 사리에 밝다고는 할 수 없으니까. 하지만 내가 자네와 함께 맨해튼 대로를 'CJ 캘링검은 지독한 거짓말쟁이다.' 라고 고함치며 돌아다닌다면 나는 도대체 어떻게 되겠나? 프롭에게 거리 모퉁이에서 사과장수라도 시키라는 건가?"

"하지만 자네는 꼭 그 일에만 의존하지 않아도 될 신분이 아닌가?" 실제로 그의 입을 통해 들은 것은 아니지만, 나는 늘 유명한 파울러 집안의 후손인 폴에게 충분한 개인재산이 있을 것으로만 생각했었다.

그는 놀란 모습을 감추려고도 하지 않고 나를 쳐다보았다.

"자네도 눈이 나쁘군. 파울러 집안의 재산이 지금도 존재하고 있다고 생각하나? 조금 남아 있던 돈은 벌써 옛날에 프롭의 모피 코트로 바뀌어 버렸다네. 돈에 관한 한 나는 단순한 이타주의적인 기쁨밖에 느끼지 않는 사람일세. 난 지금 매달 받고 있는 월급 이외에는 10센트짜리 한닢도 내 이름으로 된 재산이 없다네."

이로써 나는 그의 참다운 동기를 알았다. 근본적으로는 그도 역시 자신의 안전밖에 생각하고 있지 않았다. 그도 엘렌과 마찬가지로 캘링검 왕국에 소유된 노예에 지나지 않았던 것이다. 나는 너무 화가 나서 침을 뱉고 싶었다. 그러나 폴을 경멸할 권리가 내게는 없다. 내가 청렴결백하다고 우쭐대게 된 것은 겨우 5분 전부터가 아닌가?

폴의 얼굴은 지금 가엾을 정도로 비참해 보였다. 그를 나무란 게 얼마나 불공평하며 위선적인가를 나는 뼈저리게 느꼈다. 지금까지 그는 결코 영웅인 체한 적이 없었다. 더구나 그는 진심으로 나에게 호의를 갖고 있지 않은가? 그 점에서는 조금도 거짓이 없다.

"빌!" 그는 내뱉듯이 말했다. "미안하네. 자네가 그렇게 실망할 줄은 몰랐네."

"괜찮아. 상관없네."

"배신자가 된다는 것이 어떤 기분인지 나는 전혀 몰랐었네. 생각할 틈도 없었지. 그 경감에게 전화해 주지 않겠나? 빌, 지금 곧 간다고 말해 주게. 내가 자네 말을 증명해 주겠네. '연민과 공포로 자신을 숙청하는 폴.' 이것이 내 정체일세."

나는 그가 진심으로 말하고 있다는 걸 잘 알았다. 그에 대한 애정이 다시 되살아났다. 그러나 내 이 난처한 입장은 언제까지나 나를 따라다니는 것 같았다.

"이젠 너무 늦었어. 적어도 트랜트 경감에게는 자네가 이미 증인으로서의 가치가 없네. 내가 자네에게 얘기한 것을 아무리 되풀이해 봐야 이젠 아마 믿지 않을 거야. 그는 자네를 정신나간 친구를 도와주려고 애쓰는 마음씨 착한 사람쯤으로 볼 뿐일세. 이것은 내 의견이 아니야. 그가 직접 한 말이네. 다른 방도를 강구해야 하네."

안도의 빛이 폴의 얼굴에 나타났다. "그렇다면 어쩔 수 없는 일이로군." 그는 기운없이 빙긋 웃었다. "그럼, 슬슬 노예 고용인의 채찍 밑으로 돌아갈까?"

"그렇게 하게."

"그럼, 잘 있게, 빌. 아무튼 행복해야 하네."

그는 방을 나갔다. 곧이어 복도를 걸어가는 발자국 소리가 들렸다.

나는 침대에 걸터앉아 담뱃불을 붙였다. 폴에 대한 분노도, 트랜트 경감에 대한 분노도, 나 자신에 대한 분노도 완전히 사라졌다. 믿을 수 없는 일이 일어나도 그것에 익숙해지면 저절로 냉정하고 객관적인 희망을 품게 되는 법이다. 지금까지의 내 생활은 폴의 생활이나, 데이브 매너스의 생활——CJ 독재 왕국 모든 사람들의 생활과 똑같았다. 하지만 지금 나는 그것을 놀라울 정도로 명확하게 바라보고 있었고, 이제 이런 생활을 계속할 마음이 전혀 없었다.

바로 얼마 전까지 나는 이런 생활을 하나님의 은혜로 받아들이고 있었다. 지금 경찰까지도 나에게 안전한 굴 속으로 빨리 돌아가라고 권하고 있다. 옛날 같으면 잘됐다고 뛰어들었겠지만, 이제는 전혀 그렇지 않았다.

그리고 이것은 결코 안젤리카를 위해서가 아니다. 물론 죄 없이 고생하는 안젤리카를 궁지에서 구해 낸다는 점에서는 안젤리카를 위한 일이라고 할 수 있을지도 모른다. 그러나 나는 이미 안젤리카로부터 완전히 벗어났다. 이것은 내 자신을 위한 일이다.(그때 안젤리카가 똑같은 말을 했던 것이 막연히 생각났으나, 나는 얼른 머릿속에서 몰아냈다.) 만일 인생에서 아무것도 배울 게 없다면 죽는 편이 낫다. 그런데 요 2~3일 동안에 나는 번민 속에서도 상당히 많은 것을 배운 것 같다. 우선 CJ가 올해 가장 큰 거짓말을 한 보수로서 부사장 자리를 준 것이라면, 그 자리는 절대로 원치 않는다. 그리고 허위와 겉치레를 위해 쌓아올린 애정이라면 비록 베시의 애정일지라도 원치 않는다는 사실, 이렇게 썩어빠진 가정에서 리키를 키울 수는 없다는 사실, 내가 또 하나의 데이브 매너스가 되고 싶지는 않다는 사실, 또한 엘렌 호지킨스나 폴 파울러처럼도 되고 싶지 않다는 사실——이런 것들을 배웠다.

이렇게 억지로나마 내 자신을 똑바로 바라볼 수 있게 된 지금 내가 취할 수 있는 길은 단 하나, 무슨 일이 있어도 끝까지 진실을 외치며 곧장 밀고나가는 것뿐이다. 언젠가는 세상 사람들도 마침내 지쳐서 내 얘기를 믿게 될지도 모른다. 그러기 위해서 해야 할 일은 내가 받을 자격이 없는 것을 모두 내던져 버리는 일이다. 또한, 내던져 버려야 할 것들은 이젠 내게 필요치 않은 것이다. CJ를 찾아가 내가 거짓말한 사실과, 그 거짓말을 공공연히 부인할 생각이라는 것을 알려야만 한다. 그리고 그 뒤에 베시에게 모든 것을 얘기해야겠다. 만일 그녀가 내 곁을 떠나겠다면 그렇게 하도록 내버려둘 것이다. 그러나 내가 전처럼 사물을 비뚤어지게 보는 것이 아니라 직접 바로 보게 된 지금, 아마도 그녀는 내 곁을 떠나지 않으리라는 자신이 있었다. 그녀가 내가 생각하는 그런 여자라면, 어떤 희생을 치르더라도 안젤리카를 구해 내야만 내가 남편으로서의 가치를 되찾을 수 있다는 사실을 이해하고, 모든 것을 허락해 주리라고 생각했다. 그리고 일단 이것을 해내면 우리는 서로가 거짓없는 성실함을 기반으로 다시 출발하여, CJ의 비뚤어진 은혜에서 벗어난 일을 찾아내서 정말 인간다운 생활을 시작할 것이다.

만일 내가 단순한 영웅심에서 이런 일을 한다고 말하는 사람이 있다면, 나는 그렇지 않다고 분명하게 말할 수 있다. 나는 '극 중의 영웅적인 인물' 이라는 느낌은 조금도 없다. 다만 완고함과 편안함, 센터 가에서 느꼈던 기분과 똑같은 기분을 느낄 뿐이다.

시계를 보니 3시 반이었다. CJ는 아직 사무실에 있을 것이다. 무엇을 하려고 마음먹었으면 빨리 해치우는 게 좋다. 나는 캘링검 출판사로 향했다.

나는 CJ와 한 시간 동안 같이 있었다. 그는 이미 모든 걸 알고 있었다. 엘렌이 전화로 알려 주었기 때문이다. 그녀는 CJ의 부하 중에서도 가장 비굴하고 충실한 부하라는 사실을 분명히 증명하기 위해, 내가 집을 나서자마자 곧 그에게 전화를 걸었던 모양이다.

마음에 내키지 않는 일을 하려고 할 때, 막상 그 일에 부딪치게 되면 이상하게도 그런 마음이 안개처럼 사라진다. CJ는 상상도 할 수 없을 만큼 미친 듯이 화를 내며 복수심을 불태우고 있었다. 그는 큰소리로 고함을 지르고 온갖 협박수단을 다 쓰며 나에게 덤벼들었다. 세상 사람들이 자네 말을 믿겠나, 아니면 나와 대프니의 말을 믿겠나? 내 오랜 친구인 경찰국장이 자네 같은 사람이 하는 얘기에 조금이라도 귀를 기울일 것 같은가? 아니, 도대체 자네는 자기 자신을 어떻게 생각하고 있는 건가? 내가 너그러운 마음으로 시궁창에서 구해 낸 보잘것 없는 3류 작가가 아닌가! 자네가 앞으로 취직자리를 찾을 수

있다고 생각한다면 그야말로 뻔뻔스러운 일이지. 나는 끝까지
자네를 쫓아다니며 자네의 장래를 엉망으로 만들어놓을 걸세.
지금 내가 허풍을 떨거나 헛소리를 하고 있는 게 아닐세. 정말
그렇게 하고 말겠네. 자네가 한마디라도 신문에 이번 일에 대
해서 말하면 나는 잘 아는 유명한 정신과 의사에게 부탁해서
……자네가 베시의 재산으로 살려고 했다면 잘못 생각했네.
변호사에게 부탁해서 그애 어머니의 유언장을 무효로 만들어
버리겠어……이렇게 여러 가지 방법으로 위협했으나 조금도
효력이 없다는 것을 깨닫고 이번에는 태도를 완전히 바꾸었다.
아주 부드러운 목소리로 '장인과 사위' 라는 상투 수단을 들고
나왔다. 가엾은 대프니에게 자네가 그런 심한 짓을 할 수 있겠
느냐는 식이었다.

"빌, 자네는 모든 것을 알 만한 사람이네. 나도 꽉 막힌 사람
은 아니라고 생각하고. 회사에서 자네에게 충분한 대가를 지
불하지 않는다는 생각이라면 더 올려주겠네. 훨씬 많은 액수
를 줄 용의도 있네. 지금 트랜트 경감을 부를 테니, 그 사람 앞
에서 조금 신경이 쇠약해져서 그랬다고 하게. 그 여자와는 옛
날에 결혼한 적이 있었기 때문에……"

나는 얼굴이 빨개지는 것을 느꼈다. 그와 동시에 우습기도
했다. 그러나 이미 새로운 마음을 먹은 나로서는 그의 얘기가
그저 그렇게 들렸다. 마치 문화가 다른 사람들의 얘기——식
인종 추장이나 말레이의 수수족(首狩族) 얘기를 듣고 있는 것
같았다.

내가 사무실을 나오려고 하자, 그는 다시 고함을 지르기 시
작했다. 그의 비서 옆을 지나갈 때, 그녀는 겁먹은 듯한 걱정
스러운 얼굴로 나를 올려다보았다. 그것은 전형적인 캘링검
출판사형 표정이었다. 나는 마음속으로 이런 표정은 두 번 다
시 보고 싶지 않다고 생각했다.

"하딩 씨, 도대체 사장님께 무슨 말씀을 드리셨어요?"

"그냥 안녕히 계시라고 했을 뿐이오."

안녕히 계시라고! 나에게는 이 말이 훌륭하게 들렸다. 차를 타고 집으로 돌아가면서, 나는 이 '안녕히'라는 말의 향기를 음미해 보았다. 나는 이제 부사장 겸 광고부장이 아니다. 다만 한 인간일 뿐이다. 10년은 젊어진 것 같았다. 모든 것이 기적적으로 달라지고 있었다. 베시에게 고백할 일도 이제는 그렇게 고통스럽지 않았다. 믿을 수 없을 정도로 유쾌했다. 우리 사이를 막고 있던 눈에 보이지 않는 장벽이 마침내 허물어지는 것이다. 몇 주일 만에 처음으로 진짜 남편과 아내가 될 수 있는 것이다.

내가 열쇠로 문을 열고 아파트로 들어가자 입구에 엘렌과 리키가 있었다. 엘렌은 리키를 데리고 오후 산책을 나갔다가 지금 막 들어온 모양이다. 그녀는 내 얼굴을 보자 얼굴이 빨개지더니 리키를 어린이방으로 데려가려 했다. 그러나 리키가 큰소리로, "아빠!" 하고 부르며 엘렌의 손을 뿌리치고 내게로 달려와 기쁜 듯이 매달렸다. 엘렌은 잠깐 멈춰서서 나를 보더니 총총히 어린이방 쪽으로 사라졌다. 리키는 내 목을 끌어안으며 말했다.

"유치원에 아주 바보 같은 애가 한 명 있어요. 그 애 이름은 베이질이에요. 정말 바보 같은 이름이지요?"

리키를 안고 그 애의 진지한 얼굴을 바라보고 있으니 나는 더욱 기운이 났다. 그리고 이렇게 생각했다. (고맙게도 머지않아 그 잘난 체하는 보모 엘렌도, 고급 아파트도, 그런 모든 것들이 다 없어져 버리고 나와 베시와 너 셋만 남게 되는 거야.) 그때 수녀가 입는 것 같은 흰 나이트 가운을 입고 세 갈래로 묶은 머리를 어깨까지 늘어뜨린 엘렌의 모습이 문득 생각났다. 그녀는 바로 이 자리에서 침대의자에 있던 안젤리카와 나를 노려보듯 내려다보고 있었다. '리키가 잠이 깨서' 라는 그녀의 말이 귀에 되살아났다. 나는 거의 충동적으로 리키에게 물었다.

"리키, 요전날 밤 네가 자고 있을 때 아빠가 여자를 데리고 왔었던 일을 기억하고 있니?"

"내가 이를 뽑고 새벽 2시에 잠이 깼던 날 밤 말야?"

"그래, 그날 밤이야. 그때 본 여자를 기억하겠니?"

"아, 그 아줌마!" 리키는 내 머리카락을 열심히 손가락 끝에 감으며 입을 열었다. "응, 기억하고 있어요. 그 사람 또 하나의 우리 엄마지? 로즈 고모네 집에 있던 사진에서 본 사람이에요. 그렇지? 우리가 이리로 오기 전에 있던 엄마."

이렇게 어이없이 사태가 급진전할 줄은 몰랐다. 마치 운명의 신이 내게 힘을 빌려준 게 아닌가 생각될 정도였다. 리키는 요 3년 동안 안젤리카를 만나지 않았고, 그전 6개월 동안은 내누이 집에 있는 사진으로밖에 얼굴을 보지 못했다. 그런데 아직도 그녀를 기억하고 있다니, 정말 믿을 수 없었다. 그러나 리키는 기억하고 있다. 그뿐만 아니라 비둘기 시계의 울음소리로 시간도 기억하고 있고, 치과에 갔다 온 날이라는 것까지 기억하고 있다. 치과를 조사해 보면 그날이 며칠이었는지 그곳 장부에 적혀 있을 것이다. 날짜……시간……

여기에 훌륭한 증인이 있다. 바로 내 품안에. 트랜트 경감 앞에서 맞대놓고 웃어줄 수 있다.

나는 흥분이 몸속으로 흐르는 것을 느꼈다. 등뒤에서 열쇠로 문을 여는 소리가 들렸다. 리키를 끌어안으며 나는 돌아다보았다.

베시가 현관문으로 들어왔다. 나와 리키가 함께 있는 것을 보자 그녀의 얼굴에 밝은 미소가 떠올랐다.

"어머나, 온 가족이 모두 나와서 나를 맞아주시는군요!"

제22장

지금이다 하고 나는 생각했다. 지금이야말로 그녀에게 얘기해야 할 때다.

리키는 구르듯이 내 품에서 빠져 나가 베시에게로 달려갔다. 그녀는 몸을 굽혀 재빨리 필사적인 표정으로 리키에게 입을 맞추었다. 마치 언제 누군가가 리키를 빼앗아 갈지 몰라 걱정스러워하는 것 같았다.

"빌, 죄송하지만 마실 것 좀 만들어 주시지 않겠어요? 나는 오늘 사무실에서 너무 바빠 녹초가 되었어요. 곧 옷을 갈아입고 오겠어요. 잠깐만 기다리세요."

그녀는 리키의 손을 잡고 복도를 걸어갔다. 리키는 그녀에게 그 베이질이라는 바보 아이에 대해 열심히 떠들어대고 있었다. 나는 거실로 들어가 마티니를 만들었다. 베시를 기다리고 있는 동안 나는 긴장하여 신경질적이 되었지만, 그것이 오히려 기분좋게 느껴졌다. 마치 배우가 첫날 막이 오르기 전에 느끼는 것 같은 기분 ──도망쳐도 소용 없고 곧장 돌진해야만 성과를 기대할 수 있다는 기분이 뒤섞인 신경의 긴장이었다.

베시는 미소를 지으며 들어왔다. 녹색 드레스로 갈아입어 아주 젊고 신선해 보였다.

"내 마티니는 어디에 있지요?" 그녀는 내 옆으로 다가왔다. 칵테일을 건네주자 나에게 키스하며 말했다. "엘렌이 도대체 왜 저러지요? 모르세요? 내가 어린이방에 들어갔더니 마치 사자에게 쫓기는 얼룩말처럼 도망쳐 버리더군요. 글래디스에게 무슨 일이 있는 게 아닐까요?"

"아니, 그렇지 않소."

그녀는 침대의자에 걸터앉아 나를 올려다보며 칵테일을 마셨다. "그럼, 알고 계시는군요?"

"음, 알고 있지."

갑자기 어떤 생각이 나를 괴롭히기 시작했다. 나 자신의 도덕적 대변신(大變身)이라는 이기심에 눌려 지금까지 전혀 생각지 못했던 일이다. 즉, 그것은 CJ가 앞으로는 절대 베시의 기금에 기부하지 않을 것이라는 사실이다. 기부하기는커녕 복수심으로 그 기금을 부숴 버릴지도 모른다. 그렇게 되면 베시에게는 대단한 충격이 될 것이다. 안젤리카 사건에 잇따른 큰 충격이다. 갑자기 나는 지금 그녀에게 얘기하려는 사실이 얼마나 중대한가를 깨달았다. 동시에, 내가 취한 행동이 부끄러워 나를 다시 찾기 위한 노력이 가져온 만족감이 급격히 사라져 갔다.

그녀는 의아스러운 듯 눈과 눈 사이에 주름을 짓고 나를 바라보더니 이윽고, "빌, 무슨 일이 있었어요?" 하고 물었다.

"나는 당신이 불쾌한 생각을 갖지 않도록 당신을 지키고 있지만, 그런 것은 바라지 않는다고 언젠가 당신이 말했었지. 생각나오?"

"네, 물론 기억하고 있어요, 빌. 도대체 무슨 일이지요? 안젤리카와 관계있는 일인가요?"

그녀의 머리에 맨 처음 안젤리카가 떠올랐다는 사실은 내 생각이 옳았다는 것, 안젤리카에 대한 그녀의 불안이 얼마나 깊이 뿌리박혀 있는가를 보여주었다. 나는 다시 자책감과 함께, 내 자신에 대한 분노와 베시에 대한 사랑과 연민이 절망적으로 엇갈리는 것을 느꼈다.

"그렇소, 안젤리카에 대한 일이오."

"안젤리카가 재판에 회부된다는 말이지요?"

"음, 재판에 회부되기는 하는데, 내 얘기는 그뿐만이 아니오. 베시, 얘기를 시작하기 전에 한 가지만은 확실히 해둘 게 있소. 당신이 무슨 생각을 하고 있는지 잘 알고 있소. 그래서 이 말을 해두고 싶은데, 나는 안젤리카를 조금도 사랑하고 있지 않소. 내가 무슨 일을 했든, 또 이 얘기가 당신에게 어떤 영향을 주든 내 마음만은 믿어 주기를 바라오. 내가 사랑하고 있는 사람은 당신뿐이라는 것을——"

그녀는 커피 테이블 위에 잔을 놓고 일어났다. 그녀의 얼굴이 하얗게 긴장되어 있었다.

"믿어 주겠지?"

"빌, 빨리 얘기해 주세요. 무슨 일이 있었지요? 얘기해 주세요."

"오늘 오후 내내 나는 아버지한테 가 있었소. 나는 회사를 그만두었소."

"회사를 그만두었다고요? 하지만……그것이 안젤리카와 무슨 관계가 있지요?"

"내가 회사를 그만둔 것은 대프니의 거짓 알리바이를 더 이상 숨길 수 없다는 말을 아버지에게 했기 때문이오. 안젤리카는 기소되었소. 알리바이가 없기 때문에 그녀는 십중팔구 유죄가 될 것이오. 그러나 사실은 그녀에게 확실한 알리바이가 있소. 제이미가 살해되던 날 새벽 2시쯤 안젤리카는 이 아파트에서 나와 함께 있었소. 오늘 아침 나는 센터 가의 경찰서에 가서 트랜트 경감에게 모든 걸 다 얘기했소."

그녀의 얼굴을 보는 것은 정말 괴로운 일이었다. 그녀가 실망하는 모습보다는, 그렇게 보이지 않으려고 열심히 자기 마음을 채찍질하고 있는 것이 얼굴에 뚜렷이 나타나 있었기 때문이다.

굉장히 사무적이고 건조한 목소리로 그녀가 말했다. "하지만 당신은 그녀를 만난 적이 없다고 말씀하셨잖아요? 뉴욕에 와 있는 것도 몰랐다고. 그 사람이 제이미에게 부탁해서……"

나는 그녀에게 다가가 그녀의 팔에 손을 얹었다. 그 팔은 그녀의 양쪽 옆구리에서 꼿꼿하게 굳어 있었다. "당신에게 말하지 않았었지. 말하려고 했지만……아니, 정말 말하려고 했었소.

그러나 몇 번인가 말할 기회를 놓쳐서……하지만 이제부터 하는 얘기는 진실이오. 그것만은 믿어주오. 그리고 안젤리카는 나에게 아무것도 아니라는 것, 이것만은 하나님 앞에 맹세할 테니……"

"부탁이에요!" 그녀는 내 손에서 몸을 빼냈다. "제발 부탁이니……그냥 사실만을 얘기해 주세요. 그것만으로 충분해요. 그냥 사실만을 얘기해 주세요."

나는 모든 것을 말했다. 안젤리카와 처음 술집에서 만난 것부터 아파트로 찾아온 그날 밤의 일까지 하나도 빼놓지 않고 다 얘기했다. 나도 지금은 모든 것을 객관적이고 올바른 눈으로 볼 수 있었다. 그래서 안젤리카에게 내가 어떤 감정을 느꼈는지, 그리고 거짓된 흥분과 타다남은 과거의 불꽃과 엘렌에 의해 방해된 최후의 굴욕적인 행동까지 분명히 그녀 앞에서 고백할 수 있었다. 지금이야말로 모든 것을 내던질 때라고 생각했다. 우리 결혼생활의 위기다. 조금도 애매하게 속여서는 안된다.

내가 얘기하는 동안 그녀는 한 번도 앉지 않았다. 침대의자 앞에서 꼼짝도 않고 우두커니 서서 나를 지켜보고 있었다.

나는 안도와 불안으로 가슴이 찢어지는 듯했다. 거짓으로 뭉쳐진 더러운 벽지를 벗겨낸 안도감. 그것을 베시가 어떻게 받아들일까 하는 괴롭고 불안한 기분. 그녀의 얼굴을 보는 것만으로는 마음속을 전혀 짐작할 수가 없었다. 돌처럼 딱딱하게 굳은 표정이다. 사람들이 싫어하는 그 캘링검 집안 특유의 얼굴 표정——이 세상 모든 것으로부터 상처를 입더라도 참고 살아가야 한다는 것을 요람시절부터 배워온 표정이다. 그 얼굴을 보고 있으니, 나까지 그녀의 적의 대열에 끼어 그녀를 괴롭히고 있다는 사실이 뼈저리게 느껴졌다. 나는 그녀를 속이고 있을 때보다 훨씬 더 지독하게 내 자신을 미워했다.

"나는 그 일이 있은 바로 뒤 당신에게 모든 것을 얘기할 생각이었소. 나 자신에게 완전히 정나미가 떨어져 당신이 필라델피아에서 돌아오면 곧 모든 사실을 얘기할 작정이었지. 그런데 그 살인사건이 일어났소. 곧 아버지한테서 전화가 걸려와 눈깜짝할 사이에 대프니의 알리바이에 휘말려들게 된 거요. 이해해 주겠소, 베시? 정말 괴롭고 바보 같은 일만……"

그녀의 얼굴에서 긴장이 풀리고 있었다. 그 모습을 보고 나는 웬지 감사하는 마음이 들었다. 갑자기 그녀는 미소를 지으며 말했다.

"가엾게도 당신은……"

"가엾기는……나는 아주 어리석은 배신자야!"

나는 그녀 옆으로 가서 그녀를 끌어안고 싶었다. 그러나 부끄러워서 도저히 그럴 수가 없었다. 그리고 마음속으로 행복을 느끼면서 통속적인 상투어가 결국 효력을 나타냈음을 깨달았다. 그녀 옆으로 갈 수 없었던 것은, '나는 그녀의 남편으로서 자격이 없다'고 생각했기 때문이다.

그녀의 미소는 이미 사라졌다. 그리고 심각한 표정으로 나를 쳐다보았다. "아버지는 당신 얘기를 듣고 뭐라고 하시던가요?"

"여러 가지 방법으로 나를 위협하려 했지만……"

"결국은 당신이 자진해서 사직했다는 말이지요? 아버지가 당신을 파면시킨 건 아니겠지요?"

"물론 내가 사직하겠다고 했소."

"그 점은 나도 기쁘게 생각해요. 솔직히 말해서 당신은 그 회사에 어울리지 않는 사람이에요. 그곳에 있는 사람들은 모두 아버지에게 먹이를 얻어먹고 사니까요. 나는 지금까지 굉장히 못마땅하게 생각하고 있었어요. 뿐만 아니라 당신이 그곳에 들어간 것은 내 죄라고 생각하고 있었기 때문에……"

"그러나 아버지는 이제 당신 기금에 기부를 안해 줄지도 모르오."

"내가 그런 걸 걱정할 것 같아요? 1센트를 받는 데도 나는 머리를 땅에 숙여 부탁해야 했어요. 아버지의 기부금 같은 것은 이제 필요없어요. 나도 당신도 그런 아버지는 이제 필요없어요.."

물론 그녀가 아버지를 필요로 하지 않는다는 것은 나도 잘 알고 있었다. 그녀는 아버지에게 인정받고 싶은 마음으로 얼마나 오랫동안 참고 견뎌왔는지 모른다. 그러나 그녀는 나 때문에 그 아버지를 버리려는 것이다. 나는 감탄스러운 눈으로 그녀를 바라보며 생각했다. '이 세상에서 이렇게 훌륭한 아내를 가진 사람이 또 있을까?'

나는 말했다. "저, 베시, 안젤리카에 대한 일도 이해해 주겠소?"

그녀는 옆 테이블 위에 있던 마티니를 들어 한 모금 마시고는 다시 제자리에 놓았다.

"이해해요. 안젤리카만큼 아름다운 여자라면……"

목소리가 떨렸다. 나는 위험을 느꼈다. 얼른 그녀에게 다가가서 그녀의 몸을 끌어안았다.

"그렇지 않아. 그녀의 생김새와는 아무 관계도 없는 일이오. 과거에 타다남은 정열에 지나지 않아. 그런 쓰레기통 같은 곳에서 살고 있는 그녀가 가엾어서 그래서……"

"빌, 부탁이니 그 얘기는 이제 그만해요."

그녀는 흘끔 나를 쳐다보더니 곧 눈을 내리깔았다. 나는 그녀를 끌어당겨 키스했다. 순간 그녀의 몸은 긴장했으나, 마침내 축 늘어져 내게 기댔다. 이제 이것으로 됐다. 이것으로 나의 감사와 행복은 완전한 것이 되었다.

이윽고 그녀는 조금씩 내게서 몸을 떼며 말했다. "한 가지 궁금한 게 있어요. 경찰이 안젤리카를 체포했을 때 그 여자는 아무 말도 하지 않았나요?"

"아무 말도 안했소. 나에게 피해를 주고 싶지 않았다는군."

"당신에게 피해를 주고 싶지 않았다고요? 하지만……하지만 이제는 석방되었겠지요?"

"아직 안되었소. 오늘 아침 트랜트 경감에게 얘기했지만, 그는 내 얘기를 믿어주지 않았소."

"당신 얘기를 믿어주지 않았다고요?"

"우습지만 사실이오. 처음에 안젤리카가 내 증언을 전적으로 부인했고, 게다가 트랜트 경감이 엘렌을 만났지만 엘렌도 부인했소. 말할 것도 없이 아버지가 무서워서지. 또한, 글래디스를 불러오기로 한 약속이 수포로 돌아가지 않을까 걱정했던 거요. 그리고 폴도 마찬가지였소. 폴에게는 모든 사실을 다 얘기했었소. 그러나 트랜트 경감이 물어보자 폴도 역시 부인했소."

"폴도 부인했다고요?" 그녀는 얼굴을 내 쪽으로 돌렸다.

"그의 성격은 당신도 알고 있으리라 생각하오. 나를 감싸주려고 그런 거지. 그리고 역시 아버지가 무서운 모양이오. 만일 내 편을 들면 아버지가 그에게 앙심을 품게 될 거라는 거지. 트랜트 경감은 처음부터 속지 않겠다고 생각하고 있었던 모양이지만, 폴이 부인한 이상 트랜트 경감을 나무랄 수는 없소. 트랜트 경감은 모든 게 다 내가 조작한 것이라고 생각하고 있지. 내가 안젤리카를 사랑하기 때문에 그녀를 구하려고 이런 어리석은 짓을 한다는 거요. 그러니까 증거가 없는 한 그로서는 내 얘기를 바탕으로 일을 진행시킬 수 없다는 거지."

만일 내가 새로운 행복감에 취해 있지 않았더라면 베시가 무슨 생각을 하고 있는지 알아차렸을 것이다. 그러나 나는 정신없이 잘못된 길을 걸어갔다.

"그렇지만 이제 됐소. 아까 당신이 돌아오기 조금 전, 리키와 얘기하는 중에 모든 것이 해결되었소. 증인이 있었던 거요. 그날 밤 나는 안젤리카를 리키의 방으로 데리고 갔었소. 리키는 마침 잠을 깼고, 그때 비둘기 시계가 2시를 쳤어. 그날은 리키가 치과에 갔던 날이어서 리키는 모든 걸 다 기억하고 있었소. 안젤리카의 얼굴까지 기억하고 있더군. 또 하나의 엄마라고 하는 거였소. 이리로 오기 전의 엄마라고……"

"빌!" 격렬한 목소리가 그녀의 입에서 나왔다. 엉겁결에 그녀의 얼굴을 본 순간 심장이 멎을 것처럼 놀랐다. 그 얼굴에는 핏기가 하나도 없었으며, 입술은 굳게 다물어져 있었다.

"당신 설마 리키를 끌어들일 생각은 아니겠지요?"

"그렇지만, 베시……"

"당신 머리가 돈 게 아니에요? 세상에 어린애를! 이제 겨우 6살밖에 안된 애예요. 그 아이에게 그런 얘기를 들려줘서 경찰에 끌어들이다니. 공포감을 주어 비뚤어지게……"

"그렇지만, 베시, 안젤리카를 구하는 길은 이 방법밖에 없소."

"안젤리카를 구하는 길이라고요? 당신 머릿속에는 그것밖에 없군요. 리키가 어떻게 되든 괜찮아요? 리키의 일생이 어떻게 되든 상관없다는 말인가요? 리키는 자기 엄마가 살인범으로 감옥에 들어가 있었다는 것을 일생 동안 기억하고 있어야 하는 거예요. 만일 경찰이 리키의 증언을 받아들인다면 리키는 재판에도 나가야 해요. 리키는 일생 동안 기억하겠지요. 죽을 때까지 잊지 못할 거예요."

그녀의 분노는 지금까지 본 적이 없을 정도로 격렬했다. 그러나 나를 난처하게 한 것은 그 분노가 아니라, 그녀의 눈에 나타난 비참함과 완전한 패배의 빛이었다. 그녀가 살아가는 참보람인 리키를 이용해서 그녀를 괴롭히고 있다는 걸 나는 왜 깨닫지 못했을까? 그녀가 많은 것을 참아낼 수 있다고 해서 모든 것을 참아내리라고 생각한 것은 나의 잘못이다.

나는 그녀에게 손을 내밀었다. 그러나 그녀는 거칠게 피하며 침대의자 위로 쓰러지듯 앉았다.

"좋을 대로 하세요. 나는 말리고 싶어도 말릴 권리가 없으니까. 리키는 당신의 아이고 안젤리카의 아이지 내 아이가 아니잖아요." 만일 베시가 아니라 규율이 없고 감정적으로 칠칠치 못한 여자였다면, 그 째지는 듯한 날카로운 목소리가 그렇게 무섭지는 않았을 것이다. 무엇보다도 리키와 재판에 관한 한 그녀의 논리는 옳다. 나에게는 그것까지 꿰뚫어볼 만한 능력이 없었던 것이다.

나는 목이 바싹 타서 통증을 느낄 정도였다. "베시, 정말 미안하게 생각하오. 나도 그런 짓은 하고 싶지 않소. 그러나 그것이 죄없는 여자를 구할 수 있는 유일한 방법이라면……"

"죄가 없다고요? 죄가 있는지 없는지 나는 몰라요."

"그러나, 베시, 아까부터 얘기하지 않았소. 설마 당신까지 내가 얘기를 꾸며대고 있다고 생각하는 건 아니겠지?"

그녀는 나를 올려다보았다. 그 얼굴은 이전처럼 평정을 되찾았다. 그러나 돌처럼 차가운 얼굴이었다.

"당신이 얘기를 꾸며냈는지, 있는 그대로를 얘기했는지 나는 잘 몰라요. 그런 것은 대단한 문제가 아니에요. 그러나 당신이 거짓말을 한다는 건 정말 유감스러운 일이군요."

"내가 거짓말을 했다고?"

"그래요. 당신은 나를 사랑한다고 했어요. 나도 그 말을 믿고 있었지만……" 그녀는 다시 마티니 잔을 들고 그것을 물끄러미 쳐다보았다. "안젤리카가 죄가 있는지 없는지는 난 몰라요. 당신 얘기도 꾸며낸 얘기인지, 아니면 사실인지 몰라요. 그러나 단 한 가지 내가 확실하게 안 것은……아니, 그전부터 알고는 있었지만, 어쨌든 나를 속였어요. 때로는 진짜처럼 생각된 적도 있었지요……그래요, 당신은 나를 존경하고 있기는 해요. 훌륭한 아내, 훌륭한 어머니라고 생각하고 있긴 하지요. 그러나 당신이 사랑하고 있는 사람은 안젤리카예요."

그녀는 잔을 들어 나를 향해 차갑게 건배했다.

그녀가 이런 말을 입에 담았다는 것만으로도 나에게는 대단한 고통이었지만, 그 이상으로 나를 괴롭히는 것이 이 말에 의해 홀연히 마음속에 떠올랐다. 서로가 숨김없이 막다른 골목까지 온 지금, 마음속 깊이 존재하고는 있었지만, 스스로 인정하려 하지 않았던 또 하나의 내가 자신에게 이렇게 묻기 시작한 것이다. 그녀의 말은 적어도 일부분은 옳다고 할 수 있지 않을까? 물론 나는 그녀를 존경하고 있다. 훌륭한 아내이며 훌륭한 어머니라고 생각하고 있다. 나는 그녀의 헌신적인 사랑에 의지하여 그녀를 휴식처로 삼아왔다. 그리고 그녀를 배신하고는 부끄러움과 자책감과 비겁함 등 그 밖의 여러 가지 감정으로 괴로워했다. 그러나 나는 정말 그녀에게 사랑을 주었을까? 안젤리카에게는 그녀가 바라는 만큼 내 자신을 기꺼이 주었지만, 그만큼 베시에게도 나를 바친 일이 과연 있었던가? 나는 슬프게도 이 물음에 '아니'라고 대답할 수밖에 없었다. 오늘 하루 동안에 나는 여러 가지를 잃었다. 더욱이 지금은 '나는 진실한 남편이다'라는 환각마저도 잃어가고 있다. 나는 한낱 사기꾼이었다.

이렇게 생각하며 베시를 지켜보고 있는데, 문득 안젤리카가 오늘 아침에 내게 한 말이 생각났다. "나는 마침내 밑바닥까지 왔다고 생각했어요. 그러나 지금 생각해 보니 그건 겨우 언덕을 내려가기 시작한 데 지나지 않았다는 것을 알았어요." 똑같은 말을 나 자신에게도 할 수 있지 않을까? 내 과실을 인정하는 것만으로는 충분치 못하다. 나는 순진하게도 그렇게 믿고 있었는데, 거기서 끝나서는 안된다. 고백은 결코 절대적인 것이 못된다. 자기 인식의 시작에 지나지 않는다.

베시에 대한 빚을 갚으려면 앞으로 여러 해가 걸릴 것이다.

추운 겨울 경치의 쓸쓸함을 느끼면서 나는 그녀 앞에 걸터앉았다.

"베시……"

"괜찮아요." 그녀는 말했다. "당신의 죄는 아니에요. 내가 당신을 나무라고 있다고는 생각지 마세요. 머지않아 나도 익숙해지겠지요."

"그러나, 베시……" 마침 그때 요리사가 들어와서 식사 준비가 되었다는 것을 알렸다.

베시는 갑자기 밝고 사교적인 미소를 지으며, "고마워요, 메어리." 하고 대답했다. 그리고 일어서더니 마티니 잔을 들고 내게도 역시 똑같은 미소를 지으며 말했다.

"이 칵테일을 식당으로 가져가요, 우리!"

제23장

리사가 식사 시중을 드는 동안 베시는 결코 그 밝고 사교적인 태도를 잃지 않았다. 그녀는 남들 앞에서 자신의 감정을 노골적으로 드러내는 일이 없는 사람이다. 그녀의 자존심은 내가 존경하고 있는 그녀의 여러 가지 장점 중의 하나지만, 그러나 오늘 저녁에는 그만큼 그녀가 속으로 얼마나 괴로워하고 있는지 내 마음속에 뼈저리게 느껴졌다.

식사가 끝난 뒤 나는 다시 변명하려 했지만, 그녀는 완강하게 안젤리카 얘기를 하지 못하도록 가로막았다. 그것 외에는 아주 조용했다. 나를 나무라거나 다그치는 일도 없었고, 헤어지자는 얘기를 꺼내서 위협하지도 않았다. 결국 그녀는 리키를 트랜트 경감에게 데리고 가라고 했다. 그것이 내 의무라는 것이다. 그녀는 리키 얘기를 할 때면 리키가 어떤 막연한 추상물인 것처럼 말했다. 커피 잔을 건네주려다 무심코 내 손이 그녀의 손에 닿으면, 그녀는 깜짝 놀라며 그 손을 빼냈다. 그녀는 마치 얼음벌판에 둘러싸인 듯 완전히 동떨어진 존재가 되었다.

나에게 고통을 주기 위해 그러는 게 아니라는 것은 나도 잘 알고 있었다. 그녀가 항상 두려워하고 걱정하던 일이 드디어 일어났으므로, 옛날 그녀 자신의 세계로 도망쳐 버린 것이다. 베시 캘링검, 캘링검 집안의 못생긴 딸, 자선사업에 정열을 쏟고 있는 여자……그런 베시가 다시 나타난 것이다. 나는 그녀를 어떻게 위로해야 될지 자책감으로 괴로울 뿐이었다.

커피를 다 마시자 그녀는 곧 일어나며 말했다. "미안하지만 난 머리가 너무 아파서 먼저 쉬어야겠어요." 그리고 억지로 미소지으며 덧붙였다. "내일 리키를 데리고 간다고 트랜트 경감에게 전화로 연락해 두는 게 낫지 않겠어요? 유치원은 걱정하지 않아도 돼요. 내가 전화를 걸어 결석한다고 말할 테니까요."

그녀는 방을 나갔다. 나는 그녀의 뒤를 쫓아가 두 팔로 그녀를 꽉 끌어안고서 이렇게 말해 주고 싶은 충동에 사로잡혔다. '안젤리카의 일은 아무래도 좋소. 절대로 리키까지 휘말려들게 하지는 않겠어. 될 대로 되라지.' 그러나 내가 그렇게 하지 못한다는 것을 잘 알고 있었다. 또한, 베시가 맨 먼저 반대하리라는 것도 잘 알고 있었다. 내가 가야 할 길은 이미 정해져 있다. 이제 와서 되돌아갈 수는 없다.

센터 가로 전화를 걸었다. 트랜트 경감은 없었다. 지서에 가 있을 거라고 해서 그 쪽으로 전화를 걸어 보았으나 그곳에도 없었다. 내 이름을 말하자 경감의 집 전화번호를 가르쳐 주었다. 트랜트 경감이 우리와 마찬가지로 아파트에 살고 있으며, 개인적인 생활을 하고 있다는 사실이 왠지 이상했다. 전화를 받은 것은 경감 자신이었다. 리키 얘기를 잠자코 듣고 있더니, 얘기가 다 끝나자, "당신은 자신이 지금 무슨 일을 하고 있는지 알고 계시겠지요, 하딩 씨? 만일 지방검사가 이 선을 따라 수사를 진행시킨다면 당신 아들은 법정의 증인석에 서야만 합니다." 하고 말할 뿐이었다.

"물론 알고 있습니다."

그는 한동안 아무 말도 하지 않았다. 그리고는 무슨 말을 할 것 같은 기색을 보였으나, 결국 피곤한 듯한 목소리로 간단히 말했다. "그럼, 좋습니다. 내일 아침 아드님을 센터 가로 데리고 오십시오. 9시 반쯤에."

"예, 그렇게 하겠습니다."

"그럼, 안녕히 주무십시오, 하딩 씨."

나는 잠자리에 들기가 싫어 거실에서 서성거리고 있다가, 하릴없이 돌아다니는 일이 못 견디게 지루해져 곧 침실로 갔다. 베시는 내가 자는 쪽에 있는 사이드 테이블의 불을 켜놓은 채, 눈을 감고 누워 있었다. 그녀가 잠들지 않았다는 것은 금방 알 수 있었다. 여위고 창백한 그녀의 얼굴을 보자 마음이 아팠다. 나는 욕실에서 옷을 벗고 불을 끈 다음 그녀 옆에 누웠다. 그녀의 긴장이 침대 속에서 손으로 만져질 수 있는 물체처럼 우리 사이에 엉겨 있었다. 우리 사이의 강이 다리를 놓으려 해도 놓을 수 없다는 것을 잘 알고 있으면서도, 나는 충동적으로 그녀 쪽으로 팔을 뻗었다. 내 팔이 몸에 닿는 순간 그녀는 펄쩍 뛰어오를 정도로 깜짝 놀랐다.

"안돼요, 빌, 안돼요."

그녀의 목소리는 격렬했으며, 손은 나를 강하게 떠밀고 있었다. 한동안 나는 그녀와 똑같이 굳어진 몸으로 비참한 기분이 들어 가만히 누워 있다가, 이윽고 일어나서 손님용 침실로 갔다. 오랫동안 잠을 이루지 못했다. 머지않아 모든 걱정이 없어질 거라고 마음속으로 타일렀다. 리키의 문제가 해결되고, 그것이 뜻대로 되기만 한다면 나는 베시를 전처럼 행복하게 해줄 수 있을 것이다. 나는 새로운 직업을 가져야 한다. 엘렌은 물론 내보낼 것이다. 좀더 작은 아파트로 옮겨 거기서 새로운 생활을 시작할 것이다. 지금까지 나는 베시에게서 받기만 했다. 그러나 앞으로는 베시에게 내 모든 것을 바칠 것이다. 지금의 이 괴로움은 아주 일시적인 것에 지나지 않는다.

그런데 내 머릿속에서 떠나지 않는 것은 리키의 모습이었다. 법정의 증언대 위에 동그마니 서 있는 리키의 모습. 그 앞에 있는 피고석에는 그 아이의 엄마가 앉아 있다. 그런 생각을 하다가 나는 잠이 들었다. 꿈에 나타난 것은 바로 안젤리카였다. 그녀는 얼굴을 빛내며 두 팔을 내밀고 나에게 다가왔다. "나는 당신을 사랑했는데, 역시 내 사랑은 잘못된 게 아니었어요." 그녀는 내 팔을 붙잡았다. 그리고 그 손은 보기 흉한 녹색이 감도는 쥐색 촉수로 변하여 나를 어둠 속으로 자꾸자꾸 끌고 들어갔다.

8시에 눈을 떴다. 어쩐지 하인들의 눈이 신경쓰여 체면을 지키느라고 침대를 내 손으로 정리했다. 베시는 이미 나갔는지

아무데도 없었다. 나는 옷을 입고 어린이방으로 들어갔다. 리
키와 둘이 있고 싶다고 엘렌에게 말할 작정이었는데, 그런 말
을 할 필요도 없었다. 왜냐하면 내가 방에 들어가자마자 그녀
는 몸을 홱 돌리며 나가버렸기 때문이다. 리키는 아침식사를
마치고 테이블 앞 의자에 앉아 다리를 흔들고 있었다. 나는 내
가 사형집행인이라도 되는 듯한 느낌이었다.

"잘 잤니, 리키? 리키는 아빠와 함께 어떤 아저씨를 만나야
한단다. 그리고 또 하나의 엄마 얘기를 그 아저씨에게 해야 해."

"왜요?"

"그 아저씨가 듣고 싶어하니까."

"언제 갈 거예요?"

"지금 곧."

"하지만 나는 유치원에 가야 해요."

"오늘은 가지 않아도 괜찮아. 가끔 유치원을 빠지는 것도 재
미있잖아?"

"재미없어요."

그러나 리키는 어린애답게 아무것도 묻지 않고 고분고분 응
했다. 아주 태연했다. 나는 리키에게 코트를 입혀 주었다. 아파
트 현관문 앞까지 나갔을 때 리키가 물었다.

"엄마도 가?"

"아니, 아빠하고 너만 가는 거야."

"왜?"

"엄마는 다른 볼일이 있어서."

"나도 볼일이 있는데. 유치원에 가야 해요. 그렇지만 아빠하
고 함께 갈래요. 라마를 가지고 가도 돼요?"

"그럼, 되고말고."

리키는 어린이방으로 달려가더니 잠시 뒤 라마를 가지고 나
왔다.

택시를 타고 센터 가로 가면서 나는 리키에게 다시 한 번 안
젤리카에 대해서 물어보았다. 리키는 어젯밤에 한 말과 똑같

은 말을 되풀이했다. 어떤 아저씨가 그 얘기를 듣고 싶어한다고 변명했지만, 리키는 왜 듣고 싶어하는지 별로 흥미를 갖고 있지는 않은 것 같았다. 센터 가에 도착해서도 그것이 무슨 건물인지 물어보지 않았다. 다만, "아빠, 순경 아저씨가 많네." 하고 말했을 뿐이다.

"응."

"이 집에는 도둑이 들어와도 문제없겠네."

"그럼, 문제없지."

순경 한 사람이 우리를 안내했다. 복도를 지나 지난번과 같은 방으로 들어갔다. 리키는 라마를 꼭 끌어안고 나무의자에 앉았다. 트랜트 경감은 곧 나타났다. 미소 하나 보이지 않았으며, 태도도 여느 때와는 달리 극히 사무적이었다. 리키를 보자 좀 당황한 눈치였다. 어린애를 어떤 식으로 다뤄야 할지 모르겠다는 태도였다. 나는 그가 무슨 일에나 익숙하다고 생각하고 있었기 때문에, 아이에 대한 이 어색한 태도를 보자 어쩐지 만족감이 느껴졌다.

"왜 리키를 오라고 했는지, 그건 아빠한테서 들었지?"

"네." 리키는 대답했다.

"아저씨는 말이지, 리키에게 좀 물어볼 게 있단다."

"알고 있어요."

"그럼, 물어보겠는데, 리키가 자고 있을 때 아빠가 리키 방으로 여자를 데리고 들어온 일이 있었니?"

"네, 있어요. 그 사람은 나의 또 하나의 엄마예요. 사진에 있는 엄마예요."

"아빠가 들어갔을 때 리키는 자고 있었니?"

"네, 자고 있었는데 금방 깼어요. 그렇지, 아빠?"

"응, 그래." 나는 맞장구쳤다.

"꿈을 꾼 건 아니겠지, 리키?"

"꿈이라고요?" 리키는 되물었다. "나는 그런 꿈을 꾸지 않아요. 나는 코끼리나 라마의 꿈을……가끔 다람쥐 꿈도 꾸지만."

트랜트 경감은 조금 당황했다. "그래, 아빠가 들어온 게 몇 시쯤이었는지 기억나니?"

"2시예요. 나는 태어나서 2시에 잠이 깬 적은 한 번도 없었어요. 한 번도——아이들은 누구나 2시에 깨는 일이 없어요. 그런데 그때는 비둘기 시계가 2시를 쳤기 때문에 생각이 나요. 비둘기가 두 번 머리를 내밀었어요. 흰 비둘기예요. 시계는 파란색. 창문도 있고 문도 있어요. 그렇지, 아빠?"

"응." 나는 트랜트 경감에게 눈길을 고정시킨 채 대답했다.

"그래, 그게 언제였는지 생각나니?"

"내가 이를 뽑은 날이에요." 리키는 라마의 머리 너머로 진지한 표정을 지으며 트랜트 경감을 쳐다보았다. "굉장히 큰 이빨이었어요. 그래서 난 그 엄마에게 말했어요. '나는 오늘 이를 뽑았어요.' 하고. 그런데 엄마는 재미가 없는지 아무 말도 하지 않고 나가 버렸어요. 그렇지, 아빠?"

"응." 나는 대답했다. 그리고 트랜트 경감에게 말했다. "치과의사에게 전화해서 조사해 보면 알 수 있겠지만, 틀림없는 그날입니다."

그는 앉은 채 물끄러미 리키를 바라보다가, "그 얘기 누구에게 또 했니?" 하고 물었다.

"네, 엘렌에게 했어요. 그 엄마는 원래 우리 엄마였는데, 지금은 왜 엄마가 아니냐고 물어봤어요. 그리고 왜 우리하고 함께 살지 않느냐고 물었어요. 그랬더니 엘렌이 나에게는 지금 더 좋은 엄마가 있고, 엄마는 한 사람만 있으면 된다고 말했어요."

리키가 엘렌에게 얘기했다는 것은 나도 처음 듣는 말이었다. 이제 모든 일이 해결되었다. 엘렌이 거짓증언을 했다는 것도 분명히 밝혀진 셈이다. 나는 트랜트 경감을 쳐다보았다. 그는 여전히 무표정했다.

그는 말했다. "그 엄마를 만나면 리키는 곧 알아볼 수 있겠니?"

"네, 알 수 있어요." 리키는 대답했다. "아저씨는 몰라요?"

트랜트 경감은 갑자기 일어나더니 리키를 안아 의자에서 내려놓았다. "아저씨하고 함께 저쪽으로 가자." 그는 나를 돌아보지도 않고 말했다. "하딩 씨, 원하신다면 같이 가셔도 좋습니다."

우리는 조금 넓은 다른 방으로 들어갔다. 방에는 순경 한 사람이 있었다. 트랜트 경감이 순경에게, "좋아." 하고 말하자 그는 말없이 나가더니, 잠시 뒤 네 명의 여자와 안젤리카를 데리고 들어왔다. 아주 훌륭한 방법이다. 다른 여자들도 모두 머리가 검고, 나이와 키가 안젤리카와 비슷해 보였으며, 옷도 비슷한 것을 입고 있었다. 순경은 이 다섯 사람을 벽 앞에 세웠다. 안젤리카는 나도 리키도 보려고 하지 않았다.

트랜트 경감이 말했다. "자아, 리키, 리키가 말한 사람이 저기에 있니?"

리키는 조금도 망설이지 않고 안젤리카 앞으로 다가가서, "안녕!" 하고 말했다.

안젤리카는 몸을 굽혀 리키를 안으며 "안녕, 리키!" 하고 말했다.

리키는 그녀에게 라마를 보여주며 말했다. "이건 라마예요. 페루에서 왔어요. 라마는 사람 눈에 침을 뱉는대요. 이것은 장난감이니까 그런 짓은 하지 않지만 진짜 라마는 그렇대요."

나는 트랜트에게 쓸쓸한 승리감을 느끼면서 말했다. "어떻습니까?"

그는 순경에게 고개를 끄덕였다. 순경은 여자들을 데리고 나갔다. 안젤리카가 리키를 내려놓았다.

리키가 물었다. "갈 거예요?"

"응."

"그럼, 또 만나요."

안젤리카는 다른 여자들과 함께 나갔다. 트랜트 경감과 리키와 나는 복도를 지나 형사들이 많이 앉아 있는 방으로 들어 갔다. 트랜트 경감이 리키에게 말했다. "리키는 여기서 잠깐 기다리고 있어요. 아빠하고 할 얘기가 있으니까."

그는 나를 아까의 그 작은 방으로 데리고 가서, 아무것도 놓여 있지 않은 나무 테이블 앞에 앉았다. 모든 것이 예상보다 잘되었으므로 나는 희망을 갖기 시작했다. 많은 사람들 앞에서 거의 결정적인 증언이 이루어진 것이다. 이제 안젤리카는 틀림없이 석방될 것이다. 베시가 그렇게 두려워하고, 또 우리 사이에 응어리로 남아 있던 리키의 출정도 필요치 않게 될 것이다.

트랜트 경감은 나를 똑바로 쳐다보았는데, 입가에는 미소가 떠올라 있었다.

"하딩 씨, 사과합니다."

"그럼, 내 얘기를 믿어주시는 겁니까?"

"안젤리카 로버츠 양이 살인이 있던 날 밤 새벽 2시에 당신 아파트에 있었다는 사실을 믿겠습니다."

"그리고 리키를 통해서 엘렌이 거짓말을 했다는 것도 증명할 수 있겠지요?"

"예, 그것도 증명할 수 있지요."

"그럼, 이것으로 됐군요. 안젤리카는 석방되겠지요?"

그의 미소가 사라졌다. "지방검사한테서 오늘 아침에 전화가 걸려왔습니다. 재판날이 1주일 뒤로 결정되었답니다."

나는 그를 노려보았다. "그러나 증거가 있으니까 사정이 완전히 달라질 텐데요? 당신은 그 사람들이 그렇게 무섭나요? 캘링검이 또 그 사람들을 매수하기 시작했습니까?"

"캘링검 씨는 경찰국장에게 적어도 열 번쯤은 전화를 걸었고, 지방검사에게도 전화를 했습니다. 당신은 위험한 사람이며, 광적인 복수심을 가지고 있는데다 일도 제대로 못해서 해고했다고 하더군요. 당신의 말을 절대로 믿을 수 없다는 것은 정신과 의사도 증명할 수 있다는 겁니다. 정말 캘링검 씨의 방해는

아주 맹렬합니다. 하지만……" 그는 잠시 말을 끊었다가 다시
계속했다. "하지만 내게는 다른 이유가 있습니다. 캘링검 씨와
는 아무 관계도 없습니다. 그것은 어제 당신의 전화를 받은 뒤
에 내가 발견한 어떤 사실 때문입니다."

그의 얼굴에는 정말 아무 표정도 없었다. "경찰의가 범행시
간을 1시 반에서 2시 반이라고 한 것은, 시체가 스팀 난방기
옆에 있었다는 사실과 난방기가 충분히 가동되었던 것을 고려
해서 한 얘기였습니다. 따라서 당신이 어젯밤 전화했을 때는,
그것으로 안젤리카 로버츠 양의 2시 무렵의 알리바이는 확실
하다고 생각했습니다. 그런데 갑자기 나는 그런 아파트에서
새벽 4시에 난방기가 그처럼 따뜻했다는 것이 조금 이상하다
는 것을 깨달았습니다."

그는 다시 말을 끊었다가 계속했다. "그래서 곧 조사해 보았
더니, 아무도 관리인의 조서를 받지 않았다는 사실을 알게 되
었습니다. 나는 그 길로 관리인을 만나러 갔습니다. 만나기를
잘했더군요. 그날 밤 관리인은 딸네 집에 놀러 갔었는데, 그곳
에서 술이 조금 취해 집으로 돌아온 것은 새벽 3시 반이 좀 지
나서였답니다. 그래서 보일러의 불이 벌써 몇 시간 전에 꺼져
있었습니다. 그러나 그는 상당히 양심적인 사람이었기 때문에
돌아오자마자 보일러에 불을 붙였습니다. 그래서 경찰이 시체
를 발견했을 때는 난방기가 아주 따뜻했던 거지요. 그러나 따
뜻해진 것은 겨우 30분 남짓이며, 그전에는 난방기도 아파트
도 완전히 싸늘했던 겁니다. 이것으로 사정이 많이 달라질 것
같아서 곧 경찰의에게 전화를 했더니, 그는 살인사건을 한두
시간 전으로 앞당기더군요. 즉, 제이미 램이 살해된 시간은 빨
리 보아 11시 반, 아무리 늦어도 1시라는 말이 됩니다. 지방검
사는 당신과 안젤리카 로버츠 양의 진술서를 읽어 보았지만,
의사의 새로운 증언이 있는 이상 진술서가 비록 진실이라 하
더라도 사태에는 전혀 영향을 미치지 못한다고 말했습니다.
그건 당연한 일이지요. 결국 새벽 2시의 알리바이는 사망시간

의 알리바이가 될 수 없으니까요."

나는 얘기를 들으면서 사방의 벽이 내게로 다가오는 것 같았다. "하지만 안젤리카는 우리 아파트 근처 약국에서 12시에 전화를 걸었으니까, 11시쯤에는 제이미의 아파트 근처까지 갈 수 없었을 겁니다."

"그것은 당신 혼자만의 얘기입니다, 하딩 씨. 그것도 당신이 안젤리카 로버츠 양에게 들은 얘기이고, 어쩌면 그녀는 택시를 탔는지도 모릅니다. 유감스럽지만 이런 증언이 받아들여지지 않는다는 건 당신도 아시겠지요? 당신이 할 수 있는 일은 다 하셨습니다. 그러나……" 그는 자기 손을 물끄러미 쳐다보았다. 처음 그를 만났을 때도 그가 이렇게 자기 손을 물끄러미 쳐다보고 있었던 것을 나는 기억했다. "실은 당신과 좀 의논할 일이 있습니다. 지방검사와 경찰국장은 내게 사건을 맡겼습니다. 솔직히 말해서 그들이 나를 그만큼 믿어준 것은 나로서도 영광스러운 일이기는 합니다. 하지만 사태가 이렇게 되고 보니, 이 재판은 전적으로 당신 마음 하나에 달려 있는 셈입니다. 따라서 당신은 이제부터 내가 말하는 두 가지 제안 가운데 하나를 택해야 합니다. 어느 쪽을 택하든 그것은 당신의 자유입니다."

그의 눈은 내 얼굴로 돌려졌지만, 여전히 강철처럼 무표정했다. "우선 첫째, 안젤리카 로버츠 양을 구하기 위해 계속 노력할 생각이라면 그대로 밀고 나가 달라는 것, 아무도 그러지 말라고 하지는 않습니다. 다만 그대로 밀고 나가면 어떤 사태가 벌어질지 한 번쯤은 생각해 보라는 말씀을 드리고 싶군요. 무엇보다도 그 길을 택하면 대프니 양을 감싸는 일을 포기해야만 합니다. 신문들이 대서특필하고, 사건의 전모가 완전히 폭로되겠지요. 말할 것도 없이 불똥이 어디로 떨어질지 모릅니다. 재판은 예정대로 열리고, 당신과 당신 아들이 피고측의 중요증인이 될 것입니다. 그 나이에 자기 엄마가 살인죄로 재판받는 광경을 본다는 것은 장래를 위해서도 굉장한 희생입니다. 그러나 알리바이 설정에는 충분치 않지만, 당신의 진술을 뒷받침할 만한 유일한 증인이니까 아무래도 출정시켜야 할 겁니다. 그리고 물론 당신의 증언도 있습니다. 당신은 안젤리카 로버츠 양이 슈트케이스를 들고 웨스트 10번가에서 걸어서 당신 아파트에 12시 조금 지나 도착했다는 것을 증언하게 될 텐데, 배심원들을 설득할 수 있을지 없을지는 당신의 설득력 하나에 달려 있습니다."

그는 여기서 다시 자기 손을 바라보기 시작했다. "솔직히 말해서, 하딩 씨, 배심원들을 설득한다는 것은 그렇게 쉬운 일이 아닙니다. 검찰측에서는 반대증인으로 캘링검 씨를 내세울 텐데, 그는 돈과 복수심으로 당신을 불리하게 하기 위해서 온갖 수단을 다 동원할 거니까요. 대프니 캘링검 양의 알리바이가 깨져 버린다면 호지킨스 양도 이제 더 이상 거짓말을 할 필요가 없어집니다. 사실, 당신이 리키의 증언을 이용한다면 캘링검 씨 쪽에서는 호지킨스 양을 증인으로 세워, 범죄를 저지르고 나서 몇 시간 뒤 당신과 안젤리카 로버츠 양이 포옹하고 있는 모습을 보았다고 법정에서 증언하도록 시킬 겁니다. 그렇게 되면 당신에게는 간통죄라는 낙인이 찍히게 되는 동시에 사건 발생 후 당신이 취한 행동이 모두 드러날 겁니다. 또한, 그로 인해 당신이 전처를 사랑해서 그녀를 감싸기 위해 온 힘을 기울이고 있다는 사실을 증명하는 결과가 되는 셈입니다. 검사는 당신이 공범자이며, 살인이 있은 뒤 그녀에게 알리바이를 제공해 주기 위해 일부러 아파트로 불러들였다는 식으로 설명할는지도 모릅니다. 적어도 검사는 당신이 사랑에 빠져 있으며, 그녀는 당신을 쉽게 이용할 수 있는 입장에 있었다고 배심원들에게 믿게 할 겁니다. 그렇게 되면 당신이 안젤리카 로버츠 양을 구해 낼 기회는 백만분의 1 정도가 아닐까요? 아니, 그 이상일지도 모르지요. 당신 아들에게 미칠 영향은 아까 말씀드렸고, 무엇보다 당신 자신도 이 재판의 추문 때문에 당분간 직장을 얻기는 어려울 겁니다."

그의 목소리는 거의 알아들을 수 없을 정도로 작아졌다. "첫 번째 길을 택하면 반드시 이런 일들이 일어나리라고 보아도 무리는 아닐 겁니다. 다음 두 번째 길은 아주 간단합니다. 당신이 자신의 패배를 인정하고 재판에 당신과 당신 아들이 관계하지 않는 겁니다. 대프니 양의 탈선행위도 전혀 드러나지 않는 거지요. 우리도 당신이 저지른 죄를 탓하지는 않을 겁니다. 들리는 얘기에 의하면 캘링검 씨는 일이 진행되어 가는 상태를 보아 당신을 다시 회사에 받아들여도 좋고, 당신이 바란다면 같은 일을 다른 곳에서 할 수 있도록 찾아봐 줄 수도 있다고 한답니다."

그는 다시 올려보며 계속 말했다. "지방검사와 경찰국장이 당신과 의논해 보라는 것이 바로 이 두 가지 방법입니다. 우리로서는 당신에게 어느 쪽을 택하라고 충고하거나 권할 생각은 조금도 없습니다. 다만 어느 쪽을 택할 것인지 미리 알아두고 싶을 뿐입니다. 지금 경찰국장과 지방검사는 지방검사 사무실에서 당신의 대답을 듣고내가 전화해 주기를 기다리고 있습니다."

그의 얘기를 끝까지 듣고 있기는 했지만, 사실 그럴 필요가 없었다. 사망시간이 바뀌었다는 말을 듣는 순간부터, 나는 안젤리카가 내게 거짓말을 했을지도 모른다는 것을 깨달았기 때문이다. 그녀는 택시를 타고 왔을지도 모른다. 그런 뒤 알리바이를 만들기 위해 나를 이용하여……그렇다면 지금까지 내가 해온 일은 완전히 헛된 것이었단 말인가? 살인범에게 속은 멍청이, 마음씨 좋은 바보로서의 내 어리석은 모습을 드러내기 위해 나는 지위를 버리고 아내까지 괴롭혔단 말인가? 나는 깊은 우울감에 빠졌다. 동시에 커다란 유혹을 느꼈다. 비겁하기는 하지만 아직도 빠져 나갈 길은 남아 있다. CJ가 뜻하지 않은 뇌물을 준비하고 기다리고 있다. 내가 안젤리카의 유죄를 인정하기만 하면, 아무 일도 없었던 것처럼 시계바늘을 되돌려놓을 수 있다. 만일 고통을 느끼기 싫다면 캘링검 출판사로 돌아가지 않고 다른 곳에서 같은 일을 할 수 있도록 주선해 준다고 하지 않는가!

그러나 내가 계산에 넣지 않은 게 한 가지 있었다. 바로 분노다. 트랜트 경감 앞에서 나는 다른 어떤 때보다 더 강하게 그들에게 말할 수 없는 분노를 느꼈다. 아직도 나를 매수할 수 있다고 가볍게 생각하고 있는 CJ에 대하여——트랜트 경감의 빈틈없는 중립성에 대하여——베시가 자신의 불행으로 나를 억누르고 있는 그 압박감에 대하여——나는 다른 사람들에게 들볶이는 일에는 이제 진절머리가 난다. 지금까지 지겹도록 남이 하자는 대로 해왔다. 앞으로는 무슨 일을 하든 내 뜻대로 하고 싶다. 그들의 증언이 무슨 소용이 있겠는가! 내 장래에 대한 트랜트 경감의 묵시록적인 예언 같은 것은 아무래도 괜찮다. 안젤리카에 대한 그들의 의혹에 이끌려 나까지 그녀를 의심한단 말인가? 내 자신은 그것을 인정하려 하지 않았지만, 사실 안젤리카는 체포된 뒤 줄곧 나를 감싸기 위해 온 힘을 기울이지 않았는가? 만일 그녀가 그날 밤 죄를 저지른 뒤 알리바이를 만들기 위해 내게로 온 것이라면, 왜 나를 알리바이로 이용하기를 거절했겠는가? 진실이란 언제나 이렇게 복잡한 것일까? 좀더 간단해서는 안되는 것일까? 만일 진실이 간단한 것이라면……

"안젤리카를 만나고 싶습니다." 나는 트랜트 경감에게 말했다.

"좋고말고요." 그는 일어섰다. "틀림없이 만나보고 싶어하실 것 같아서 저쪽 복도에 대기시켜 놓았습니다." 그는 문을 열었다. 밖에 순경 한 사람이 서 있었다. "하딩 씨를 안젤리카 로버츠 양에게 안내해 드리게." 하고 트랜트 경감이 말했다.

나는 순경과 함께 복도를 몇 야드 걸어서 또 하나의 다른 문 앞에 섰다. 순경은 문을 열더니 나를 안으로 들여보내기 위해서 비켜섰다. 안젤리카는 혼자 앉아 있었다. 순경이 내 뒤에서 문을 닫았다.

안젤리카는 일어섰다. 여위고, 흔히 볼 수 있는 평범한 여자처럼 보였다. 그녀가 평범하게 보이리라는 것은 지금까지 상상해 본 적도 없었다.

"사망시간이 바뀌었다는 말 들었어요?"

"응." 나는 대답했다.

"이젠 당신이 무슨 일을 해도 아무 소용없게 되었어요. 그것은 당신도 아시겠지요? 당신이 법정에 서면 그만큼 손해예요."

나는 마음속으로 그녀에 대해 대범한 태도를 취하면 마음이 편해질 것이라고 생각했다. 그러나 그렇게 할 수가 없었다. 그녀 자신에게 일어난 일에 비하면 그녀 때문에 내게 일어난 일은 아무것도 아니라는 것을 그제야 겨우 깨달았기 때문이다. 만일 그녀가 클랙스턴에서 붙잡혔을 때 경찰에게 나와의 관계를 확실하게 진술했다면 이렇게 갇히지도 않았을 것이다. 그녀가 유치장에 갇혀 혼자서 하루하루 죽음의 그물이 자기 몸을 덮쳐오는 것을 바라보게 된 것은, 어떻게 보면 내 탓이기도 하다. 게다가 이런 상황에까지 몰렸으면서도 그녀가 생각하고 있는 것은 자신이 아니라 나다. 그렇다면 그것으로 좋다. 그녀는 나를 사랑하고 있다. 또는 나를 사랑한다고 생각하고 있는 것이다. 그러나 그래서 어쨌다는 건가? 가엾은 운명, 다만 그뿐이 아닌가? 그녀에게 감사하는 마음을 가지면서도 거기에 이끌리지 않는 것은 나같이 뻔뻔스러운 자밖에 없을 것이다.

나는 말했다. "당신은 제이미를 죽이지 않았겠지?"

"죽이지 않았어요, 빌."

"당신은 정말로 10번가에서 우리 아파트까지 걸어온 거요?"

"물론이지요. 돈이 없었거든요. 10센트밖에 없었어요."

나는 그녀를 보면서 생각했다. 나는 대체 어떤 사람인가? 나는 이 여자를 베시 이상으로 잘 알고 있지 않은가? 지금은 멀리 떨어져 있지만, 전에는 이 세상의 누구보다도 그녀와 가까웠던 사람이 아닌가? 나는 그녀의 결점을 잘 알고 있다. 그녀는 그녀의 아버지와 마찬가지로 로맨틱하고 비현실적이며 자존심이 강한 완고한 여자다. 그러나 나는 그녀의 장점도 알고 있다. 그녀는 복수심 같은 것은 조금도 가지고 있지 않다. 남자가 그녀를 싫어하게 되었다고 해서 그 남자를 죽여 버리는 여자는 결코 아니다. 정직하고 겸손한 마음을 가진 그녀가 어떻게 그런 일을 할 수 있겠는가? 그녀의 성격에 관한 이런 사실을 앞에 놓고 보니 갑자기 증언이니, 지방검사니, 트랜트 경감의 그리스도 교리적인 복잡한 설명이 내게는 모두 어리석게 여겨졌다.

"나는 재판에 나갈 생각이오. 물론 리키도 나갈 거요."

"하지만, 빌……"

"그들이 죄없는 여자를 재판할 만큼 어리석다면 나도 멍하니 옆에서 보고만 있을 수는 없소. 다른 사람들이야 어떻게 되든 좋소. 모두 폭로하고 말 거요." 분노에 몸을 맡기고 있는 동안 문득 다른 생각이 떠올랐다. "아니, 뿐만 아니라 나는 진범을 찾아내고 말겠소. 누군가가 한 짓이 분명하오. 그런데 그 사실에 대해 생각하고 있는 사람은 하나도 없소. 만일 범인을 찾아낸다면 나는 재판에 나가지 않아도 되고, 당신도 재판을 받을 필요가 없소. 아니, 재판 같은 것은 하지 않아도 돼!"

그녀는 모든 기력을 잃어버린 듯 걱정스러운 모습으로 서 있었다. 그녀의 쓸쓸한 얼굴과 무력함이 내게 리키를 생각케 했다. 새로운 분노가 치밀어올랐다. 누구나 다 리키의 신상을 걱정하며 떠들어대고 있다. 가엾게도 어린 리키를 법정에 세우다니! 그것은 분명 가엾은 일이다. 하지만 그 아이의 엄마는 어떻게 되든 상관없단 말인가?

나는 다시 말을 계속했다. "나는 반드시 하고 말 거요. 누가 제이미를 죽였는지 반드시 찾아내고 말겠소. 걱정할 것 없소. 나는 반드시 이길 테니까."

나는 트랜트 경감에게 갔다. 그리고 재판에 나갈 결심이라고 말했다. 그는 별로 반대하는 기색도 없이 다만 그 조용하고 무표정한 미소를 떠올리며 말했다.

"그렇게 할 줄 알았습니다. 그럼, 지방검사에게 전화해서 말해 두지요. 앞으로는 우리와 자주 만나지 않아도 됩니다. 안젤리카 로버츠 양의 변호사와 연락을 하십시오. 맥가이어라는 사람입니다. 뛰어난 변호사지요."

그는 주머니에서 명함을 꺼내어 나에게 건네주었다. "여기에 주소가 씌어 있습니다. 곧 찾아가시는 게 좋을 겁니다. 이제는 시간을 헛되이 쓰지 않는 편이 좋을 테니까요." 그는 일어섰다. "리키가 있는 곳은 아시겠지요? 돌아가실 때 데리고 가십시오."

나는 그의 말을 거의 듣고 있지 않았다. 나는 베시에게 이런 결심을 말하고 그녀를 얼마나 괴로운 입장에까지 끌고 들어갔는가를 얘기하면, 그녀가 어떤 표정을 지을까 하고 생각해 보았다. 트랜트 경감이 여느 때처럼 손을 내밀었으므로 나는 정신이 번쩍 들어서 얼른 그 손을 자동적으로 잡았다. "그럼, 실례하겠습니다, 트랜트 경감님."

"안녕히 가십시오." 그는 그렇게 말하며 그의 직업적인 가면을 벗었다. 그 순간 그도 한 인간으로 돌아가 그 미소도 인간다운 미소로 바뀐 것 같았다.

"지방검사는 틀림없이 화를 낼 겁니다." 하고 그는 말했다. "하딩 씨, 이렇게 말씀드리면 실례일지 모르겠습니다만, 당신은 정말 대단한 사람이군요……"

제24장

안젤리카의 재판을 열리지 못하게 하겠다는 내 결심은 화가 나서 순간적으로 결정한 일이었다. 하지만 리키를 데리고 집으로 돌아가는 도중에 베시와 만날 일을 이것저것 걱정하면서, 문득 진범을 찾아내는 일이야말로 우리의 희망을 잇는 유일한 길임을 알아차렸다. 그것은 불가능한 일일까? 아니, 불가능하지는 않다. 나는 제이미가 누군가와 만날 약속을 했다는 걸 알고 있다. 트랜트 경감은 이 사실에 귀를 기울이려고도 하지 않았지만, 어쩌면 브라운 부부가 무언가 알고 있을지도 모른다. 물론 트랜트 경감은 그 부부를 조사했다. 그러나 그의 조사방법은 고집스러운 것이므로, 그들의 증언 속에 있는 어떤 실마리를 빠뜨렸을지도 모른다. 그리고 대프니도 있다. 나의 이번 행동으로 그녀가 두 번 다시 나와 얘기할 수도 있다면 거기에서 단서를 찾을 수 있을 것이다. 물에 빠진 사람은 지푸라기라도 잡는다. 나는 진범을 찾아내야겠다는 생각에 열심히 매달렸다. 범인을 찾아내자. 그리고 재판을 중지시키는 것이다. 그러면 베시에게 적어도 최후의 굴욕감만은 느끼게 하지 않고 끝나지 않을까.

아파트에 돌아와 보니 베시는 외출중이었다. 집에 있을 거라고 생각했는데, 그녀는 역시 사무실에 나간 모양이다. 이것으로 걱정하던 그녀와의 대면은 잠깐 연기된 셈이다. 나는 맥가이어 변호사에게 전화해서 그를 만났다. 한 시간쯤 그와 함께 있었다. 젊고 상냥하며 머리가 좋아 보이는 남자였다. 내가 안젤리카를 위해 증인으로 나서겠다는 결심을 말하자, 그는 믿을 수 없다는 표정을 지으면서도 크게 마음이 내키는 모양이었다. 그러나 내가 진범을 찾아낼 작정이니 도와달라고 하자 그의 미소는 의심스러운 표정으로 바뀌었다.

"내가 할 수 있는 일은 다했다고 생각합니다. 그리고 앞으로도 계속 그렇게 할 겁니다, 하딩 씨. 그러니까 당신이 진범을 찾아내셔도 상관없는 일이지요. 그러나 아마추어 탐정이란 소설가가 만들어낸 것이고, 결국 살인범을 찾아내는 것은 경찰이 할 일입니다. 트랜트 경감은 결코 얕볼 수 없는 사람입니다. 위에서 무슨 결정을 내려도 언제나 눈을 똑바로 뜨고 모든 단서를 추궁해 가는 사람입니다. 경찰에서도 상당히 뛰어난 사람으로 알려져 있습니다. 프린스턴 대학에서 나와 함께 공부했지요. 믿을 만한 사람입니다."

자기와 프린스턴 대학에서 함께 공부했기 때문에 믿을 만하다고 한 것일까? 트랜트 경감이 프린스턴 출신이라는 것을 몰랐다니, 정말 멍청한 노릇이다. 추리를 너무 잘해서 잘못된 추리를 한다는 점에서는 정말 프린스턴을 알아주나 보다. 나는 맥가이어의 깔보는 듯한, 더구나 편파적으로 직업의식을 나타낸 눈을 바라보며 안되겠다고 단념했다. 그에게서 브라운 부부의 주소를 알아가지고 나는 곧 그들의 집으로 갔다.

브라운은 외출중이었으나, 그 부인은 집에 있었다. 몸집이 작고 귀염성 있는 금발 여인으로, 감기가 들었다고 했다. 내가 안젤리카의 전남편이라고 하자 그녀는 최대한의 동정심을 보이며 모든 것을 얘기해 주었지만, 트랜트 경감과 캘링검 집안 사람들에게서 들었던 얘기와 조금도 다를 바가 없었다.

"그밖에 또 눈치챈 건 없습니까?"

"별로 없어요. 하지만 우리 부부가 늘 제이미의 얘기를 하곤했습니다만, 제이미는 분명히 그날 누구와 만날 약속이 있었던 것 같아요. 게다가 그 약속이란 게 돈에 관한 일인 것 같았어요."

"돈에 관한 일이오?"

"네, 그 사람은 우리 어머니의 아파트로 이사온 뒤 아직 한번도 집세를 내지 않았거든요. 하지만 그리 대단한 돈도 아니고, 또 우리는 그에게 호의를 가지고 있었기 때문에 재촉도 하지 않았어요. 그런데 그날 밤 함께 파티에 가자고 했더니 다른 사람과 약속이 있다며 거절하더군요. 그때, '너무 유혹하지 마십시오. 나중에 당신 어머니께서 화를 내실 겁니다.'라고 말했었지요. 그래서 생각해 봤는데, 아무래도 제이미는 집세에 대한 말을 한 것 같아요. 그날 밤 누군가와 만나면 돈이 들어온다는 걸 암시한 말이 아닌가 생각했었지요."

별로 대단한 것은 아니었지만, 더 이상 무슨 말을 들을 수 있을 것 같지도 않아서 나는 그녀에게 인사를 하고 아파트를 나왔다. 그녀는 손수건으로 코를 풀면서 현관까지 따라나왔다.

별 생각도 없이 나는 대프니에게 전화를 걸었다. 헨리가 전화를 받았다. 깜짝 놀라는 것 같았다. 대프니가 과연 전화를 받을까 의아해 하고 있는데, 뜻밖에도 그녀의 목소리가 수화기에서 흘러나왔다.

"빌, 당신도 참 뻔뻔스럽군요. 이 아파트에서는 당신을 문둥병 환자처럼 싫어하고 있다는 걸 아실 텐데요?"

"미안하게 생각해, 대프니. 처제의 알리바이를 엉망으로 만들 생각은 없었어."

"하지만 그렇게 한 것은 분명해요. 경찰의 보고가 마치 기관총을 쏘아대듯 아버지에게 들어오고 있어요. 가장 새로운 뉴스에 의하면, 당신은 재판에 나가 당신 자신과 아버지와 나를 폭로하겠다고 했다면서요? 신문 1면에 큼직하게 나겠군요. 그러면 나는 미국에서 '붉은 옷의 여자'(요한계시록에 나오는 음탕한 여자)라는 낙인이 찍히게 되겠지요." 그녀는 소리죽여 웃었다. "정말 형부는 시작했다 하면 끝장을 보고야 마는군요."

과거에 나는 그녀의 경박스러움에 눈살을 찌푸린 적도 있었지만, 지금은 그 솔직함에 완전히 탄복했다.

"처제에게 할 얘기가 있는데 밖에서 좀 만나주겠어?"

"물론이에요. 나는 형부가 굉장히 좋아졌어요. 형부 같은 분이 어째서 나하고 결혼하지 않고 베시와 했는지, 이해가 안될 정도예요. 어디서 만나죠? 아주 멋진 곳 없을까? 형부를 위해 샴페인으로 건배하고 싶어요."

나는 그녀의 아파트에서 그리 멀지 않은 고급 칵테일 바의 이름을 댔다. 먼저 도착한 것은 나였다. 얼마 안 있어 그녀가 밍크 코트와 미소를 자랑스럽게 보이며 들어왔다. 나는 샴페인을 주문했다. 그녀는 나를 향해 잔을 들어올리며 말했다.

"우리 아버지에게 저항한 단 한 사람의 남성을 위해 건배! 그리고 스캔들 만세! 나는 기다릴 수 없을 정도예요. 언제쯤에야 신문에서 크게 떠들어 줄까? 그런데 형부를 도우려면 어떻게 해야 하지요? 그게 더 중요해요. 나는 형부 편이거든요. 운명의 신에게 버림받고, 세상 사람 모두에게 버림받은 고독한 영웅을 도와주는 용감한 처녀 ―― 라면 어떨까요?"

그녀의 미소에는 거짓없는 애정이 깃들어 있었다. 그것은 정말 뜻밖이었고, 동시에 나를 은근히 감격시켰다. 나는 안젤리카를 무죄로 석방시키기 위해 할 수 있는 한 모든 노력을 다할 작정이라는 것과, 제이미가 대프니를 안젤리카의 아파트로 가게 한 것은 자신의 아파트에서 누군가와 만날 약속을 했기 때문일 것이라는 내 의견을 설명했다. 그녀는 진지하게 귀를 기울이고 있더니, 마침내 내 주장이 옳을지도 모르겠다고 말했다.

"그때는 내가 마티니를 너무 마셔서 제이미가 한 말을 있는 그대로 받아들였지만, 잘 생각해 보니 형부 말이 맞는 것 같군요."

"그때 그가 누구와 만날 작정이었는지 짐작이 안 가나?"

"전혀 짐작이 안 가요. 그 사람은 상당한 거짓말쟁이였거든요. 하지만 뉴욕에는 아는 사람이 하나도 없다고 늘 입버릇처럼 말했어요. 물론 프롭은 예외지만."

"프롭?"

"형부도 알잖아요. 그 두 사람은 캘리포니아에서 함께 자랐대요. 형부 집의 파티에서 만난 다음 그들은 자주 만났나 봐요."

"무슨 일로?"

"모르겠어요. 그녀를 통해 일자리를 찾고 있는 중이라는 말을 한번 한 적이 있어요."

"일자리?"

"꼭 취직이라고 할 수는 없지만, 뭔가 그런 식의……" 그녀는 소리죽여 웃으며 말을 계속했다. "이상하게 생각하시면 곤란해요. 별다른 연애관계가 있었던 건 아니니까. 그것만은 절대로 확신해요."

그녀의 눈에서 기묘한 빛이 반짝 빛났다. 나는, "어떻게 그걸 확신할 수 있지?" 하고 물었다.

"나는 다 알고 있거든요. 그래서 그래요." 그녀는 여느 때와 달리 심각한 표정으로 내 얼굴을 쳐다보다가 이윽고 말했다. "차라리 말해 버릴까. 우리 아버지는 형부에게 너무나 심하게 대하셨어요. 형부를 혼내 주기 위해서 얼마나 많은 일을 꾸미는지 헤아릴 수 없을 정도예요. 그에 비해 형부에게는 어떤 무기가 있지요? 유감스럽게도 남자다운 두 팔밖에 없겠군요."

그녀는 테이블 너머로 몸을 내밀어 내 팔을 두드렸다. "지금 형부에게 좋은 것을 알려드릴 테니, 꼭 필요할 경우에 몰리지 않는 한 베시에게는 말하지 않겠다고 약속해요. 가엾게도 베시는 아버지를 하나님이나 영웅처럼 생각하고 있거든요. 왜 그러는지 모르겠지만. 이 얘기의 냄새만 맡아도 베시는 기절해 버릴지 몰라요."

나는 몹시 당황했으나, "좋고말고. 약속하지." 하고 대답했다.

"나는 오랫동안 이 비밀을 누구에겐가 얘기하고 싶어서 애가 달았었어요. 그러나 좀처럼 결심을 할 수가 없었지요." 그녀는 샴페인 잔을 들어올려 특별히 누구를 지목하지 않고 그냥 건배했다. "제이미가 프롭과 육체관계가 없었다는 것은 내가 잘 알고 있어요. 왜냐하면 아무도 프롭과는 관계할 수 없게 되어 있으니까요. 프롭은 계약된 몸이에요. 그러나 폴은 아니에요. 그녀는 우리 아버지의 성적(性的) 대상이에요.."

이것은 내게 하늘과 땅이 놀랄 만한 뉴스였다. 나는 다만 멍하니 그녀를 바라보았다.

"내가 그 사실을 알게 된 건 어릴 때였어요. 요트를 타고 여행할 때――아, 바로 포르트피노에서 형부를 만나기 조금 전이었어요. 어느 날 선실에 들어갔다가 두 사람이 함께 있는 광경을 보고 말았지요. 그때 나는 아직 수줍은 어린 소녀였어요. 그래서 마치 세상이 캄캄해지는 듯한 충격을 받았어요. 그러나 그것도 잠시뿐이었고……" 그녀는 입을 일그러뜨리며 웃었다. "마침내 그것을 잘 이용할 수 있겠다는 생각이 들었어요. 그 뒤로 아버지의 귀염둥이 딸이 되는 것도 문제없었고, 아버지를 마음대로 조종할 수도 있었어요."

한참동안 나는 CJ, 프롭, 폴, 대프니 위에 전개된 이 상상치 못했던 복잡한 사정을 캘링검 왕국의 한 현상으로만 생각했다. 그러나 차츰 이 새로운 사실이 사건에 직접적인 의미를 지니고 있다는 것을 깨닫고, 믿을 수 없을 정도로 가슴이 설렜다.

"그래, 그 관계는 지금까지 계속되고 있나?"

"물론이지요. 1주일에 두 번, 폴이 일하고 있는 오후 시간을 이용해 비밀리에 밀회를 계속하고 있어요. 아버지도 내가 알고 있다는 사실을 알지만, 아버지나 나나 절대로 그 일에 대해 말하지 않아요. 지금까지 한 번도 얘기한 적이 없어요. 아버지는 가끔 내게 모터보트며, 대단치 않은 목걸이 같은 것을 사주지요. 그때마다 양심의 가책을 받고 있구나 하는 것을 느껴요. 물론 아버지는 나를 미워하지도 않고 굉장히 귀여워해 주지요. 그러니까 양쪽에서 착취하고 있는 셈이에요. 애정과 양심 양쪽에서요. 그래서 정말 편리해요. 마치 보물섬을 갖고 있는 것 같거든요."

차츰 흥분이 내 온몸에 퍼졌다. '그날 밤 누구를 만나면 돈이 들어오기로 되어 있었던 것 같다'고 말한 브라운 부인의 말이 생각났기 때문이다.

"처제가 그 터무니없는 계획을 가지고 제이미를 찾아갔을 때, 그는 아버지를 설득할 테니 아무 걱정할 것 없다, 반드시 결혼할 수 있다고 말했다고 했지? 그때 제이미가 처제의 계획에 반대한 것은, 그 때문에 더 좋은 자기의 계획이 깨질까 하는 두려움 때문이 아니었을까?"

대프니는 몹시 놀라며 겁에 질린 듯한 표정을 지었다. "그건 무슨 뜻이지요? 제이미가 프롭한테서 아버지의 비밀을 알아냈다는 뜻인가요? 그것을 이용하여 아버지를 협박해서 나와 결혼하려고 했다는 건가요? 빌, 도대체 어떻게 된 걸까요?"

"정말 어떻게 된 걸까?"

"그러나 나는 꿈에도 그런 일……당신은 앞으로 어떻게 할 작정인가요?"

"프롭에게 전화를 걸어야겠어."

나는 일어나서 전화 쪽으로 갔다. 프롭은 집에 있었다.

"좋아요, 빌, 곧 오세요. 난 지금 굉장히 지루하던 참이에요. 텔레비전을 보고 있는데 따분해요. 무언가 좀더 새로운 것을 발명하면 좋을 텐데."

나는 대프니에게로 돌아왔다. "처제가 한 말은 물론 사실이겠지?"

"네, 사실이에요."

"내가 이 문제에 관여해도 괜찮겠어? 처제의 입장에서…… 어때?"

"상관없어요. 아무튼 형부는 그렇게 할 수밖에 없잖아요? 그만한 것쯤은 알고 있어요. 하지만 제발 부탁인데, 조심해야 해요."

"나는 지금 곧 프롭을 찾아가 얘기해 볼 생각이야." 내가 보이를 부르려고 하자 대프니가 그것을 말렸다.

"계산은 벌써 끝냈어요. 형부가 전화하러 갔을 때." 그녀는 조금 겁을 먹은 것 같았으나 수줍은 미소를 띠며 말했다. "형부는 지금 실업자잖아요? 그런데 나를 위해 샴페인 값까지 치

르게 해서야 되겠어요? 내 걱정은 하지 말고 어서 빨리 가보
세요. 나는 좀더 이곳에 있을 테니까요. 공공장소에서 혼자 샴
페인에 취해 있는 게 내 새로운 명칭에 딱 어울리잖아요? '아
름답게 타락한 C양.' 참 멋있죠?"

나는 그녀를 내려다보며 생각했다. 대프니 캘링검은 정말
속이 깊은 여자였다. 내가 알고 있는 모습은 그녀의 극히 일부
분에 지나지 않았던 것이다. 지금도 겨우 표면을 스친 정도가
아닐까. 나는 테이블 너머로 그녀에게 키스했다.

"처제는 정말 천사 같은 여자로군."

"천만에요, 천사라뇨! 나는 굉장히 심술궂고 닳아빠진 여자
예요. 그건 형부도 알고 있잖아요. 어디를 보나 아무짝에도 쓸
모없는 여자. 나를 위해 또 새로운 불행한 일이 생기거든 알려
줘요. 나는 지금 불행한 일을 수집하고 있으니까요. 코담배갑
이며, 문진(文鎭)이며……"

제25장

폴과 프롭 파울러 부부는 워싱턴 스퀘어에서 조금 떨어진 곳에 살고 있다. 그 근처는 그다지 고급주택이라고 할 순 없지만, 그들이 살고 있는 아파트는 할리우드 영화에 나오는 파크 애버뉴 아파트처럼 호화스러웠다. 하녀가 나와서 나를 맞이했다. 이 하녀는 언제나 빨래나 다림질을 하고 있었다. 상냥하고 부지런한 하녀다. 그녀는 나를 거실로 안내했다. 프롭은 실내용 바지를 입고 침대의자에 누워서 텔레비전을 보고 있었다. 나를 보자 그녀는 일어났다. 누웠다 일어났는데도 옷에 구김살이 없고, 머리카락 하나 흐트러지지 않는 여자는 프롭밖에 본 적이 없다. 얼마 전까지 그녀의 머리카락은 붉은빛이었는데, 지금은 엷은 블론드로 물들였다. 붉은 머리였을 때나 지금이나 자연스럽다는 느낌은 전혀 들지 않았다. 그녀는 사람들에게 현실을 떠난 인공적인 인상을 주었다. 폴의 말대로 살과 피로 이루어진 여자가 아니다. 말하자면 컬러로 인쇄한 잡지광고에 나오는 모델 같은 느낌이다.

그녀는 텔레비전을 끄고 가까이 다가와 나에게 키스했다. 이 여자는 언제나 애정이 넘치는 태도를 보인다. 살짝 향수를 뿌리고 자수정 목걸이를 하고 있었다. 그녀는 자수정을 무척 좋아해서, 오후에 집에서 지낼 때는 자수정이 최고라고 곧잘 말하곤 했었다. 대프니의 얘기는 들은 지 얼마 안돼서인지 아직 내 마음속에서 충분히 소화되지 않고 있었다. 따라서 그녀는 나에게 전과 다름없는 프롭, 침착한 폴의 사랑스러운 아내, 매니큐어를 바꿔 칠하는 것이 취미인 프롭이었다.

안젤리카가 체포된 것은 물론 그녀도 알고 있었다. 그러나 그녀가 알고 있는 건 그뿐이었다. 나는 되도록 간단하게 내 괴로운 심정을 얘기했다. 그녀의 아름답고 주름 하나 없는 멍한 얼굴에 희미하게 동정의 빛이 떠올랐다.

"정말 안됐군요, 재판이라니! 당신과 베시의 괴로운 입장을 잘 알겠어요. 게다가 리키 때문에도 베시는 분명 달갑지 않게 생각할 거예요. 그녀의 성격으로 봐서 틀림없이 괴로울 거예요."

"그러나 그걸 벗어날 수 있는 길이 꼭 한 가지 있소. 그것은 재판을 못하게 하는 방법이오. 그리고 재판을 못하게 하려면 누가 제이미를 죽였는지 범인을 찾아내는 수밖에 없소. 알겠지요?"

"물론 알고말고요. 하지만 어떻게 범인을 찾지요? '내가 죽였소.' 하고 일부러 당신한테 말하러 오는 사람은 없을 텐데요."

"트랜트 경감이 당신을 만나러 왔었소? 한번 왔었던 것은 알고 있지만 그 다음에 또……"

"바로 이틀 전에 왔었어요."

"제이미와 캘리포니아 시절부터 알고 지내던 친구라는 말을 했소?"

"어머나 그 얘기도 할걸 그랬나요? 많은 얘기는 하지 않았어요. 폴이 늘 경찰에게는 너무 많은 얘기를 하면 안된다고 했거든요. 자칫 잘못 얘기하면 언젠가 후회하게 될 거라고 했어요."

"그러나 캘리포니아에서부터 제이미를 알았던 것은 사실이지요?"

"그건 사실이에요. 제이미는 피글리 위글리에서 일했었어요. 싸구려 물건만 파는 백화점이었지만, 식료품에서 자동차까지 파는 곳이에요, 제이미는 정말 옛친구이지요. 그런데 돈 많은 연상의 여인이 그에게 반해서 유럽으로 데리고 가버린 거예요."

이것이 시초가 되어 결국 안젤리카의 '꿈의 정화'로까지 발전했단 말인가?

"그러나 우리 집에서 다시 만나게 된 뒤 당신은 그와 자주 만났었지요?"

"그래요, 가끔 오후에 우리 집으로 놀러 오곤 했어요. 나는 그 사람을 좋아했어요. 좀 변태적이긴 했지만 어딘지 모르게 귀여운 데가 있어서 둘이서 여러 가지 얘기를 했지요."

"예를 들면, 어떤 얘기를?"

"그냥 이것저것 여러 가지요."

나는 그녀를 나무라고 싶지는 않았다. 마치 어린애를 못살게 구는 것 같았기 때문이다. 그러나 이제는 어쩔 수 없다.

"당신과 CJ의 관계도 얘기했소?"

프롭의 반응이 서서히 나타났다. 꾸민 듯한 기색은 전혀 없었다. 한동안 우두커니 앉은 채 파랗고 큰 눈에 다소 놀란 표정을 보였을 뿐이다. 그러더니 천천히 입을 열었다.

"그걸 어떻게 알고 있지요? 절대로 비밀일 텐데."

"샌드라, 나는 당신의 사생활에 끼어들고 싶지는 않소. 그러나 그 일이 사건과 어떤 관계가 있을지도 몰라요. 때문에 어떻게 해서든 알고 싶은 거요."

"두 사람의 관계가 사실이냐는 뜻인가요? 물론 사실이에요. 그런데 당신이 알고 있다니 이상하군요. 설마 CJ가 당신에게 말한 건 아닐 테지요?"

"CJ는 말하지 않았소."

"그 얘기가 당신에게 도움이 될 것 같으세요?"

"그렇소."

"그렇다면 얘기하지요. 하지만 별로 대단한 얘기는 못 돼요. 그것은 상당히 오래 된 일이거든요. 내가 처음 뉴욕에 왔을 때, 잠깐 동안 모델 일을 한 적이 있었어요. 그때 캘링검 출판사의 모델로 고용됐었지요. '잡지를 읽고 있는 주부'라든가 뭐 그런 것을 선전하는 사진이었어요. CJ가 그 사진을 보고 만나고 싶다고 했어요. 그렇게 우리의 관계는 시작되었고, 지금도 계속 이어지고 있어요. 그런데도 CJ는 나와 결혼하고 싶지는 않다는 거예요. 그 까닭을 그는 열심히 설명하더군요. 신분이 다르다나 뭐라나 하면서요. 내 생각으로는 죽은 그의 부인이 너무 교양이 없었기 때문에 같은 일을 되풀이하고 싶지 않았던 모양이지만……어쨌든 그런 식으로 계속해 왔어요. CJ라는 사람은 상당히 보수적인 사고방식을 가지고 있어요. 공개적인 장소에서 함께 있는 것을 남에게 보이고 싶지 않다는 말을 하곤 했어요. 그래서 그가 이곳으로 와요. 물론 전에는 여기가 아니었어요. 전에는 폴과 결혼하기 전에 살던 내 아파트로 왔었어요."

나나 베시, 안젤리카의 괴로움에 비해 프롭의 이 사무적이고도 분명한 생각은 나 같은 사람으로서는 상상도 할 수 없는 세계였다. 하지만 어쩐지 개운하고 시원스럽게 느껴졌다. 내가 그런 입장이라면 어떨까 하고 생각하니 몸이 움츠러드는 것 같았다.

"그런데 용케도 폴에게 들키지 않았군요."

"어머나, 폴도 다 알고 있어요."

"폴도 알고 있다고?"

"폴과 결혼한 것은 CJ의 주선인걸요. CJ가 요트를 빌려 유럽 여행을 생각했을 때 내게도 같이 가자고 했어요. 하지만 CJ는 보수적인데다 딸이 둘이나 있으니 공공연하게 나를 데리고 갈 수는 없었지요. 마침 그 무렵 폴이 내게 열중했는데, CJ가 그 말을 우연히 들었나 봐요. 당시 폴은 일자리도 없고 아주 곤란했었어요. 그래서 CJ가 손을 써주었지요. 베시에게 얘기해서 폴을 기금모집사무실에서 일하게 하고, 폴과 내가 결혼해서 모두 함께 요트로 떠나면 만사가 다 해결된다는 거였어요."

만일 프롭이 어떤 여자인지 잘 몰랐다면 아마 이쯤에서 속지 않으려고 애썼을 것이다. 내가 쓸데없이 여러 가지 일을 캐물어서 일종의 보복으로 이런 엉뚱한 얘기를 하고 있다고 해석했을 것이다. 그러나 나는 프롭을 잘 알고 있었다. 그녀는 결코 못된 짓을 할 여자가 아니다. 그러므로 그녀의 얘기는 전부 다 믿어도 된다. 하지만 폴이 요 몇 년 동안 이런 조건으로 CJ와 관련되어 베시를 위해 일했다고는 도저히 믿어지지 않았다. 한동안 나는 폴과 그의 이상한 입장에 대해 생각했다. 그러나 다음 순간 술집에서 대프니와 나의 머리에 떠오른 생각이 역시 잘못된 게 아니었음을 깨닫고 흥분의 설레임을 억누를 수가 없었다. 나는 물었다.

"지금 한 그 얘기를 당신은 제이미에게 전부 다 말했소?"

그녀는 고개를 저었다. "아뇨. 하지만 제이미는 곧 눈치채고 말았어요. 한번은 오후에 그가 우연히 찾아왔을 때, CJ가 엘리베이터에서 나오는 것을 본 모양이에요. 제이미는 그런 일에는 아주 민감하지요. 나는 얘기할 생각이 전혀 없었는데, 어느 틈에 내게서 알아내 버렸어요."

바로 딱 들어맞았다. 나는 점점 흥분을 느낌과 동시에, 일의 중대함을 깨닫고 조금 무서워지기까지 했다.

"샌드라, 잘 생각해 봐요. 모르겠소? 제이미는 어떻게 해서든지 대프니와 결혼하고 싶어했소. 그러나 그의 자격으로는 캘링검 집안에 파고들 기회가 없었지. 그런데 CJ와 당신의 관계를 눈치챘으니 그야말로 절호의 기회라고 생각했을 거요. 그는 CJ를 자기 아파트로 불러서 거래를 해야겠다고 생각했겠지. 대프니와 결혼을 승낙하지 않으면 그 스캔들을 신문에 발표하겠다고 협박했을 거요."

프롭은 몸을 조금 앞으로 내밀고 귀걸이가 제대로 달려 있는지 손가락 끝으로 확인하며 말했다.

"당신이 말하는 뜻은 제이미가 그날 밤 만나기로 한 사람은 CJ이고, 그가 제이미를 죽였다는 건가요?"

"있을 수 있는 일 아니오? CJ라는 사람이 자신을 협박하는 불량배를 그냥 놔둘 것 같소? 어떻게 생각해요?"

"하지만, 빌, CJ는 그날 밤 보스턴에 있었어요. 편집자 회의에서 연설했고, 그 회의는 한밤중까지 계속되었어요. 나는 신문에서 다 읽었어요. 연설도 읽었어요. 나는 언제나 그 사람의

연설을 읽고 있거든요. 그 사람은 대단한 웅변가예요. 정치가
가 되려고 했다 해도 충분했을 거예요. 당신도 아시지요? 어
쨌든 훌륭한 사람임에는 틀림없지만, 아마 정치가가 되었더라
면 더 출세했을지도 몰라요. 대통령도 될 수 있는 사람이에요."

그녀의 목소리에 담긴 이 꾸밈없는 자랑은 그녀에 관한 다
른 일들처럼 기묘한 느낌을 주었다. 하지만 나는 마음속에 부
풀어 있던 커다란 비누방울을 무참히 터뜨려 버린 듯한 환멸
에 눌려 그 기묘한 느낌도 다만 막연하게 느껴질 뿐이었다. 편
집자 회의의 내용은 나도 신문에서 읽었다. 만일 내가 조금이
라도 침착했더라면, CJ가 처음부터 혐의자의 범위 밖에 있다
는 것을 잘 알았을 것이다. 그러나 나는 침착하게 생각할 만한
여유가 없었다. 그래서 결국에는 프롭 같은 여자에게 꿈을 무
참히 짓밟혀 버리고 만 것이다.

나는 완전히 기운을 잃고 호화스러운 방을 둘러보았다. 그
리고 내가 목적도 없이 친구의 사생활에 침입한 사실과, 이것
으로 다시 원점으로 되돌아가고 말았다는 것을 깨달았다. 나
는 방안의 가구들을 가리키며 말했다.

"이건 모두 CJ가 보낸 거요?"

"천만에요. 아파트며 가구 같은 것들을 CJ에게서 받았느냐
고요? 그런 걸 받다니 내가 마치 첩이라도 되는 것 같잖아요.
CJ는 절대로 그러지 않아요."

나는 놀라서 그녀를 쳐다보았다.

"그럼, CJ는 당신에게 아무것도 주지 않았단 말이오?"

"물론 주지요. 선물을 줘요. 개인적인 선물을. 예를 들면, 모
피 코트나 팔찌나 목걸이……언제나 멋진 것을 주지요. 때로
는 좀 지나칠 정도예요. 그런데 폴이……"

"폴이 어쨌다는 거지요?"

"폴은 좀 이상해요. 우리는 절대로 CJ에 대해서 얘기하지
않기로 했거든요. 그 뒤 폴은 한 번도 CJ에 대한 말을 입밖에
낸 적이 없어요. 하지만 그는 CJ에 대해 꽤 많이 생각하는 것

같아요. CJ가 내게 무엇을 주면, 폴은 반드시 그것보다 더 크고 좋은 것을 주는 거예요. 아마 그렇게 하면 자기가 더 훌륭하게 보여서 내가 그를 더 사랑하게 될 거라고 생각하는 것 같아요. 정말 어리석은 짓이에요. 그렇게 하지 않아도 내가 그를 사랑하고 있다는 것쯤은 알 수 있을 텐데. 그래도 폴은 폴이고, CJ는 CJ예요. 그런대로 잘 지내왔어요. 가끔 폴에게 그렇게 돈을 무리하게 쓰지 말라고 얘기하고 싶었지만, 나는 얘기하는 것이 서툰데다 귀찮아서요. 게다가 폴은 원래 그런 사람이고 ……"

나는 다시 가슴이 설레는 것을 느꼈다. "폴에게는 달리 개인적인 수입이 없지요? 폴 자신이 그렇게 말하던데……"

"전혀 없어요. 내가 아는 바로는 1센트도 없을 거예요. 아주 오래 전에는 있었던 모양이지만 지금은 없어요."

"그런데 어떻게 이런 호화스러운 생활을 할 수 있지요?"

프룹은 의아스러운 표정을 지었다. "어머나, 이상하군요. 제이미도 똑같은 말을 했었어요. 하지만 폴에게는 월급이 있잖아요. 기금모집 사무실에서 일한 돈이……"

나는 폴의 월급이 얼마인지 모른다. 베시에게 물어본 적도 없다. 그러나 상식적으로 생각해도, 그가 이만한 아파트 생활과 프룹에게 주는 선물을 감당할 만한 급료를 받지 못한다는 것만은 확실하다. 아무리 많이 받는다 해도 그의 급료로 이 정도의 생활을 할 수는 없을 것이다. "제이미도 똑같은 말을 했었어요." 대답은 명백하다. 내가 지금껏 깨닫지 못했다는 게 이상하다. '샌드라 파울러 모피, 보석, 고급차 기금.' 폴은 언제나 베시의 기금을 그렇게 부르며, 기금한 돈을 횡령하고 있다고 농담삼아 말하곤 했다. 사실을 공공연하게 떠들면서 유쾌한 농담으로 적당히 넘겨 버리다니, 그야말로 폴다운 짓이 아닌가! 뜻하지 않게 모든 수수께끼가 풀린 셈이다. '누군가와 만나면 제이미에게 돈이 들어온다.' 제이미가 노린 것은 CJ가 아니었다. CJ는 그에게 좀 벅찬 존재다. 그러나 기금 횡령자 폴이라면 아주 제격이다. 조무래기 협박자 제이미에게는 알맞은 상대였을 것이다. 상대가 폴이라면 조종하기에 따라 2~3년은 편히 먹고 살 수 있을 것이다.

나는 말했다. "샌드라, 당신은 사건이 일어난 날 밤을 기억하고 있겠지요?"

"기억하고 있어요. 목요일로, 내가 머리를 땋는 날이거든요."

"머리?"

"네, 굉장히 귀찮아요. 아주 지겹다니까요. 비벌리 힐스에서 온 여자가 한번 땋아 주었는데, 다른 사람은 도저히 안돼요. 여러 미장원에서 해보았지만 아무래도 안돼요. 그래서 내가 직접 하지요. 내가 머리손질을 하는 동안에는 폴이 절대로 보지 못하게 하기 때문에 그는 굉장히 싫어해요. 하지만 아주 보기 흉한걸요. 정말 상상할 수 없을 정도예요. 그래서 언제나 나는 욕실에서 손질하고는 침실로 들어가 문을 잠가 버려요. 물을 들이고 이것저것 손이 많이 가기 때문에 네 시간쯤 걸려요. 그래서 폴이 싫어하는 거예요. 폴의 성격은 당신도 아시잖아요. 그 사람은 가만히 앉아 있지 못하는 성격이에요. 혼자서 텔레비전을 보고 있을 수도 없나 봐요. 왜 낮에 하지 않느냐고 늘 화를 내지요. 하지만 낮에는 할 틈이 없어요."

이것이 폴의 알리바이다. 아내와 둘이 집에 있었다고는 하지만, 프롭은 머리를 손질하기 위해 네 시간이나 침실에 들어가 있었지 않은가. 믿을 수 없을 정도로 모든 것이 쉽게 밝혀졌다. 나는 침착성을 잃고 일어섰다.

"샌드라, 여러 가지로 고맙소. 폐를 많이 끼쳐서 미안해요. 좀 급한 일이 있어서 이만 실례하겠소."

"미안해요. 별 도움이 못 되어 드려서……"

그녀는 문 앞까지 배웅해 주었다. 둘이서 얘기하는 동안 그녀의 눈에는 막연하게나마 의아해 하는 빛이 감돌았는데, 문 앞에 온 순간 그 빛이 싹 사라지고 밝고 명랑한 미소를 떠올렸다. "당신이 어떻게 CJ와 나의 관계를 알게 되었는지 이제야 알았어요. 대프니지요, 당신에게 말한 사람은?"

"그렇소."

"요트의 선실로 느닷없이 들어온 적이 있었어요. 벌써 몇 년 전 일이어서 나는 까맣게 잊고 있었어요. 하지만 다행이에요. 마음이 놓이는군요. 굉장히 마음에 걸렸었거든요."

그녀는 나에게 키스했다. "베시에게는 말하지 않는 게 나을 것 같아요. 그녀는 아버지처럼 좀 보수적인데다 폴이 기금 일을 하고 있는 관계도 있으니까……아시겠지요?"

"걱정 말아요. 그리고 내가 왔었다는 말은 폴에게 하지 않는 게 좋을 것 같소. 별로 폴에게 얘기할 필요도 없는 일이니까."

"그래요. 폴에게는 말하지 않겠어요. 그럼, 안녕히 가세요. 또 오세요."

제26장

사건은 해결되었다. 우선 99퍼센트는 틀림없다. 실제적인 증거는 아직 없지만, 폴이 기금을 횡령하고 있다는 것은 분명한 사실이다. 기금 장부를 조사해 보면 필요한 증거는 반드시 손에 들어올 것이다. 캘링검 출판사의 회계인 조지 도트는 개인적으로 친한 친구이므로, 그에게 부탁해서 장부를 조사해 달라고 하면 곧 증거가 나타날 것이다. 장부는 베시에게 가져오라고 하자. 벌써 5시가 지났다. 베시는 아마 집에 돌아와 있을 것이다.

택시를 잡았다. 나는 트랜트 경감과 캘링검 변호사를 앞지른 승리감에 젖어 있었으나, 그와 동시에 폴의 정체에 커다란 놀라움을 느끼고 있었다. 그러나 차츰 집이 가까와 오자 이 결말이 베시에게 얼마나 큰 충격을 줄까 하고 생각하니 가슴이 철렁 내려앉았다. 나는 그녀를 위해서 리키가 법정에 나가지 않도록, 그리고 우리의 결혼생활이 다른 사람들 앞에서 허물어지는 것을 막기 위해 노력했다. 이 노력은 결실을 보았지만, 그 대신 그녀의 기금을 엉망으로 만들어 버렸다. 무슨 일이 일어나든 그때마다 고통을 받는 것은 베시다. 우리 가운데 단 한 사람 청렴결백한 베시가 가엾게도 가장 괴로워해야 하다니! 아파트 문을 열고 들어가자 "빌!" 하고 부르는 그녀의 목소리가 들리고, 황급히 내게로 걸어오는 발소리가 들렸다. 나는 오늘 두 번째로 사형집행인이 된 듯한 느낌이 들었다.

그녀는 복도의 구석에서 모습을 드러냈다. 나는 지난밤의 돌처럼 차가운 얼굴을 예상하고 있었는데, 베시는 따뜻한 미소를 띠고 있었다. 나는 그녀가 진심으로 고마웠다.

"빌!" 하고 그녀는 내게 키스하며 말했다. "빌, 어젯밤에는 정말 미안했어요. 용서해 주시겠지요?"

"당신을 용서하다니, 그런······"

"오늘 오후에 아버지에게 갔었어요. 당신이 왜 리키와 함께 법정에 나갈 결심을 했는지 그 경위를 다 얘기해 드렸어요. 하지만 아버지는 화가 잔뜩 나서 당신의 마음을 돌려 놓으라고 내게 온갖 협박을 다 퍼붓더군요. 나는 잠자코 듣고만 있었지만, 그때 생각했어요. '어젯밤에는 나도 아버지처럼 심한 말을 했었다'고 말이지요. 당신은 안젤리카의 무죄를 믿고 있어요. 그렇다면 그것을 증명하는 일이 가장 중요해요. 당신은 끝까지 밀고 나가 싸워야 해요. 어젯밤에는 정말 내가 의지가 약한 울보였다고 생각해요."

베시의 말에 놀라는 내가 바보다. 그녀가 '완전한 아내', '완전한 여성'이라는 건 나도 잘 알고 있는 사실이 아니던가. 나는 그녀의 입술에, 볼에, 귀에 키스했다. 나는 내가 무슨 말을 해야 할지에 대해서는 아무런 양심의 가책도 느끼지 않고, 다만 그녀와 얼굴을 마주할 일만을 두려워했던 사실을 진심으로 부끄럽게 생각했다.

"어쩌면 법정에 나가지 않아도 될 것 같소. 안젤리카도 나가지 않아도 될 것 같아. 제이미를 죽인 범인이 누군지 이제 짐작이 가요."

나는 그녀를 끌어안은 채 현관 입구 옆에 있는 침대의자에서 거실로 데리고 갔다. 그 침대의자는 내가 겨우 이겨낼 수 있었던 배신의 상징이다. 거실로 들어가서 나는 베시에게 모든 것을 말했다. CJ와 프롭의 관계는 말하지 않을 생각이었지만, 그녀를 위로하는 것은 곧 그녀를 모욕하는 일이라는 걸 깨달았기 때문에 역시 얘기했다. 폴에 대한 내 의혹을 얘기하자 그녀는 가볍게 어깨를 으쓱할 뿐, 조금도 흐트러진 모습을 보이지 않았다. 그러나 그녀의 얼굴에 희미하게 나타난 표정에서 그것이 그녀에게 얼마나 큰 충격인지 충분히 짐작할 수 있었다.

"나는 도저히 믿어지지 않지만, 그게 사실이라면 할 수 없지요."

"장부를 취급하고 있는 사람은 폴이오?"

"네, 사무에 관한 것은 모두 폴이 맡고 있어요. 처음부터 그랬어요."

"파울러 부부가 어떤 생활을 하는지 당신도 알고 있지? 폴의 월급만으로 그런 생활이 가능하다고 생각하오?"

"그건 불가능해요. 폴의 월급은 수고에 대한 약간의 표시 정도거든요. 나는 폴에게 자기 재산이 있는 줄로만 알고 있었어요."

"당신은 장부를 어떤 방법으로 검사하고 있지?"

"폴의 친구 중에 공인회계사가 있어요. 하지만 나는 모르는 사람이에요. 폴은 언제나 그 사람을 시켜 장부정리를 하고 있거든요. 오래 전부터 알고 지내던 친구인데, 일이 없어서 곤란하다며……"

"그 장부를 곧 가져올 수 있겠소?"

"물론 가져올 수 있어요. 사무실 창고 안에 있으니까……"

"조지 도트에게 부탁하면 장부를 조사해 줄 거요. 만일 속였다면 금방 알 수 있겠지. 어떤 식으로 속였는지는 모르겠지만, 그러나……" 문득 어떤 생각이 머리에 떠올랐다. "당신은 말레트 부인이라는 사람을 알고 있소?"

"프랜시스 말레트 부인 말인가요? 알고 있어요. 당신도 아실 텐데요. 고드프리 부인의 동생이에요."

"그녀가 올해 기금에 기부했소?"

"네, 기부했어요."

"얼마나?"

"그녀는 내 담당이 아니고 폴 담당이에요. 우리는 서로 나누어서 일하고 있거든요. 폴의 보고에 의하면 5백 달러를 기부했더군요."

나는 얼굴이 상기되어 말했다.

"당신이 필라델피아에 가 있는 동안 나는 기금 사무실에 갔었소. 폴은 전화로 말레트 부인과 얘기하고 있었는데, 1천 달러나 기부해 줘서 고맙다고 했었어."

"1천 달러라고요? 정말이에요?"

"분명해요. 분명히 폴은 그렇게 말했소."

"어쩌면 나중에 마음이 달라진 게 아닐까요? 기부하는 사람들은 곧잘 그러거든요."

"전화를 걸어서 물어보면 어떻겠소?"

"하지만 좀 창피하군요. 나는……" 그녀는 슬프게 미소지었다. "그렇지만 어차피 나중에 창피한 꼴을 당할 테니까 빠를수록 좋겠지요."

그녀는 말레트 부인에게 전화했다. 그녀는 상대방의 기분이 상하지 않도록 잘 둘러댔다. 장부 기재에 좀 잘못이 생겨서 그러는데, 말레트 부인의 기금이 인정되었는지 조사하려는 것이라고 했다. 잠시 뒤 그녀는 수화기를 내려놓으며 나를 돌아다보았다.

"역시 1천 달러였어요. 내가 공공연히 인정하느니 어쩌니 했더니 그쪽에서는 뾰로통해지더군요. 익명으로 해달라고 했었나 봐요. 돈많은 사람들은 대개 익명을 원하거든요. 남들에게 알리기를 싫어하니까. 이름이 알려지면 여기저기에서 이상한 기부금 청탁 편지가 산더미처럼 온다더군요. 그건 그렇고 ……폴이 역시 그랬었군요."

"그렇소. 이것이 그가 쓰는 수법 중 하나인 셈이지. 이 정도야 누워서 떡먹기 아니겠소. 재정보고서는 어김없이 제출하고, 거기다 공인회계사를 잘 설득해서 만일 열 사람이 1천 달러씩 익명으로 기부하면 보고서에는 한 사람만 1천 달러 기부한 것으로 적어놓는 거요. 그리고 나머지는 다 5백 달러로 하는 거지. 누가 보고서를 본다 해도 열 사람이면 열 사람 모두가 그 1천 달러를 자기가 낸 기부금이라고 생각할 거요. 비록 그 사람들이 서로 아는 사이라든가 또는 당신과 아는 사이라 해도,

상당한 사교계 부인들이기 때문에 기부금 금액을 화제에 올리는 일은 없을 거요. 그러니 폴에게는 절대로 안전한 일이지."

그녀는 전화기 옆에 서서 내 말을 들으면서 입술을 다문 채 꾹 참고 있었다.

"이제 기금도 끝장이에요. 박애정신이 넘치는 훌륭한 베시 캘링검도 마침내 굴욕 속에 퇴장하게 되겠군요. 베시 캘링검은 결국 나이팅게일이 아니었어요. 사기꾼의 앞잡이에 지나지 않았어요. 더구나 그 사기꾼은 특별하게도 아버지 정부(情婦)의 남편으로 만족하고 있는 남자란 말이에요. 빌, 앞으로 어떻게 할 생각이세요?"

"맥가이어에게 전화를 걸어야겠소. 앞으로의 일은 그가 할 일이니까."

내 마음은 베시에 대한 동정심으로 가득찼다. 나는 옆으로 다가가 그녀를 끌어안았다. "베시, 정말 미안하게 생각하오."

"당신이 미안하게 생각할 건 없어요. 다만 운이 나빴을 뿐이에요. 온 힘을 다해 싸우는데도 잘되지 않는다면, 무언가 우리로서는 미치지 못하는 힘이 있는 게 아닐까요? 나는 말이에요, 흔히 하는 말이 있잖아요, '토요일에 태어난 아이'였든가, 아니면 '일요일에 태어난 아이'였든가, 아무튼 늘 괴로운 생각만 하는 여자예요." 그녀는 억지로 웃으려고 했다. 그리고는 손가락을 내 볼에 갖다댔다. "자, 맥가이어 씨에게 전화하세요. 이런 일은 빨리 처리하는 게 좋아요."

나는 트랜트 경감이 준 명함을 꺼내어 맥가이어의 전화번호를 찾아서 곧 다이얼을 돌렸다. 맥가이어는 아직 사무실에 있었다. 나는 자초지종을 얘기했다. 그의 당황스럽고도 법률가답지 않게 흥분한 목소리를 듣고, 나는 어쩐지 심술궂은 만족을 느꼈다. "아주 멋지군요. 대단한 수확입니다. 이제는 분명히 사정이 달라졌습니다. 즉시 트랜트 경감에게 전화를 하지요. 그런데 기금 장부는 손에 넣을 수 있습니까?"

"예, 할 수 있습니다."

"그럼, 곧 준비해 주십시오. 그리고 폴 파울러 씨는 어떻습니까? 당신 아파트로 불러올 수 있겠습니까?"

"물론이지요."

"그럼, 불러 주십시오. 나도 곧 그쪽으로 가겠습니다. 물론 어떻게 다루어야 할지는 잘 알고 있습니다. 30분 내에 그곳으로 가겠습니다. 폴 파울러 씨에게 전화해서 6시 반에 오라고 하십시오. 그에게 의심받지 않도록 조심하세요. 너무 딱딱하게 말하지 말고, 가볍게 한잔하러 오라는 식으로——"

"알았습니다."

"어쨌든 대단한 일입니다. 축하합니다, 하딩 씨. 정말 이건 대단한 수확입니다."

나는 수화기를 내려놓았다. 베시가 옆에서 말했다.

"그럼, 나는 장부를 가지고 올까요?"

"글쎄……"

"그보다 먼저 폴에게 전화해 보는 게 어떨까요? 올 수 있을지 확인해 두는 게 좋지 않겠어요?"

나는 폴에게 전화했다. 그는 직접 전화를 받았다. 그의 목소리—— 명랑하고 친근감있는, 귀에 익은 그의 목소리를 듣자 모든 것이 꿈만 같았다. 나는 할 얘기가 있는데, 지금 시내에 나와 있으니까 6시 반쯤 아파트로 오지 않겠느냐고 했다.

"좋고말고. 가겠네. 그건 그렇고, 어제 일은 아직도 멍한 기분이라서……"

오늘 한꺼번에 너무나 많은 일이 일어났기 때문에 '어제' 일이 무엇인지 금방 알 수가 없었다. "어제 일이라니?"

"경감 앞에서 자네에게 창피를 준 일 말일세. 만일 자네가 지금 곧 경감한테 갔다오라고 한다면 지금이라도——"

"아, 그건 상관없으니까 우리 집으로 오게."

"알았네."

베시는 잠자코 방을 나가더니 코트를 걸치고 돌아왔다. 그녀의 침착한 모습을 보고 나는 감탄하지 않을 순 없었다. 나는 죽었다 깨어나도 그녀처럼 행동할 수 없을 것이다. 군기를 내 건 군대보다 더 마음이 강한 여자다.

"빌, 그럼, 장부를 가져오겠어요. 시간은 별로 걸리지 않을 거예요."

나는 그녀에게 다가가서 다시 한 번 끌어안았다. "베시, 정 말 당신은 훌륭한 아내요."

"훌륭한 아내라고요? 별로 훌륭한 점은 없는 것 같은데요. 캘링검 집안 사람들에게 골고루 분배된 지루한 특성일 뿐이에 요. 아버지도 훌륭한 인물이잖아요. 강력한 하나의 제국을 이 룩했으니까요. 게다가 유별난 딸을 둘이나 기르고, 맨해튼에 남몰래 정부를 두고 있으며, 그 정부의 남편을 딸에게 떠맡기 고―― 아버지는……"

나는 베시의 입술에 키스했다. "그런 말을 하면 안돼."

"빌, 아버지가 일부러 그랬다고 생각지 않으세요? 이런 일 이 일어날 것을 미리 알고 기금 사무실에 폴을 보냈을지도 몰 라요. 나를 웃음거리로 만들기 위해서, 내 따귀를 갈겨주기 위 해서……"

물론 그렇지 않다고 단언할 수는 없다. 비뚤어진 성격을 가 진 CJ가 능히 할 수 있는 일이다.

"나는 아버지가 정말로 미워요." 그녀는 사무적으로 말했다. "이건 이번에 발견한 새로운 사실이에요. 아버지를 정말 미워 한다는 것."

그녀의 얼굴에 나타난 각성의 표정은 내게 큰 고통을 주었 다. 그러나 한편으로는 그녀가 지금 어떻게 생각하든, 비록 기 금이 무너져 버린다 해도 결국에는 모든 것이 그녀의 뜻대로 잘될 거라는 막연한 희망을 느꼈다. 우리들 중 CJ의 매수에 걸 려들지 않은 사람은 베시밖에 없다. CJ의 집요한 모욕을 견뎌 내고, 그의 사랑을 얻으려는 노력을 지금까지 계속했다는 건 정말 기적이다. 이제는 그녀가 CJ에게 미움을 품고 있는 편이 훨씬 마음이 편하다. 이것은 기금을 백번쯤 망쳐도 좋을 만큼

의 가치가 있다. 우리는 마침내 두 사람 다 CJ를 떠나 자유의
몸이 된 것이다.

나는 말했다. "좋아. 실컷 미워해. 그리고 잊어버리는 거요.
기금도 잊어버리고. 당신에게는 둘 다 필요치 않아."

나는, '당신에게는 내가 있질 않소.' 하고 덧붙여 말해 주고
싶었으나, 안젤리카가 생각나서 가까스로 참았다. 내 마음이
진심이라는 것을 그녀에게 실제로 증명할 때까지는 이 말을
하지 않는 게 좋다고 생각했기 때문이다.

오랫동안 그녀는 나를 쳐다보며 서 있었다.

"나는 언제나 아버지의 딸로서 부끄럽지 않은 사람이 되려
고 했어요. 하지만 지금 생각해 보니 그것도 그다지 올바른 야
심은 아니었던 것 같군요."

나는 그녀를 보고 미소지으며 생각했다. '이젠 됐다, 그녀는
이제 문제없다.'

"자, 빨리 장부를 가져와야지. 당신도 심판 장소에 입회하는
것이 좋을 테니까."

나는 문 앞까지 그녀를 따라나갔다. 그리고 거실로 돌아와
잔에 술을 따랐다. 신경이 바늘처럼 날카로워져 있었지만, 베
시에 대해 새롭게 갖게 된 강한 자신감――맥가이어와 둘이
서 이 사태를 처리할 수 있다는 확신――을 흔들리게 할 만큼
은 아니었다. 나는 안젤리카를 생각했다. 오늘밤쯤에는 유치장
에서 나와 자유의 몸이 될 것이다. 그녀에 대해 냉정한 입장에
서 호의적으로 생각할 수 있게 된 것은 정말 기분좋은 일이다.
이제 나는 첫번째 결혼과, 그 뒤의 두 사람의 관계를 충분히
분별력 있고 아무 원한도 미움도 없이 편안하게 바라볼 수 있
다. 지금은 왜 그녀가 내 곁을 떠났는지 확실히 알았고, 또 캘
링검 집안의 부에 눈이 어두워졌던 나도, 찰스 메이틀랜드나
제이미 램의 쓰레기 속을 가엾게도 곧장 걸어나간 안젤리카도
결국은 똑같이 어리석고 순진한 사람들이었다는 것도 알게 되
었다. 안젤리카와 다시 만났을 때 나는 다만 육체적으로 그녀

를 원했을 뿐이며, 앞으로도 마음 한구석에서는 계속 그녀를 원할지도 모른다. 결국 이 사건이 마무리된 뒤에는 그녀가 나쁜 사람이 아니었다는 사실을 나도 인정하게 될 것이다. 그녀는 괴로운 시련을 겪었다. 나도 쓰디쓴 경험을 맛보았다. 이로써 우리는 둘 다 착실한 사람으로 돌아가서 각각 평화롭게 장래의 길을 갈 수 있을 것이다.

잠시 뒤 맥가이어가 찾아왔다. 큰 슈트케이스를 하나 들고 있었다. 그리고 우스꽝스러울 정도로 초조해 하면서 그의 계획을 설명했다. 그 계획은 내가 폴과 둘이 얘기하고 있는 동안, 그는 가지고 온 녹음기를 옆방에 장치해 두고 자초지종을 듣겠다는 것이다. 어쩐지 영화의 한 장면 같아서 그다지 마음이 내키진 않았지만, 그로서는 당연한 일인 것 같았다. 그는 곧 거실 옆 식당에 진을 치고 작고 뾰족한 마이크로폰을 벽에다 꽂았다. 그때 현관의 벨이 울렸다.

"하딩 씨, 장부는 이미 조사가 끝났다고 하십시오. 되도록이면 강력하게 나가는 게 좋을 테니까요. 상대방을 어리둥절하게 만드는 겁니다."

맥가이어가 나보다 훨씬 더 흥분해 있었다. 나는 문으로 갔다. 약간의 긴장과, 조금은 우정을 배신하고 있다는 기분을 느끼면서 나는 폴을 집안으로 들어오게 했다.

제27장

폴은 여전히 아무 거리낌없이 미소띤 얼굴로 들어왔다. 침대의자 위에 코트를 벗어던지며, "베시는 집에 있나?" 하고 말했다.

"아니, 하지만 곧 돌아올 걸세."

"그래? 그럼, 오늘 할 얘기는 안젤리카에 대한 것이로군."

"음, 그런 셈이지."

우리는 거실로 들어갔다. 그는 말하기도 전에 스스로 식당과 맞닿은 벽 옆에 앉았다. 나는 마음을 단단히 먹으며 부엌으로 가서 마실 것을 준비했다. 다른 때라면 모르지만, 지금 이 순간 그가 내 친구라는 것을 생각하면 모든 게 끝장이다. 게다가 제이미 램이 침을 뱉어주고 싶은 조무래기 협박꾼이며, 그가 죽어도 누구 하나 슬퍼할 사람이 없다는 사실을 생각하면 냉정했던 마음이 갑자기 무너져 버린다. 물론 법률상의 정의를 옹호한다는 추상적인 생각 때문에 이러는 것은 결코 아니다. 그것과는 완전히 다른 동기 때문이다. 즉, 베시와 안젤리카를 구하기 위해, 나아가서는 내 자신을 살리기 위해서다.

나는 마실 것을 가지고 갔다. 그는 걱정스러운 듯 파란 눈으로 진지하게 나를 쳐다보며 잔을 받았다.

"그럼, 결국 지방검사는 재판을 진행시키기로 했나?"

"다음 주에 열리기로 되었네."

"그럼, 자네는 역시 어제 한 얘기를 그대로 밀고 나갈 작정인가? 법정에도 나가고?"

나는 옆방에서 귀를 기울이고 있는 맥가이어와 녹음기의 존재를 의식하며, 굉장히 어색한 기분으로 그의 앞에 앉았다.

"최후의 경우에는 법정에도 나갈 생각이네. 하지만 재판은 결국 열리지 않을 것 같아. 나는 재판을 중지시킬 작정이네."

"중지시킨다고?"

"음, 그래. 제이미를 죽인 범인을 찾았네."

그는 깜짝 놀라면서 안색이 창백해졌다. 그 변화는 믿을 수 없을 정도였다. 살인범이 어떤 마음을 가지고 있는지 도저히 이해할 수 없지만, 나는 살인을 하는 사람은 아주 무딘 신경과 무감각함을 가지고 있으리라고만 상상했던 것이다.

"범인을 찾았다고?" 그는 되물었다. "설마. 그런데 어떻게 찾아냈지?"

"대프니를 통해서. 대프니는 CJ와 샌드라에 대한 일을 알고 있네. 벌써 몇 년 전부터 알고 있었다더군. 오늘 아침에 내게 얘기해 주었지."

그의 목줄기의 혈관이 창백한 피부에 분홍빛으로 튀어나와 보기 흉하게 펄떡펄떡 뛰었다.

"나는 대프니를 만난 뒤 샌드라를 찾아갔네. 샌드라가 어떤 사람인지는 자네도 알고 있겠지? 그녀는 모두 다 얘기해 주었네. 자네가 월급만으로 그녀에게 그 정도의 물건들을 사줄 수 없으리라는 것은 금방 알 수 있었지. 그것을 안 이상 기금 장부를 조사하는 것은 간단한 일이네. 장부뿐만 아니라 말레트 부인에 대해서도 자네의 부정이 드러났어. 자네가 말레트 부인에게 기부금을 내줘서 고맙다는 인사를 할 때, 마침 내가 기금 사무실에 있었지. 보고서에는 5백 달러로 되어 있지만, 사실은 말레트 부인은 1천 달러 수표를 썼어." 여기서 나는 잠깐 숨을 돌렸다. 그의 얼굴이 허물어지는 것을 보기는 싫었지만, 나는 억지로 시선을 그에게 고정시킨 채 얘기를 계속했다. "그것만으로도 충분하지 않을까? 대프니, 기금 장부, 말레트 부인, 샌드라 파울러 모피, 보석, 고급차 기금……"

그는 잔을 들고 잠자코 앉아 있었다. 잠시 뒤 그는 힘없는 목소리로 말했다. "그렇네."

"그럼, 자네는 자신의 죄를 인정하는 건가?"

"물론 인정하네. 범죄 중에서도 가장 서툰 횡령죄일세. 이렇게 오래 계속할 수 있었던 게 이상할 정도지." 냉소적인 미소가 그의 눈에 언뜻 나타났다. "왜 그런 짓을 했는지 구구하게 설명하지 않아도 자네는 알아주리라 생각하네. 자네도 캘링검의 노예였으니까. 물론 나처럼 노예적인 노예는 아니었겠지만. 적어도 자네는 CJ가 몇 년 동안이나 1주일에 두 번씩 꼬박꼬박, 그것도 마치 정기입장권을 가지고 음악회에 가는 중년부인처럼 자네 아파트에 드나든 경험은 없겠지." 그는 어깨를 으쓱하며 계속해서 말했다. "하지만 난 별로 변명할 생각은 없네. 난 그 정도로 바보는 아니니까. 처음부터 이렇게 되리라는 걸 알면서도 나는 두 눈을 뻔히 뜨고 이 길로 들어섰네. 샌드라를 손에 넣을 수 있다면 어떤 조건이 붙더라도 아주 손에 넣을 수 없는 것보다는 낫다고 생각했었지. 하지만 그런 생활을 6년이나 계속해 보게. CJ를 나폴레옹과 하나님이 점지해 준 사람처럼 생각하고 있는 그 얼빠진 여자와 6년이나 함께 살아 보게. 그녀는 신문에 실린 CJ의 연설을 아침식사 때 남편인 내게 읽어주네. '어머나, CJ가 어젯밤 또 연설을 했어요. 매사추세츠 우스터의 보이 스카웃 대회에서. 자유야말로 우리 미국의…… 헤아릴 수 없는 세습 재산……그렇게 씌어 있어요.' 그런 식이지."

그는 한 손으로 양쪽 눈을 가렸다. "이런데 누구든 그 집에서 긁어낼 수 있는 만큼 긁어내자는 마음이 안 생기겠나? 샌드라 파울러 모피, 보석, 고급차 기금——가능하다면 이기주의 구제기금을 마지막 1센트까지 모조리 다 긁어내고 싶을 정도일세."

그는 손을 내리고 사과하는 듯 일그러진 미소를 지었다. "빌, 미안하네. 이런 구차한 말을 늘어놓아서. 어쨌든 남김없이 죄다 얘기해 주게. 멋지게 내 정신을 정화시켜야 되지 않겠나?"

정교한 저울 위에서 나의 흥분상태가 그에 대한 동정심보다 약간 무게를 더했다. 나는 옆방에서 돌아가고 있을 맥가이어의 녹음기를 생각했다.

"그럼, 얘기하겠네. 지금까지 한 얘기는 알아들었겠지. 그리고 다음은 샌드라가 한 얘기에서 힌트를 얻은 것일세. 제이미는 CJ의 비밀과 자네의 횡령을 알아차렸지. 물론 샌드라는 내게 얘기하고 있는 동안에도 이런 사실은 전혀 눈치채지 못했어. 제이미가 협박꾼이라는 말은 자네가 제일 먼저 했네. 기억하고 있나? 그는 자네의 약점을 잡았다고 생각한 거야. 그래서 자네와 한번 흥정해 보기로 한 거지. 샌드라가 그날 밤 머리손질을 했다는 말을 듣고 나는 모든 것을 알았네. 사건이 일어난 날 밤 자네는 그녀와 함께 집에 있었다고 했어. 그러나 사실 그녀는 네 시간이나 문을 잠그고 침실에 들어가 있지 않았나?"

내 말을 듣고 그의 표정은 미묘한 변화를 보였다. 놀라움과 당혹스러움이 엇갈린 솔직한 표정이었다.

"설마 자네는 내가……내가 제이미를 죽였다고 말하고 있는 건 아니겠지?"

폴은 비록 횡령죄는 인정해도 살인까지 시인하지는 않을 거라고 나는 스스로에게 타일렀다. 간단히 해결되리라고 생각했던 내가 어리석었다. 그러나 스스로 타이르면서도 그의 어이없는 듯 놀라운 표정을 보니 어쩐지 불안했다.

"어이없는 일이로군. 자네도 정말 어리석군 그래. 그럼, 아무것도 모르는구먼!"

"아무것도 모르다니, 무얼?"

"물론 제이미는 나와 기금관계를 눈치채고 찾아왔네. 뻔뻔스럽게도 사무실로 말일세. 그리고 분명하게 자기 속셈을 드러내더군. 그러나 그 녀석의 목적은 내가 아니었어. 나 같은 건 땅콩 정도를 속이고 있는 피라미에 지나지 않았고. 그 녀석의 적으로서는 상대가 안되었네. 제이미 램의 목적은 단 하나, 대프니와 결혼하는 것뿐이었네."

내 머리가 조금 혼란스러워졌다. "그럼, 그의 목적은 CJ였단 말인가? CJ를 혼내 줄 계획을 세웠다는 건가?"

"CJ라고? 천만에? CJ와 옥신각신하다니, 그 녀석이 왜 그런 어리석은 짓을 하겠나? 아니, 무엇 때문에 CJ에게 손을 내밀겠나? 그와 CJ는 비교적 마음이 맞았었네. CJ는 그 녀석이 대프니를 때린 일이며, 그녀를 취하게 한 일을 전혀 모르고 있었어. 자네들이 CJ를 감쪽같이 속였잖나. CJ는 문제가 아니었네. 제이미 램의 앞길을 가로막고 있는 것은 단 두 사람, 자네와 베시였네."

그는 잔에 남아 있던 술을 단숨에 마시고는 자기 앞 테이블 위에 놓았다. 그 동안에도 그의 눈은 줄곧 내 얼굴에서 떠나지 않았다. "나는 자네가 사실을 다 알고 있기 때문에, 대신 안젤리카를 내세우고 있는 줄 알았었네. 물론 확신은 없었지만 말이야. 그런 일은 아무래도 상관없으니까. 내가 걱정하는 것은 경찰이 안젤리카에게 혐의를 두고 있는 이상 안전하다고 생각했지. 증거가 없으니까 안젤리카에게 유죄 판결을 내릴 수는 없을 테니까. 어쨌든 경찰이 안젤리카에게 매달려 있는 동안에는 또 한쪽의 일, 나의 기금 횡령도 포함되는……그 한쪽의 일이 드러나지 않고도 끝난다고 생각했던 걸세." 그는 잠깐 말을 멈췄다가 다시 계속했다. "그러나 자네는 어리석었어. 머리가 좋다는 말은 아첨으로라도 할 수 없군. 2~3분 전에 자네가 살인범을 알아냈다고 했을 때, 나는 정말 알아낸 줄 알았네."

내 머릿속은 점점 혼란스러워졌다.

그는 다시 말을 계속했다. "나는 오래 전부터 알고 있었네. 이런 일이 일어나기 전부터 말일세. 내 앞에서는 제이미도 별로 체면을 차릴 필요가 없었지. 그 녀석은 내 약점을 쥐고 있었고, 또 그것을 스스로도 알고 있었거든. 그리고 무엇보다도 내 도움을 필요로 했었지. 그래서 그는 내게 자기의 계획을 다 얘기했는데, 자네는 조금도 걱정하지 않았어. CJ나 베시에게 안젤리카에 대해 말하겠다고 한마디만 위협하면, 자네의 입을 봉하는 일쯤은 문제없다더군. 문제는 베시였지. 베시가 대프니에게 어머니 대신 설교를 하고, 제이미와 헤어지라고 크게 싸운 일은 자네도 알고 있겠지? 그러나 자네는 모르겠지만, 베시는 필라델피아에 가기 전에 제이미하고도 크게 싸웠다네. 제이미도 눈치가 빨라서 베시를 가볍게 보지 않고, 그녀가 강철 같은 여자라는 걸 꿰뚫어 본 거야. 그녀가 자기에게 반감을 가지고 있는 한, 대프니와 결혼할 가망이 없다는 것을 알고 있었던 걸세. 따라서 베시를 함락시키는 일이 그의 가장 큰 난관이었네. 그런데 우연히 우리 아파트에서 나가는 CJ를 본데다가, 프롭의 수다 덕분에 베시를 어떻게 해치워야 할지 그 계략이 만들어진 거지. 베시가 두 사람의 결혼을 지지해 주지 않으면, 신문사에 전화를 걸어서 베시 캘링검 백혈병 기금이 훌륭한 공덕정신, 숭고한 희생정신을 간판으로 내걸고 있지만, 실은 당치도 않은 사기단체라는 것을 폭로해 버리겠다고 말이야."

내 심장이 몹시 뛰기 시작했다. 나는 그를 노려보며 술잔을 꽉 움켜쥔 채 꼼짝도 않고 앉아 있었다.

"이것이 그의 계획이었네. 그녀의 가장 아픈 곳, 즉 그녀의 자존심을 엉망으로 만들어 놓는다는 계획이지. 소위 그녀의 능률적인 감독 아래 몇 해 동안 악질적인 횡령을 방임해 두었으니, 얼마나 바보 같은 여자인가 세상의 웃음거리로 만들어 버리겠다는 걸세. 그러면 나는 어떻게 되겠나? 그의 말로는 진상이 밝혀지면 내 입장은 그녀 이상으로 나빠질 게 분명하다며, 내게 조금이라도 분별력이 있다면 그의 편이 되어 그녀가 어쩔 수 없이 항복하도록 도와달라는 거였네. 나도 내 몸이 소중하네. 그래서 본의 아니게 그와 동맹을 맺기로 했지. 그래서 나는 내 경험을 믿고, 일의 성공을 확실히 해두기 위해 필요한 것을 한두 가지 충고했네. 즉, 나는 이렇게 말했지. 좋아, 자네 좋을 대로 하게. 그러나 이렇게 하는 게 좀더 효과적이지 않을까? 신문에 그녀의 감독 불충분을 폭로할 뿐만 아니라, 그녀를 횡령공범자로 몰아붙이겠다고 위협하는 거지. 그녀는 처음부터 횡령 사실을 알고 있었지만, 나와는 벌써 몇 년 전부터 정부(情婦) 관계였다고 신문사에 발표한다고 말하게. 그렇게 되면 미스 '백혈병', '완전한 아내', '완전한 어머니'가 어떤 충격을 받을지 나는 잘 알지. 그녀의 청렴결백은 대중 앞에서 흙칠을 당하고, 그녀의 '완전한 결혼'의 소중한 상대는 그녀 곁을 떠나버릴 거니까."

"자네 미쳤나!" 하고 나는 말하는 중간에 끼여들었다. "내가 그런 말을 믿다니, 그녀는 그런 생각은 하지도 않을 걸세."

"천만에, 그녀는 자네가 그 얘기를 분명히 믿을 거라고 생각했을 걸세. 자네와 그녀의 입장을 바꿔놓아도 역시 그녀는 믿을 거야. 왜냐하면 캘링검 집안 사람들에게는 무죄가 증명될 때까지는 누구든 유죄이기 때문이네. 이것은 그 집안의 가훈이지. 그들은 사람이 아니야. 사람으로 이 세상에서 통용되고 있을 뿐이지. 그들에게는 상상력도 연민의 마음도 없어. 있다 해도 보통 사람들의 1퍼센트의 백만분의 1 정도밖에 안되지. 따라서 그녀는 자네가 그 얘기를 틀림없이 믿으리라고 생각했을 거야. 자네가 그녀를 버릴 거라고 생각하는 것도 우선은 당연한 일이지. 남편은 떠나고, 자신의 평판은 엉망이 되는 것을 상상하며, 그녀는 아마 백만 번쯤 뇌일혈로 쓰러졌을 걸세."

그의 얘기를 듣고 있는 동안, 여러 가지 상황이 빈 공간을 메우면서 서서히 하나의 줄거리 있는 얘기가 형성되기 시작했다. 나는 자신도 모르게 당황했다. 그러나 가장 먼저 분노가 울컥 치밀어 다른 감정은 곧 사라졌다. 그가 무슨 말을 하고 있는지 나도 확실히 알았기 때문이다. 폴 파울러. 그가 내 친구였던 만큼 내 분노는 더 심하게 타올랐다. 그는 자신의 몸이 소중한 나머지, 가장 비열한 책략을 꾸며서 자기의 죄가 폭로되는 걸 막았던 것이다. 나는 곧 일어나서 그의 얼굴을 후려갈겨 주고 싶은 충동에 사로잡혔다. 하지만 맥가이어와 녹음기 생각을 하고 가까스로 참았다. 끝까지 밀고 나가야 한다. 우리의 희망은 폴의 얘기 하나에 달려 있기 때문이다. 분위기를 맞춰 그의 구역질나는 얘기를 다 듣고, 마지막에 그를 때려눕혀

야 한다. 나를 가만히 쳐다보고 있던 파란 눈에, 이제는 화가 치밀 정도로 애정이 넘쳐서 나를 위로하고 있는 것처럼 보였다.

"정말이지, 빌, 내가 자네에게 이런 얘기를 하게 되리라고는 상상도 못했었네. 자네가 나를 살인자 취급을 하리라고도 생각지 못했어. 그러나 아무에게도 말해선 안되네. 사실 소설보다 더 소설 같다는 말은 이런 경우인 것 같네. 자네는 지금까지 전혀 그녀의 정체를 파악하지 못한 거야. 그렇지 않나? 나는 정말 이해할 수 없지만. 자네는 바보도 아니고, 게다가 그녀와 결혼한 사람이 아닌가? 그녀 정체의 일부분쯤은 알고 있을 것 같은데 말이야. 그러나 자네는 그걸 전혀 몰랐어. 그 점에서 그녀에게는 참으로 기적적이라고 할 수 있네. 그녀는 모든 면에서 '완전한 ××'가 되려는 거의 광적인 욕망에 사로잡힌 나머지, 그 역할을 완벽하게 해낼 연기도 몸에 익힌 거지. 자네에게 그녀는 '완전한 아내'이며, '완전한 어머니'였어. 그녀는 그 역할을 아주 빈틈없이 해낸 거야. 마찬가지로 세상에서는 '자비로운 천사'로 통하게 되었지. '용감한 여성', '자기를 희생시킨 여성', '결코 자만하지 않는 여성'으로. 올바른 것은 언제나 그녀고, 옆에 있는 사람들은 모두 자신이야말로 어리석고 죄많고 가치없는 인간이라고 생각하게 만들어 버리네. 그러나 그 가면 밑에 얼마나 깊은 불안의 심연이 입을 벌리고 있었는지 아마 하나님만이 아실 걸세. 그녀 속에도 역시 CJ의 피가 흐르고 있네. 무슨 일이든 왠지 불쾌한 냄새가 나서 그 뿌리를 캐보면 영락없이 CJ니, 정말 한심한 일이야. 그러나 그녀에 대해서라면 나는 모두 다 알고 있네. 그녀와 함께 일을 해보게. 고용인 외에 아무도 없을 때, 그 '자비로운 천사'를 잘 관찰해 보게. 정말 '노예 고용인'이지. 실제로 그녀에게 피라미드를 만들게 하면 재미있을 걸세. 사막 위에 시체와, 지쳐 쓰러져 죽기 직전의 사람들로 산더미를 만드는 한이 있어도 24시간 안에 피라미드를 만들어내고 말 거야. 게다가 그 피라미드는 보통 피라미드가 아니지. '그녀의 피라미드', '베시 캘링검 기념 피라미드'일세. 그녀는……"

"그만둬!" 나는 내 아내를 이렇게 잘못 얘기하는 데도 머릿속으로는 부정할 수 없는 것이 갑자기 참을 수 없었다. 분노가 내 눈앞 허공에서 빨간빛을 띠며 떨었다. 나는 벌떡 일어나 작은 탁자를 옆으로 걷어차며 그에게 덤벼들었다. 그러나 그의 몸에 손이 닿기 직전에, 그는 얼른 일어나 몸을 피했다.

"하지만, 빌……"

나는 그에게 덤벼들었다. 그는 바로 눈앞에서 내 온몸의 무게를 두 팔로 버티며 말했다.

"빌, 각오해야 하네. 참아야 해. 내가 한 얘기는 사실이야. 실제로 일어난 일이란 말일세. 제이미가 그녀에게 사흘 안으로 결심하라고 했었네. 그 사흘째 되던 날 사건이 일어난 거야. 그녀는 필라델피아에서 자동차를 타고 와서……"

그때 모든 것이 한꺼번에 폭발했다. 나는 몸을 비틀어 그의 팔에서 벗어나 그의 턱을 힘껏 후려쳤다. 그는 비틀거리며 뒤로 물러서더니, 침대의자의 팔걸이 위에 푹 쓰러졌다. 맥가이어가 식당에서 달려왔다. 그때 현관의 초인종이 울렸다.

베시다! 하고 나는 생각했다. 이제 아무것도 생각할 수가 없었다. 그녀 외의 다른 일은 아무래도 상관없었다. 나는 현관으로 달려가 문을 열었다.

트랜트 경감이 들어왔다.

"하딩 씨!"

좀 맥이 빠졌지만, 여전히 분노로 빨개져 있던 나는 그의 얼굴을 보자 나도 모르게 가슴이 철렁 내려앉았다. 그 얼굴은 냉혹할 정도로 엄숙하여, 마치 돌에 새긴 초상화 같았다.

"맥가이어가 여기 와 있지요?"

내 대답을 기다리지 않고 그는 성큼성큼 거실 쪽으로 걸어 갔다. 나도 그의 뒤를 따라 거실로 들어갔다. 폴과 맥가이어는 서로의 모습은 쳐다보지도 않고 우리가 들어가는 것을 멍하니 바라보고 있었다.

맥가이어가 입을 열었다. "사건의 진상이 모두 테이프에 녹음되어 있네, 트랜트. 횡령죄를 시인한 것과 살인범의 이름이 ……"

나는 그를 홱 돌아보았다. "설마 당신은 그런 어처구니없는 거짓말을 다 믿는 건 아니겠지요? 당신은……"

"실례지만, 하딩 씨." 트랜트 경감이 끼여들었다. 그리고는 손을 내 팔에 올려놓았다. 그의 목소리도 그 손의 감촉도 아주 부드러웠지만, 나는 마치 고함소리를 들은 듯한 느낌을 받아 입을 다물어 버렸다. "무엇이 어처구니없는 거짓말이란 말이지요?"

"하딩 부인을 말하는 걸세." 맥가이어가 그에게 대답했다. "파울러 씨의 얘기에 의하면, 램이 대프니 양과의 결혼을 승낙받기 위해 그녀를 협박했기 때문에 그녀가 램을 죽였다는 거야."

폴이 내 시선을 피하면서 말을 시작했다.

"트랜트 씨, 어떤 의미에서 그것은 내 죄입니다. 나는 그녀를 잘 알고 있었어요. 그녀가 CJ와 마찬가지로 순순히 함정에 걸려들 사람이 아니라는 걸 미처 깨닫지 못했던 것이 실수였지요. 그녀는 역시 CJ의 피를 받은 사람이에요. 거만함, 범할 수 없는 캘링검 집안의 권리. 램에게 그 말 한마디를 주의시켜 두었어야 했어요. 그러나 나는 그러지 않았어요……"

나는 당황하면서도 마음속으로는 그 혐오스러운 의혹이 다시 들먹거리기 시작하는 것을 느꼈다.

"부인이 이 아파트를 나가 어디로 갔는지 아십니까?"

"물론 알고 있어요. 지금 사무실로 장부를 가지러 갔습니다."

"당신은 부인에게 횡령을 발견한 것과, 당신과 맥가이어 두 분이 파울러 씨와 대결하기로 되어 있다는 말을 했습니까?"

"물론입니다."

그는 내 얼굴을 뚫어지게 쳐다보며 말했다. "안젤리카 로버츠 양의 무죄를 확신한 사람은 당신이었습니다. 내게 범인을 다른 데서 찾아야 한다고 주장한 사람도 역시 당신이었어요. 나는 며칠 전에 당신의 그 충고를 따라야 했던 겁니다. 그런데 오늘 아침에야 비로소 나는 당신 말대로 했습니다. 당신이 센터 가의 경찰서를 나간 뒤에야……"

그의 눈동자 회색 부분은 무관심한 표정을 띠고 있어서 최면적인 느낌을 가지고 있었는데, 지금은 동정적이고 위로하는 듯한 빛이 떠올라 있었다. 마치 폴의 눈처럼.

"그래서 나는 어떤 사실을 조사하기 시작했습니다. 우수한 형사였다면 더 일찍 조사했을 텐데. 그것은 사건이 일어난 다음날, 이 방에서 당신과 내 앞에서 헬렌 리드가 한 말이 동기가 된 겁니다. 그날 그녀는 당신에게 이렇게 말했었지요. '당신 부인을 푹 쉬게 해줘야 해요. 우리는 어젯밤 녹초가 되어 부인은 10시쯤에 쓰러지듯 잠자리에 들었어요.' 어젯밤이란 사건이 일어난 날 밤을 말합니다. 이 말 속에 분명히 단서가 있었던 겁니다. 살인이 일어난 날 밤 10시. 기금 모집으로 한창 바쁠 때 부인은 10시에 잠자리에 든 거예요."

나는 혀끝으로 입술을 축였다. "오늘 아침에 나는 필라델피아 경찰서로 전화를 걸었습니다. 왜냐하면 당신이 안젤리카 로버츠 양을 위해 그런 결심까지 하셨는데, 나도 조금이나마 할 일은 해야겠다고 생각했기 때문입니다. 저녁때 맥가이어가 횡령에 대한 일로 내게 전화를 걸어준 뒤 5분쯤 지나자, 필라델피아 경찰서에서 전화로 조사보고가 왔습니다. 물론 내가 전화를 걸기 전까지 필라델피아 경찰서에서는 캘링검 집안과 이 사건이 관계가 있는 줄은 전혀 몰랐던 거지요. 캘링검의 세력은 대단한 것이어서 우리는 어느 경찰에도 그런 말은 입밖에 내지 못했습니다. 따라서 그들로서는 하딩 부인의 행동을 조사할 이유가 전혀 없었던 것이지요. 그러나 내 의뢰를 받고 호텔을 조사한 결과, 하딩 부인이 10시에 방에 들어간 것만은 확실해요. 호텔 종업원에게 잠을 깨우지 말라고 부탁했다니까요. 그런데 차고의 종업원 한 사람이 그날 밤 10시 반쯤 부인이 자동차를 몰고 나가는 것을 봤답니다. 신문에 난 부인의 얼굴을 기억하고 있었기 때문에 금방 알아볼 수 있었다는군요. 그리고 야근하는 메이드가 새벽 3시 15분쯤 그녀의 방 쪽으로 걸어가는 부인의 모습을 복도에서 보았다는 겁니다."

나는 손으로 의자 등받이를 꽉 붙잡았다. 트랜트 경감은 일부러 그러는 듯 조용히, 마치 공문서라도 읽는 것처럼 아주 사무적인 어조로 계속해서 말했다.

"나는 곧 경찰차를 타고 이곳으로 왔습니다. 이곳에 도착해서 1~2분 지나 아직 내가 차 안에 있을 때, 하딩 부인이 나와서 택시를 잡아타더군요. 그래서 나는 곧장 부인의 뒤를 따라갔습니다. 기금 사무실 건물 안으로 들어가기에 나는 1~2분쯤 기다렸다가 부인이 사무실에 들어갔을 만한 시간에 뒤따라 올라갔습니다."

그는 여기서 갑자기 입을 다물었다. 잠시 침묵이 흘렀다. 트랜트 경감의 손은 여전히 내 팔 위에 올려져 있었다.

그는 다시 입을 열었다. "하딩 씨, 정말 유감스러운 일입니다. 나도 어이가 없다고 생각하고 있습니다. 사건이 이렇게 끝나리라고는, 정말 유감스럽습니다. 그러나 사정이 사정인데다가 죄없는 사람들이 재판에 증인으로 끌려나갈 것을 생각하니……"

그는 또다시 입을 다물었다. 나는 억지로 그를 보았다.

폴이 말했다. "당신이 말하려는 건 설마 그녀가……"

"부인은 파울러 씨가 자기 몸을 지키기 위해 입을 다물고 있다는 걸 알고 있었던 것 같습니다. 자신의 횡령죄를 시인해야 하는 처지가 되면 진상을 다 털어놓을 것이고, 그렇게 되면 이제 가망이 없다는 생각이 들었던 겁니다. 내가 사무실에 도착해 보니 창문이 활짝 열려 있었습니다. 부인이 이미 창문으로 뛰어내린 뒤였지요. 하딩 씨, 참으로 안됐습니다. 이런 얘기를 당신에게 하게 된 것도 무슨 인연이겠지요. 내 실책을 용서해 주십시오. 나는 다만 슬픔을 금할 수가 없군요."

"과연 그녀답군." 나는 폴의 흥분한 목소리를 멍하니 듣고 있었다. "이제는 모든 것이 끝났군. 과연 캘링검 집안의 베시야."

나는 아무 말도 듣고 있지 않았다. 의자를 붙잡고 우두커니 서 있었다. 이런 일을 어떻게 믿을 수 있겠는가? 믿을 수 없다. 그러나 사실은 내 자신이 이미 믿고 있다는 것을 알고 놀랐다. 충동, 공포, 혼란——그러나 사실을 인정하지 않을 수 없었다. '언제나 올바른 것은 그녀고, 옆에 있는 사람들은 모두 자신을 어리석고 죄많으며 가치없는 인간이라고 생각하게 만드는' 완전한 아내. 그녀는 마지막 순간까지 내가 범인을 찾는 것을 도와주었고, 모든 괴로움을 견뎠으며, 그것이 단지 껍데기일 뿐이라는 걸 알면서도 계속 완전한 아내의 역할을 수행했다. 그리고 마침내 내 곁을 떠날 때 자신의 묘비명을 중얼거렸다. '나는 언제나 아버지의 딸로서 부끄럽지 않은 사람이 되려고 했어요. 그런데 지금 생각해 보니 그다지 올바른 야심은 아니었던 것 같군요.'

나를 속여온 것은 베시가 아니라 내 자신이었음을 깨닫고, 나는 가슴이 찢어지는 것 같았다. 바로 어젯밤 나는 내 자신을 인식하는 고통스러운 순간에 스스로에게 이렇게 묻지 않았던가. '물론 나는 그녀를 존경하고 있다. 그녀를 안식처로 이용했다. 그리고 그녀를 배신했을 때는 부끄러움과 자책감, 비겁함을 느끼며 괴로워했다. 그러나 과연 나는 그녀에게 사랑을 주었을까?'

이것이 원인이다. 나는 그녀에게 사랑을 주지 않았다. 왜냐하면 나는 실제로 그녀를 사랑하지 않았기 때문이다. 다만 사랑해야 한다고 생각한 것에 지나지 않았다. 사기꾼은 '완전한 아내' 뿐만이 아니었다. 나도 마찬가지였다.

트랜트 경감의 목소리가 또 들려왔다. 여전히 미안한 듯한 동정 어린 무뚝뚝한 목소리였다. "물론 이제 안젤리카 로버츠 양을 구속해 둘 이유는 없습니다. 곧 석방하도록 하겠습니다. 그녀가 석방되는 것은 당신 덕택입니다, 하딩 씨. 만일 당신이 없었다면……"

나는 요 며칠 동안 베시가 얼마나 괴로웠을까를 생각해 보았다. 불안과 공포, 그리고 자기 본래의 모습을 감추려는 노력. 그것은 내가 애쓴 것보다 훨씬 더 괴로운 일이었을 것이다. 그러나 아무리 생각해도 헛일이었다. 조금도 실감이 나지 않았다. 그리고 내 인생에서 가장 큰 슬픔이어야 하는 베시의 죽음이, 이미 희미하고 막연한 연민에 지나지 않는다는 사실을 느끼고 겁이 날 정도로 소름이 끼쳤다. 마치 전혀 모르는 사람의 죽음을 슬퍼하는 것 같은 기분이다. 혐의가 가장 적었던 사람, CJ의 노예 중에서도 가장 부패했던 사람, 자기의 사회적 지위를 잃기보다는 차라리 사람을 하나 죽이는 것을 선택했던 사람── 그것이 베시였다.

갑자기 나는 세상의 소문에는 귀도 기울이지 않는 안젤리카를 생각했다. 그리고 얼굴을 빛내면서 손을 내밀고 나에게로 걸어오는 그녀의 모습이, 일그러진 꿈의 형태가 아니라 말할 수 없이 귀한 것으로 생각되었다.

'당신을 사랑했던 나는 역시 바보가 아니었어요. 다만 당신은 당신대로, 나는 나대로 길을 잘못 들어섰을 뿐이에요. 하지만 이렇게 서로 자신의 잘못을 깨달은 지금, 우리는……'

'농담이 아니오. 당신은 내가 당신을 사랑하기 때문에 이런 행동을 한 줄 알고 있소?'

그때 나는 이렇게 대답했다. 자책감에 쫓기는 다른 여자의 남편으로서, 나는 '사랑'과 '사랑할 의무'가 같다는 환각에 사로잡혀 있었던 것이다.

이런 점에서 나도 역시 사기꾼이었을까?   〈끝〉

작가와 작품에 대해서

　패트릭 퀜틴(Patrick Quentin)은 휴 휠러(Hugh C Wheeler, 1912~　)와 리처드 윌슨 웨브(Richard Wilson Webb, 생년 미상)라는 두 작가의 필명이다.

　이들은 처음에는 Q 패트릭이라는 이름으로 티모시 트랜트 경감이 활약하는 단편들을 발표했다. 여기에는 「여성 클럽의 살인」(Murder at the Women's City Club, 1932), 「정기여객선 살인호」(S.S. Murder, 1933), 「그린들의 악몽」(The Grindle Nightmare, 1935) 등이 있다. 이 밖에 「클라라의 죽음」(Death for Dear Clara, 1933), 「죽음과 소녀」(Death and the Maiden, 1939), 「현장으로 돌아가라」(Return to the Scene, 1941) 및 1922년 10월 런던 교외에서 일어난 퍼시 톰프슨 살해사건을 바탕으로 한 실화 「교수대의 소녀」(The Girl on the Gallows, 1954)가 있다.

　이어서 패트릭 퀜틴이라는 이름으로 연극 연출가인 피터 댈러스와 그의 아내인 여배우 아이리스 부부가 탐정 역할을 하는 '퍼즐 시리즈'를 발표했다. 이것은 「바보 퍼즐」(Puzzle for Fools, 1936), 「배우 퍼즐」(Puzzle for Players, 1938), 「인형 퍼즐」(Puzzle for Puppets, 1944), 「바람난 여자 퍼즐」(Puzzle for Wantons, 1945), 「악마 퍼즐」(Puzzle for Fiends, 1946) 등 여섯 작품이다.

　「바보 퍼즐」은 기억상실증과 범죄를 결부시킨 최초의 추리소설이다. 충격에 의한 기억상실증을 서스펜스로 다루는 기교는 이보다 조금 전 제임스 힐튼이 티벳의 별천지 샹글리 라 이야기인 「잃어버린 지평선」(The Lost Horizon, 1933)에서 프롤로그와 에필로그로 이미 활용했었다. 퀜틴은 힐튼보다 능숙친 못했지만, 추리소설에 삽입한 점으로는 처음이었던 것이다. 이

기교는 이어서 영국 마젤리 앨링검의 스파이 소설「반역자의 지갑」(The Traitor's Purse, 1942), 미국 데이비드 구디스의「황혼」(Nightfall, 1947)에 효과적으로 사용되었고, 영화에도 영향을 미쳤다.

「배우 퍼즐」은 뉴욕 드라고넷 극장 분장실에서 살인이 일어나 댈러스 부부가 사건을 해결하는 이야기인데, '퍼즐 시리즈' 가운데 가장 뛰어난 작품이다.

「인형 퍼즐」은 세계 대전으로 6년의 공백 기간을 거친 뒤 발표되었는데, 서커스단의 분장실에서 일어난 살인사건을 다루고 있다.

「바람난 여자 퍼즐」은 레노 시에 사는 유한부인 집에 초대된 손님 중 이혼을 생각하고 있는 세 여자가 살해되는 수수께끼이다.

「악마 퍼즐」에서는 다시 기억상실을 다루고 있으며,「순례자 퍼즐」은 멕시코를 배경으로 하여 이국의 경치와 분위기를 그리고 있다.

그러나 댈러스에게 누명이 씌워지는「암커미」(Black Widow, 1952)에서 댈러스와 트랜트 경감이 함께 등장한 이후로, 댈러스는 퀜틴의 작품에서 사라지고 트랜트 경감이 주역이 된다. 이 이후의 작품에는「내 아들은 살인자」(My Son, the Murderer, 1954), 「두 아내를 가진 남자」(The Man with Two Wives, 1955),「그물에 걸린 남자」(Man in the Net, 1956) 등이 있다.

퀜틴은 부부관계의 위험과 남녀 애욕의 얽힘 속에서 살인이 일어나고 주인공이 용의자로 몰리게 되는 설정을 많이 채택하여, 교묘하고 치밀한 성격묘사로 멜로드라마틱하면서도 결코 통속적이지 않은 작품을 많이 썼다. 특히「암커미」는 뛰어난 작품으로서, 올드 영화 팬에게는 그리운 인물인 갱 배우 조지 래프트가 트랜트 경감으로 분(扮)하여 영화로 만들어지기도 했다.

그들은 또한 약간 으스스한 세 번째 필명 조나산 스태그(Jo-

nathan Stagge)라는 이름으로 몇 편의 작품을 발표했다. 여기에
는「처방 살인」(Murder by Prescription),「역전」(Turn of the Table),「
노란 택시」(The Yellow Taxi),「새빨간 동그라미」(Scarlet Circle) 〔이
상 연대 미상〕,「오래되고 달콤한 사랑의 노래」(Love's Old Sweet
Song, 1946)가 있으나, 현재 이 필명은 사용치 않는다.

1952년에 웨브가 떠나고 휠러 혼자 퀜틴이라는 이름을 이어
받았다. 그는 과거의 단편들을 모은「금고와 노파」(1961)를 발
표하여 다음 해에 MWA(미국추리작가협회) 특별상을 받았으
나, 65년을 마지막으로 휠러도 추리소설을 떠나 연극계에 진
출한다.

패트릭 퀜틴의 작품에는 결혼생활에서 파경을 맞은 등장인
물이 범죄에 직면하여 진가를 발휘하는 것이 많다. 예를 들어
부부의 애정이 두텁게 묘사되어 있는 일반 추리소설과는 달리,
그의 작품에 등장하는 댈러스 부부의 경우는 그림자 같은 남
자가 늘 있어서 부부 사이의 감정이 차가워지고 있는 것이 특
징이다. 또한, 그는 '휘말리는 형'의 독특하고 소박한 탐정을
설정하여, 살인사건이 일어나면 증거를 수집하고 관계자들을
심문하는 보편적인 탐정소설의 방식을 거부한다. 따라서 그의
작품은 심리묘사와 성격묘사가 많고 문학적이다.

「두 아내를 가진 남자」는 1955년에 발표된 퀜틴의 11번째
작품이며, 휠러 단독의 두 번째 작품이다. 이것은 퀜틴의 특색
이 아주 잘 나타나 있는 최고의 걸작으로, 최근 미국 추리소설
로서는 가장 문학적인 감각을 지니고 있다. 이는 또한 미국 추
리소설이 지향하는 새로운 방향이기도 하다.

■ 옮긴이/**심상곤**

· 국제신문 문화특집부장
· 국제PEN클럽 한국본부 이사
· 한국문인협회 회원
· 한국소설가협회 회원
· 전업문학가회 회원
· 한국기업문화협의회 상임운영위원

두 아내를 가진 남자

1993년 5월 15일 초판 1쇄 발행

2003년 9월 20일 중쇄 발행

지은이 패트릭 퀜틴
옮긴이 심 상 곤
펴낸이 이 경 선
펴낸곳 해문출판사
주 소 서울시 마포구 합정동 388-28 합정빌딩 3층
전 화 325-4721 팩 스 325-4725
홈페이지 www.agathachristie.co.kr
등 록 1978. 1. 28 제 3-82호

값 5,000원

ISBN 89-382-0324-7 04840
ISBN 89-382-0290-9 (세트)